ullstein

Das Buch

Im Kurort Ostseebad Heiligendamm bereitet sich die Hotelierfamilie Baabe im Jahr 1902 auf den großen Winterball vor. Feierlich soll die Verlobung von Tochter Johanna bekannt gegeben werden, doch die wünscht sich nichts sehnlicher, als endlich ihre große Liebe heiraten zu dürfen. Leider ist der junge Mann in den Augen ihrer Eltern keine gute Partie. Da wird eine junge Frau am Strand angespült, die einzige Überlebende eines Schiffsunglücks. Sie kann sich nicht an ihren Namen oder ihre Herkunft erinnern, verzweifelt hält sie einen kleinen Zweig umklammert, der sich in ihrem Kleid verfangen hat. Im Hotel findet sie eine neue Heimat und in Johanna eine Freundin. Die Namenlose weiht Johanna in die Adventstradition des Barbarazweigs ein: Die beiden Frauen stellen am 4. Dezember frisch geschnittene Obstzweige in eine Vase, jede mit der für sie dringendsten Frage – der knospende Zweig wird ihnen die Zukunft weisen. Beide hoffen auf Blüten zum Weihnachtsfest.

Die Autorin

Corina Bomann ist in einem kleinen Dorf in Mecklenburg-Vorpommern aufgewachsen und lebt mittlerweile in Berlin. Sie hat bereits erfolgreich Jugendbücher und historische Romane geschrieben, bevor ihr mit *Die Schmetterlingsinsel* der absolute Durchbruch gelang. Seither gehört sie zur ersten Garde der deutschen Unterhaltungsschriftstellerinnen.
www.corinabomann.de

Von Corina Bomann sind in unserem Hause bereits erschienen:

In der Reihe »Die Löwenhof-Saga«
Die Frauen vom Löwenhof – Agnetas Erbe (Band 1)
Die Frauen vom Löwenhof – Mathildas Geheimnis (Band 2)
Die Frauen vom Löwenhof – Solveigs Versprechen (Band 3)

In der Reihe »Die Farben der Schönheit«
Sophias Hoffnung – Sophias Träume – Sophias Triumph

Außerdem:
Die Jasminschwestern · Das Mohnblütenjahr · Der Mondscheingarten · Die Schmetterlingsinsel · Die Sturmrose · Sturmherz · Eine wundersame Weihnachtsreise · Ein zauberhafter Sommer · Winterblüte · Winterengel

Corina Bomann

Winterblüte

ROMAN

Ullstein

Besuchen Sie uns im Internet:
www.ullstein.de

MIX
Papier aus verantwortungsvollen Quellen
FSC® C083411

Ungekürzte Ausgabe im Ullstein Taschenbuch
1. Auflage Oktober 2018
5. Auflage 2020

Umschlaggestaltung: zero-media.net, München
Titelabbildung: getty images / © traveler1116 (Blumenzweig),
© FinePic®, München (Hintergrund)
Satz: L42 AG, Berlin
Gesetzt aus der Weiss
Druck und Bindearbeiten: CPI books GmbH, Leck
ISBN 978-3-548-28995-3

I. TEIL

DAS MÄDCHEN

1. KAPITEL

Donnerstag, 4. Dezember 1902

Grau und dicht hing der Nebel über dem Meer. Die weißen Schleier verschluckten die prachtvolle Seebrücke fast vollständig. Die Badekarren ruhten nun in ihren Schuppen. Übrig blieb ein verwaister Strand, gesäumt von Muschelschalen und Seetang.

Auf der Promenade vor den Gästehäusern ließen sich bestenfalls ein paar Dienstboten blicken, die irgendetwas zu erledigen hatten. Geduckt und in dunkle Mäntel gehüllt, huschten sie vorbei, ohne einen Blick auf das Meer zu werfen, denn der Seewind war rau und das Rauschen der Wellen klang um diese Jahreszeit bedrohlich.

Johanna seufzte schwer. Der triste Anblick legte sich ihr aufs Gemüt. Wo war nur der Sommer hin? Die Zeit, in der das Meer blau war und die Promenade nur so vor Sommerfrischlern wimmelte. Die Zeit, in der elegante Damen in weißen Kleidern und mit Sonnenschirmen neben ihren Kavalieren spazierten, Kinder auf der Promenade herumtollten und Limonadenverkäufer ihre bunten Wagen zwischen den Flaneuren hindurchschoben.

Sie dachte an den Sommer zurück. Damals war ihr Herz noch leicht gewesen. Sicher, das Thema Heirat war von ihren Eltern schon angesprochen worden, aber sie hatte sich nichts dabei gedacht. Als es noch warm war, hatte sie sich ablenken können.

Im Winter kam sie kaum aus dem Haus. Und wenn, begleitete ihre Mutter sie. Geheime Treffen mit ihrem Liebsten waren ausgeschlossen. Und zu allem Überfluss nahte das Weihnachtsfest.

Eigentlich hätte sie der Gedanke an die festlich geschmückte Tanne und den Duft von Lebkuchen fröhlich stimmen sollen. Als Kind hatte sie die Tage zwischen den Jahren geliebt und war in den Wochen zuvor furchtbar aufgeregt gewesen. Aber zum diesjährigen Weihnachtsfest erwarteten ihre Eltern eine Entscheidung von ihr, und die würde ihr gesamtes Leben verändern.

Sehnsüchtig blickte Johanna zu den Möwen, die sich über der Strandpromenade vom Wind tragen ließen. Ihr könnt fliegen, wohin ihr wollt, dachte sie und wünschte sich, auch Flügel zu besitzen, mit denen sie den Zwängen entfliehen konnte.

»Johanna?« Eine Frauenstimme vertrieb ihre Gedanken. Johanna hatte nicht mitbekommen, dass sich hinter ihr die Tür geöffnet hatte.

Im Türrahmen stand ihre Mutter.

In ihrem cremefarbenen Nachmittagskleid und mit den hochgesteckten rotblonden Haaren war Augusta Baabe trotz ihrer fünfzig Jahre immer noch eine Schönheit. In Augenblicken wie diesen wurde Johanna klar, warum sich ihr Vater Hals über Kopf in ihre Mutter verliebt hatte.

»Ist alles in Ordnung mit dir, mein Kind?«, fragte Augusta, als sie Johannas düstere Miene bemerkte.

»Natürlich, Mama.«

Sie konnte nicht behaupten, dass es ihr blendend ging, doch ihre Mutter durfte den Grund für ihre Traurigkeit nicht erfahren.

»Warum kommst du nicht ein wenig nach unten?«, schlug Augusta vor. »Emma hat Kuchen gebacken. Ich bin gerade dabei, Pläne für das Weihnachtsfest zu machen.

Vielleicht können wir ja auch mal über das sprechen, was wir uns fürs neue Jahr vornehmen wollen.«

Auf einmal bereute es Johanna, ihrer Mutter gesagt zu haben, dass alles in Ordnung sei. Vorgeschützter Kopfschmerz hätte sie vor einer Stunde in Mutters Salon bewahren können. Was ihr dort blühte, wusste sie. Ihre Mutter würde ihr endlos in den Ohren liegen, mit Fragen zu den Heiratskandidaten und dazu, wie die Hochzeitsfeier aussehen sollte.

Doch sie hatte keine andere Wahl.

Unten im Foyer trat gerade Johannas Bruder durch die Tür. Christian war mit dem Vater nach Doberan geritten, um mit einem Geschäftsfreund Bilanz über das vergangene Jahr zu ziehen. Den ganzen Vormittag hatten sie dort verbracht, und wie es aussah, war es ein erfolgreiches Treffen gewesen.

Johanna beneidete ihren Bruder, denn er konnte gehen, wohin er wollte. Bei ihm war von Heirat überhaupt noch keine Rede, dabei war er schon fünfundzwanzig. Alles, was ihre Eltern von ihm wollten, war, dass er irgendwann einmal ihr Gästehaus führte. Und wahrscheinlich durfte er das Mädchen heiraten, das er liebte.

»Was für ein furchtbares Wetter!«, sagte Christian, während er sich aus seinem braunen Mantel schälte, dessen Saum mit Schmutzspritzern übersät war. Seine Reitstiefel sahen nicht viel besser aus. »Der Nebel ist so dicht, dass man fast meint, man würde Wasser einatmen.«

Tropfen perlten aus seinem Haar. Seine Augen waren von der kalten Luft etwas gerötet, ebenso wie seine Wangen. Dennoch war er mit seinen blonden Locken und den strahlend blauen Augen eine attraktive Erscheinung. Kein Mädchen aus Heiligendamm oder Bad Doberan würde ihn verschmähen.

Christians Lächeln verging, als er die missmutige Miene seiner Schwester erblickte. »Was ist los mit dir, Johanna? Irgendwas nicht in Ordnung? Hat dir ein Verehrer abgesagt?«

Johanna zuckte zusammen. Ohne es zu ahnen, hatte Christian beinahe ins Schwarze getroffen. Briefe von ihren Verehrern hatte sie bekommen – aber es war keiner von Peter dabei gewesen. Ob ihre Mutter ihn abgefangen hatte? Er schrieb ihr zwar immer unter einem Frauennamen – doch was, wenn Augusta diesen Trick durchschaut hatte?

»Hör auf zu spotten«, gab ihre Mutter zurück, bevor Johanna etwas darauf erwidern konnte. »Für dich wäre es ebenfalls an der Zeit, dir eine passende Braut zu suchen.«

Christian lachte auf. »Ach, Mutter, ich bin noch viel zu jung fürs Heiraten!«

»Du bist vier Jahre älter als deine Schwester!«, entgegnete Augusta. »Dein Vater war in dem Alter schon verlobt. Es würde dir gut zu Gesicht stehen, wenn du eine Braut wählen würdest.«

»Mama!«, protestierte er. »Ich fühle mich noch nicht bereit dazu. Bei Johanna ist das anders, sie ist ein Mädchen, und wie alle Mädchen träumt sie nur davon, dass der Prinz auf einem weißen Pferd vorbeireitet.« Er grinste seine Schwester an und erntete einen finsteren Blick.

Du hast gut reden, dachte sie. Immerhin bis du der Ältere und der Stammhalter. Mir bleibt nur das Kinderkriegen. Nicht, dass sie das nicht wollte, doch mit dem richtigen Mann und keinem, den ihre Eltern ihr aussuchten.

»Zieh dich um und komm danach in den Salon«, befahl Augusta ihrem Sohn. »Und sag deinem Vater Bescheid, dass er sich auch blicken lassen soll. Jetzt, wo wir keine Gäste haben, kann er sich zwischendurch mal eine Ruhepause genehmigen.«

»Ja, Mutter«, entgegnete Christian und zwinkerte Johanna erneut zu. Diese hatte Lust, ihm irgendwas hinterherzurufen, aber angesichts ihrer Mutter hielt sie sich zurück.

Der Salon lag im westlichen Flügel des Hauses, der von den Gästezimmern durch einen Flur abgetrennt war. Hier empfingen ihre Mutter und manchmal auch ihr Vater Freunde, Bekannte und Geschäftspartner. Hohe Sprossenfenster ließen viel Licht in den Raum, der, wie es gerade Mode war, mit exotischen Pflanzen vollgestellt war. Die Sitzgruppe, bestehend aus zwei breiten Sofas und einem Sessel, war mit rotem Samtstoff bezogen. Auf dem Tischchen in der Mitte, dessen Platte von drei Elefanten getragen wurde, stand ein Teeservice aus weißem Porzellan mit Goldrand. Emma, die Köchin, hatte einen Kuchen gebacken, dessen himmlischer Duft sich mit dem rauchigen Geruch des Kamins mischte. Der Salon war mit wohliger Wärme erfüllt.

»Nun, mein Kind«, hob Augusta an, als sie die Salontür passiert hatten und auf der Sitzgruppe Platz nahmen. »Das Weihnachtsfest naht. Was hältst du davon, wenn wir an dem Tag deinen Auserwählten einladen?«

Johannas Magen krampfte sich zusammen. Genau diese Frage hatte sie befürchtet.

»Ich … ich weiß nicht, ob das eine gute Idee wäre«, stammelte sie.

»Warum denn nicht?«, fragte Augusta.

»Nun ja, er wird sicher selbst Verpflichtungen in der Familie haben. Außerdem habe ich von keinem von ihnen einen offiziellen Antrag erhalten.«

»Das ist nur eine Frage der Zeit.«

»Aber ich weiß nicht, für welchen ich mich entscheiden soll!« Am liebsten für gar keinen, aber das konnte sie ihrer Mutter nicht sagen, ohne ein Donnerwetter zu riskieren.

»Die beiden machen dir immerhin seit drei Monaten den Hof«, sagte Augusta, während sie ihnen Tee einschenkte. »Wie lange willst du sie denn noch warten lassen?«

»Ich … ich weiß es nicht«, entgegnete Johanna. »Diese Entscheidung muss gründlich überlegt sein.« Sie dachte an den Briefstapel, den sie in ihrer Kommode versteckte – unter den Briefen der anderen Verehrer. Peter hatte darüber gescherzt, doch auch er hielt es für besser, vorsichtig zu sein.

Ihre Mutter zog ihre perfekt geformten Augenbrauen hoch. »Da stimme ich dir zu. Dennoch, du solltest dir nicht mehr viel Zeit lassen, sonst verlieren sie noch das Interesse.«

Darauf hoffte Johanna seit Wochen vergebens.

Im nächsten Moment stürmte ihr Vater in den Salon und brachte ihre Mutter davon ab, weiter nachzubohren. In seiner Hand hielt er einen Brief, der mit einem altmodisch anmutenden Siegel versehen war. »Ihr werdet es nicht glauben, was soeben bei uns eingetroffen ist!«

Ludwig Baabe war nicht besonders groß, doch er wirkte ziemlich kräftig. Sein dunkelblondes Haar war von zahlreichen silbrigen Fäden durchzogen und seine hellen Augen ähnelten Christians.

Augusta warf einen missmutigen Blick auf die Reitstiefel ihres Mannes, die den bunten Perserteppich verschmutzten.

Doch bevor sie ihn dafür rügen konnte, rief er aus: »Der Großherzog hat sich in Heiligendamm angekündigt! Und wir sind eingeladen, am herzoglichen Weihnachtsball in der Burg teilzunehmen! Ist das nicht wunderbar?«

Johanna wäre beinahe die Teetasse aus der Hand gefallen. Der Großherzog von Mecklenburg-Strelitz wollte Heiligendamm besuchen? Zu jeder anderen Zeit wäre das für sie ein Grund zum Jubeln gewesen. Doch jetzt vergällte ihr die Auswahl eines Bräutigams sogar das.

»Wirklich?«, fragte Augusta verwirrt, erhob sich und ging ihrem Mann entgegen. »Der Herzog hat uns eingeladen?«

»Großherzog«, korrigierte Ludwig Baabe seine Frau und reichte ihr den Brief. Mit leuchtenden Augen und einem breiten Lächeln auf seinem Gesicht beobachtete er, wie Augusta das Schreiben überflog.

Johanna meinte zu erraten, welche Gedanken ihr in diesem Augenblick durch den Sinn gingen.

»Das ist ja wunderbar!«, tönte Augusta, nachdem sie den Brief mehrfach gelesen hatte. »Eine große Ehre! Wie kommen wir nur dazu? Immerhin haben wir nur eine kleine, bescheidene Pension!«

Wie immer untertrieb Augusta. Bescheiden war das Gästehaus Baabe keineswegs. Der dreistöckige Bau wirkte von Weitem wie ein kleines Schloss mit seinen hohen Fenstern, dem Stuckzierrat an den Wänden und dem Innenhof, der Stellplätze für mehrere Kutschen bot.

Es war eines der wenigen Häuser, die sich nicht im Besitz des Ritters von Kahlden befanden, und das zweitgrößte Haus nach dem Kurhaus. Außerdem war es wie alle Gebäude der »Perlenkette« – so nannte man landläufig die Aufreihung der Gästehäuser an der Strandpromenade – sehr beliebt wegen des direkten Seeblicks. Kaufleute fanden sich hier ebenso ein wie Anwälte, Fabrikbesitzer und Mitglieder von Adelshäusern. Sogar einige Schriftsteller hatten hier schon logiert.

»Offenbar hat unser Haus seine Durchlaucht bei seinem letzten Besuch hier beeindruckt.« Ludwig zog vielsagend die Augenbrauen hoch, was nur bedeuten konnte, dass obendrein noch jemand ein gutes Wort für sie eingelegt hatte.

Johanna kannte das Gefüge der Familien des Seebades nur zu gut. Die Geschichte Heiligendamms hatte sie praktisch mit der Muttermilch eingesogen.

Der Urgroßvater des amtierenden Großherzogs, Friedrich Franz I., hatte im Jahr 1793 den Grundstein zum ersten Gästehaus gelegt und das Seebad selbst eingeweiht. In den darauffolgenden Jahren waren zahlreiche weitere Gästehäuser erbaut worden, es folgten einige Wohnhäuser, Läden und Wirtshäuser. »Die weiße Stadt am Meer« nannte man den Ort.

Angesehene Familien wie die von Witzlebens besaßen hier nicht nur Anteile an den Gästehäusern, sondern auch private Villen, deren Grund ihnen die von Kahldens verpachtet hatten – und hatten direkte Kontakte zum mecklenburgischen Herrscherhaus. Sicher hatten sie bei der Einladung zum Weihnachtsball ein gutes Wort für die Baabes eingelegt.

»Und weißt du, was das Schönste ist, meine Liebe?«, fragte Ludwig bedeutungsvoll.

Augustas Augen weiteten sich. »Erzähle es mir bitte!«

»Wir werden einige der hochwohlgeborenen Gäste in unserem Haus beherbergen! Ist das nicht wunderbar? Ein so gutes Geschäft haben wir im Winter noch nie gemacht!«

Augusta jubelte auf und fiel ihrem Mann um den Hals. Vergessen war der Schmutz an seinen Stiefeln, mit denen er den Teppich ruinierte.

Ludwig wurde rot bis über beide Ohren – wenn eines ihrer Kinder dabei war, pflegten sie normalerweise keine

Zärtlichkeiten auszutauschen. Das schien im nächsten Augenblick auch Augusta wieder einzufallen, denn sie ließ von ihm ab.

»Das ist wirklich wunderbar«, entgegnete sie und strich sich ihr Kleid glatt. »Und zudem eine gute Gelegenheit, etwas Wichtiges bekanntzugeben.«

»Etwas Wichtiges?« Ludwig schüttelte unverständig den Kopf.

»Die Verlobung unserer Tochter!«, erinnerte ihn Augusta.

»Ach, hat sie sich endlich entschieden?«

Er blickte zu Johanna, die dasaß, als wäre sie zu einer Eissäule erstarrt. Ihr Herz klopfte ihr bis zum Hals, und innerlich verfluchte sie ihr Schicksal. Es war offenbar nicht genug, dass ihre Mutter sie wieder mit Fragen und Vorschlägen traktiert hatte. Jetzt kam auch noch diese unselige Einladung!

»Nein, bisher nicht, Papa«, entgegnete sie gequält.

»Meinst du, dass du bis dahin eine Wahl getroffen hast?«, fragte er weiter. »Das wäre doch eine wunderbare Gelegenheit! Das ganze Seebad würde uns darum beneiden.«

Natürlich war ein Weihnachtsball eine wunderbare Gelegenheit. Wahrscheinlich sahen ihre Eltern den Großherzog schon vor sich, wie er das zukünftige Brautpaar beglückwünschte.

Doch Johanna wäre jetzt am liebsten in Tränen ausgebrochen.

»Ich hoffe es«, entgegnete sie und versuchte, sich nichts anmerken zu lassen.

»Dann soll es so sein! Ich bin sicher, dass dies der Höhepunkt des Abends wird!«

»Das wird es bestimmt«, pflichtete Augusta ihm bei

und deutete auf die Stiefel ihres Mannes. »Warum ziehst du nicht deine Stiefel aus und gesellst dich zu uns?«

»Wie du wünschst, meine Liebe! Nach dem Ritt bin ich regelrecht durchgefroren. Wahrscheinlich gibt es in den nächsten Tagen Schnee!«

»Und bring unseren Sohn mit«, rief Augusta ihm hinterher. »Er wollte sich im Salon blicken lassen, aber anscheinend hat er es wieder vergessen.«

Ludwig lachte auf und verschwand.

2. KAPITEL

Am Abend zog ein Sturm über Heiligendamm herauf und brachte das Meer in Aufruhr. Das Tosen der Wellen hinderte Johanna am Einschlafen. Ohnehin waren ihre Nerven wegen der Einladung des Herzogs bis aufs äußerste gespannt.

Was sollte sie nur tun? Wie konnte sie dem entgehen, sich für einen Mann entscheiden zu müssen, den sie gar nicht wollte?

Mit weit aufgerissenen Augen lauschte sie dem Unwetter. Irgendwo musste ein Fensterladen lose sein, denn etwas klapperte im Rhythmus zu den Windstößen.

Eigentlich hatte sie gehofft, dass der Schlaf ihr ein wenig Vergessen bringen würde. Doch nun stürzten die Gedanken auf sie ein. Allen voran die Gesichter ihrer beiden Verehrer.

Albert Vormstein war der Sohn des Verwalters vom Haus Anker. Seine Familie war nicht unbedingt bessergestellt als ihre eigene, doch sein Vater hatte zahlreiche

Kontakte zu angesehenen Familien, und man munkelte sogar, dass er das Haus Anker dem Herrn von Kahlden, der das Seebad von der herzoglichen Familie erworben hatte, abkaufen wollte. Mit einem der schönsten Gästehäuser der »Perlenkette« würde sein Einfluss und auch sein Gewinn weiter wachsen.

Der blonde Albert selbst erschien Johanna ein wenig langweilig. Vielleicht hatte er einen ausgeprägten Geschäftssinn, allerdings war er so schüchtern, dass er es nicht mal gewagt hatte, sie allein anzusprechen. Stets kam er mit seiner Mutter oder seinem Vater zu Besuch, sagte kaum etwas und schaute sie auch nur selten an.

Johanna war sicher, dass nicht er wünschte, sie zu heiraten, sondern seine Mutter, die in ihr eine gute Partie sah.

Berthold von Kahlden, ein Neffe des Mannes, dem Heiligendamm praktisch gehörte, war ihr allerdings nicht viel lieber, obwohl er das genaue Gegenteil von Albert war – eitel und selbstverliebt, glaubte er, dass sich die Welt nur um ihn drehte. Johanna war sicher, dass er ihr lediglich wegen des Gästehauses den Hof machte, denn sein Onkel hatte sich vergeblich um dieses Grundstück bemüht.

Mit keinem von ihnen konnte sie glücklich sein. Sie wollte nur Peter. Den Verfemten. Wenn ihre Eltern es erfuhren, würde es ein Donnerwetter geben.

Angst überkam sie – und nicht nur vor dem Tosen des Sturms. Um sich ein wenig abzulenken, setzte sie sich auf, entzündete die Öllampe auf ihrem Nachttisch und zog die Briefe hervor, die sie von ihrer wahren Liebe erhalten hatte.

Sie waren unter dem Namen Norma von Bredow an sie geschickt worden. Der Tarnname war nötig, denn wenn ihre Mutter die wahre Identität ihres Liebsten erfuhr, würde die Hölle los sein. »Norma« war für ihre Mutter eine

Brieffreundin aus Schwerin. Johanna war nicht sicher gewesen, ob Augusta die Post durchsehen würde, besonders dann, wenn es sich um einen neuen Namen handelte. Aber ihr Plan funktionierte. Ihre Mutter las die Briefe nicht.

So genossen sie für ein paar Monate den Briefwechsel und sahen sich heimlich, wann immer es möglich war, an der Stelle, an der sie sich kennengelernt hatten. Das kleine Waldstück jenseits der Burg war ungefährlich, weil hier kaum jemand entlangkam. Peter brachte ihr stets eine Blüte oder ein kleines Sträußchen mit. Treffpunkte im Ort waren gefährlich, aber draußen im Wald war niemand, der sie beobachten konnte. Ihr gesamter Körper kribbelte, wenn sie zu einem Stelldichein ging, vor Aufregung, vor Erwartung, und dann, wenn sie ihn endlich sah, klopfte ihr Herz und ihre Lippen sehnten sich fast schon schmerzlich nach seinen Küssen.

Die Erinnerung daran brachte Johanna zum Lächeln. Liebevoll strich sie über die Umschläge, die vom vielen Lesen schon ganz abgegriffen waren. Doch dann wurde ihr Herz schwer.

Die Briefe in den Händen zu halten, verstärkte ihre Unruhe noch. Ihr letzter Brief an Peter war unbeantwortet geblieben. Da er gerade dabei war, sich in Schwerin die Anwaltskanzlei aufzubauen, von der er immer geträumt hatte, hatte er vermutlich wenig freie Zeit. Der Druck, der auf ihm lastete, war enorm, denn er war der jüngste Sohn seiner Familie und es lag an seinen beiden älteren Brüdern, das Geschäft weiterzuführen. Er dagegen musste sich auf anderem Gebiet erst einmal beweisen. Genau das gefiel Johanna. Eigentlich war er eine gute Partie, und wäre nicht sein Nachname, würde ihre Mutter sicher entzückt sein. Aber so …

Als sie das Brennen in ihrer Brust nicht mehr aushielt,

verstaute Johanna die Briefe wieder in ihrer Schublade, legte sich ihr dickes Wolltuch über die Schultern und schlich aus dem Zimmer. Es gab in diesem Haus nur einen einzigen Menschen, der sie verstand und zu dem sie ehrlich sein konnte.

Auf Zehenspitzen ging sie zur Zimmertür ihres Bruders.

Johanna klopfte, zunächst leise, dann etwas lauter.

»Christian?«, fragte sie, worauf ein Rumpeln ertönte.

»Christian, kann ich reinkommen?«, fragte sie noch etwas lauter. Wenig später wurde die Tür geöffnet. Ihr Bruder sah sie aus kleinen Augen an.

»Was gibt es denn?« Verschlafen rieb er sich übers Gesicht. »Fürchtest du dich vor dem Sturm?« Seine Stimme klang vorwurfsvoll. »Du bist doch kein Kind mehr!«

Das wusste Johanna selbst. Dennoch fragte sie: »Kann ich eine Weile bei dir bleiben? In meinem Zimmer ist es viel lauter als bei dir.«

»Das ist doch Unsinn«, entgegnete Christian und gähnte herzhaft. »Auf meiner Seite ist es genauso laut.«

»Das stimmt nicht«, widersprach Johanna. »Dein Zimmer ist der Seeseite abgewandt. Bei mir tost es wie während der Großen Flut.«

Die Flut, die den sagenumwobenen »Heiligen Damm« aufgeschüttet hatte, kannten sie nur aus Geschichten, aber jeder hier verglich hin und wieder ein Unwetter damit.

»In Ordnung, dann komm rein.« Seufzend öffnete Christian die Tür. Er ahnte, dass seine Schwester nicht nur wegen des Sturmes bei ihm auftauchte.

»Was hast du denn auf dem Herzen?« Christian ließ sich auf dem Stuhl nieder, über dem unordentlich seine Kleider hingen. Johanna setzte sich auf die Bettkante. Die Erinnerung, wie sie als Kind manchmal ins Bett ihres Bruders gekrabbelt war, weil es dort so schön warm war, ließ ein kurzes Lächeln über ihr Gesicht huschen. Doch sofort waren die Gedanken an ihre Verehrer wieder da.

Johanna seufzte tief. »Das weiß du doch. Die Sache mit der Heirat.«

Christian nickte.

»Es ist nicht so, dass ich keine Lust habe.« Wie ein kleines Mädchen zupfte Johanna an ihrem Nachthemd. »Es ist nur so ... von den Männern, die unsere Eltern für mich wollen, will ich keinen.«

»Sondern?«

Johanna wurde rot. Nur wenn sie ganz allein war, gestattete sie sich Gedanken an Peter Vandenboom, aus Angst, dass ihr jemand ihre Gefühle ansehen würde.

Zu gern hätte er ihr ganz offiziell den Hof gemacht – doch da gab es ein entscheidendes Hindernis: Ihre Familien waren seit Jahrzehnten verfeindet.

»Na? Willst du mir nicht erzählen, in wen du dich verliebt hast?«, hakte Christian nach.

Johanna schüttelte den Kopf. »Das geht nicht.«

»Warum nicht?«

»Du würdest dich bestimmt verplappern.«

»Na hör mal, du hast ja eine Meinung von deinem Bruder!« Christian verzog das Gesicht.

»Es geht nicht, es wäre zu ... gefährlich«, entgegnete Johanna stockend. »Und bis zum Weihnachtsball sind es nur noch drei Wochen. Sie wollen dort meine Verlobung bekanntgeben!«

Christian griff nach ihrer Hand. Seine Schwester zitterte wie Espenlaub.

»Reg dich nicht auf, davon bekommst du nur Runzeln.«

Johanna wollte die Hand wegziehen, doch er hielt sie fest.

»Hör mal«, sagte er beschwichtigend und strich ihr

eine Haarsträhne aus dem Gesicht. »Ich will dich zu nichts zwingen. Sag es mir meinetwegen dann, wenn ihr kurz davor seid, vor den Traualtar zu treten.«

»Das wird nie passieren.« Johanna kamen die Tränen. »Sie werden es nicht erlauben.«

»Warum nicht? Ist es vielleicht irgendein Dienstbote? Oder ein Knecht?« Christian wusste selbst zu gut, dass die Liebe manchmal vor dem Stand nicht Halt machte.

Johanna schüttelte den Kopf. »Nein, das ist er nicht. Er ist nicht arm, falls du das denkst. Aber ich bin sicher, dass er unseren Eltern nicht passen wird.«

»Und wenn ich ein gutes Wort für euch einlege?«, schlug Christian vor. »Möglicherweise lässt sich wenigstens Vater erweichen.«

Johanna wischte sich die Tränen von den Wangen. »Nein, das wird er nicht, ich weiß es. Und Mutter … die sähe es nur zu gern, wenn ein Adelstitel an meinem Namen hinge! Ich frage mich, warum ich überhaupt schon heiraten soll!«

Christian presste die Lippen zusammen. »Sie wollen nur, dass du sicher bist. Dass du jemanden hast, der auf dich achtgibt.«

»Auf mich braucht keiner achtzugeben!«, entgegnete Johanna trotzig, dann lehnte sie sich gegen ihn. »Du hast es gut. Du kannst gehen, wohin du willst. Und du wirst heiraten können, wen du willst.«

»Wahrscheinlich wird Mutter es sich nicht nehmen lassen, mich beim Weihnachtsball mit geeigneten Kandidatinnen bekannt zu machen. Du kennst sie ja. Es gibt dort sicher ein paar hochwohlgeborene Fräulein, die keine Lust haben, den Nonnenschleier zu nehmen.«

Johanna prustete los. Leichter war ihr jedoch nicht zumute.

»Macht es dir etwas aus, wenn ich hierbleibe?«, fragte sie. »Ich … ich möchte nicht allein schlafen, da denke ich nur wieder darüber nach, was alles kommen wird, und dann ärgere ich mich, dass ich nichts daran ändern kann.«

»Nein, kein Problem, schlaf ruhig hier, ich nehme den Sessel«, sagte Christian und ließ sich darin nieder. »Gute Nacht, Schwesterherz.«

»Gute Nacht«, entgegnete Johanna und kuschelte sich unter die Decke.

3. KAPITEL

Freitag, 5. Dezember 1902

Die frische Morgenluft roch nach Algen und Fisch, als Christian auf seinem Apfelschimmel Bruno die Promenade entlangritt und schließlich auf den Strandzugang abbog.

Der nächtliche Sturm hatte das Wasser weit über den Strand getragen und mit ihm lange Stränge von Seetang und Muschelschalen. Der Himmel hing bleiern über dem Meer, doch der Blick war frei. Sogar noch in der Ferne konnte er die Gischthauben sehen, die die Wellen krönten.

Möwen kreisten in Scharen über dem Wasser. Ihre Rufe konkurrierten mit dem Rauschen der Wellen.

Als er den Ort hinter sich gelassen hatte, stockte er plötzlich und brachte sein Pferd zum Stehen.

Auf den ersten Blick schien es ein Stück Segeltuch zu sein, das angeschwemmt worden war.

»Heja!«, trieb er sein Pferd zu der Stelle. Dann sah er,

dass es sich um einen Menschen handelte. Die Person trug ein langes Hemd, und um einen Fuß war etwas gewickelt, das wie Segeltuch aussah. Er sprang aus dem Sattel, Muschelschalen knackten unter seinen Füßen.

Als er sie vorsichtig herumdrehte, blickte er in das Gesicht einer jungen Frau, die vielleicht achtzehn oder neunzehn war. Ihr langes schwarzes Haar war vom Wasser an den Sand geklebt worden, einige Algen hatten sich darin verfangen.

»Um Gottes willen!«, platzte es aus ihm heraus, als er sie vorsichtig anhob. Ihre Haut war kreidebleich, und die Lippen hatten einen bläulichen Ton. Salz und Sand waren an ihrer Wange und ihrer Stirn angetrocknet. Im ersten Moment glaubte Christian, sie sei tot.

Er schüttelte sie leicht. »Können Sie mich hören?«

Sie regte sich nicht. Christian legte sie seitlich auf den Boden, so, dass das Wasser, das sie geschluckt haben musste, aus ihr herauslaufen konnte. Vorsichtig massierte er ihren Rücken.

Da sie auch daraufhin nicht hustete oder sonst irgendwie versuchte, das Wasser wieder loszuwerden, drehte er sie herum. Christian wusste, dass es sich nicht schickte, dennoch legte er seinen Kopf auf ihre Brust und lauschte nach dem Herzschlag. Zunächst hörte er nur das Rauschen der Wellen, doch dann, ganz schwach, vernahm er ein Pochen.

Sie lebte!

Christian befreite sie aus dem Segeltuch und strich über ihr Gesicht, doch sie rührte sich nicht. Hilfesuchend blickte er sich um, doch es befand sich keine Menschenseele in der Nähe.

Da bemerkte er einen Zweig in ihrer Hand. Im ersten Moment glaubte er, dass er sich an ihr verfangen hatte.

Doch dann erkannte er, dass sie die Hand fest um den Zweig geklammert hielt, so fest, dass er sich nicht daraus lösen ließ. Was hatte das zu bedeuten? War es ein Zufall? Das Stück Segeltuch deutete vielleicht auf ein Schiffsunglück hin. Möglicherweise hatte der tobende Sturm auch ein paar Zweige vom Festland ins Meer befördert, und sie hatte einen davon unbewusst gegriffen …

Christian ließ den Zweig sein und wickelte sie in seinen Mantel. Die eisige Seeluft zerrte sofort an seinem Hemd und drang bis auf seine Haut durch, doch das ignorierte er. Er trug das Mädchen zu dem Pferd, und wenig später ritt er mit ihm los.

Am Gästehaus kam ihm Friedrich, der Laufbursche, entgegen. »Herr Baabe, was ist passiert?«

»Schnell, sagen Sie meinen Eltern Bescheid, dass ich eine Schiffbrüchige gefunden habe!«

Während Friedrich losrannte, ritt Christian durch das Seitentor auf den Innenhof, brachte dort das Pferd zum Stehen und stieg ab. Vorsichtig hob er die junge Frau auf seine Arme und trug sie kurzerhand in eines der Gästezimmer. Wie nahezu alle Gästezimmer der Baabes hatte auch dieses einen Blumennamen: Veilchengrund.

Kühle Luft schlug ihm entgegen, als er sie aufs Bett legte. Feuer, dachte Christian. Ich sollte erst einmal Feuer machen.

»Christian?«, hallte Augustas Stimme durch den Gang, begleitet vom hastigen Klappern ihrer Absätze.

»Wir sind hier, Mutter!«

»Ach du meine Güte!« Augusta schnappte nach Luft, als sie das Mädchen in dem Bett liegen sah. Seine Hautfarbe unterschied sich kaum von den weißen Laken. Sein dunkles Haar breitete sich wie ein wirres Fischernetz über dem Kissen aus. Schmutzschlieren und Wasserflecken hatten sich auf den frischen Bezügen gebildet. Noch immer klammerte sich seine Hand um den kleinen Zweig.

»Wir brauchen warmes Wasser!«, erklärte Christian. »Und schick bitte Friedrich zu Dr. Winter, er muss so schnell wie möglich vorbeikommen!«

»Wer ist das?«, fragte Augusta.

»Ich habe sie am Strand gefunden, sie ist beinahe erfroren. Ich werde Feuer machen.«

Christian stapelte Holz im Kamin auf und riss dann ein Zündholz an. Schwefelgeruch verbreitete sich im Raum.

»Sie sieht mehr tot als lebendig aus.«

Augusta streckte die Hand nach ihr aus, zog sie aber gleich wieder zurück. Christian bemerkte, dass sie zitterte. Ein beinahe schon ängstlicher Ausdruck trat in ihre Augen. Dann schien sie zu erstarren.

»Mutter!«, rief Christian, worauf Augusta wieder zu sich kam.

»In Ordnung, ich kümmere mich um sie. Geh du los und sag Friedrich Bescheid.«

Christian nickte, und nachdem er noch einen Blick auf das Mädchen geworfen hatte, verließ er das Zimmer.

~

Der Anblick der jungen Frau ließ in Augusta etwas zusammenkrampfen. Eine Erinnerung kehrte zu ihr zurück, die sie die ganzen Jahre über verdrängt hatte.

Sie wird uns Unglück bringen, wisperte eine Stimme in ihrem Verstand. Dann wurde das Gesicht des Mädchens auf dem Bett von einem anderen Gesicht überlagert. Auch diese Frau war sehr jung und schön gewesen, auch diese Frau hatte vollkommen hilflos gewirkt. Das Haus, das damals Augustas Zuhause gewesen war, hatte sie aufgenommen. Und als Dank hatte sie die Hölle über ihre Familie gebracht.

War es ihr Schicksal, das alles noch einmal zu erleben? Jetzt, wo alles so wunderbar lief?

Augusta kämpfte noch eine Weile mit ihrem Unbehagen, dann läutete sie nach Elsa.

Wenig später erschien sie mit Martha, einem weiteren Dienstmädchen. Die Wangen der beiden waren vor Aufregung gerötet. Offenbar hatte Friedrich alle schon von dem Ereignis in Kenntnis gesetzt.

»Elsa, ziehen Sie ihr das Nachthemd aus«, wies Augusta sie an. »Und Martha, holen Sie frische Wäsche ...«

Augusta ließ sich auf einen Stuhl am Fenster nieder. Sie fühlte sich schwach. Doch bevor sie wieder in ihre Erinnerung versinken konnte, erschien Martha mit dem Nachthemd.

»Ist das in Ordnung? Ich habe es von dem Weißzeug für die Gäste genommen.«

»Ja, das ist in Ordnung«, entgegnete Augusta abwesend.

Als sich die Mädchen daranmachten, die Fremde umzuziehen, schreckte Martha plötzlich zurück. »Frau Baabe, ich weiß nicht ... sie ist so kalt, lebt sie wirklich noch?«

»Mein Sohn hätte sie nicht hergebracht, wenn das nicht der Fall wäre«, entgegnete Augusta. »Der Arzt wird sicher gleich hier sein, dann wissen wir mehr.«

Zögerlich fuhren die Dienstmädchen fort.

Augusta blickte aus dem Fenster.

So schnell kann sich das Blatt also wenden, schlich es durch ihren Verstand. An einem Tag erhielt man eine Einladung des Herzogs, am anderen tauchte eine Fremde auf, die vielleicht eine Gefahr war.

»Was soll ich mit dem Zweig machen?«, riss Elsa sie aus ihren Gedanken.

»Welcher Zweig?«

»Der hier!« Der Zweig war kaum länger als ein Unterarm. Von welchem Baum er stammte, war nicht genau zu erkennen.

»Wirf ihn weg«, wies sie das Dienstmädchen an.

»Nein!«, rief Christian, der wieder an der Tür aufgetaucht war. »Bitte, lass ihr den Zweig. Sie hat ihn so festgehalten, wer weiß, ob er für sie noch wichtig ist.«

Augusta sah ihren Sohn verständnislos an. »Was suchst du hier? Es schickt sich nicht, durch die Tür zu spähen!«

Christian wurde rot. »Ich bin nur gerade vorbeigekommen und habe euch davon reden hören.«

»Aber das ist doch nur ein Zweig!«, gab Augusta zurück. »Wahrscheinlich ist er in ihren Kleidern hängengeblieben.«

»Sie hatte die Hand fest darum geschlossen. Möglicherweise hat sie diesen Zweig aus einem bestimmten Grund mitgenommen. Bitte lass ihn da, bis sie wieder zu sich gekommen ist.«

Augusta schüttelte verwundert den Kopf, dann sagte sie: »In Ordnung, Elsa, stellen Sie den Zweig in einen Krug. Wie steht es mit Dr. Winter?«

»Friedrich ist zurück, er sagt, der Arzt ist auf dem Weg.«

Christian blickte besorgt auf das Mädchen. Noch immer war es so bleich wie ein Geist, doch das schmutzige Nachthemd war einem sauberen gewichen. Elsa und Martha rafften das verdreckte Bettzeug zusammen und trugen es an ihm vorbei nach draußen.

»In Ordnung, ich werde so lange hier warten«, antwortete Augusta. Als sich ihr Sohn nicht zurückzog, hob sie fragend die Augenbrauen. »Ja?«

»Ist sie wach geworden?«

»Nein«, antwortete Augusta. »Wir sollten abwarten, was Dr. Winter sagt.«

Christian nickte und verließ den Raum.

4. KAPITEL

Johanna schreckte aus dem Schlaf. Ihr wurde klar, dass sie die Nacht in Christians Zimmer verbracht hatte. Er selbst war bereits fort. Warum hatte er sie nicht geweckt? Und wie spät war es?

Sie schlug die Bettdecke zur Seite und ging zum Fenster. Dort sah sie, wie Kurarzt Dr. Winter mit seiner Arzttasche die Promenade entlanggeeilt kam.

War irgendwas passiert? Vielleicht mit ihrem Vater?

Sorge überfiel sie. Sie schlang ihr Tuch um die Schultern und huschte aus dem Zimmer. Stimmen drangen von unten herauf. Ihr Vater sprach mit Christian.

»Wenn ich es dir sage, am Strand!«, sagte ihr Bruder. »Ich habe keine Ahnung, wer sie ist.«

»Möglicherweise hat sie versucht, sich umzubringen«, mutmaßte der Vater.

Wen meinte er?

»Aber ich habe sie hier noch nie gesehen.«

»Sie könnte aus Doberan sein.«

»Um ihr Bein war ein Segeltuch gewickelt«, hielt Christian dagegen. »Niemand, der sich das Leben nehmen will, hat ein Segeltuch dabei. Möglicherweise ist ein Schiff in Seenot geraten.«

»Ein Schiff ist gesunken?«, fragte Johanna, als sie die

Treppenstufen hinter sich gelassen hatte. »Warum ist Dr. Winter hier?«

»Du meine Güte, Johanna, wieso trägst du nur ein Nachthemd?«, fragte Ludwig Baabe entsetzt. »Geh hoch und zieh dir etwas über, was soll denn der Herr Doktor denken?«

»Der Herr Doktor hat mich schon etliche Male im Nachthemd gesehen«, entgegnete sie. »Was ist denn los?«

»Ich habe eine Schiffbrüchige am Strand gefunden, eine junge Frau«, erklärte Christian. »Mutter und die Mädchen kümmern sich gerade um sie.«

Solange Johanna denken konnte, war hier in Heiligendamm noch nie eine Schiffbrüchige angespült worden.

Sie machte einen langen Hals in Richtung der Gästezimmer. Aus einem von ihnen fiel Licht in den Gang.

»Vielleicht sollte ich ihnen helfen.«

»Du wirst dir erst einmal etwas anziehen!« Ludwig Baabe deutete mit dem Finger die Treppe hinauf.

»Ja, natürlich, Vater!«

Mit klopfendem Herzen huschte Johanna wieder nach oben. Eine Schiffbrüchige! Wie aufregend!

In ihrem Magen kribbelte es. Sie lief in ihr Zimmer, wusch sich und trat dann vor den Kleiderschrank. Es war eigentlich kein besonderer Tag, trotzdem entschied sie sich, ihr blaues Kleid mit dem Häkelkragen anzuziehen. Anschließend steckte sie ihr Haar im Nacken zusammen und betrachtete sich vor dem Spiegel.

In diesem Kleid hatte sie sich im Herbst mit Peter getroffen. Die Erinnerung daran ließ Sehnsucht in ihr aufsteigen.

Als sie wieder unten ankam, war weder von Christian noch von ihrem Vater etwas zu sehen. Dafür vernahm sie die Stimme des Arztes in einem der Gästezimmer. Sie verstand nicht genau, was er sagte, wagte aber auch nicht, direkt einzutreten.

So leise wie möglich ging sie den Gang entlang. Auf Höhe des Veilchengrund-Zimmers wagte sie einen kurzen Blick durch den Türspalt, konnte dabei aber nur ihre Mutter erkennen, die den Arzt dabei beobachtete, wie er sich über das Bett beugte.

Als Augusta den Kopf drehte, setzte Johanna ihren Weg rasch fort.

»Vollkommen nass ist sie gewesen«, hörte sie Martha flüstern, als sie sich der Küche näherte. »Mit Seetang in den Haaren, wie eine Nixe!«

»Ich habe keine Ahnung, wie sie das überlebt hat«, pflichtete Elsa ihr bei.

»Sie hatte sicher einen Schutzengel«, meinte Trude.

»Nein, sie hatte einfach Glück«, brummte Hilda. »So was gibt's manchmal. Ich habe auch schon von Matrosen gelesen, die irgendwo an den Strand gespült worden sind.«

»Meinst du denn, dass sie eine Schiffbrüchige ist?«, fragte Trude.

»Der junge Herr Baabe hat es doch zum alten gesagt, oder?«, gab Hilda schnippisch zurück. »Ich bin sicher, dass er sich nicht täuscht.«

»Fragt sich nur, von welchem Schiff sie gefallen ist«, sinnierte Martha.

Ein Kribbeln in der Nase brachte Johanna zum Niesen. Die Dienstmädchen stoben auseinander. Nur Martha blieb wie angewurzelt stehen und starrte Johanna an, die sie jetzt in der Tür entdeckte.

»Oh, Fräulein Johanna!«, rief Martha ertappt. »Guten Morgen, ich …«

Johanna lächelte sie an, um ihr zu zeigen, dass sie es ihr nicht übelnahm, dass sie ein wenig getratscht hatten.

»Schon gut, Martha. Ist vielleicht noch etwas vom Frühstück übrig? Ich bin heute Morgen ein wenig spät dran ...«

»Das Frühstück ist noch aufgetragen«, antwortete Elsa. »Ich glaube, Ihr Vater und Ihr Bruder sind gerade im Esszimmer.«

»Gut, dann gehe ich zu ihnen.« Johanna wandte sich um und ertappte sich dabei, wie sie in sich hineinlächelte. Die Neugier flatterte in ihrem Bauch wie ein gefangener Vogel – für einen Moment sogar so stark, dass sie vergaß, darüber nachzudenken, was aus ihrer Liebe zu Peter werden sollte.

Christian und ihr Vater unterhielten sich lebhaft, als sie das Esszimmer betrat. Natürlich über die Fremde.

»Ah, sieh an, du hast auch richtige Kleider«, bemerkte der Vater, als sie sich setzte.

»Natürlich, Vater!«, entgegnete Johanna und griff nach einem Brötchen. Hunger hatte sie kaum in ihrer Aufregung, aber sie brauchte einen Grund, bei Tisch zu sitzen. Ihr Vater mochte es überhaupt nicht, wenn jemand zu einer Mahlzeit nichts aß.

»Und, was ist mit der jungen Frau? Wo hast du sie gefunden?«, fragte sie, während sie das Gefühl hatte, ihr Herz würde wie ein Ball in ihrer Brust herumhüpfen.

»In östlicher Richtung den Strand hinunter.« Christian nahm einen Schluck Kaffee.

»Und ihr Schiff? Hast du irgendwas gesehen?«

»Nein, habe ich nicht. Aber ich hatte in dem Moment auch nur Augen für sie.«

»Ach, ist sie hübsch?«

»Nun löchere doch deinen Bruder nicht so schamlos!«,

mahnte ihr Vater sie. »Wir werden noch früh genug erfahren, was los war. Lass deine Mutter erst einmal herkommen, dann wissen wir mehr.«

Christian lächelte Johanna zu. »Ja, sie ist wirklich hübsch. Und in deinem Alter«, antwortete er und ignorierte damit die Ansage seines Vaters.

»Ich stelle es mir schrecklich vor, von einem Schiff zu fallen«, sagte Johanna seufzend, dann setzte sie hinzu: »War sie wach? Hat sie dir einen Namen genannt?«

»Johanna!«, warnte ihr Vater.

»Was ist denn schlimm dran, dass ich frage?«, protestierte Johanna. »Dir hat Christian schon alles erzählt! Und nur, weil ich eine Frau bin, heißt es noch lange nicht, dass ich es nicht auch wissen darf!«

Ludwig Baabe schnaufte, gab sich dann aber geschlagen und verschwand hinter seiner Zeitung.

»Nein, sie hat mir keinen Namen genannt«, entgegnete Christian leise. »Sie war mehr tot als lebendig. Ich hoffe sehr, dass Dr. Winter etwas für sie tun kann. Es wäre sehr schade um sie.«

»Das hoffe ich auch.«

Als Christian seine Kaffeetasse an die Lippen hob, verlor sich Johanna einen Moment lang in Gedanken. Ihr Herz hüpfte noch immer, und die Neugier plagte sie weiter. Endlich geschah mal etwas, das nichts mit den Heiratsplänen ihrer Mutter zu tun hatte. Sie konnte es kaum abwarten, selbst mit dem Mädchen zu sprechen.

5. KAPITEL

Als die dunklen Schleier zerrissen und es wieder hell wurde, glaubte sie für einen Augenblick, dass sie im Himmel sei. Sie spürte eine seltsame Leichtigkeit, als hätte sie soeben ihre sterbliche Hülle hinter sich gelassen.

Doch dann kehrten die Empfindungen zurück. Sie spürte einen Hauch Wärme auf ihrem Gesicht und ein Pochen in ihrer Brust. Ihre Füße schienen Eisklötze zu sein, und in ihrem Rumpf brannte es, als hätte sie Fieber. Die Leichtigkeit verflog und wich einer seltsam kraftlosen Schwere.

Als sie einen tiefen Atemzug nahm, roch sie brennendes Holz und Kernseife. Ihre Brust schmerzte.

Dann sah sie ein Gesicht über sich.

Der schnurrbärtige Mann trug eine kleine Brille mit runden Gläsern, und sein ergrautes Haar war mit Pomade streng an seinen Kopf geklatscht worden. Eine goldene Uhrenkette baumelte von seiner grünen Weste herab.

»Können Sie mich hören, Fräulein?«, fragte er. »Verstehen Sie mich?«

Ja, sie verstand ihn, doch es fiel ihr schwer, ein Wort herauszubekommen. Ihre Kehle fühlte sich rau an, und die Worte wollten nicht so recht hindurch.

Sie versuchte es noch einmal, und schließlich kam etwas aus ihrem Mund, doch es klang wie ein heiseres Krächzen.

Der Mann runzelte die Stirn. »Mein Name ist Ambrosius Winter, ich bin der Kurarzt von Heiligendamm. Man hat Sie heute Morgen am Strand gefunden.«

Am Strand? Wie war sie an den Strand geraten? Und

Heiligendamm? Wo lag das? Das Mädchen zog die Augenbrauen zusammen.

»Wissen Sie, wie Sie heißen?«, fragte der Arzt sanft.

»Ich …« Das Wort klang schon etwas deutlicher, aber das Kratzen im Hals war immer noch da. »Ich weiß nicht.«

»Und erinnern Sie sich daran, wo Sie wohnen oder wo Sie herkamen?«

Sie schüttelte den Kopf. Sie erinnerte sich wirklich nicht. Sie konnte auch nicht sagen, warum ihr so kalt war. Und den Mann, der sie all das fragte, kannte sie erst recht nicht. Es war, als wäre sie vollkommen neu geboren worden.

Ambrosius Winters Miene verfinsterte sich. Er richtete sich auf und sagte dann zu einer anderen Person im Raum: »Das ist nicht ungewöhnlich. Auch Seeleute, die lange im Wasser waren, entwickeln oft eine Amnesie.«

»Haben Sie etwas von einem Schiffsunglück gehört?«, fragte eine Frauenstimme von irgendwoher aus dem Raum.

»Nein, bisher nicht, aber bei dem gestrigen Sturm wäre es durchaus möglich, dass so etwas geschah«, gab Winter zurück. »Angesichts des Zustandes ihrer Haut gehe ich davon aus, dass sie eine Weile im Wasser war. Da ist ein Schiffsunglück naheliegend. Außerdem weist sie keine weiteren Verletzungen auf.«

Das Mädchen hob vorsichtig den Kopf. Eine Frau mit hochgestecktem rotblonden Haar und einem dunklen, hochgeschlossenen Kleid saß etwas abseits auf einem Stuhl vor dem Fenster.

»Können Sie denn nichts gegen die Amnesie tun?«, fragte sie.

Ihr fiel nun auf, dass sie auch den Raum, in dem sie sich befand, nicht erkannte.

»Es tut mir leid«, sagte der Arzt. »Manchmal dauert

der Gedächtnisverlust nur ein paar Stunden oder Tage, manchmal aber auch Wochen, Monate und gar Jahre.«

»Jahre!«, rief die Frau entsetzt. »Kann sie denn nicht anders identifiziert werden?«

»Ich schlage vor, dass Sie den Polizeipräsidenten in Bad Doberan verständigen«, entgegnete der Arzt. »Seine Leute werden schnell herausfinden können, wer unsere Schiffbrüchige ist.«

»In Ordnung, ich werde meinem Mann Bescheid geben«, entgegnete die Rothaarige.

Bad Doberan? Diese Stadt kannte sie nicht. Doch auf ihren Verstand konnte sie sich ohnehin nicht verlassen. Und was der Arzt von Vermissten redete … Wie wollte er herausfinden, woher sie gekommen war, wenn nicht einmal mehr sie selbst es wusste?

Doch etwas schoss ihr plötzlich durch den Sinn.

Der Zweig! Wo war der Zweig geblieben? Sie schaute in ihre Handfläche, doch da war nichts. Dabei war sie sich sicher, dass sie ihn festgehalten hatte.

»Haben Sie meinen Zweig gesehen?«, platzte sie heraus, bevor die fremde Frau etwas auf die Worte des Doktors antworten konnte.

Der Arzt wandte sich ihr wieder zu.

»Was meinen Sie?«

»Mein Zweig. Ich hatte einen Zweig in der Hand, und jetzt ist er fort!«

Panik wallte in ihr auf. Sie wusste nicht mehr warum, aber dieser Zweig war lebenswichtig für sie.

Die rothaarige Frau erhob sich und trat näher.

»Bitte, Sie haben ihn doch nicht weggeworfen, oder?«

»Nein, nein, er ist noch da«, sagte die Rothaarige.

»Darf ich ihn sehen? Bitte!«

Die Frau blickte zu dem Arzt. Der nickte ihr zu.

»Aber natürlich.« Sie sah sich suchend um, dann schien sie fündig zu werden und deutete auf einen kleinen Tonkrug, der auf dem Fensterbrett stand. Durch die weißen Spitzengardinen fiel helles Tageslicht. »Wir haben ihn ins Wasser gestellt.«

Sie atmete erleichtert auf und ließ sich wieder in die Kissen sinken. Ruhe breitete sich in ihrem Körper aus und Müdigkeit überkam sie.

»Ich danke Ihnen«, sagte sie leise, dann verschwamm die Welt vor ihren Augen und wurde wieder dunkel.

~

»Sie ist eingeschlafen«, stellte Dr. Winter fest und nahm sein Stethoskop ab.

»Ist das ein gutes Zeichen?«, fragte Augusta, die ihren Blick nicht von dem Mädchen ließ. Unruhe wütete in ihrer Brust. Wäre Christian an diesem Morgen nicht ausgeritten, hätten wir dieses Problem nicht am Hals, ging es ihr durch den Sinn.

»Das weiß ich nicht. Sie ist ziemlich schwach und stark unterkühlt. Wir werden ein Auge darauf haben müssen, ob sie eine Lungenentzündung ausbildet.«

Lungenentzündung? Das war das Letzte, das sie hier brauchen konnten, so kurz vor dem Weihnachtsfest.

»Wäre es dann nicht besser, sie in ein Hospital zu verlegen?«, fragte Augusta.

»Wenn sie tatsächlich Zeichen einer Lungenentzündung zeigt, wäre das wirklich besser. Doch ich würde empfehlen, sie erst einmal ein paar Tage hierzulassen. Was auch immer passiert ist, es hat ihren Geist sehr stark mitgenommen. Es wäre ihrer seelischen Erholung nicht zuträglich, in ein Hospital mit vielen Kranken eingeliefert zu werden.«

»Wenn ihr Geist mitgenommen ist, wäre dann nicht die Psychiatrie der geeignetere Ort? In der Nähe gibt es doch sicher ein …« Irrenhaus, wollte sie noch sagen, doch der Blick des Arztes brachte sie zum Schweigen.

»Frau Baabe, ich verstehe Sie ja«, sagte er sanft. »Niemand mag sich gern mit so einem Problem belasten. Aber stellen Sie sich vor, was wäre, wenn es sich um Ihre Tochter handelte …«

Meine Tochter würde ganz sicher nicht in einem Nachthemd am Strand aufgefunden werden, wäre es beinahe aus Augusta herausgeplatzt, doch der Arzt setzte hinzu: »Würden Sie sich in so einem Fall nicht auch wünschen, dass es eine freundliche Familie gibt, die sie aufnimmt? Die ihr hilft, ihre Erinnerungen wiederzufinden?«

Augusta presste die Lippen zusammen. Fast wünschte sie sich, dass ihr Sohn nicht ausgeritten wäre. Doch es war geschehen. Und Dr. Winter war ein einflussreicher Mann. Was, wenn er herumerzählte, dass die Familie Baabe eine Schiffbrüchige aus dem Haus gewiesen hatte – obwohl sie doch die Möglichkeit hatte, sie für eine Weile bei sich aufzunehmen?

»Frau Baabe, ich versichere Ihnen, dass dieser Akt der Gastfreundschaft dem guten Ruf Ihrer Familie zuträglich sein wird. Außerdem ist bald Weihnachten. Sollte die junge Frau ernsthaft krank werden, werde ich dafür sorgen, dass sie in ein Hospital verlegt wird. Doch wenn nicht … Geben Sie ihr bitte die Zeit, sich zu erholen. Möglicherweise kehrt ihr Gedächtnis schon in ein paar Tagen zurück. Dann wird sich die Sache klären, und die Eltern des Mädchens werden Ihnen sehr dankbar für Ihre Mühe sein.«

Wenn sie denn noch Eltern hat, dachte Augusta, doch sie nickte.

»In Ordnung, Dr. Winter. Wir werden alles in unserer Macht Stehende für sie tun.«

Der Arzt wirkte erleichtert. »Das ist sehr nobel von Ihnen. Ich werde regelmäßig nach der jungen Dame sehen. Geben Sie mir Bescheid, wenn sich an ihrem Zustand etwas ändert. Und da es sich um einen besonderen Fall handelt, werde ich Ihnen auch keine Rechnung stellen.«

Der Arzt nahm seine Tasche und strebte der Tür zu.

Ein Gedanke schoss plötzlich durch Augustas Kopf und verdrängte, was sie eigentlich hatte sagen wollen.

»Dr. Winter«, begann sie, denn sie wusste nicht so recht, wie sie es formulieren sollte.

»Ja?«

»Was, wenn sie ... wenn sie in anderen Umständen ist? Kann man das irgendwie feststellen?«

Die Züge des Arztes glätteten sich. »Natürlich kann man eine Schwangerschaft feststellen. Dafür gibt es jedoch keine Anzeichen. Lassen Sie sie schlafen, und wenn sie wach wird, geben Sie ihr warme Suppe.«

»Ich verstehe«, sagte Augusta, und nachdem sie noch einen Blick auf das Mädchen geworfen hatte, begleitete sie den Arzt zur Haustür.

6. KAPITEL

»Da haben wir uns ja was eingebrockt«, murmelte Augusta und bemerkte dabei nicht, dass Johanna hinter ihr aufgetaucht war.

»Was ist mit ihr?«, fragte sie.

Ihre Mutter fasste sie beim Arm und zog sie mit sich in

die Bibliothek, die im hinteren Teil des weitläufigen Gästehauses lag.

»Sie kann sich an nichts erinnern«, antwortete Augusta. »Der Arzt meinte, das würde vorkommen, wenn man lange im Wasser liegt. Und gottbewahre, was das noch alles für Folgen für uns haben könnte. Möglicherweise ist sie schwachsinnig oder bekommt eine Lungenentzündung.«

»Weiß sie denn nicht einmal, wie sie heißt oder was passiert ist?« Johanna fragte sich, wie das sein sollte. Erinnerungen waren doch keine Farben, die man einfach mit Wasser von einem Blatt Papier löschen konnte!

Augusta schüttelte den Kopf. »Nein. Und wenn du mich fragst: Ich habe kein gutes Gefühl bei ihr.«

»Wieso?«

»Sie könnte eine Verbrecherin sein«, brauste Augusta auf, als sie die Bibliothekstür hinter sich geschlossen hatte. Ihre Wangen glühten jetzt dunkelrot. »Vielleicht ist sie schwanger und wollte ins Wasser gehen.«

»Mutter!«, protestierte Johanna, in deren Brust die Ungeduld brannte, die Fremde endlich kennenzulernen. »So etwas Schreckliches kannst du doch nicht einfach so behaupten!«

Augusta presste die Lippen zusammen.

Johanna wusste, dass ihre Mutter nur allzu leicht das Schlechte in Menschen sah. Besonders dann, wenn sie sie nicht kannte.

Doch wie sollte ein Mensch, der sein Gedächtnis verloren hatte, sie von dem Gegenteil überzeugen?

»Hat sie denn überhaupt nichts gesagt?«, fragte Johanna, als sie den Eindruck gewonnen hatte, dass ihre Mutter etwas ruhiger geworden war. »Sie war doch wach, oder? Spricht sie unsere Sprache?«

»Ja, aber es kam nichts Brauchbares heraus«, gab Augusta zurück, und wieder schien sie sich aufzuregen. »Sie fragte nach dem Zweig, den sie bei sich hatte! Ich wollte ihn eigentlich wegwerfen, aber dein Bruder meinte, dass ich es nicht tun soll. Wer weiß, was es damit auf sich hat.«

Augusta grübelte noch einen Moment, dann sagte sie zu Johanna: »Du wirst dich von ihr fernhalten, bis wir wissen, was mit ihr los ist, hörst du?«

»Ist sie denn krank?«, fragte Johanna.

»Nein, doch das kann ja noch kommen.«

»Aber sie ...«

»Keine Widerrede, mein Kind! Du solltest dich lieber um deine Aussteuer kümmern und dir Gedanken wegen des Weihnachtsballs machen. Du brauchst ein Kleid, musst dir eine Frisur überlegen, und dann ist da noch deine andere Entscheidung. Glaub nicht, dass ich vergesse, was wirklich wichtig ist in deinem Leben!«

Damit verschwand ihre Mutter aus der Bibliothek.

Johanna sah ihr einen Moment nach, dann fiel ihr Blick auf den großen alten Globus, das Schmuckstück des hohen Raumes, an dessen Wänden Bücherregale und Vitrinen standen und gemütliche Sessel Sitzgelegenheiten boten.

Wo die Fremde wohl herkam? Dass sie unsere Sprache beherrscht, heißt noch nicht, dass sie nicht aus einem fernen Land kommt, sagte Johanna sich. Möglicherweise war ihr Vater Kaufmann irgendwo in der Fremde – und möglicherweise ist er auf dem Schiff ertrunken und sie nun ganz allein auf der Welt.

Dieser Gedanke ließ ihr Herz zusammenkrampfen. Sie konnte sich nicht vorstellen, mutterseelenallein zu sein – auch wenn sie sich das angesichts ihrer bevorstehenden Hochzeit wünschte.

Seufzend richtete sie ihren Blick auf das Fenster. Warum konnte nicht ein Wunder geschehen, das alles wieder geraderückte?

~

Ludwig Baabe war in Gedanken bei der Jahresinventur, als seine Frau die Tür aufriss und mit langen Schritten in sein Büro eilte.

»Wir müssen reden!«, sagte sie.

»Aber sicher doch, Liebes«, entgegnete Ludwig und nahm seinen Kneifer ab. »Was hast du auf dem Herzen?«, fragte er, während seine Gattin vor seinem Schreibtisch auf und ab tigerte. »Und magst du dich nicht setzen?«

»Nach Sitzen ist mir nicht zumute.« Augusta bedachte ihn mit einem scharfen Blick, der ihn davon abbrachte, seinen Vorschlag zu wiederholen.

Seufzend erhob er sich, ging zur Tür, schloss sie und kehrte dann an seinen Platz zurück. Einen Moment lang wartete er ab, dass sich seine Frau beruhigte. Als sie das nicht tat, riet er einfach: »Ist es wegen unseres Gasts? Ich habe gesehen, dass Dr. Winter wieder gegangen ist.«

»Gast?«, fuhr Augusta ihn an. »Diese Person kannst du unmöglich als Gast bezeichnen.«

»Was ist sie denn sonst?«, fragte Ludwig in versöhnlichem Ton.

»Nun, was sie ist, weiß ich nicht, aber sicher ist sie nichts Gutes.«

»Was hat denn der Arzt gesagt?«

»Dass sie ihr Gedächtnis verloren hat. Und dass sie eine Lungenentzündung bekommen könnte. Möglicherweise ist sie schwanger … Ich war ja dafür, sie in ein Hospital bringen zu lassen.« Sie schwieg einen Moment lang, dann verschränkte sie die Arme vor der Brust. »Warum hat er eigentlich nicht mit dir geredet? Du bist der Hausherr!«

»Und du die Hausherrin. Augusta, glaubst du wirklich, der Arzt würde mit Frauensachen zu mir kommen? Und was unseren privaten Haushalt angeht, bist du dessen Vorsteherin, nicht ich.«

Augusta atmete tief durch. »Was sollen wir tun, Ludwig? Mir ist natürlich klar, dass wir nicht herzlos sein und sie rauswerfen dürfen. Doch ist es nicht gefährlich, sie hierzulassen? Sie könnte alles Mögliche sein: eine Wahnsinnige, eine Selbstmörderin, eine unehelich Schwangere, eine Verbrecherin ...« Plötzlich hielt Augusta inne. Ein Gedanke schien sich ihr aufzudrängen. »Oder möglicherweise hat Christian etwas damit zu tun.«

»Was meinst du damit, Liebes?«

»Nun ja«, begann sie vorsichtig. »Was, wenn er in die Sache verwickelt ist? Wenn es kein Zufall war, dass gerade er das Mädchen gefunden hat?«

»Was willst du damit sagen? Er ist heute Morgen ausgeritten, das macht er manchmal. Du willst doch nicht behaupten, dass er dem Mädchen etwas angetan hat!«

»Nein, sicherlich nicht direkt. Aber was, wenn er ...« Die Worte versiegten in ihrer Kehle.

»Was soll er denn angestellt haben?«

»Du hast doch sicher nicht vergessen, was damals passiert ist ...«

Ludwig schnaufte. »Augusta, bitte hör auf. Unser Sohn war vielleicht einmal leichtsinnig, aber ich bin sicher, dass er sich in diesem Fall nichts hat zuschulden kommen lassen.«

Ein Mädchen zu verführen, zu schwängern und beinahe in den Tod zu treiben, traute er seinem Sohn keineswegs zu. Aber die Liaison, die ihnen großen Ärger eingebracht hatte, hatte er natürlich nicht vergessen.

»Gut, wenn du willst, rede ich mit ihm.«

Augusta entspannte sich jetzt ein wenig. Ludwig erhob sich, ging zu ihr und zog sie in seine Arme.

»Mach dir keine Sorgen, es wird alles gut.«

Ludwig wusste, dass sich seine Frau so leicht nicht beschwichtigen ließ, aber er hoffte, dass ihr klar war, dass sie in diesem Augenblick nicht viel mehr tun konnten.

»Dr. Winter meinte, dass es gut wäre, den Polizeipräsidenten zu informieren«, sagte Augusta, als sie sich aus seiner Umarmung löste.

»Ich habe Martin Wagner schon lange nicht mehr besucht«, entgegnete Ludwig. »Das werde ich nachholen.«

»Dann grüß seine Frau von mir und sag ihnen, dass ich mich freuen würde, sie bald mal wieder bei uns zu begrüßen.«

Ludwig nickte und drückte ihr noch einen Kuss auf die Wange.

~

Unruhig tigerte Christian in seinem Zimmer auf und ab. Sein Herz pochte wie wild. Das Bild, wie die junge Frau am Strand gelegen hatte, verließ ihn einfach nicht. Wie es ihr wohl ging? Noch nie war die Sorge um einen Menschen so tief in ihm gewesen wie bei ihr. Obwohl er keine Zeit gehabt hatte, sie länger zu betrachten, sah er ihr Gesicht, wenn er seine Augen schloss. Sie war so wunderschön. Wie eine Seejungfrau aus einem Märchen von Hans Christian Andersen. Er wusste, dass das alles Unsinn war, doch was, wenn es ein Reich unten im Wasser gäbe? Ein Reich voller wunderschöner Frauen, die bereit waren, ihre Flossen und ihre Unsterblichkeit für ein paar Momente der Liebe herzugeben?

Die Gestrandete sah jedenfalls aus wie die kleine Meerjungfrau. Wie sich wohl ihre Stimme anhörte? Hatte sie sie behalten, nachdem sie dem Wasser entstieg?

Auf einmal packte ihn der Drang, runterzugehen und nach ihr zu sehen. Welche Sprache sprach sie wohl? War sie vielleicht eine Schwedin oder Russin? Hoffentlich war sie bereits wieder wach …

Auf halbem Weg zur Tür machte er Halt. War Dr. Winter überhaupt schon fort? Und seine Mutter? Sie hatte alles andere als begeistert gewirkt. Aber wann war sie schon begeistert?

Ein Klopfen riss ihn aus seinen Gedanken.

»Herein!«

Als sein Vater eintrat, fiel Christian wieder ein, dass er eigentlich schon längst im Arbeitszimmer hätte sein sollen.

»Papa! Ich komme sofort! Ich wollte nur …«

»Ich möchte mit dir reden«, entgegnete Ludwig und zog die Tür hinter sich zu.

»Ähm … ja, bitte.« Christian fragte sich, was wohl los war. Der nächste Gedanke ließ einen heißen Schrecken durch seine Glieder schießen: War das Mädchen gestorben?

»Es muss ein ziemlicher Schock für dich gewesen sein, diese junge Frau am Strand zu finden.«

»Es geht schon. Was ist mit ihr? Lebt sie noch?«

Ludwig nickte. »Ja, sie lebt noch. Deine Mutter hat nur etwas zur Sprache gebracht.«

Christian zog die Augenbrauen hoch. Was hatte seine Mutter gesagt? Und warum schaute sein Vater so besorgt drein?

»Wohin wolltest du eigentlich so früh am Morgen?«

»Ich hatte schlecht geschlafen und wollte nur die Müdigkeit vertreiben.«

»Und wo genau lag sie?«

»Auf Höhe des Waldes, dort, wo der Strand etwas steiniger wird.«

»Und um ihr Bein war ein Stück Segeltuch gewickelt?«

»Ja, so war es.« Christian sah seinen Vater abwartend an. Das hatte er ihm doch schon vorhin erzählt!

»Und du kennst sie nicht?«, fragte Ludwig Baabe weiter.

»Vater, ich habe sie heute zum ersten Mal gesehen.« Christian schüttelte den Kopf. Was sollte das alles?

»Deine Mutter meinte, dass es gut wäre, die Polizei einzuschalten«, fuhr sein Vater fort. »Immerhin müssen wir herausfinden, wer sie ist und welches Schicksal sie erlitten hat.«

»Ist denn Dr. Winter schon bei ihr gewesen? Wie geht es ihr?«

»Dr. Winter hat ihr einen Gedächtnisverlust attestiert«, antwortete Ludwig. »Wenn es sich um ein Verbrechen handelt …«

»Meint Mutter das?«, fragte Christian. Ein Verbrechen zu vermuten, erschien ihm überzogen.

Ludwig Baabe sah ihn prüfend an. »Du hast mit der Sache nichts zu tun?«

Christian riss erschrocken die Augen auf. »Vater, ich bitte dich! Natürlich nicht! Ich habe sie lediglich gefunden, sonst nichts!«

Er konnte es nicht glauben. Machten seine Eltern aus seiner guten Tat tatsächlich ein Verbrechen?

»Vater, ich sage es dir doch, ich kenne dieses Mädchen nicht. Und abgesehen von der einen kleinen Liebschaft vor vielen Jahren hatte ich bisher keine weitere. Und denkst du wirklich, dass ich eine Frau sitzenlassen oder dazu treiben würde, ins Wasser zu gehen, wenn ich wüsste, dass sie von mir schwanger ist?«

»Das Mädchen vor sechs Jahren war totunglücklich«, erwiderte sein Vater. »Die Eltern sagten, dass sie für Wochen das Essen verweigert hätte. Und alles nur, weil du ihr falsche Hoffnungen gemacht hast.«

»Welcher Mensch wäre nicht totunglücklich nach einer Trennung?«, murmelte Christian. »Aber falsche Hoffnungen habe ich ihr nicht gemacht, dazu stehe ich noch immer. Und sie war auch nicht schwanger, denn ich habe sie nicht angerührt.«

Sein Magen kniff plötzlich. Er dachte nur ungern an Louise zurück.

Sie war die Tochter eines Bauern in der Nähe gewesen. Deren Eltern hätten gewiss nichts dagegen gehabt, sie mit ihm zu verheiraten. Doch als seine Eltern es herausfanden, war die Hölle los, zumal er damals erst achtzehn war. Daraufhin hatte er die Beziehung abgebrochen.

»Vater, ich schwöre dir, ich kenne diese Frau nicht. Die Polizei sollte nach einem verschwundenen Schiff suchen. Es könnte aus Schweden oder Dänemark gekommen sein. Oder aus Ostpreußen!«

»Ich werde mit meinem alten Freund Wagner in Bad Doberan sprechen«, versicherte sein Vater. »Aber vorher wollte ich mich vergewissern, dass du ganz bestimmt nicht in die Sache verwickelt bist.«

»Nein, Vater, ich schwöre es dir!«, entgegnete Christian gequält.

»In Ordnung, ich glaube dir«, sagte Ludwig Baabe.

Christian atmete erleichtert auf. »Danke, Vater.«

Ludwig nickte, dann fragte er: »Und, kommst du jetzt runter ins Arbeitszimmer? Oder soll ich alles allein machen?«

7. KAPITEL

Samstag, 6. Dezember 1902

Noch bevor sich Leben im Haus regte, schlich Johanna auf Zehenspitzen die Treppe hinunter und dann zum Gästezimmer, in dem die Schiffbrüchige lag. Aufregung kribbelte in ihrem Magen. Gestern hatte sie keine Gelegenheit mehr gehabt, sie zu besuchen.

Vor der Tür hielt sie eine Weile inne. Dann klopfte sie.

»Herein«, tönte es schwach aus dem Zimmer.

Johanna öffnete die Tür. Natürlich war auch hier noch alles dunkel.

»Bitte entschuldigen Sie, ich hoffe, ich habe Sie nicht geweckt.«

»Ich bin schon seit einer Weile wach«, entgegnete das Mädchen.

»Ich wollte nur mal schauen, wie es Ihnen geht«, sagte Johanna leise. »Darf ich reinkommen?«

»Natürlich, kommen Sie nur.«

Johanna tastete nach der Lampe und entzündete sie. Das Licht flutete das Zimmer und fiel auf die junge Frau im Bett.

Sie wirkte blass, aber ihre Augen waren offen und glänzten ein wenig fiebrig.

»Ich bin Johanna Baabe, die Tochter des Hauses.«

Die Fremde lächelte. »Es freut mich, Sie kennenzulernen.«

Johanna musste zugeben, dass sie sehr hübsch war. Auf

dem Kissen wirkte sie ein wenig zerbrechlich, wie eine Porzellanpuppe. Das rührte Johanna sehr, beinahe so, als sähe sie in ihr eine kleine Schwester.

Vorsichtig trat sie näher. »Geht es Ihnen gut?«

»Es wird besser«, antwortete sie. »Mir ist zwischendurch immer noch kalt, und vermutlich habe ich viel zu lange geschlafen ...«

»Das macht nichts«, entgegnete Johanna. »Sie haben nichts verpasst.«

»Welcher Tag ist heute?«, fragte die Fremde und drehte sich ein wenig unter der Bettdecke.

Johanna musste überlegen. »Der sechste Dezember. Der Tag des heiligen Nikolaus.«

Sie nickte. »Danke. Es tut mir leid, dass ich Ihnen meinen Namen nicht sagen kann. Ich ... ich erinnere mich nicht ...«

Johanna nickte. »Meine Mutter erwähnte so etwas.«

Auf einmal fühlte Johanna sich unwohl. Was sollte sie sagen? Etwas Ermunterndes? Oder sollte sie das Mädchen besser wieder in Ruhe lassen?

Da fiel ihr Blick auf den Zweig im Krug am Fenster. »Der Zweig da ist sehr hübsch.«

»Bitte«, sagte sie. »Lassen Sie ihn im Krug. Er braucht Wasser.«

Johanna wandte sich um. »Natürlich. Ich wollte ihn auch gar nicht herausnehmen.«

Sie lächelte unsicher, dann fragte sie: »Wäre es Ihnen lieber, wenn ich wieder gehen würde?«

»Nein, bleiben Sie ruhig«, entgegnete sie. »Es ist so einsam, und all meine Gedanken führen ins Nichts. Es tut gut, sich mit jemandem zu unterhalten.«

Johanna zog sich einen Stuhl ans Bett und setzte sich. Dabei bemerkte sie die dunklen Schatten unter den Augen der jungen Frau und die Krusten an ihren Augenwinkeln. Hatte sie geweint? Oder waren ihre Augen nur gereizt vom Salzwasser?

»Der Zweig scheint Ihnen sehr wichtig zu sein«, sagte Johanna. »Können Sie sich erinnern, was es mit ihm auf sich hat?«

»Er … er muss im Wasser stehen«, antwortete sie. Ihre Stimme wurde ein wenig schwächer. War sie doch noch müde und wollte schlafen? »Er muss es, wenn er blühen soll.«

Das klang doch ein wenig merkwürdig. Hatte ihre Mutter recht, und das Mädchen hatte im Wasser seinen Verstand verloren? Kein Wunder, wenn es stundenlang in den Fluten getrieben war.

»Blühen?«, fragte Johanna verwundert. »Warum sollte der Zweig blühen? Es ist Dezember! Meine Großmutter sagte einmal, dass es Unglück bringt, wenn Obstbäume im Dezember blühen.«

»Das mag stimmen, aber bei einem Zweig ist es etwas … anderes …«

Ein leises Seufzen folgte ihren Worten. Als Johanna aufblickte, sah sie, dass sie wieder eingeschlafen war.

Was sollte sie jetzt tun? Sie wecken? Es interessierte sie, was an einem blühenden Zweig anders sein sollte als an einem blühenden Baum. Ein blühender Baum verhieß der Familie Tod. Und ein blühender Zweig? Brachte er Glück? Johanna erinnerte sich nicht, jemals davon gehört zu haben.

Bevor sie eine Entscheidung fällen konnte, hörte sie Schritte den Gang heraufkommen. Wahrscheinlich war es nur eines der Mädchen. Augenblicklich erhob sie sich und schlich zur Tür, doch es war zu spät, um das Zimmer noch ungesehen zu verlassen.

Stattdessen drückte sie sich an die Wand neben der Tür.

Als die Schritte ganz nahe waren, schlug ihr das Herz bis zum Hals. Warum versteckte sie sich eigentlich? Das war doch ihr Elternhaus! Und warum verbot ihre Mutter ihr den Kontakt mit der jungen Frau? Sie schien ganz nett zu sein. All die bösen Vorwürfe, die Augusta vorgebracht hatte … Johanna konnte sich nicht vorstellen, dass die Schiffbrüchige irgendwas Schlimmes angestellt hatte.

Als die Schritte sich wieder entfernten, atmete sie auf. Der Tag im Hause Baabe hatte begonnen, und es wurde Zeit, dass sie in ihr Zimmer zurückkehrte.

Der Gedanke an den Zweig beschäftigte Johanna auch noch Stunden später, als sie in ihrem Zimmer saß und so, wie es ihre Mutter am Vortag befohlen hatte, ihre Aussteuer durchsah. Wieder und wieder ging sie das Gespräch mit der Fremden durch und merkte dabei, dass sie keine Lust hatte, das Weißzeug zu zählen.

Ihre Mutter hatte schon frühzeitig dafür gesorgt, dass ihre Brauttruhe prall gefüllt war mit allem, was von einer wohlhabenden jungen Frau erwartet wurde. Was sollte also fehlen?

Seufzend klappte sie den Deckel zu. Lieber würde sie wieder mit ihrem Gast reden! Um diese Uhrzeit war ihre Mutter damit beschäftigt, die Einkäufe für die kommende Woche zu planen. Und die Mädchen hatten in den Zimmern oder in der Küche zu tun. Möglicherweise standen die Chancen günstig.

Kaum war sie unten angekommen, läutete es. Da sich weder Elsa noch eines der anderen Dienstmädchen zeigte, ging sie an die Tür und öffnete.

Nur einen Moment später bereute sie es zutiefst.

Vor der Tür stand Berthold von Kahlden.

»Einen wunderschönen guten Tag, Fräulein Johanna«, sagte er mit einem fast schon unverschämten Lächeln. »Was verschafft mir die Ehre, dass Sie die Tür heute für mich öffnen? Haben Sie gespürt, dass ich auf dem Weg zu Ihnen war?«

Er nahm seinen Hut ab und strich sich über das volle braune Haar. Johanna kannte viele, die bei seinem Anblick dahinschmolzen. Sie dagegen bekam eine Gänsehaut, wenn sie ihn sah – und zwar nicht vor lauter Wonne.

»Unsere Mädchen sind beschäftigt, und ich war gerade in der Nähe«, antwortete Johanna, so kühl sie nur konnte. Sie würde wahrscheinlich nie verstehen, was er an ihr fand. Und warum er ihr den Hof machte. »Wollen Sie zu meiner Mutter?«

»Eigentlich wollte ich eher zu Ihnen«, sagte er und zog etwas aus der Tasche. Augenblicklich schnellte ihr Puls in die Höhe. »Heute ist der Tag des heiligen Nikolaus, da möchte ich Ihnen ein kleines Geschenk zukommen lassen.«

»Eigentlich werden doch nur Kinder beschenkt. Ich sage am besten meiner Mutter Bescheid«, entgegnete Johanna, ohne das Päckchen anzunehmen.

Als sie sich umwandte, kam Augusta gerade aus dem Salon. Ihre Miene, die zuvor noch ein wenig besorgt gewirkt hatte, hellte sich beim Anblick von Johannas Verehrer sichtlich auf.

»Herr von Kahlden!«, rief sie und breitete die Arme aus.

Johanna fragte sich, was ihre Mutter getan hätte, wenn sie an ihrer Stelle gewesen wäre. Hätte sich Augusta über den Besuch eines Mannes, den sie nicht wollte, gefreut? Sicher nicht.

»Hilda!«, rief sie nach dem Dienstmädchen, das nur wenige Augenblicke später erschien. »Nehmen Sie dem Herrn von Kahlden doch Hut und Mantel ab!«

»Johanna, was sagst du dazu, der Herr von Kahlden stattet uns einen Besuch ab.« Augusta warf Johanna einen vielsagenden Blick zu, doch sie hatte keine Lust, Freude zu heucheln.

»Es ist … ganz reizend«, entgegnete sie. Dann fiel ihr etwas ein. »Entschuldigen Sie, ich möchte mich nur umziehen, dann komme ich sofort zu Ihnen.«

Ihre Mutter zog die Augenbrauen hoch, nickte ihr aber zu. Das Kleid, das Johanna trug, war in der Tat nichts für den Empfang eines Heiratskandidaten.

»Ja, geh nur, mein Kind. Herr von Kahlden und ich sind im Salon. Aber bitte sieh dir doch zuerst noch Herrn von Kahldens Geschenk an.«

Johanna öffnete vorsichtig das Päckchen und erblickte einen prächtigen goldenen Ring. Die Edelsteinblüte darauf schillerte in den Farben des Regenbogens. Waren das etwa Diamanten? Der Ring musste ein Vermögen gekostet haben!

Ihr blieb die Luft weg. Gleichzeitig fühlte sie sich, als hätte sie einen Stein im Magen. Sie schluckte und nickte ihrem Verehrer kurz zu. Sie schaffte es gerade noch so, würdevoll die Treppe hinaufzugehen, doch als Herr von Kahlden und ihre Mutter außer Reichweite waren, rannte sie los. Sie hatte nicht vor, sich frisch zu machen oder sich für den aufdringlichen Gockel ein schönes Kleid anzuziehen. Sie wollte sich nur verstecken – und wo ging das besser als im Zimmer ihres Bruders?

»Christian, bist du da?«, flüsterte Johanna und klopfte an die Tür. Um diese Tageszeit wusste man nie, wo er sich gerade aufhielt. Einfach bei ihm hineinschneien wollte sie nicht.

»Ja, komm rein!«

Erleichtert drückte Johanna den Türflügel auf.

»Gott sei Dank!«

»Was ist denn los, Schwesterherz?«, fragte Christian. Ein amüsiertes Lächeln spielte um seinen Mundwinkel. »Hat Mutter dich etwa belagert, ob du etwas mit unserem neuen Gast zu tun hast? «

»Wie bitte?« Johanna runzelte die Stirn. »Nein, natürlich nicht! Von Kahlden ist da! Und ich frage mich, ob du deine Schwester verstecken würdest!«

»Auf gar keinen Fall«, entgegnete er. »Mutter hat mich sowieso schon auf dem Kieker.«

»Warum das?«

Johanna erinnerte sich, dass Christian gestern Abend sehr schweigsam gewirkt hatte. Er war früh in sein Zimmer gegangen und hatte sich nicht mehr blicken lassen. Sogar die Schiffbrüchige schien ihn nicht zu interessieren.

»Stimmt, das habe ich dir ja noch gar nicht erzählt«, begann Christian. »Vater war bei mir, nachdem Mutter ihn verrückt gemacht hat. Er fragte mich doch allen Ernstes, ob ich etwas mit der Frau zu tun habe.«

»Nein!«

»Wenn ich es dir sage! Mutter glaubt tatsächlich, ich hätte sie mit falschen Versprechungen in den Selbstmord getrieben.«

Johanna riss die Augen auf. »Aber wieso denn das? Du hast sie gefunden, nichts weiter!«

»Louise«, sagte Christian.

Sie erinnerte sich an das Bauernmädchen. Nach dem großen Eklat war es nicht wieder zur Sprache gekommen. Doch das Auftauchen der Fremden hatte gereicht, um das Geschehen wieder ans Licht zu holen.

»Es ist unglaublich, dass sie dir das immer noch vorhalten!«

Christian wischte sich übers Gesicht. »Ja, das ist es.

Aber damit muss ich wohl leben, solange ich fremde Mädchen vom Strand auflese.«

Er presste die Lippen zusammen, und Enttäuschung glomm in seinen Augen.

»Von Kahlden ist also da?«, wechselte er schließlich das Thema.

»Ja, er hat mir ein Geschenk zum Nikolaustag gebracht.«

»Wenn du es nicht willst, gib es mir. Sicher sind es Pralinen, die mag ich auch.«

»Nein, es ist ein Ring!« Johanna seufzte. »Ich komme mir vor wie auf einem Pferdemarkt.«

Christian grinste breit. »Nun, dann solltest du dir ein paar Zähne rausbrechen und die anderen gelb färben. Vielleicht verliert er dann das Interesse.«

Johanna lachte kurz auf, doch der Scherz reichte nicht, um ihre Laune zu verbessern.

»Und du willst mir wirklich nicht sagen, wem dein Herz gehört?«

Johanna senkte den Kopf und seufzte.

»Du kannst mir ja doch nicht helfen. Und wahrscheinlich suchen seine Eltern auch schon eine Braut für ihn.«

»Aber vielleicht hilft es ja doch, wenn du mir seinen Namen sagst.«

Christian griff nach ihrer Hand.

»Nun komm schon, Hanni«, sagte er.

Johanna sah ihn an. Ihren Kosenamen aus Kindertagen hatte er schon lange nicht mehr benutzt.

»Es ist Peter Vandenboom.«

Christian riss erschrocken die Augen auf. »Ein Vandenboom? Das ist der jüngste, nicht wahr?«

»Ja, der jüngste.«

Peter Vandenboom war im gleichen Alter wie Johanna

und war mit ihnen zur Schule gegangen. Schon früh hatten ihnen ihre Eltern eingebläut, dass sie sich nicht mit ihm und seinen Brüdern abgeben sollten. Die Gründe waren äußerst nebulös, es hieß, dass die Vandenbooms der Familie Baabe erheblich geschadet hätten. Mehr war nie aus ihrem Vater herauszukriegen gewesen.

Dass ihnen ihre Eltern in den Ohren gelegen hatten, hatte Wirkung gezeigt: Zu Schulzeiten hatte Johanna nichts an Peter gefunden. Als er dann vor einem Jahr zu Besuch in seinem Elternhaus war, war sie ihm zunächst nur flüchtig beim Sommerfest des Kurhauses begegnet. Er war ihr in den Garten gefolgt und hatte mit ihr, eigentlich ganz belanglos, über die Rosen gesprochen, die die Lauben schmückten. Doch als sie kurz darauf in der Stadt wieder mit ihm zusammentraf, war Johanna klar geworden, dass das erste Treffen kein Zufall und das Gespräch über die Rosen keinesfalls belanglos gewesen war. Peter hatte dann auch zugegeben, dass sie ihm aufgefallen war und er fasziniert von ihr sei. Als sie ihm in die Augen sah, war es um sie geschehen gewesen, und sie hatte nächtelang nicht schlafen können, weil sie ihre Begegnungen immer wieder im Geiste nacherlebt hatte.

Christian sagte zunächst nichts. Er rieb sich erneut übers Gesicht, als wollte er etwas Unangenehmes abwischen.

»Christian, nun sag doch etwas!«, rief Johanna, nachdem ihr Bruder noch eine Weile geschwiegen hatte.

»Unsere Eltern werden sehr wütend sein, wenn sie es erfahren.«

»Du wirst es ihnen doch nicht verraten, oder?«, fragte Johanna ängstlich.

»Natürlich nicht, ich bin dein Bruder! Aber weißt du, was das bedeutet?«

»Das weiß ich«, entgegnete Johanna. »Und das ist ja auch der Grund, warum ich es niemandem sagen wollte.«

»Peter Vandenboom«, murmelte Christian, als könnte er es immer noch nicht glauben. »Du musst wirklich verrückt sein, Schwesterherz.«

»Ich bin nicht verrückt«, protestierte sie. »So ist es nun mal. Und er ist wirklich wundervoll, weißt du. So lieb, so gutaussehend, so ...«

Christian hob die Hand. »Es reicht. Du musst ihn mir nicht schmackhaft machen.«

»Aber so ist es nun mal. Er wäre der ideale Mann für mich!«

»Wäre da nicht dieser Vorfall, über den hier im Haus niemand redet.« Christian atmete tief durch, dann zog er sie in seine Arme.

Johanna nickte und lehnte ihren Kopf an seine Brust.

»Weiß Peter denn, was der Ursprung des Streits ist? Möglicherweise haben die Vandenbooms die Sache schon vergessen.«

Johanna schüttelte den Kopf. »Keine Ahnung. Ich werde ihn fragen, wenn ich ihn wiedersehe.«

»Und die Fehde hält ihn nicht ab?«

»Bisher nicht«, entgegnete Johanna, fühlte dann aber wieder einen kleinen Stich, als sie an die ausbleibende Post dachte.

Das und der Gedanke, dass Peters Eltern nach einer Braut für ihn suchten, hätte eigentlich ausgereicht, dass sie sich in ihr Zimmer zurückzog und den ganzen Tag nicht mehr rauskam. Doch dann fiel ihr wieder ein, dass unten ihre Mutter mit Berthold von Kahlden im Salon saß.

»Ich muss los«, sagte sie und wirbelte herum. »Versprich mir, dass du niemandem etwas erzählst, ja?«

Christian nickte. »Versprochen.«

Als Johanna Christians Zimmer verließ, stand auf einmal Hilda vor ihr. Diese trug Handtücher über dem Arm und schreckte zurück, als sie die Haustochter sah.

»Fräulein Johanna! Bitte entschuldigen Sie, ich …«

»Schon gut, Hilda, machen Sie weiter.«

Johanna lächelte sie an, doch ihr Lächeln erstarrte, als sie sich umwandte und zu ihrem eigenen Zimmer ging. Hatte Hilda gelauscht? Nicht auszudenken, wenn sie das, was sie gehört hatte, ihrer Mutter erzählte!

Mit ziehendem Magen und klopfendem Herzen verschwand sie in ihrem Zimmer und schälte sich aus dem Kleid.

Sie entschied sich für ein cremefarbenes Nachmittagskleid, warf noch einen prüfenden Blick in den Spiegel, dann ging sie in hinab in den Salon.

8. KAPITEL

Sonntag, 7. Dezember 1902

Schon seit Stunden lag Christian wach und brütete. Seit der Ankunft der Schiffbrüchigen schien sich die Stimmung im Haus verschoben zu haben. Seine Mutter wirkte mürrisch, sein Vater schweigsam. Johanna hatte ihre eigenen Sorgen wegen dieses Vandenboom. Und er kämpfte noch immer mit dem Misstrauen, das ihm seine Eltern entgegengebracht hatten.

Und das alles nur, weil er eine junge Frau am Strand gefunden hatte, die sich nicht erinnern konnte. Was war bloß mit ihr geschehen, dass sie nicht einmal mehr ihren Namen wusste?

Auf einmal erwachte in ihm der Wunsch, sie zu sehen. Höchstwahrscheinlich hatte sie heute nur Besuch von den Dienstmädchen bekommen, die ihr Essen gebracht hatten.

Als er fertig angekleidet war, schlüpfte er aus seinem Zimmer.

Das letzte Mal, als er auf Zehenspitzen einen Gang entlanggeschlichen war, lag schon eine Weile zurück. Damals war er noch ein kleiner Junge gewesen, der sich nachts heimlich in die Küche gestohlen hatte, um etwas Kuchen oder Waffeln zu stibitzen.

Er passierte Johannas Zimmer und lauschte kurz. Schlief sie oder wälzte sie sich unruhig herum? Bestand die Gefahr, dass sie wieder in seinem Zimmer auftauchte?

Offenbar nicht, denn alles war still hinter der Tür.

Leise ging Christian weiter zur Treppe und versuchte, die Stufen so wenig wie möglich zum Knarren zu bringen. Es konnte vorkommen, dass eines der Dienstmädchen noch unterwegs war, und er wollte nicht auf sich aufmerksam machen.

Unten angekommen, schlich er zu den Gasträumen. Sein Herz klopfte vor Aufregung so stark, dass er meinte, der Ton würde von den Wänden widerhallen. Sein Gewissen rang mit ihm.

Es schickte sich nicht, hier zu sein. Im Zimmer einer Dame hatte ein Mann nichts zu suchen. Das hatte ihm seine Mutter schon recht früh beigebracht. Und zu welchen Missverständnissen würde es führen, wenn man ihn hier fand! Nachdem die Sache mit Louise wieder zur Sprache gekommen war, musste er vorsichtig sein.

Er hockte sich also an den Türrahmen, schloss die Augen und versuchte sich vorzustellen, wie die Fremde in dem Zimmer schlief und vielleicht etwas träumte, was sie erinnern ließ.

~

Als sie aus dem Schlaf schreckte, war es noch dunkel. Der verwirrende Traum, den sie geträumt hatte, löste sich auf.

Plötzlich wurde ihr klar, dass sie sich in dem Gästehaus befand, und der Zweig kam ihr wieder in den Sinn. Sie konnte sich nicht mehr erinnern, wann sie ihn gepflückt hatte. Und ob sie ihn überhaupt gepflückt hatte und wie er in ihre Hand gelangt war. Ja, sie hatte ihn in der Hand gehalten, das wusste sie noch. Doch alles andere verschwamm im Dunkeln.

Das Bedürfnis, ihn zu berühren, überkam sie.

Sie schlug die Bettdecke beiseite und stieg aus dem Bett. Ihre Beine fühlten sich noch ein wenig wacklig an, aber der Teppich unter den Fußsohlen war weich, und nachdem sie sich noch eine Weile am Bett festgehalten hatte, ging es. Sie orientierte sich kurz im Mondlicht und fand den Zweig in einer Ecke des Fensterbretts. Noch immer stand er in dem Tonkrug. Das Dienstmädchen musste ihn ein wenig verschoben haben, damit er mehr Licht bekam. Sie berührte den Zweig sanft mit ihrem Finger.

Plötzlich begann sich alles um sie herum zu drehen. Ihre Hand versuchte noch, irgendwo Halt zu finden, doch vergeblich, und im nächsten Augenblick stürzte sie zu Boden.

Ich hätte nicht aufstehen sollen, ging es ihr verschwommen durch den Sinn, dann sah sie im Mondschein eine Gestalt im Türspalt auftauchen.

Zu ihrer großen Überraschung war es keines der Dienstmädchen und auch nicht die Tochter des Hauses.

»Geht es Ihnen gut?«, fragte der junge Mann, während er sie vorsichtig vom Boden aufhob.

Sie konnte nichts antworten. Noch immer schwankte alles vor ihren Augen.

Der Mann legte sie wieder ins Bett zurück und machte Licht. Erst jetzt kam die Welt ringsherum wieder zur Ruhe.

Sein blondes Haar wirkte ein wenig verwuschelt, so als wäre er gerade aus dem Bett gestiegen. Er trug ein weißes Hemd und eine braune Hose, seine Füße waren nackt.

Was ihren Blick am meisten fesselte, war sein Gesicht. Er hatte eine lange, schmale Nase, ein energisches Kinn und leuchtend blaue Augen. Ein leichter Bartschatten lag auf seinen Wangen.

Er wirkte ein wenig unsicher.

»Soll ich Dr. Winter holen?«, fragte er besorgt und strich ihr ein paar Haarsträhnen aus dem Gesicht.

»Es … es geht mir gut«, sagte sie leise. »Ich wollte nur nach dem Zweig sehen, aber das war wohl ein Fehler.«

Der junge Mann lächelte. »Sind Sie sicher, dass es Ihnen gutgeht?«

»Ja, ich bin sicher.«

Einen Moment lang trafen sich ihre Blicke, dann sagte er: »Ich bin Christian. Christian Baabe.«

»Freut mich, Sie kennenzulernen«, entgegnete sie. »Gestern früh hat mich Ihre Schwester besucht. Ich nehme an, dass Johanna Ihre Schwester ist, richtig?«

Christians Lächeln wurde breiter. »Ja, das ist sie.«

»Es tut mir leid, dass ich Ihnen meinen Namen nicht sagen kann, jetzt, wo Sie mich ein zweites Mal gerettet haben.«

Sie blickte verlegen auf die Bettdecke, die Christian wieder über sie gebreitet hatte.

»Sie erinnern sich?«

»Nein, aber ich habe gehört, was die Dienstmädchen erzählt haben. Sie halten mich für eine Schiffbrüchige … Habe ich irgendwas gesagt? Ich meine … es könnte ja sein, dass ich etwas gesagt habe, an das ich mich nicht erinnere.«

»Nein, Sie haben nichts gesagt, Sie waren nur ganz erfroren.« Christian sah sie eine Weile an, dann senkte er verlegen den Blick. »Bitte entschuldigen Sie, ich wollte Sie nicht anstarren.«

»Das haben Sie doch gar nicht getan«, entgegnete sie.

Christian wirkte einen Moment lang, als wüsste er nicht, worüber er sich unterhalten sollte.

»Ich wünschte, ich könnte Ihnen helfen«, sagte er dann. »Dass Sie sich nicht erinnern können, tut mir sehr leid.«

»Das ist sehr freundlich von Ihnen.« Sie lächelte ihn ein wenig unsicher an. »Sie haben am Strand nicht vielleicht etwas gefunden, das ich verloren haben könnte?«

»Nein, leider nicht. Aber wenn Sie möchten, reite ich gern noch einmal hin und schaue nach.«

»Nun, wegen mir müssen Sie sich nicht auf den Weg machen.«

»Ich reite ohnehin viel aus.« Christians Wangen röteten sich ein wenig. »Es würde mir überhaupt keine Mühe bereiten.«

»Vielen Dank. Vielleicht gibt es am Strand wirklich noch etwas. Einen Hinweis. Papiere oder dergleichen.«

Dass er nicht daran gedacht hatte! Ein wenig ärgerte sich Christian darüber, doch dann wurde ihm wieder klar, dass er in dem Augenblick nur daran denken konnte, dass sie überleben sollte.

»In Ordnung, ich werde nachschauen.« Er lächelte sie an. »Aber jetzt ist es wohl besser, wenn ich Sie wieder schlafen lasse. Sagen Sie mir Bescheid, wenn ich Ihnen irgendwie helfen kann. Ich fühle mich für Sie verantwortlich, wissen Sie.«

Diese Worte durchströmten sie wie warmer Honigtee und gaben ihr ein Gefühl der Geborgenheit.

»Ich danke Ihnen von ganzem Herzen.«

»Nichts zu danken. Schlafen Sie noch ein wenig, bis die Mädchen mit dem Frühstück kommen.«

Damit zog er sich aus ihrem Zimmer zurück. Erst jetzt bemerkte sie, wie schnell ihr Herz schlug. Nicht nur, weil er in ihrem Zimmer aufgetaucht war. Es war noch etwas anderes.

Sie war nicht allein. Bestimmt hatte es in ihrem Leben Menschen gegeben, die sich für sie verantwortlich fühlten. Die sie beschützen und ihr helfen wollten. Sie musste Eltern gehabt haben und Freunde. An keinen von ihnen konnte sie sich erinnern – leider. Doch es war schön zu wissen, dass hier jemand war, der sich um sie sorgte. Zuerst Johanna und jetzt Christian. Er war ihr auf irgendeine Art vertraut, die sie nicht benennen konnte. Und das gab ihr so ein beruhigendes Gefühl, dass sie wenig später wieder einschlief.

9. KAPITEL

Beim Aufwachen fragte sich Johanna, wie die Tinte an ihre Finger gekommen war. Dann fiel ihr Blick auf den Schreibtisch. Ein kleiner Umschlag lag neben dem Federhalter und dem Löschpapier, das voller kleiner blauer Sprenkel war.

Ein Lächeln huschte über ihr Gesicht. Sie hatte Peter geschrieben. Und somit auch einen Grund, in den Ort zu gehen!

Nachdem sie sich gewaschen und angekleidet hatte, ging sie runter ins Esszimmer, wo sich der Rest der Familie bereits zum Frühstück versammelt hatte. Da sie heute den Gottesdienst besuchen wollten, fand es schon ein wenig früher statt.

Ihr fiel auf, dass Christian übernächtigt schien. Er hatte dunkle Schatten unter den Augen. Dennoch wirkte er nicht unglücklich. Es sah aus, als hätte etwas sehr Angenehmes ihn wachgehalten.

»Mutter, hast du etwas dagegen, wenn ich heute nach dem Kirchgang kurz in den Ort gehe?«, fragte Johanna, nachdem sie Platz genommen und sich einen Wecken auf den Teller gelegt hatte.

Augusta hob ihre Kaffeetasse an den Mund. »Was hast du denn zu erledigen?«

»Ich habe einen Brief an Norma geschrieben, den wollte ich gern in den Briefkasten werfen.«

»Du hast schon seit einiger Zeit keine Post mehr von ihr erhalten.«

Augusta hatte ein waches Auge auf alles. Dass sie darauf geachtet hatte, dass schon lange kein Brief von »Norma« eingetroffen war, überraschte Johanna dennoch. Doch schnell fasste sie sich wieder.

»Ja, deshalb möchte ich auch nachfragen, wie es ihr geht.«

»Gut, geh ruhig. Heute Nachmittag kommen meine Freundinnen zu unserem Sonntagskränzchen. Wir haben so einiges zu bereden.«

Johanna war sicher, dass das Geschenk von Herrn von Kahlden ganz oben auf dieser Liste stehen würde.

»Soll ich dich vielleicht begleiten?«, fragte Christian, doch Johanna schüttelte den Kopf.

»Nicht nötig, es ist ja nur der Weg zum Briefkasten, und ich möchte ein wenig meine Gedanken lüften. Immerhin gibt es einiges, das mir gerade durch den Sinn geht.«

»O ja, und ob!«, sagte Augusta. »Der Ring von Herrn von Kahlden war ja überwältigend.«

Johanna spürte, wie der Blick ihrer Mutter auf ihr verharrte. Sie sah nicht von ihrem Brötchen auf, in der Hoffnung, dass sie sich dann nicht dazu äußern musste.

»Und was für ein wunderbarer Zufall, dass er auch zum Ball eingeladen wurde!«

»Das wundert mich nicht«, brummte Ludwig hinter seiner Zeitung. »Sie sind Vertraute des Herzogs. Ohne sie gäbe es kein modernes Heiligendamm.«

Noch immer lag Augustas Blick auf ihrer Tochter. Diese wünschte sich, unsichtbar zu werden. Mutter konnte es einfach nicht erwarten, bis sie ihre Entscheidung verkündete. Und offenbar hoffte sie sehr auf von Kahlden. Erkannte sie denn nicht, wer er wirklich war? Brachten ihre Freundinnen keinen Klatsch über ihn mit? Oder sah sie einfach nur das Geld und den Einfluss?

»Ich bin sicher, dass ich auf dem Ball einmal mit ihm tanzen werde«, sagte sie und nahm einen großen Bissen.

»Tanzen? Mein liebes Kind, ich gehe davon aus, dass er dir einen Heiratsantrag machen wird. Und wenn ich ehrlich bin, wäre er mir von allen der Liebste.«

»Nun lass doch das Mädchen in Ruhe«, schaltete sich Ludwig ein. »Johanna wird uns schon noch rechtzeitig sagen, für wen sie sich entscheidet.«

»Aber der Ball ist bereits in zwei Wochen!«, wandte Augusta ein.

Johanna wurde heiß und kalt zugleich. Sie wollte sich jetzt noch nicht entscheiden. Sie wollte sich überhaupt nicht entscheiden. Sie wollte Peter. Wenn der sie denn noch wollte …

»Zwei Wochen sind eine lange Zeit«, schaltete Christian sich ein und warf Johanna einen belustigten Blick zu. »In zwei Wochen kann viel passieren.«

Johannas Miene verfinsterte sich. Sie hatte ihn zwar eingeweiht, aber das gab ihm noch lange nicht das Recht, sie zu verspotten!

»Es stimmt, was der Junge sagt«, meldete sich Ludwig Baabe wieder zu Wort und legte seine Zeitung beiseite. »Wir sollten Johanna jetzt noch nicht zu einer Entscheidung drängen. Lassen wir sie dann entscheiden, wenn die jungen Herren ihr einen Antrag gemacht haben.«

Dafür hätte Johanna ihren Vater am liebsten umarmt. Aber dennoch blieben ihr nur zwei Wochen bis zu einer Entscheidung. Die Wahrscheinlichkeit, dass sie keinen Antrag erhielt, war wohl überaus gering …

Augusta rührte mürrisch in ihrer Kaffeetasse.

»Nun sei nicht wütend, meine Liebe! Du weißt, dass ich recht habe. Und jemand, der nicht auf den Ball eingeladen wurde, kommt für dich als Schwiegersohn ohnehin nicht in Frage, nicht wahr?«

Augusta sagte nichts darauf, also schien es beschlossen.

Johanna warf ihrem Vater einen dankbaren Blick zu, doch er war schon wieder hinter der Zeitung verschwunden.

~

Nach dem Kirchgang und dem Abstecher zum Briefkasten beeilte sich Johanna, nach Hause zu kommen. Da ihre Eltern noch mit Bekannten plauderten, beschloss sie, ihrem neuen Gast einen Besuch abzustatten.

Als Johanna eintrat, wirkte die junge Frau schon ein wenig kräftiger. »Ich hoffe, ich störe nicht.«

»Nein, Sie stören nicht«, entgegnete sie. »Ich bin froh, wenn mir jemand Gesellschaft leistet. Sie kommen gerade vom Kirchgang, nicht wahr?«

Johanna zog verwundert die Augenbrauen hoch.

»Die Dienstmädchen haben davon gesprochen. Und ich habe die Glocke läuten hören.«

»Wie geht es Ihnen heute?«, fragte Johanna und setzte sich auf den Stuhl neben dem Bett.

»Schon etwas besser. Hin und wieder wird mir schwindelig, aber nur dann, wenn ich versuche, ein wenig aufzustehen.«

»Fühlen Sie sich denn stark genug?«

»Nein, aber ich werde auch nicht stärker, wenn ich im Bett liege, stimmt's?«

Johanna lachte. »Da haben Sie recht. Sie sollten allerdings nicht im Nachthemd herumlaufen. Ich werde Ihnen nachher eines meiner Kleider bringen für den Fall, dass Sie einen kleinen Rundgang durch das Haus machen möchten.«

Sie lächelte. »Vielen Dank, das ist sehr freundlich von Ihnen. Es tut mir leid, wenn ich Ihnen und Ihren Eltern solche Umstände bereite.«

Johanna schüttelte den Kopf. »Machen Sie sich keine Sorgen, das sind keine Umstände. Das hier ist ein Gästehaus, wir sind es gewohnt, Menschen zu beherbergen.«

»Aber ich kann Ihnen nichts zahlen. Ich weiß ja nicht einmal, ob ich überhaupt Geld habe und wer für mich aufkommen könnte.«

Johanna setzte sich neben sie auf die Bettkante und

legte ihr beruhigend die Hand auf den Arm. »Denken Sie nicht weiter darüber nach. Es ist Ehrensache, dass wir einer jungen Frau in Not helfen. Und wenn Sie etwas wünschen, sagen Sie es mir bitte, ja?«

»Das werde ich«, entgegnete sie ein wenig verlegen. »Vielleicht kann ich in den nächsten Tagen wirklich schon aufstehen und ein wenig herumgehen.«

»Na, das hoffe ich doch!«, gab Johanna zurück. »Ich würde Ihnen gern den Kurpark zeigen und die Burg und den Heiligen Damm. Es gibt eine ganz wunderbare Geschichte über ihn. Und nicht zu vergessen den Strand! Im Sommer ist hier zwar mehr los, aber auch der Winter hat seine schönen Momente ...«

Als sie den Kopf senkte, erkannte Johanna, dass sie einen Fehler gemacht haben musste.

»Oh, natürlich, der Strand. Den würden Sie sicher nicht so gern wiedersehen ...«

Das Mädchen schüttelte den Kopf. »Nein, so ist es nicht. Genau genommen habe ich den Strand gar nicht gesehen, oder besser gesagt, ich kann mich nicht erinnern.«

»Nun, vielleicht würde Ihnen ein Spaziergang dort helfen, eine Erinnerung wiederzufinden.«

»Vielleicht ...«

Einen Moment noch starrte sie auf die Bettdecke, dann wanderte ihr Blick zum Krug auf dem Fensterbrett.

»Was macht Ihr Zweig? Geht es ihm gut?«, fragte Johanna, um das Schweigen zu überbrücken.

»Das hoffe ich.«

»Sie ... Sie sagten, dass es eine besondere Bewandtnis mit ihm habe«, begann Johanna. »Ich meine, ich ... ich frage mich, was ...«

»Sie müssen am vierten Dezember geschnitten werden«, entgegnete die junge Frau. »Es heißt, dass es einem Glück bringt, wenn man es schafft, sie zum Heiligen Abend zum Blühen zu bringen.« Sie überlegte kurz und zog die Stirn kraus. Es war, als versuchte sie vergeblich, einen Gedanken zu greifen. »Welchen Tag haben wir heute?«, fragte sie dann.

»Den siebten Dezember.«

Auf einmal wirkte sie erleichtert.

»Hat das irgendeine Bedeutung?«, fragte Johanna.

»Nein, nur … am siebten Dezember können die Blüten ja noch gar nicht aufbrechen.«

»Und wann zeigt sich eine Veränderung?«

»Ich … ich weiß nicht. Ich weiß nur, dass es Glück bringt, wenn sich am vierundzwanzigsten Dezember Blüten am Holz zeigen.«

Sie verstummte und verlor sich einen Moment lang in ihren Gedanken. Ihr Blick schweifte in die Ferne.

»Barbara«, sagte sie dann.

»Barbara?«, fragte Johanna verwundert. »Ist das Ihr Name? Wenn ja, würde es ein erheblicher Fortschritt sein.«

Die junge Frau blickte sie verwirrt an, dann schüttelte sie den Kopf. »Nein, das ist nicht mein Name … Es ist der Name des Zweiges.«

»Des Zweiges.«

»Ja, so nennt man sie. Barbarazweige.« Offenbar musste sie einen Moment lang ihr Gedächtnis durchforsten, doch dann schien ihr noch etwas einzufallen. »Weil sie der heiligen Barbara gewidmet sind.«

»Und wer ist die heilige Barbara?«

»Ich … ich weiß nicht …«, entgegnete sie, und ihr Körper fiel in sich zusammen. Dass sie nicht wusste, wer diese Barbara war, schien sie sehr zu bekümmern.

»Können Sie sich an Ihr Alter erinnern?«, fragte Johanna nach einer Weile, worauf die Fremde ihre Hände hob und betrachtete, als wären sie die Jahresringe eines Baumes.

»Nein, das kann ich nicht. Aber ich glaube, ich bin noch nicht sehr alt.«

»Ich würde sagen, Sie sind sogar noch etwas jünger als ich.« Johanna betrachtete sie ein wenig genauer. Sie sah nicht mehr wie ein Schulmädchen aus, doch sie hatte noch immer leicht kindliche Züge. Mit ihrem dunklen Haar erinnerte sie an eine Figur aus einem alten Märchen, das Johanna als Kind gern gehört hatte: Schneewittchen.

»Wollen wir dann nicht du zueinander sagen?«, schlug Johanna vor. Ihre Mutter würde das rasend machen, aber ihr gefiel der Gedanke, die Unbekannte als Freundin zu gewinnen.

Die junge Frau lächelte. »Wenn ich darf?«

»Darf ich denn?«, fragte Johanna zurück, worauf sie nickte.

»In Ordnung, sagen wir du zueinander.«

»Und dein Name … der ist dir noch nicht wieder eingefallen?«

Das Mädchen schüttelte den Kopf. »Nein.«

»Darf ich … darf ich dich so lange Barbara nennen?« Im nächsten Augenblick war Johanna dieser Vorschlag ein wenig peinlich. Wenn die Fremde schon einen Namen haben sollte, wollte sie ihn sich vielleicht selbst aussuchen. Doch sie lächelte.

»Barbara klingt hübsch«, entgegnete sie. »Und ich wüsste ehrlich gesagt auch keinen anderen Namen, der mir besser gefiele. Also gut, nenn mich ruhig Barbara.«

»In Ordnung«, sagte Johanna erleichtert. »Und sobald du deinen richtigen Namen weißt, verrätst du ihn mir bitte, ja?«

»Natürlich.« Sie richtete den Blick wieder auf den Zweig.

»Und du weißt wirklich nicht, von welchem Baum du diesen Zweig hast?«, fragte Johanna nach einer Weile.

Barbara senkte den Kopf. »Nein, leider nicht. Wenn ich es wüsste, wüsste ich auch, wo meine Heimat ist, nicht wahr?«

»Vermutlich«, entgegnete Johanna betrübt.

»Der Zweig soll übrigens auch anzeigen, ob im neuen Jahr die wahre Liebe kommt.«

»Und wie?«

Barbara zog die Augenbrauen zusammen. Die Worte waren einfach aus ihr hervorgeplatzt, als wäre ein Sonnenstrahl auf einen kleinen Teil ihrer Erinnerung gefallen. Dann murmelte sie: »Wenn du den Zweig einem Mann widmest und er blüht an Weihnachten, wirst du diesen Mann im neuen Jahr heiraten.«

»Wirklich?«, fragte Johanna. Auf einmal begann ihr Herz zu klopfen. Wenn das stimmte …

Nein, das war sicher nur ein Aberglaube. Aber der Gedanke, dass der Zweig die wahre Liebe anzeigte und den Mann, den man heiraten würde, gefiel ihr.

»Hat deine Mutter dir das erzählt?«, fragte Johanna.

»Es kann sein. Ich nehme es an«, antwortete Barbara. »Ich weiß es nicht, es ist so … alles ist so dunkel. Es ist, als würde ich vor einer Wand stehen und die Tür nicht finden.«

»Dr. Winter meint, es würde sich wieder geben.«

Barbara blickte sie an und Johanna sah Tränen in ihren Augen glitzern. »Aber was, wenn es nicht der Fall ist? Wenn ich nie erfahre, wer ich bin?«

Bevor Johanna etwas darauf erwidern konnte, klopfte es an der Tür.

Augenblicklich schnellte sie in die Höhe. Doch es war nur Elsa, die hereinkam, mit einem Tablett vor sich. »Oh, entschuldigen Sie, Fräulein Johanna, ich wollte nicht stören. Ich wollte unserem Gast nur das Mittagessen bringen. Ihre Mutter ist übrigens schon im Speisezimmer.«

»In Ordnung, Elsa, ich bin unterwegs.«

Das Dienstmädchen stellte das Tablett ab und ging wieder hinaus.

»Deine Mutter ist wirklich sehr freundlich«, sagte Barbara daraufhin ein wenig verlegen. »Es ist mir peinlich, dass ich hier so untätig herumliege.«

»Das muss dir nicht peinlich sein«, sagte Johanna schnell. »Genieße dein Essen. Vielleicht kann ich dich nachher noch mal besuchen.«

Damit verließ sie das Zimmer.

~

Als das Dienstmädchen das Tablett wieder abgeholt hatte, schaute die junge Frau aus dem Fenster.

»Barbara«, murmelte sie. Der Name klang schön, aber irgendwie auch traurig. Würde sie sich an ihn gewöhnen können?

Und die Zweige … Wer hatte ihr davon erzählt?

Sie schloss die Augen und versuchte, sich zu erinnern. Doch wieder traf sie nur auf die Wand, in die keine Tür eingelassen war.

Ein Klopfen brachte sie dazu, die Augen wieder zu öffnen.

»Herein!«, rief sie, und einen Moment später erschien Christian im Türrahmen. Er trug Reithosen und einen Mantel.

»Darf ich reinkommen?«, fragte er.

»Aber natürlich«, entgegnete sie und raffte sich die Bettdecke bis unters Kinn. Es war ihr peinlich, ihm schon wieder im Nachthemd zu begegnen.

Seine Erscheinung war bei Tageslicht noch schöner als in der Nacht. Sein Haar war flachsblond und seine Augen leuchteten wie der Sommerhimmel. Sicher war er der Schwarm vieler Mädchen hier. Und wahrscheinlich hat er bereits eine Braut, dachte sie.

»Wie geht es Ihnen? Werden Sie auch gut versorgt?«

»Ja, bestens, vielen Dank.«

Christian nickte und versank für einen Moment in Gedanken.

»Ich möchte ein wenig den Strand entlangreiten«, sagte er dann.

»Ich fürchte, ich kann Ihnen keine Gesellschaft leisten«, entgegnete sie.

Christian lächelte. »Nein, natürlich nicht. Aber wenn Dr. Winter Sie als geheilt entlässt, würde ich Ihnen gerne die Gegend zeigen und ein paar Geschichten dazu erzählen.«

»Das wäre wunderbar!«, entgegnete sie, und ihre Wangen begannen auf einmal zu glühen. »Ich liebe Geschichten. Besonders jetzt, wo ich das Gefühl habe, dass ich meine eigene Geschichte am Strand verloren habe.«

»Ich könnte für Sie danach suchen, wenn Sie möchten.«

Sie lachte. »Das wäre wunderbar. Aber ich nehme an, dass sie nicht mehr dort ist.« Augenblicklich verging das Strahlen auf ihrem Gesicht wieder.

»Ich halte die Augen offen«, entgegnete Christian, und fast schien es so, als würde er noch etwas hinzufügen wollen. Doch er schwieg und schaute sie nur an.

»Also, dann werde ich mich auf den Weg machen«, sagte er schließlich.

»Passen Sie auf sich auf«, erwiderte sie, worauf er nickte und aus dem Zimmer verschwand.

Sie starrte noch einen Moment lang auf die Stelle, an der er gestanden hatte.

»Barbara«, murmelte sie dann wieder. Vielleicht hätte ich ihm sagen sollen, dass das fürs Erste mein Name ist …

Aber sie war sicher, dass er wiederkommen und sie die Gelegenheit erhalten würde, es nachzuholen.

10. KAPITEL

Ein wenig unschlüssig stand Johanna im Garten des Kurhauses, der den Bewohnern Heiligendamms ebenso zugänglich war wie den Patienten. Als eines der wenigen Häuser hier hatte das Kurhaus das ganze Jahr über Gäste – vor allem deswegen, weil sich immer mehr Ärzte entschieden, ihre Patienten mit Lungen- und Hautleiden an die Ostseeküste zu schicken.

Der Park wirkte auch jetzt, wo die Bäume kahl waren, wunderschön. Einige Rabatten waren immergrün, und nun, da die Blütenpracht nicht davon ablenkte, konnte man auch filigrane Efeuranken erkennen, die sich um die Bäume schlängelten. Zwischen den Sitzbänken standen Büsten und Figurinen. Die Rosenlauben waren zur Blütezeit zwar schöner, doch so wirkten sie wie die Wächter des Dornröschenschlosses. Spätestens wenn der erste Schnee fiel, würde sich der Park endgültig in ein kleines Märchenreich verwandeln.

Etwas vom Kurhaus entfernt und dadurch nicht direkt einsehbar befand sich der Obstgarten. Besucher und Patienten des Kurhauses durften im Sommer und Herbst die wunderbaren Früchte ernten. Das Kurhaus hatte eigens einen Gärtner für die Pflege der Bäume angestellt.

Als sie sich unbeobachtet wähnte, schlüpfte Johanna durch die Pforte.

Das Gehölz war im Herbst zurechtgeschnitten worden und rings um die Bäume war Stroh ausgelegt, um die Wurzeln vor der Kälte zu schützen. In den Ästen saßen ein paar Spatzen, die an den Knospen herumpickten. Dazwischen fand sich hier und da der Rest eines Vogelnestes.

Was für einen Baum brauchte man für einen Barbarazweig?

Johanna blickte ein wenig ratlos von einem zum anderen. Sie wusste, was ein Birnbaum war, ein Apfelbaum oder ein Kirschbaum. Ihr selbst waren die Kirschen am liebsten, sie liebte die weißen Blüten und die Früchte, von denen einige manchmal aussahen wie kleine Herzen.

Das war der richtige Zweig für sie!

Sie lief zu den Kirschbäumen, die kleiner waren als die Apfelbäume. An einem von ihnen hing das riesige Radnetz einer Kreuzspinne. Dessen Bewohnerin war allerdings schon lange fort. Die zarten Fäden zitterten unter der Last des Raureifs.

»Na sieh mal einer an, wen man hier trifft«, sagte plötzlich eine warme Männerstimme hinter ihr.

Johanna erstarrte. Dann wirbelte sie herum.

»Peter!«

Ihr Herzklopfen brachte sie dazu, den Namen beinahe zu verschlucken. Dann fing sie sich wieder. Es war tatsächlich ihr Liebster, Peter Vandenboom, der Mann, den ihre Eltern abgrundtief hassten und an den sie ihr Herz verloren hatte.

Und er sah einfach wundervoll aus. Dunkles Haar wellte sich über seinen Kopf und seine Augen leuchteten in einem sonnigen Goldbraun. Auf den ersten Blick konnte man ihn für einen Reisenden aus Italien halten, einen Grafen vielleicht, der hier Abwechslung zum warmen Klima seiner Heimat suchte.

Doch es war Peter, ihr Peter! Und wie immer, wenn sie ihn sah, hüpften ihr Herz und ihre Seele um die Wette.

Ihm schien es ähnlich zu gehen, denn er trat auf sie zu und zog sie einfach in seine Arme.

Vorsicht, man könnte uns sehen!, schoss es ihr durch den Sinn. Doch dann erinnerte sie sich daran, dass sie ja im Obstgarten standen, der von einem hohen Bretterzaun geschützt wurde.

Also erwiderte sie seine Umarmung und ließ zu, dass er sie küsste.

Es war ein langer, intensiver und geradezu verzweifelter Kuss. Johannas Herz brannte vor Sehnsucht nach ihm, und dieser Kuss konnte ihre Sehnsucht nicht im Geringsten stillen. Sie wollte ihn sehen, jeden Tag, jede Stunde, sie wollte in seinen Armen liegen, ihn stundenlang anschauen, küssen oder einfach nur in seiner Nähe sein.

Doch das alles war unmöglich. Dieser Gedanke traf sie so hart, dass Tränen in ihre Augen schossen.

»Warum weinst du denn?«, fragte er verwundert. »Hab ich dir wehgetan?«

Johanna wischte sich über die Augenwinkel. »Nein, das hast du nicht. Du hast nur so lange nichts von dir hören lassen.«

»Verzeih mir bitte. Ich hatte einen wichtigen Termin in Süddeutschland, mein Klient hat mich gut zwei Wochen lang festgehalten und ständig in Beschlag genommen. Ich bin erst vor ein paar Tagen wieder in Schwerin angekommen und dann gleich hierher gereist. Und jetzt treffe ich dich, bevor ich dir schreiben kann – das nenne ich Schicksal.«

Johanna lächelte, während immer noch ein paar Tränen über ihre Wangen kullerten. »Nun, hätte ich gewusst, dass ich dich treffe, hätte ich dir den Brief, den ich geschrieben habe, persönlich überreicht …«

»Du hast mir geschrieben?«

Johanna nickte. »Ich habe dich vermisst.«

»Und ich dich! Und weil dem so ist, würde ich dich gern wieder mehr sehen. Das Schreiben ist gut und schön, aber mir fehlen deine Stimme und deine Nähe. Sich gegenüberzustehen ist noch viel schöner, als einen Brief zu lesen, findest du nicht?«

Johanna nickte. Allerdings war ihr schleierhaft, wie sie das mit den häufigeren Treffen hinbekommen sollte.

»Aber es ist nicht mehr Sommer.«

»Brauchen wir denn den Sommer, um uns zu sehen?«

»Nein, aber meine Mutter bewacht mich jetzt stärker denn je …« Johanna seufzte. »Nun gut, ich werde es versuchen.«

»Genauso wie ich. Vielleicht können wir uns einen anderen Treffpunkt suchen. Einen in der Nähe eures Hauses.«

»Und wenn meine Eltern dich sehen?«

»Ich passe auf. Außerdem werden sie angesichts des Balls nicht viel Zeit haben, sich um Leute auf der Straße zu kümmern, oder?«

»Das stimmt.« Johanna schmiegte sich an ihn und versuchte, sich die Traurigkeit nicht anmerken zu lassen, die ihr Herz erfüllte. »Ich würde dich wirklich gern öfter sehen.«

»Dann versuchen wir es.« Peter schlang die Arme um sie und küsste ihren Scheitel.

Eine ganze Weile hielten sie sich, bis sich Johanna sanft

aus seinen Armen löste. Nur zu gern wäre sie für Stunden in der Umarmung verharrt. Doch es ging nicht. Und eigentlich wollte sie auch zurück sein, bevor die Freundinnen ihrer Mutter fort waren und Augusta ihr wieder mit Berthold von Kahlden in den Ohren liegen konnte.

»Was hast du vor?«, fragte er, als sie zu den Bäumen blickte.

»Ich wollte Barbarazweige schneiden«, antwortete sie. »Allerdings weiß ich nicht, welches Obstgehölz ich dafür nehmen soll.«

»Barbarazweige?« Peter zog verwundert die Augenbrauen hoch. »Das klingt nach einem katholischen Brauch.«

»Möglicherweise ist es das. Aber es scheint ein schöner Brauch zu sein.«

»Und wie bist du darauf gekommen?«

Johanna zögerte einen Moment lang. Konnte sie ihm die Geschichte erzählen? Der Tratsch der Leute darüber würde sicher auch an die Ohren ihrer Mutter gelangen.

Unsinn, schalt sie sich. Du liebst Peter! Und wenn du ihm das Versprechen abnimmst zu schweigen, wird er sich daran halten.

»Ich weiß nicht, ob es dir schon zu Ohren gekommen ist«, begann sie ein wenig verlegen.

»Was denn? Du weißt doch, dass meine Eltern Nachrichten aus dem Haus Baabe nicht dulden. Selbst wenn sie etwas erfahren hätten, hätten sie es mir nicht mitgeteilt.«

Immerhin darin waren sich die Baabes und die Vandenbooms einig.

»Christian hat am Freitag eine junge Frau am Strand gefunden. Sie scheint eine Schiffbrüchige zu sein, allerdings wissen wir das nicht so genau. Mein Bruder sagt, dass ein Stück Segeltuch an ihr hing.«

»Klingt abenteuerlich«, entgegnete Peter.

»Das ist es wohl auch. Sie hat ihr Gedächtnis verloren, und Mutter glaubt, dass sie Unglück ins Haus bringt. Doch ich finde sie sehr nett. Sie hatte einen Zweig bei sich, als sie gefunden wurde. Sie erzählte mir vorhin, dass es ein Barbarazweig sei, der seinem Besitzer Glück bringt, wenn er am Heiligen Abend blüht. Glück und …« Sie senkte den Blick und fuhr fort: »Glück und die wahre Liebe.«

Peter sah sie einen Moment lang an, dann umarmte er sie erneut und küsste ihren Scheitel. »Oh, du mein Liebes, das ist ein wunderbarer Brauch. Dann hoffe ich sehr, dass der Zweig blühen wird.«

»Das hoffe ich auch«, sagte Johanna und verschwieg ihm, dass sie den Zweig eigentlich schon etwas zu spät schnitt. Aber sie brauchte jetzt etwas, an dem sie sich festhalten konnte. Etwas, das ihr Hoffnung gab.

Peter schien zu bemerken, dass ihr etwas auf der Seele lag.

»Was ist denn? Eben sprichst du noch von den wunderbaren Zweigen und der wahren Liebe, und jetzt schaust du drein, als würde ein Gewitter aufziehen.«

»Nun ja, es gibt einen Grund, weshalb ich den Zweig pflücke«, begann sie zögerlich. »Ich … ich will Gewissheit. Und ich brauche Glück.«

»Warum?« Peter zog verwundert die Augenbrauen hoch.

Johanna seufzte. »Leider ist es so, dass meine Mutter vorhat, mich mit einem anderen zu verkuppeln. Und zwar noch in diesem Jahr.«

»Was?« Peters Gesicht verfinsterte sich. Fassungslos schüttelte er den Kopf. »Aber … ich dachte …«

»Sie hat gleich zwei Kandidaten für mich.«

»Zwei?« Jetzt erbleichte Peter. Er wusste ebenso wie

Johanna, wie dann seine Chancen standen. Die Baabes würden nie zulassen, dass er um ihre Hand anhielt.

»Ja, und wie es aussieht, hat sie Berthold von Kahlden am meisten ins Herz geschlossen.«

»Diesen Wüstling?« Peter ließ sie los und ruderte dann hilflos mit den Armen. »Aber das geht nicht! Sie kann dich nicht mit ihm verheiraten. Das ist einfach nicht richtig. Es sei denn …«

Johanna verstand sofort, was er meinte. »Nein, auf gar keinen Fall! Ich liebe keinen von ihnen!«

»Dann muss ich wohl dafür sorgen, dass er das Interesse an dir verliert!«

»Bitte, nein, Peter, mach dich nicht unglücklich! Den von Kahldens gehört beinahe ganz Heiligendamm! Sie könnten deine Familie ruinieren, wenn du ihm gegenüber handgreiflich wirst! Außerdem könntest du dir deinen Ruf zerstören. Du bist Anwalt, bitte vergiss das nicht!«

»Nun gut, aber dennoch … sie sind nicht die Richtigen für dich.«

»Du weißt ja noch gar nicht, wer der andere ist!«

»Egal, welchen Namen er trägt, er ist nicht gut genug für dich!«

Johanna lächelte in sich hinein. Peter war eifersüchtig. Das war ein gutes Zeichen. Wie hatte sie nur daran denken können, dass er das Interesse verlor? Immerhin nahm er gerade in Kauf, mit ihr gesehen zu werden!

»Ich verspreche dir, ich werde nicht die Frau eines anderen«, sagte sie. »Ich werde einen Weg finden. Irgendwie.«

Peter nickte, aber er wirkte nachdenklich. Fürchtete er vielleicht doch, dass sie ihn verlassen würde?

»Sag, gilt das nur für Frauen, oder können auch Männer solch einen Zweig pflücken?«, fragte er dann.

»Sie sagte nichts davon, dass Männer keinen Zweig pflücken können.«

»Nun, dann werde ich ebenfalls einen schneiden. Wir beide könnten den Zweig auf dem Ball des Herzogs tragen, was meinst du?«

»Ihr seid auch eingeladen worden?«

»Ja, und ich bin sicher, dass es unseren Eltern nicht gefallen wird, wenn sie einander begegnen.«

»Nun, der Ballsaal ist groß …«, erwiderte Johanna, doch sie wusste, dass bei ihrem Glück ihre Eltern den Vandenbooms gleich zu Beginn über den Weg laufen würden.

»Nicht groß genug für die Baabes und die Vandenbooms.« Peter legte die Hände sanft auf ihre Oberarme und sah sie an. »Ich weiß, ich verlange sehr viel von dir. Aber wenn es keine andere Möglichkeit gibt, werden wir beide uns von unseren Familien lossagen müssen.«

»Was sagst du da?« Johanna schüttelte den Kopf. »Nein. Nein, das können wir nicht machen!«

»Warum nicht? Vielleicht erkennen sie dann, dass es an der Zeit ist, diesen unsinnigen Streit zu beenden.«

»Ich fürchte, meine Eltern sehen das anders. Sie werden nie davon ablassen – auch wenn ich noch immer nicht weiß, warum es diese Fehde gibt. Wie ist das bei dir? Weißt du, was damals war?«

Peter schüttelte den Kopf. »Nein. Dabei bin ich sicher, dass meine Eltern und deine viel gemeinsam haben. Aber … es wird uns nichts anderes übrig bleiben, wenn wir zusammen sein wollen.«

Johanna schwieg. Sie liebte ihre Eltern und auch ihren Bruder und konnte sich nicht vorstellen, mit keinem von ihnen jemals wieder zu reden. Nun gut, Christian würde vielleicht weiterhin zu ihr halten. Aber ihren Eltern würde sie das Herz brechen. Und dann brach vielleicht auch ihr eigenes, weil sie nicht mit der Schuld leben konnte.

»Johanna?« Peter nahm ihre Hände. »Ich weiß, wir kennen uns eine halbe Ewigkeit, und beinahe genauso lange hatten wir nicht miteinander gesprochen. Und jetzt sind wir uns seit einem halben Jahr nahe, und ich weiß nicht, ob du es angebracht findest, aber … aber ich möchte, dass du weißt, dass ich dir gern eine Frage stellen will. Auf dem Ball.«

»Eine Frage. Auf dem Ball«, echote Johanna. Dann fiel ihr ein, welche Frage das sein könnte. Doch anstatt Freude zu fühlen, bekam sie plötzlich Angst.

»Du weißt, dass es für mich nie eine andere Frau geben wird als dich. Ich möchte mit dir mein Leben verbringen. Aber wie ich eben schon sagte: Wenn sich unsere Eltern nicht plötzlich versöhnen, wird es bedeuten, dass wir ihnen notfalls den Rücken zukehren müssen. Ich möchte, dass du überlegst, ob du dir das vorstellen kannst. Nein, bitte antworte nicht gleich, überlege es dir gut. Es ist ein großer Schritt, alles hinter sich zu lassen.«

Johanna nickte. Das war es in der Tat. Würde sie wirklich dazu bereit sein? Ihr Herz brannte für Peter, und sie wusste auch, dass sie keinen anderen Mann als ihn wollte.

Johanna konnte sich vorstellen, dass ihr Vater einen Herzinfarkt erleiden würde. Doch sie nickte. »In Ordnung, frag mich auf dem Ball.«

Peter lächelte und wirkte beinahe ein wenig erleichtert. »Gut. Und wir beide tragen unsere Zweige, ja?«

»Ja, die tragen wir.«

»Dann hoffe ich, dass es sehr bald Weihnachten wird. Ich war zuletzt so aufgeregt, als ich ein kleiner Junge war.«

»Das kann ich verstehen, mir geht es ebenso«, entgegnete Johanna.

Ein letztes Mal zog er sie in seine Arme und küsste sie.

»Gib auf dich acht, meine Liebste. Wir sehen uns bald wieder.«

Mit diesen Worten wandte er sich um und brach im Vorbeigehen einen kleinen Zweig von einem der Kirschbäume ab. Dann schaute er sich noch einmal lächelnd zu ihr um.

»Du musst ihn ins Wasser stellen, vergiss das bitte nicht!«, rief Johanna ihm nach und winkte.

»Ich werde es nicht vergessen!«, entgegnete er und schlüpfte durch die Pforte.

Johanna sah ihm kurz nach, dann richtete sie den Blick auf den Kirschbaum. Den Ast, den sie Peter widmen wollte, fand sie recht schnell. Mit dem kleinen Messer, das sie aus der Küche mitgenommen hatte, schnitt sie ihn ab und verließ dann den Garten.

11. KAPITEL

Der Wind war rau, doch Christian spürte ihn kaum, als er sein Pferd den Strand entlangscheuchte. Den ganzen Weg schon begleiteten ihn das Gesicht der Fremden und ihre Bitte, am Strand nach Hinweisen zu schauen.

Es war wirklich sehr unfair vom Schicksal, ihr das Gedächtnis zu nehmen. Wer sie wohl wirklich war? Ihre gewählte Ausdrucksweise sprach dafür, dass sie Bildung genossen hatte. Sie war weder eine Bauerstochter noch eine Verbrecherin, das stand für ihn fest.

Mit traumwandlerischer Sicherheit fand er die Stelle wieder, an der er das Mädchen aufgelesen hatte. Der Wind und das Wasser hatten seine und ihre Spuren verwischt, das Segeltuch war davongeweht worden. Und doch wusste er, dass es genau diese Stelle des Strandes war. Er stieg vom Pferd und hockte sich auf den muschelübersäten Boden.

Hatte sie Papiere dabeigehabt? Oder ein Medaillon? Allerdings hatte sie nur ein Nachthemd getragen …

Seine Hände fuhren suchend über die Muschelschalen, schoben sie zur Seite und gruben sich durch den feuchten Sand.

Schon bald wurde ihm klar, dass seine Hände allein nicht ausreichen würden. Und war überhaupt etwas geblieben? Weit und breit konnte er keine Schiffsplanken oder Spuren von Ladung entdecken. Und er sah auch kein Papier, keine Schmuckstücke oder Sonstiges.

Er stieg auf sein Pferd und ließ es langsam durch den Sand laufen.

Dabei glitt sein Blick suchend über Muschelschalen, Steine und angeschwemmte Äste. Nach einer Weile fand er Reste einer Kiste. Doch so, wie sie im Sand steckten, musste sie schon mehrere Stürme gesehen haben.

Eine Viertelstunde später erreichte er eine verfallene Fischerhütte. Als ihm klarwurde, wem sie einst gehört hatte, blieb er kurz stehen und stieg aus dem Sattel.

Hinning hieß der alte Fischer, der hier fernab des Ortes gelebt hatte. Schon zu Lebzeiten hatten sich wüste Geschichten um ihn gerankt. Früher hatte Christian ihn manchmal besucht und seinen Geschichten gelauscht.

Das war mit Hinnings Tod vorüber gewesen. Und seitdem war er auch nicht mehr hergekommen.

Die Hütte war in einem schlimmen Zustand. Die Stürme der vergangenen Monate hatten dem Dach schwere Schäden zugefügt. Die Wände waren schief. Von dem Fischernetz, das der Alte kurz vor seinem Tod noch einmal aufgehängt hatte, waren nur noch wenige Fetzen übriggeblieben.

Ein helles Kreischen hinter ihm brachte ihn dazu herumzuwirbeln. In der Dunkelheit hinter der offenstehenden Tür leuchteten zwei gelbe Augen.

Christian saß ab und ging auf die Hütte zu. Die Erinnerung ließ die Sehnsucht nach alten Kindertagen in ihm aufsteigen. Die Katze saß auf dem alten Küchentisch. Sie war rabenschwarz bis auf die Augen, die wie gelbgrüne Edelsteine wirkten. Offenbar hatte sie Hunger, denn als sie ihn sah, maunzte sie ihn laut an.

Auch Hinning hatte eine Katze besessen. Ein braungestromtes Biest, das jeden angefaucht hatte. Als er starb, war die Katze von einem Tag zum anderen verschwunden. Entweder lebte sie noch irgendwo im Wald oder war längst eingegangen. Christian bezweifelte, dass sie sich einem anderen Menschen angeschlossen hatte.

Und jetzt war diese Katze hier und duckte sich auf den Tisch. Ihre Muskeln zitterten, wahrscheinlich bereitete sie sich darauf vor, jeden Moment zu flüchten.

»Hallo, du«, sprach er das Tier an, das daraufhin erneut mauzte.

Die Katze sah weder verwildert noch ungepflegt aus.

Sie wäre ein hübsches Geschenk für unseren Gast, ging es Christian durch den Sinn. Doch diesen Gedanken schüttelte er schnell wieder ab. Seine Mutter hatte schon etwas dagegen gehabt, dass er einen Menschen nach Hause brachte. Was würde sie zu einer fremden Katze sagen?

Nein, es würde besser für sie sein, wenn sie hierblieb und die Mäuse fing.

»Pass gut aufs Haus auf«, sagte er, sah das Tier noch einmal lächelnd an und wandte sich um. Er würde weiter den Strand absuchen, doch Hoffnung, etwas zu finden, was auf die Herkunft der Schiffbrüchigen oder das Geschehen in der Sturmnacht hindeutete, hatte er kaum noch.

12. KAPITEL

Kaum hatte Johanna das Foyer betreten, kam ihr auch schon ihre Mutter entgegen. Es schien, als hätte sie etwas sagen wollen, doch als sie den Zweig in ihrer Hand sah, erstarrte sie.

»Was ist das?«, fragte sie.

Ich hätte ihn in einen Beutel tun sollen, ging es Johanna durch den Sinn. Aber spätestens dann, wenn ihre Mutter ihn am Fenster hätte stehen sehen, wären die Fragen gekommen.

»Ein Zweig von einem Kirschbaum«, antwortete Johanna. »Barbara hat erzählt, dass …«

»Barbara?«, wunderte sich ihre Mutter. »Welche Barbara?«

»Ich … ich habe sie Barbara genannt«, entgegnete Johanna. »Die junge Frau im Veilchengrund-Zimmer. Sie braucht doch einen Namen, oder?«

»Du hast mit ihr gesprochen? Wann?« Augustas Blick verfinsterte sich.

»Vorhin. Sie macht einen netten Eindruck. Und sie hat mir erzählt, dass der Zweig, den sie mitgebracht hat, ein Barbarazweig ist. Man schneidet ihn am vierten Dezember, und wenn er zu Weihnachten blüht, bringt er Glück. Benannt wurde er nach der heiligen Barbara. Deshalb bin ich darauf gekommen, sie Barbara zu nennen. Wegen des Zweiges.«

Ihre Mutter folgte ihren Ausführungen mit starrer Miene. »Du hast dich meiner Anweisung widersetzt?«

Johanna konnte es nicht fassen. Weshalb hegte ihre Mutter so einen Groll gegen das Mädchen?

»Aber Mutter«, begann Johanna ruhig, obwohl es in ihr brodelte. »Warum sollen wir nicht mit ihr sprechen? Sie ist unserer Sprache mächtig, und soweit ich feststellen konnte, hat sie nicht den Verstand verloren, nur ihr Gedächtnis. Glaubst du denn wirklich, dieses kommt wieder, wenn niemand mit ihr redet? Und warum denkst du, dass sie uns irgendwelche Scherereien machen wird? Sie ist sehr freundlich und weiß zu schätzen, was wir für sie tun!«

»Ich habe dir eine klare Anweisung gegeben, und du hast sie nicht befolgt!«, wetterte Augusta los, ohne auf ihre Einwände einzugehen. Das machte Johanna wütend.

»Ja, weil diese Anweisung Unsinn war!«, platzte es aus ihr heraus. »Außerdem bin ich fast einundzwanzig Jahre alt! Denkst du, ich lasse es mir in diesem Alter noch verbieten, mit jemandem zu reden?«

Im nächsten Augenblick erstarrte sie. Hatte sie das wirklich gesagt?

Augustas Mund wurde zu einem schmalen Strich. »Geh auf dein Zimmer«, sagte sie und wandte sich um.

Johanna blickte ihr nach, wie sie mit hocherhobenem Haupt zum Arbeitszimmer ihres Vaters stürmte. Es war zwar Sonntag, doch wenn die Freundinnen seiner Frau zu Gast waren, verzog er sich dorthin.

Johanna seufzte schwer und blickte auf den Zweig in ihrer Hand. Sie hatte einen besonders schönen mitgenommen. Sie konnte Glück gebrauchen – und sie wollte wissen, ob Peter und sie zusammenkommen würden.

~

Christian zuckte zusammen, als seine Mutter ins Arbeitszimmer trat. Auch Ludwig wirkte überrascht. Mit dem Auftauchen Augustas hatten beide nicht gerechnet.

In der Annahme, dass die Freundinnen immer noch da waren, hatten sie sich einen Kaffee genehmigt und über Christians Ausritt unterhalten.

»Ludwig, ich …«

Als sie Christian sah, stockte Augusta einen Moment lang, dann fuhr sie fort. »Ludwig, ich muss mich mit dir unterhalten! Es geht um Johanna. Und diese fremde Person.«

Sie blickte zu Christian. »Würdest du uns eine Weile allein lassen?«

Christian wollte schon aufstehen, doch sein Vater hielt ihn zurück.

»Warum sollte er gehen? Erzähl doch bitte, was passiert ist.«

»Johanna hat mit ihr gesprochen! Und das, obwohl ich es ihr verboten habe. Sie hat ihr sogar einen Namen gegeben.«

»Wem hat sie einen Namen gegeben?«, fragte Ludwig ein wenig begriffsstutzig.

»Dieser Person in unserem Gästezimmer!«

»So? Welchen Namen denn?«, fragte Christian. »Hoffentlich keinen unanständigen …«

»Niemand braucht deine Scherze, junger Mann!«, fuhr Augusta ihn an. »Ich hatte Johanna verboten, mit ihr zu sprechen, und sie hat es doch getan. Und dann kam sie mir frech und sagte, dass ich ihr nicht verbieten dürfte, mit jemandem zu reden!«

Ludwig Baabe sah seine Frau verständnislos an. »Darüber regst du dich auf?«

»Hörst du mir nicht zu?«, fragte Augusta, und auf einmal schien sie zu vergessen, dass auch ihr Sohn zugegen war. »Sie hat mir an den Kopf geworfen, dass ich ihr keine Vorschriften machen dürfte. Sie wohnt immer noch in unserem Haus!«

Ludwig nahm seine Brille von der Nase und lehnte sich auf seinem Stuhl zurück.

»Augusta. Johanna wird im kommenden Frühjahr einundzwanzig. Sie ist erwachsen.«

»Und das bedeutet, dass sie sich über unsere Entscheidungen hinwegsetzen darf? Dann fehlt nur noch, dass sie sich mit den Vanden...« Sie brach ab, doch Ludwig erriet, was sie meinte.

»Die Vandenbooms meinst du?«, fragte Ludwig finster. »Ich glaube nicht, dass Johanna mit einem von ihnen sprechen würde. Wie kommst du nur auf so was? Zwischen den Vandenbooms und ihr besteht ein großer Unterschied. Oder weißt du etwas, das ich nicht weiß?«

Augusta biss sich auf die Lippe. Sie schien einzusehen, dass es ein Fehler war, die Vandenbooms zur Sprache zu bringen.

Christian war froh, dass die Aufmerksamkeit seiner Eltern in diesem Augenblick nicht ihm galt. Sein Magen krampfte sich plötzlich zusammen, weil er daran dachte, dass seine Schwester in Peter Vandenboom verliebt war.

Ludwig erhob sich und schloss seine Frau in die Arme. Diese versteifte sich ein wenig, schüttelte ihn aber nicht ab. »Augusta, diese junge Frau wird unsere Familie schon nicht ruinieren. Warum hast du nur so eine Angst vor ihr?«

»Ich habe keine Angst vor ihr«, entgegnete Augusta, aber ihre Miene sagte etwas anderes.

»Na siehst du. Dann lass doch zu, dass unser Gast ein wenig Gesellschaft hat. Weder du noch ich haben die Zeit dazu, und Christian erst recht nicht. Johanna tut es gut, mit einem Mädchen zu reden, jetzt, wo sie kaum aus dem Haus kommt.«

»Ein Mädchen, das nicht ihrem Stand entspricht.«

»Weißt du das denn?«, gab Ludwig zurück. »Wir kennen weder seinen Namen, noch wissen wir, woher es stammt. Lass doch bitte deine wilden Spekulationen und beruhige dich wieder.«

Christian verbarg ein Lächeln. In Momenten wie diesen mochte er seinen Vater sehr.

»In ein paar Tagen fahre ich noch einmal zu Martin Wagner und frage nach dem Stand der Ermittlungen, ja?«, setzte Ludwig versöhnlich hinzu. »Bis dahin mach dich nicht verrückt, es wird alles gut.«

Augusta nickte, doch es war ihr anzusehen, dass sie nicht damit zufrieden war.

»Und was ist damit, dass Johanna mir frech gekommen ist?«

»Darüber reden wir beim Abendessen.« Ludwig gab ihr einen Kuss auf die Stirn. »Jetzt erhol dich ein wenig. Deine Freundinnen sind weg?«

»Ja, sie sind schon vor einer Weile gegangen.«

»Gut, dann werde ich mich gleich zu dir gesellen. Gib mir noch einen Moment mit meinem Sohn.«

Augusta nickte erneut und verließ das Arbeitszimmer wieder.

Ludwig atmete tief durch. »Verstehe einer die Frauen.«

Christian war nicht sicher, ob es ein guter Augenblick war, doch wenn er jetzt nicht fragte, kamen die Vandenbooms nie zur Sprache.

»Vater, was ist das eigentlich mit den Vandenbooms?«, fragte er, als die Schritte seiner Mutter verklungen waren. »Ich weiß, dass du nur ungern darüber sprichst, und ich habe auch nicht vor, gegen diese Regel unseres Hauses zu verstoßen. Doch ich bin dein Nachfolger und ich würde gern wissen, warum es diese Regel gibt, damit ich später meinen Kindern nicht die Antwort schuldig bleiben muss.«

Ludwig Baabe schaute ihn an, als müsste er gleich seine Magentropfen nehmen, dann wischte er sich mit beiden Händen übers Gesicht und ließ sich schwer auf seinen Stuhl fallen.

»Verdammt, Augusta, warum musstest du damit anfangen?«, murmelte er, dann sah er seinen Sohn an. Eine Weile schien er mit sich zu ringen, dann sagte er: »Du hast recht, ich rede nicht gern darüber. Eigentlich wollte ich es dir erst sagen, wenn ich das Geschäft abgebe, aber …« Er pausierte kurz, dann fuhr er fort: »Diese Fehde existiert schon sehr lange, musst du wissen. Schon seit den Zeiten deines Großvaters. Offenbar war ein Vandenboom daran schuld, dass meine Mutter – deine Großmutter – gestorben ist.«

Christian sah seinen Vater erschrocken an. »Der alte Vandenboom hat Großmutter umgebracht? Aber warum ist er dann nicht bestraft worden?«

»Nun, es gibt Mord und es gibt Mord an der Seele. Für Letzteres kann niemand verantwortlich gemacht werden.«

»Mord an der Seele? Hat er ihrer Seele etwas angetan?«

»Warst du schon mal am Grab deiner Großmutter?«, fragte Ludwig, und sein Blick schweifte aus dem Fenster. Offenbar schien er sich im Anblick der Wolken über dem Meer zu verlieren.

»Nein«, antwortete Christian. »Du hast es uns nie gezeigt.«

»Und das aus gutem Grund. Es liegt an der Mauer des Bad Doberaner Friedhofs und hat auch keinen Grabstein. Nur ein Holzkreuz, das inzwischen wohl verwittert ist.«

»Ein Holzkreuz?« Nach kurzem Überlegen fiel es Christian wie Schuppen von den Augen. »Sie hat sich …«

Ludwig Baabe lehnte sich ein Stück weit vor. Sein gesamter Körper zitterte. »Du wirst keiner Menschenseele davon erzählen, ja? Nicht mal deiner Schwester! Es ist schlimm genug, dass diese Fehde besteht. Es ist schlimm genug, dass deine Großmutter diesen Schritt getan hat. Sie war verheiratet! Und dieser Vandenboom hat ihr den Kopf verdreht. Er hat ihn verdreht und sie dann abserviert. Er hat ihr Hoffnungen gemacht, dass ihr Leben besser würde, wenn sie ihren Sohn und ihren Mann verließe und zu ihm käme. Und als er sie so weit hatte, fiel ihm ein, wieder zu seiner Frau zurückzukehren. Und meine Mutter, meine wunderschöne Mutter, stürzte sich ins Meer.«

Christian erstarrte. Für eine Weile war er nicht imstande, etwas zu denken oder zu sagen.

Dann fiel ihm Johanna ein.

Am liebsten wäre er gleich zu ihr gelaufen und hätte ihr erzählt, was ihr Vater gesagt hatte. Aber er konnte sich nicht rühren.

»Wir sollten uns zu deiner Mutter gesellen«, sagte Ludwig, als er sich wieder etwas beruhigt hatte.

Christian nickte betäubt. Ein Grab an der Mauer … Sicher, das war ein Schandfleck für die Familie. Doch hatte denn niemand seine Großmutter verstanden? Ihren Schmerz, ihre Enttäuschung?

Und warum hatte es keine Auswirkung auf die Baabes gehabt? Ihr Ansehen war intakt. Eine Selbstmörderin in der Familie zu haben, hätte dazu führen können, dass alles in die Brüche ging. Doch irgendwie musste es seinem Großvater gelungen sein, die Familienehre wiederherzustellen und Schaden von seinen Nachkommen abzuwenden.

Immerhin konnte er jetzt verstehen, warum die Baabes

die Vandenbooms hassten. Und umgekehrt? Was war passiert?

Christian wünschte sich, mehr über die Sache zu erfahren.

Und er wünschte sich auch, dass Johanna davon erfuhr. Doch konnte er es ihr sagen?

Er konnte nicht nur, er musste es sogar. Auch wenn sie Peter Vandenboom liebte, musste Johanna vorsichtig sein, denn niemand konnte wissen, welche Blüten der Hass auf der anderen Seite trieb …

13. KAPITEL

»Wozu benötigen Sie denn das Glas?« Emma, die Köchin, sah Johanna verwundert an. Es war recht ungewöhnlich, dass sich die Tochter des Hauses etwas von den Gerätschaften der Küche ausborgte.

»Für den Zweig«, erklärte ihr Johanna. »Ich habe vorhin einen Barbarazweig geholt.«

»Ah, einen Barbarazweig! Ich dachte nicht, dass man das hier auch kennt.« Emma stammte aus Süddeutschland; die Liebe hatte sie in den Norden geführt. Als der Mann sich aus dem Staub machte, war sie hiergeblieben und in die Dienste der Baabes getreten. »In meinem Dorf haben viele junge Frauen am Barbara-Tag diese Zweige geschnitten. Aber ist es nicht ein wenig spät? Schließlich haben wir heute schon den siebten Dezember. Die Knospen werden nicht genug Zeit haben, um aufzubrechen.«

»Ich will es trotzdem versuchen. Möglicherweise blühen sie zu Weihnachten doch noch.«

Die Köchin lächelte sie wissend an. »Sie wollen also herausfinden, ob der Mann, für den Sie sich entschieden haben, der Richtige ist, nicht wahr?«

»Ist das so offensichtlich?«, fragte Johanna ertappt.

»Die meisten jungen Frauen schneiden den Zweig aus diesem Grund.«

Johanna biss sich auf die Lippe. Sie wusste, dass die Köchin mit den Mädchen redete und die Mädchen, besonders Hilda, mit ihrer Mutter. Wenn sie jetzt etwas Näheres erzählte, würde das sicher irgendwann bei ihrer Mutter landen.

»Nun ja, was soll ich sagen … Ich brauche einfach einen Rat vom Schicksal, Emma. Vielleicht lässt sich die heilige Barbara ja überreden, ihn blühen zu lassen.«

Johanna füllte das Weckglas mit Wasser und huschte dann nach oben. Sie wollte auf keinen Fall der Mutter wieder über den Weg laufen – jedenfalls jetzt noch nicht. Ihr Ausbruch vorhin würde Folgen haben, das war so sicher wie das Amen in der Kirche.

In ihrem Zimmer stellte sie den Zweig ins Wasser und betrachtete ihn eine Weile. Es war ein sehr hübscher Zweig mit vielen Knospen. Ob er trotz der Verspätung noch blühen würde?

Aber ihre Mutter … Johanna wollte auf keinen Fall, dass sie die Dienstmädchen anwies, ihn wegzuwerfen. Vielleicht sollte sie ihn verstecken?

Sie sah sich um. Hinter den Vorhängen war es zu gefährlich. Unter dem Bett auch – außerdem bekam der Zweig da kein Licht. Der Kleiderschrank? Keine gute Idee, denn die Mädchen brachten von Zeit zu Zeit die Wäsche. Die einzige Ecke, die nicht gleich einzusehen war, war die kleine Lücke neben dem Kachelofen. Doch auch diese war sehr dunkel. Konnte ein Zweig, der kein Licht bekam, blühen?

Da klopfte es plötzlich an der Tür.

»O nein!«, flüsterte Johanna, dann trug sie rasch das Glas zum Ofen. Die Wärme der Kacheln brannte regelrecht an ihrer Wange, doch sie war sicher, dass hier niemand schauen würde.

Sie verstaute das Glas im Spalt zwischen Wand und Ofen, dann rief sie: »Herein!«

Als sie Christian sah, atmete sie erleichtert auf.

»Was machst du denn hier?«, fragte sie.

»Ich muss mit dir reden. Es ist etwas Ernstes.« Erst jetzt merkte sie, dass sein Gesicht glühte.

»So?« Johannas Lächeln erstarb. »Was gibt es denn?«

Christian drückte die Tür hinter sich ins Schloss und zögerte einen Moment.

»Es geht um Peter«, sagte er dann. »Peter Vandenboom.«

Johanna spürte, dass ihr das Blut aus dem Gesicht wich. »Ist etwas passiert? Hast du irgendwelche Nachrichten bekommen?«

»Nein, das habe ich nicht. Aber Mutter war eben bei uns in Papas Arbeitszimmer.«

Johannas Herz begann zu rasen. Hatte sie jemand im Kurgarten beobachtet und ihrer Mutter Bescheid gegeben?

»Was wollte sie denn bei euch?« Ein leichter Schwindel überfiel sie. Wenn ihre Mutter erfahren hatte, dass sie Peter heimlich traf, war alles aus. Dann würden ihre Eltern sie verheiraten – oder fortschicken.

»Sie hat sich darüber echauffiert, dass du bei unserem neuen Gast warst«, begann Christian.

»Bei unserem neuen Gast? Aber …«

»Und sie regte sich darüber auf, dass du ihr eine despektierliche Antwort gegeben hättest. Und Vater sagte ihr, dass es doch nicht schlimm sei, dass du die junge Frau besuchst.«

Christian machte eine Pause.

»Nun sag schon, was ist los?«, rief Johanna panisch.

»Nun ja, Vater sagte Mutter, dass sie dich ruhig mit ihr sprechen lassen soll. Doch dann sagte sie: Wenn sie uns mit jedem reden ließe, dann könntest du dich auch gleich mit den Vandenbooms unterhalten.«

Johanna schlug die Hand vor den Mund. Also doch! Irgendwer musste ihr von dem Treffen erzählt haben. Oder hatte sie heimlich die Briefe gelesen?

Johanna spürte, wie ihre Knie nachgaben. Glücklicherweise war ein Stuhl in der Nähe, auf den sie sich sinken lassen konnte.

»Und dann habe ich Vater nach dem Ursprung der Fehde zwischen uns und den Vandenbooms gefragt, und er wurde vollkommen ernst. So ernst hatte ich ihn noch nie gesehen, nicht einmal dann, wenn er böse auf mich war.«

Johannas Brust schnürte sich zusammen. Tränen schossen ihr in die Augen. Was sollte sie jetzt tun? Ihre Mutter würde sie nach der Konfrontation von vorhin sicher im Haus einschließen! Es war ein Wunder, dass sie noch nicht in ihrem Zimmer aufgetaucht war und ihr die Leviten gelesen hatte. Wahrscheinlich wartete sie in ihrem Salon darauf, dass sie sich bei ihr entschuldigte.

»Kannst du dich daran erinnern, dass in unserem Haus jemals von unserer Großmutter gesprochen wurde, Papas Mutter?«, fragte Christian, während er den Arm um seine Schwester legte. Sie spürte, wie erhitzt er war – und dass sie selbst wie eine Weide im Sturm zitterte.

»Nein, niemals. Das heißt, doch, einmal. Sie ist schon vor vielen Jahren gestorben, stimmt's? Als Vater selbst noch klein war.«

Christian nickte. »Ja. Aber es hat uns niemand etwas Näheres über sie erzählt, nicht wahr?«

Johanna schüttelte den Kopf. Was hatte ihre Großmutter mit den Vandenbooms zu tun?

»Vater sagte, dass sie in den Tod gegangen sei – aus unglücklicher Liebe.«

»Unglückliche Liebe? Aber ...«

»Ein Vandenboom hatte sie verführt«, sagte Christian und fügte im Flüsterton hinzu: »Und dann sitzengelassen.«

Johanna machte sich von Christians Arm los. »Was? Das ist nicht wahr!«

»Das ist es«, gab Christian sanft zurück. »Warum sollte Vater lügen?«

»Weil ...« Plötzlich war Johannas Verstand wie leergepustet. Sie vergaß einfach, was sie hatte sagen wollen.

»Johanna.« Christian streichelte ihren Rücken. »Es tut mir leid. Aber vielleicht wäre es wirklich besser, wenn du ihn nicht mehr siehst.«

»Nein!«, rief Johanna aus. Plötzlich kam wieder Leben in sie. »Wahrscheinlich hat er das nur so gesagt, weil Mutter herausgefunden hat ...« Sie stockte, krallte sich dann an Christians Hemdsärmeln fest. »Was hat sie gesagt? Hat sie erwähnt, dass sie hinter die Briefe gekommen ist?«

»Ihr schreibt euch Briefe?«, fragte Christian entsetzt.

»Unter falschem Namen, aber sie könnte sie gelesen haben.«

Christian atmete tief durch und schüttelte den Kopf. »Du musst ja wirklich ziemlich in diesen Kerl verschossen sein.«

»Ich liebe ihn!«, sagte Johanna verzweifelt. »Und ich kann nichts dagegen tun! Und genauso wenig kann ich ihn vergessen.«

»Wie es aussieht, wirst du das müssen, Schwesterherz«, sagte Christian ernst.

»Nein, das werde ich nicht, solange ich nicht genau weiß, was damals passiert ist. Jede Geschichte hat zwei Seiten. Und jetzt sag mir, hat sie etwas von den Briefen erwähnt?«

»Nein, das hat sie nicht.«

Johanna atmete tief durch. »Gut. Das ist immerhin etwas. Aber wenn du glaubst, dass ich von Peter ablassen werde, irrst du dich. Was auch immer damals geschehen ist, er trägt keine Schuld. Und wir sollten ihn nicht verurteilen, bevor wir wissen, wie es damals ablief.«

14. KAPITEL

Es gefiel Hilda nicht, dass sie Dienst in den oberen Räumen hatte. Eigentlich war sie für die Gästezimmer zuständig, doch wenn keine Gäste da waren – die junge Frau, die Christian am Strand gefunden hatte, zählte nicht –, musste sie hin und wieder auch die Räumlichkeiten ihrer Dienstherren saubermachen.

Zu allem Überfluss hatte sich auch noch Martha krank gemeldet. Sie lag mit Grippe darnieder, wie ihre Mutter ihnen heute Morgen mitgeteilt hatte.

Ein Hundeleben, dachte sie und sehnte den Sommer herbei. Im Sommer war ihre Arbeit auch hart, aber dann waren Gäste hier, und wenn diese ausgegangen waren und die Mädchen sich um die Zimmer kümmern mussten, erlaubte sie es sich manchmal, die Sachen in den Schrankkoffern anzuschauen. Sie strich über die schönen hellen

Kleider, die die Frauen mitbrachten, oder spannte herrliche Spitzenschirme auf.

Sie wusste, dass sie nicht schnüffeln durfte, doch in den Zimmern waren sie meist allein, und sie sorgte auch immer dafür, dass alles wieder an seinen Platz kam. Auch wenn manche Broschen so verlockend aussahen und hin und wieder eine kleine Stimme zu ihr sagte, dass sie sie nehmen und damit ein neues Leben anfangen sollte. Sie wusste, dass Diebstahl hart geahndet wurde – und wenn sie erst einmal im Zuchthaus saß, waren ihre Chancen, ihrer ärmlichen Herkunft zu entkommen, passé.

Nein, sie würde es anders versuchen.

Das erste Zimmer, das sie zu versorgen hatte, war das von Christian. Hier gab es meist nicht viel zu tun, denn es war ziemlich spartanisch eingerichtet. Das Einzige, woran sein Herz zu hängen schien, waren Bücher. Er hatte unzählige davon, und manchmal lagen sie kreuz und quer über den Boden verteilt.

Eigentlich hätte er studieren müssen bei all der Bücherliebe, aber sein Vater hatte darauf bestanden, dass er das Gästehaus übernahm. Aber war es wirklich das, was Christian auch wollte?

Hilda wusste es nicht, aber sie wusste, dass er ein sehr freundlicher Ehemann sein würde. Manchmal träumte sie davon, dass er ihr, wenn sie seine Frau wurde, ein wenig aus den Büchern vorlas. Hilda hatte in der Dorfschule zwar selbst lesen gelernt, aber als sie einmal eines der herumliegenden Bücher aufgeschlagen hatte, hatte sie kaum etwas von dem, was da auf den Seiten stand, verstehen können. Doch wenn er es ihr vorlas, begriff sie es vielleicht.

An diesem Tag lagen allerdings keine Bücher herum, und auch sonst wirkte das Zimmer sehr ordentlich. Sie brauchte nur das Bett zu machen und den Wäschekorb vor die Tür zu stellen.

Als sie damit fertig war, war Fräulein Johannas Raum an der Reihe. Hier ging es ihr oftmals so wie zu Sommerzeiten in den Gästezimmern. Johanna Baabe hatte unzählige wunderschöne Kleider! Hin und wieder verschenkte sie ein paar davon an die Dienstmädchen, wenn es Zeit für eine neue Garderobe wurde.

Auch sie selbst hatte schon eines bekommen, ein hübsches weißes mit Rüschen am Saum und an den Ärmeln. Leider gab es kaum Gelegenheiten für sie, solch ein Kleid zu tragen. Selbst zum Kirchgang war es für eine wie sie zu fein. Aber wenn sie vielleicht Christians Frau wurde …

Als sie Christians Stimme hinter Johannas Tür hörte, hielt sie inne und presste sich an die Wand. Wenn etwas in dem Privattrakt der Baabes interessant war, dann die Gespräche, die sie aufschnappen konnte.

Die anderen Mädchen gingen bei solchen Gelegenheiten weiter, doch sie selbst gönnte sich einen Moment des Lauschens.

»Vater sagte, dass das Grab an einer Mauer auf dem Doberaner Friedhof liegt«, sagte Christian, begleitet von schweren Schritten. Er trug wohl seine Reitstiefel. »Und er meinte auch, dass es nur ein Holzkreuz zieren würde.«

»Wir müssen dieses Grab finden!«, sagte Johanna. »Ich kann nicht glauben, dass Peters Großvater so etwas Schreckliches getan hat. Wahrscheinlich gab es Gründe, möglicherweise war Großmutter in einer ähnlichen Situation wie ich!«

»Möglich ist es aber auch, dass sein Großvater sich mit Bedacht an sie herangemacht hat. Dass er versucht hat, sie dazu zu bringen, ihren Mann und ihr Kind im Stich zu lassen.«

»Aber warum?« Fräulein Johannas Stimme überschlug sich fast. »Warum sollte er das tun? Welchen Grund gibt es, eine Frau in den Tod zu treiben? Vielleicht …«

Sie stockte und sagte eine ganze Weile gar nichts. Auch Christian schwieg.

Hilda kämpfte gegen das Verlangen an, durch das Schlüsselloch zu schauen.

»Vielleicht hat sie sich auch Hoffnungen gemacht, wo keine waren?«, sagte Johanna mit tränenerstickter Stimme. »Wir müssen es genau wissen! Ich muss es genau wissen! Verstehst du mich, Christian?«

»Gut, wir werden den Friedhof aufsuchen und nach dem Grab schauen«, antwortete er. »Und ich werde versuchen, weitere Erkundigungen einzuziehen. Doch sollte sich herausstellen, dass an der Sache etwas dran ist, wirst du die Finger von diesem Peter lassen, in Ordnung? Ich möchte nicht, dass einer von denen dich so behandelt, wie damals unsere Großmutter behandelt wurde.«

»Aber ich bin sicher, dass er nicht so ist …« Johanna schluchzte. »Und ich will auch keinen anderen heiraten.«

Christian seufzte, dann schwiegen beide wieder. Nahm er sie jetzt in den Arm?

Hilda stellte es sich wunderbar vor, von Christian in den Arm genommen zu werden. Doch würde das jemals geschehen? Sie war nur ein Dienstmädchen, und auch wenn die Baabes nicht adelig waren, verkehrten sie doch in Kreisen, in denen man über ein Zimmermädchen in der Familie die Nase rümpfen würde. Es sei denn, Christian würde sich für sie einsetzen. Es sei denn, er würde dafür sorgen, dass sie anerkannt wurde und dass man ihre Vergangenheit vergaß …

Als sie Schritte auf die Tür zukommen hörte, huschte

Hilda rasch den Gang entlang. Sie sollten nicht glauben, dass sie gelauscht hatte.

Im Schlafzimmer der Baabes schnaufte Hilda kurz durch.

Was hatte dieses Gespräch zu bedeuten?

Sie wusste nicht viel aus der Vergangenheit ihrer Dienstherren. Dass der Vater von Ludwig Baabe das Gästehaus erbaut hatte. Dass die Familie den Übernahmeversuchen der Familie von Kahlden widerstanden hatte.

Doch das, was sie soeben belauscht hatte, klang nach einem handfesten Skandal. Einen Moment lang stand sie wie vom Blitz getroffen da, dann schlich ein Lächeln über ihr Gesicht.

Vielleicht lohnt es sich eines Tages, diesen Trumpf auszuspielen, dachte sie, während sie mit dem Wischeimer wieder nach unten ging.

2. TEIL

DAS GEHEIMNIS

15. KAPITEL

Donnerstag, 11. Dezember 1902

Es war eine Wohltat, nach Tagen des Liegens endlich wieder ein wenig das Bett verlassen zu können. Als Barbara das Kleid überzog, das ihr das Dienstmädchen gebracht hatte, fühlte sie sich wie ein neuer Mensch. Die Zeit im Bett hatte sie träge gemacht, doch allmählich kam sie wieder zu Kräften. Schon bald würde sie wieder ein normales Leben führen können.

Doch war das möglich, ohne zu wissen, wer man war? An den Namen Barbara hatte sie sich notgedrungen gewöhnt, weil sie einsah, dass man sie irgendwie ansprechen musste. Aber tief in ihrem Innern wusste sie, dass ihr Name ein ganz anderer war.

Immerhin waren die Besuche der beiden Baabe-Geschwister kleine Lichtblicke in ihrem neuen Leben.

Christian hatte zwar keine Spuren am Strand gefunden, doch gestern gesagt, dass er gern mit ihr ausreiten und die alte Fischerhütte besichtigen würde, die es unweit der Stadt gab. Den ganzen Abend lang hatte sie sich vorgestellt, wie es sein würde, an seiner Seite über den Strand hinwegzupreschen.

Dabei hatte sie für einen Moment gemeint, den Wind auf ihrem Gesicht und in ihrem Haar zu spüren. Sie hatte Hufgetrappel gehört und das Wiehern eines Pferdes, ihr eigenes Lachen. Und sie hatte den Schatten einer Person gesehen, mit der sie damals ausgeritten war. Wer mochte sie gewesen sein? Eine Frau oder ein Mann? Ihre Mutter, ihr Vater?

Sie war sich mittlerweile sicher, dass sie achtzehn Jahre alt war. Und dass sie nicht von hier stammte. Doch woher kam sie? Wo stand ihr Elternhaus – und was hatte sie auf dem Meer zu suchen gehabt? Die Antworten auf diese Fragen schlummerten in ihr, verborgen an einem geheimen Ort, den sie nicht erreichen konnte.

Als sie fertig mit dem Anziehen war, stellte sie sich vor den Spiegel. Ihre schwarzen Locken sahen ein wenig verfilzt aus, und ihre Haut war noch immer sehr blass. Die Augenringe waren zwar fast verschwunden, doch ihr Blick wirkte noch stumpf. Aber wie sollte ein Mensch auch anders aussehen, wenn er vor einer Woche knapp dem Tod entronnen war?

Sie fragte sich, wann sie endlich etwas erfahren würde. Irgendwer musste sie doch suchen! Gab es denn keine Nachrichten von einem gesunkenen Schiff? Oder enthielt man ihr diese vor, weil sie sich noch schonen sollte?

Vielleicht sollte ich mich selbst auf die Suche machen, ging es ihr durch den Sinn. Aber wo sollte sie beginnen? Die Tochter des Hauses fragen? Oder den Sohn? Versuchen, an eine Zeitung zu kommen? Wenn wirklich ein Schiffsunglück geschehen war, musste sich das doch herumgesprochen haben!

Sie schlüpfte in die Pantoffeln vor dem Bett, kehrte zum Spiegel zurück und richtete ihr Haar, so gut es ging. Dann schlich sie zur Tür. Nachdem sie kurz gelauscht hatte, drückte sie die Klinke hinunter.

Irgendwo klapperte jemand mit Töpfen, sonst war alles ruhig.

Was für ein wunderbares Haus das war! Die Wände waren vertäfelt und zwischen den Gasleuchtern hingen

Gemälde, die Szenen bäuerlichen Lebens und Schiffe auf stürmischer See zeigten. Ein langer roter Teppich mit eingewirktem Persermuster bedeckte das Parkett des Ganges.

Barbara folgte ihm, vorbei an Türen, die alle unterschiedlich beschriftet waren. In den blank polierten Messingschildern spiegelte sich ihr Gesicht.

Der Gang mündete in einer großen Eingangshalle, in der sich eine Rezeption befand. Sie bestand aus einem hölzernen Tresen und einer Wand mit verschiedenen Fächern und einem Brett voller silbrig glänzender Schlüssel.

Ein Gedanke schoss Barbara durch den Sinn. Sie kannte so etwas! Das Bild, das sie hier vor sich sah, wurde von einer Erinnerung überlagert. Sie hatte schon einmal vor einer Rezeption gestanden, allerdings war diese wesentlich größer gewesen. Der Mann dahinter hatte einen gezwirbelten Schnauzbart getragen und …

Karlsbad. Aus irgendeinem Grund fiel ihr der Name dieser Stadt wieder ein. Sie musste dort gewesen sein. Karlsbad. Wo lag Karlsbad? Stammte sie von dort?

Ein Läuten riss sie aus ihren Gedanken. Sie blickte zur Tür, unschlüssig, was sie tun sollte. Bestimmt war es die Aufgabe der Dienstmädchen zu öffnen.

Als sich auch nach dem zweiten Läuten keines blicken ließ, ging Barbara kurzerhand zur Tür und öffnete.

Auf dem Treppenabsatz standen zwei Männer. Der eine musste ungefähr in ihrem Alter sein, hatte blonde Locken und einen dünnen Schnurrbart auf der Oberlippe, der ihn wahrscheinlich älter machen sollte, aber genau das Gegenteil erreichte. Der Mann neben ihm ähnelte dem Jungen ziemlich, wahrscheinlich war es sein Vater. Überraschung flammte auf seinem Gesicht auf.

»Guten Morgen, junges Fräulein, dürfen wir reinkommen?«, fragte er schließlich.

Barbara wich zurück. Es war nicht ihr Haus, also konnte sie auch nicht entscheiden, ob der Mann hereinkommen durfte oder nicht. Wahrscheinlich waren es Reisende, die ein Zimmer wollten. Oder die Hausherrin oder der Hausherr, den Barbara bisher noch nicht zu Gesicht bekommen hatte, erwartete sie.

»Nun, Sie sind offenbar neu hier, richtig?«, sagte der Mann, nachdem er sie eine Weile gemustert hatte. Auch sein Sohn sah sie an. Nein, er starrte. Seine Augen glitten über ihr Gesicht, als wollte er sich jeden Zug einprägen. Dabei stand sein Mund offen, was ihn beinahe ein wenig einfältig aussehen ließ.

»Ja, gewissermaßen«, gab Barbara zurück, als sie sich vom Blick des jungen Mannes losgerissen hatte.

»Sie tragen keine Dienstmädchenuniform, also nehme ich an, dass Sie keine Bedienstete des Hauses sind.«

Barbara schüttelte den Kopf. Und plötzlich durchzog es sie heiß und kalt. Was, wenn der Mann wissen wollte, woher sie kam? Was konnte sie ihm erzählen?

Eigentlich nichts, denn sie wusste es ja selbst nicht.

»Wohnen Sie hier?«, fragte der Mann, während er sie von Kopf bis Fuß musterte.

»Nein, ich ... ich bin nur zu Gast hier«, entgegnete Barbara. Die Blicke des jungen Mannes machten sie nervös. Er starrte sie an, als wäre sie eine Heilige!

»Und verraten Sie mir Ihren Namen, junges Fräulein?«

Die junge Frau stockte. Welchen Namen sollte sie ihm sagen? Den Namen, den ihr die Haustochter gegeben hatte, vielleicht?

»Barbara«, entgegnete sie. Am liebsten hätte sie sich umgedreht und wäre wieder in ihrem Zimmer verschwunden. Eine Weile sah sie die beiden unbehaglich an. Dann schweifte der Blick des Mannes an ihr vorbei zur Treppe.

»Ah, Frau Baabe, wie schön, Sie zu sehen!«, rief er.

Als Barbara herumwirbelte, sah sie die Hausherrin an der Treppe stehen. Sie blickte sie stechend an und sagte zunächst nichts zu dem Mann, der nun mit ausgebreiteten Armen auf sie zuging.

War es ihrer Gastgeberin nicht recht, dass sie hier war? Aber niemand hatte gesagt, dass sie das Zimmer nicht verlassen dürfte …

Endlich wandte sich die Hausherrin ihrem Besucher zu. Das Mädchen schaute sich unsicher nach dem jungen Burschen um, der ein wenig verlegen wirkte und ihr zulächelte.

Barbara erwiderte das Lächeln und drehte sich dann um. Sicher war es besser, wenn sie jetzt verschwand. Sie mochte vielleicht Gast in diesem Haus sein, doch die Angelegenheiten, die hier besprochen wurden, gingen sie nichts an.

»Wir haben gehört, dass der junge Herr von Kahlden hier war, und da dachten wir, wir statten Ihnen auch einen kleinen Besuch ab«, hörte sie den Mann sagen, als sie in den Gang abbog, in dem ihr Zimmer lag. »Wir kommen doch hoffentlich nicht ungelegen?«

»Aber keineswegs, Herr Vormstein, ich lasse Johanna gleich Bescheid sagen, dass Sie und Ihr Sohn hier sind.« Die Stimme der Hausherrin hallte noch einen Moment in ihr nach, dann verschwand Barbara in ihrem Zimmer.

Ihr Herz raste. Warum eigentlich? Sicher, sie hatte sich in Gegenwart der Männer unbehaglich gefühlt – aber was war der Grund? Der ältere der beiden hatte doch ganz freundlich mit ihr geredet …

Wenige Minuten später klopfte es. War das die Hausherrin? Hätte sie das Zimmer nicht verlassen sollen? Auf einmal schlug ihr das Herz bis zum Hals.

»Herein!«, rief sie und sah kurz darauf erleichtert, dass Johanna in der Tür stand. Auf ihrem Gesicht lag ein gehetzter Ausdruck. War sie ihrer Mutter ebenfalls begegnet? Hatte es irgendwelchen Ärger ihretwegen gegeben?

»Darf ich einen Moment lang hierbleiben?«, fragte sie, während sie sich gegen die Tür lehnte.

»Ja, natürlich«, antwortete Barbara. »Was ist denn passiert?«

»Albert ist aufgetaucht. Albert Vormstein.«

Meinte sie den jungen Mann oder den alten? Und warum hatte sie so viel Angst vor ihm?

»Ja, ich habe ihnen vorhin die Tür geöffnet.«

Johanna zog erstaunt die Augenbrauen hoch.

»Du hast das Zimmer verlassen?«

Barbara nickte. »Ja ... Durfte ich das nicht?«

»Doch. Natürlich darfst du. Aber ich dachte ...« Johanna unterbrach sich. Sie lauschte kurz, dann atmete sie erleichtert durch. »Ich dachte, es geht dir noch nicht so gut«, führte sie ihren Satz schließlich zu Ende.

»Nun ja, ich fühle mich noch ein wenig schwach, aber ich wollte einen kleinen Spaziergang durchs Haus machen. Bisher habe ich es noch nicht gesehen.«

Ein wehmütiges Lächeln huschte über Johannas Gesicht. Was mochte sie denken?

»Wenn du willst, werde ich dir das Haus zeigen. Nachher, wenn der Besuch fort ist.«

»Was ist denn an dem Besuch so schlimm?«, fragte Barbara. Sicher, sie hatte selbst Unbehagen gefühlt, doch das lag daran, dass sie die Fragen der Männer nicht beantworten konnte.

»Albert Vormstein ist einer meiner Heiratskandidaten«, entgegnete Johanna und ließ sich seufzend auf die Bettkante sinken. »Und das ist schon der zweite, der bei meiner Mutter vorspricht. Dass Berthold von Kahlden hier war, hast du glücklicherweise nicht mitbekommen.«

»Du sollst verheiratet werden?«

»Ja, und wenn es nach meiner Mutter geht, an einen Mann, den ich nicht liebe. Und der Mann, den ich liebe …« Johanna stockte. Wieder lauschte sie.

»Was ist mit ihm?«

»Ich werde ihn niemals heiraten können.«

»Wieso nicht?«

»Weil er aus einer Familie stammt, die meiner vor langer Zeit großen Schaden zugefügt hat. Sie haben ein Gästehaus am anderen Ende von Heiligendamm. Wir reden mit ihnen nicht und sie nicht mit uns, aber … trotzdem habe ich ihn kennengelernt.«

»Wen?«

Johanna schien einen Moment lang zu überlegen, ob sie ihr den Namen nennen sollte.

»Peter. Er heißt Peter. Und bisher habe ich ihn für einen netten Kerl gehalten, doch dann ist mein Bruder zu mir gekommen, und …«

Plötzlich brach Johanna in Tränen aus. Barbara stand einen Moment lang unschlüssig da, dann ging sie zu ihr und legte ihr zaghaft die Hand auf die Schulter.

»Gibt es etwas, das ich tun kann?«, fragte sie.

Johanna sah sie erstaunt an. »Du? Aber was willst du denn tun?«

Barbara presste die Lippen zusammen. Es stimmte. Was wollte sie tun? Sie kannte hier niemanden. Sie konnte für niemanden ein gutes Wort einlegen. Und sie konnte auch niemanden davon überzeugen, was das Richtige war. Sie wusste es ja selbst nicht.

»Entschuldige«, sagte Johanna schließlich und wischte sich die Tränen von den Wangen. »Das war nicht gerecht.

Und es ist sehr freundlich von dir, dass du etwas für mich tun möchtest. Aber ich fürchte, ich muss das allein durchstehen.«

»Sind sie denn wirklich so schlimm? Der blonde Junge schien recht nett zu sein …«

Johanna lachte schmerzhaft auf. »Ja, nett ist er. Und furchtbar langweilig.«

»Und wie ist Peter?«, fragte Barbara und sah, dass sich Johannas Blick ein wenig aufhellte.

»Er ist … einfach wunderbar!«, sagte Johanna. Ein trauriger Zug schlich sich in ihre Augen. »Er versteht mich, er weiß mit einem Blick, was ich fühle, und vermittelt mir Geborgenheit. Er wäre der perfekte Mann für mich. Wäre da nicht diese dumme Geschichte.«

»Welche dumme Geschichte?«

Johanna griff nach ihrer Hand. »Bitte versprich mir, dass du niemandem etwas erzählst, ja?«

»Versprochen.«

»Nun ja, wie es scheint, bin ich nicht die Erste aus meiner Familie, die sich in einen Vandenboom verliebt«, begann sie zögernd und so leise, dass Barbara sie kaum verstehen konnte. »Meine Großmutter soll sich ebenfalls in einen von ihnen verliebt haben. In Peters Großvater.«

In den folgenden Minuten erfuhr Barbara die Geschichte so, wie Johanna sie von Christian gehört hatte. Als sie fertig war, kullerten Tränen von Johannas Kinn.

»Das alles ist so unglaublich! Ich kann es jedenfalls nicht glauben. Und dann diese Herzlosigkeit! Sie haben sie einfach irgendwo an einer Friedhofsmauer in Doberan verscharrt!«

Barbara presste die Lippen zusammen. Sie hätte gern etwas Tröstliches gesagt, doch sie konnte es nicht. Etwas in ihrem Innern krampfte sich bei Johannas Worten zusammen.

»Das Schlimme ist, dass ich Peter vor ein paar Tagen begegnet bin. Er sagte, dass ich mit ihm weglaufen solle. Aber ich … ich weiß nicht, ob ich das kann. Und nach der Geschichte …«

Ein Klopfen an der Tür ließ sie hochschrecken.

»O Gott, das ist sicher meine Mutter!«, flüsterte Johanna panisch und sah sich um, als suchte sie nach einer Fluchtmöglichkeit. Doch außer dem Fenster gab es keine. Und sie würde sich noch viel mehr Ärger einfangen, wenn ihre Mutter sie dabei erwischte, wie sie gerade aufs Fensterbrett kletterte.

Glücklicherweise war es nur Elsa. Sie blickte zunächst ein wenig verwundert drein, dann atmete sie erleichtert auf. »Hier sind Sie, Fräulein Johanna! Ihre Frau Mutter sucht nach Ihnen!«

»Ist gut, ich bin gleich bei ihr«, antwortete Johanna niedergeschlagen.

»Sie wartet im Salon mit den Herren Vormstein.«

»Danke, Elsa«, sagte sie.

Johanna seufzte schwer, dann wandte sie sich Barbara zu. »Und dir danke ich auch dafür, dass du mir zugehört hast. Damit bist du die Einzige in diesem Haus.«

»Du vergisst deinen Bruder«, entgegnete Barbara lächelnd. Ein warmes Gefühl breitete sich in ihrer Brust aus. Wie es aussah, hatte sie eine Freundin gefunden. Das war das Beste, das ihr in der vergangenen Zeit passiert war.

»Ja, stimmt, mein Bruder, der mir irgendwelche schauerlichen Geschichten erzählt.« Johanna lächelte schief. »Wenn es mir zu viel wird mit den Vormsteins, darf ich dann herkommen und mich ausweinen? Meinem Bruder wird das allmählich zu viel, fürchte ich.«

»Jederzeit«, antwortete Barbara. »Ich erlebe ja sonst nicht viel.«

»Danke.« Damit verschwand Johanna aus dem Zimmer.

Barbara sah ihr noch einen Moment lang nach, dann erhob sie sich und ging zum Fenster.

16. KAPITEL

Seufzend wandte sich Johanna dem Salon zu. Seit Christian sie in die Fehde der Familie eingeweiht hatte, hatte sie das Gefühl, sich über nichts mehr freuen zu können. Nicht einmal die Besuche bei Barbara vermochten ihre Stimmung aufzuhellen. Und der Barbarazweig … Der stand noch immer neben dem Ofen, und es tat sich nichts.

Irgendwas musste der ältere Vormstein gesagt haben, denn ihre Mutter lachte auf. Dass Albert einen Witz gemacht hatte, war eher unwahrscheinlich. Er tat selten etwas von sich aus. Meist wartete er, was seine Eltern ihm vorgaben. Kaum zu glauben, dass er bereits volljährig war.

Sie wusste, dass ihr Vater den ruhigen Albert vorzog, weil er glaubte, dass er leicht zu leiten sei. Eine gute Ehefrau, sagte er immer, könnte ihm durchaus zeigen, wo es langgeht. Er würde sie nie betrügen und sie brav versorgen – allein schon deshalb, weil er keinen eigenen Antrieb hatte.

Doch mit solch einem Mann wollte sie nicht verheiratet sein.

Vor der Salontür strich sie ihr Kleid glatt und versuchte, ein Lächeln auf ihre Lippen zu zaubern. Als sie eintrat, verstummte der alte Herr Vormstein und richtete den Blick auf sie.

Auch Augusta wandte sich ihrer Tochter zu. Johanna erkannte den Vorwurf in ihren Augen: dass sie nicht schon früher aufgetaucht war. Dass sie so gar kein Interesse an ihren Verehrern zeigte.

»Ihre Mutter hat soeben erzählt, dass Sie zum großen Ball eingeladen wurden. Sie sind bestimmt aufgeregt, nicht wahr?«

Und sicher hat sie ihm auch schon erzählt, dass ich mich auf dem Ball für einen Bräutigam entscheiden werde, ging es Johanna durch den Kopf. Der Besuch Berthold von Kahldens fiel ihr wieder ein. Diese ekelhafte Vertraulichkeit in seiner Stimme. In ihrem Magen war ein dicker Knoten. Am liebsten wäre sie aus dem Salon gelaufen.

Da es ihrer Mutter zu lange dauerte, bis sie antwortete, versetzte sie ihr einen kleinen Stoß gegen das Bein.

»Ja … ja, natürlich bin ich aufgeregt. Immerhin sieht man den Herzog und seine Gemahlin nur einmal im Jahr.«

Der alte Vormstein seufzte. »Ja, leider. Früher war das was anderes. Mein Großvater erzählte immer gern von der Zeit, in der der Herzog mit seinen Badegesellschaften hier logiert hat. Das müssen ganz prachtvolle Zeiten gewesen sein. Aber nun hat Seine Hoheit zu viel zu tun, um sich auch nur ein paar Tage Ruhe zu gönnen. Es ist wirklich schade, dass er uns im Sommer nicht mehr mit seinem Besuch beehrt.«

Johanna ging durch den Kopf, dass Vormstein unmöglich ein und denselben Herzog meinen konnte. Aber das schien er zu übersehen. Die Geschichten des Großvaters schienen in der Familie überaus lebendig zu sein.

Wenigstens war da kein dunkles Geheimnis …

»Wir sind auch schon sehr aufgeregt, es ist jedes Mal

von Neuem eine Freude, unsere Gäste zu begrüßen. Da tritt der Ball beinahe schon ein wenig in den Hintergrund, finden Sie nicht?«

»Keineswegs!«, gab Vormstein zurück. »Ich muss mich wundern, meine Liebe, gerade Sie als Frau sollten doch den Ball mehr schätzen. Oder hat Ihr Gatte mittlerweile einen Kaufmann aus Ihnen gemacht?«

Während Augusta mit dem alten Vormstein über die Bedeutung des Balls und die schönen Roben zu sprechen begann, wanderte Johannas Blick zu Albert. Er wirkte ein wenig abwesend, sein Blick war auf die Pflanzen gerichtet, die hinter ihr standen.

Mehr und mehr wurde es Johanna klar, dass er auf diese Heirat ebenso wenig erpicht war wie sie selbst. Am liebsten hätte sie ihn beiseitegenommen und gefragt, wo er jetzt am liebsten sein wollte. Aber das hätte ihre Mutter nicht erlaubt. Und möglicherweise hätte es auch ein falsches Licht auf sie geworfen.

Also hielt sie sich zurück und versuchte, die Stimmen der anderen auszublenden. Sie versuchte, an Peter zu denken. An frühere Weihnachtsfeste, bei denen sie noch nicht vor solch einer schweren Entscheidung gestanden hatte.

Und ein wenig wünschte sie sich an die Stelle Barbaras, die nicht wusste, wer sie war.

17. KAPITEL

Johanna tauchte am Nachmittag nicht mehr auf. Barbara vertrieb sich die Zeit damit, aus dem Fenster zu schauen. Die Aussicht auf das Meer war einfach wunderbar. Jetzt wirkte es grau, und die Wolken schienen tief zu hängen, aber sie konnte sich vorstellen, wie es aussah, wenn es sonnig war. Oder wenn Schnee lag.

Schnee.

Sie erinnerte sich plötzlich wieder. Eine Landschaft im Schnee. Ein Wald, der aussah, als würde er aus Zuckerguss bestehen. Das Klingeln von Glöckchen. Schlittenglocken. Sie wollte den Gedankenfetzen festhalten, doch viel zu schnell war er wieder fort.

Schnee.

Wann würde es hier schneien? Und schneite es in dieser Gegend überhaupt oft? Konnte man eine Schlittenfahrt machen? Eine unbestimmte Sehnsucht überkam sie, und sie wandte sich wieder dem Zweig zu.

»Wenn du kannst, bringe mir Erinnerung«, sagte sie leise und strich über das kalte Holz. »Es ist so schlimm, wenn man nicht weiß, wo man hingehört. Ich wüsste zu gern, wer ich bin und wer mein Vater ist. Und wann wir diese Reise gemacht haben …« Ihre Worte verhallten im Raum. Eine Antwort bekam sie nicht.

Als es schließlich dunkelte, klopfte es an ihre Tür. Sie meinte schon, dass Johanna wieder da wäre, doch es war Christian, der durch die Tür trat. In seinen Händen hielt er ein Tablett.

»Das hier habe ich Elsa abgenommen«, sagte er mit einem verschmitzten Lächeln. »Ich hoffe, es macht Ihnen nichts aus, dass ich Ihnen das Abendessen bringe.«

»Keineswegs!« Barbaras Herz hüpfte aufgeregt.

»Meine Schwester erzählte, dass Sie heute das Zimmer verlassen haben. Dann dauert es wohl nicht mehr lange, bis wir unseren Ausritt machen können?«

»Ein wenig wird es wohl doch noch dauern«, entgegnete sie verlegen, dann warf sie einen Blick auf das Tablett.

»Ich habe hier Brot und Hühnersuppe und ein wenig Früchtebrot, das erste, das Emma gebacken hat. Schließlich ist bald Weihnachten«, erklärte Christian, während er das Tablett auf dem Tisch vor dem Fenster abstellte. Er lächelte sie an und blickte dann ein wenig verlegen zur Seite.

»Was macht Ihr Zweig?«, fragte er, denn offenbar wollte er noch nicht gleich gehen.

»Er schweigt noch«, entgegnete sie. »Leider.«

»Nun, was das angeht, bin ich wohl keine große Hilfe«, entgegnete Christian. »Ich habe noch nie einen Barbarazweig ins Wasser gestellt. Doch manchmal blühen in warmen Wintern die Obstbäume. Die Leute glauben, das sei ein schlechtes Zeichen für die jeweilige Familie.«

»Und, ist es das?«, fragte sie und sog den Duft des Tees, der Suppe und der verschiedenen Brotsorten ein, von denen einige mit Schmalz bestrichen waren.

»Nun ja, in einem Jahr mit einem ziemlich milden Winter gab es in mehreren Bauernfamilien tatsächlich Todesfälle. Kinder, Alte.«

»Und die wären nicht gestorben, wenn die Bäume nicht geblüht hätten?«

»Das weiß natürlich keiner. Und wenn man es genau nimmt, haben im Kurhausgarten auch die Obstbäume geblüht. Dort sterben hin und wieder Patienten, aber das ist ganz unabhängig davon, ob es ein milder oder harter Winter ist. Außerdem gehört das Kurhaus ja keiner Familie.«

Barbara nahm ein paar Löffel von der Suppe, dann überlegte sie. »Vielleicht liegt es auch daran, dass der Winter das Ungeziefer nicht vernichtet hat … Ich habe gehört, dass man von Rattenbissen alle möglichen Krankheiten bekommen kann. Die Tollwut zum Beispiel.«

Christian lächelte sie an. »Woher wissen Sie das denn?«

Barbara zuckte mit den Schultern. »Sicher aus der

Schule. Es ist erstaunlich, dass ich doch einiges weiß, ohne mich anstrengen zu müssen. Ich sehe zum Beispiel etwas und weiß, was es damit auf sich hat.«

»Und was machen Ihre Erinnerungen sonst? Ist Ihnen noch etwas Wichtiges eingefallen?«

Barbara dachte wieder an das, was ihr angesichts der Rezeption in den Sinn gekommen war. Sie pflückte sich etwas von dem Früchtebrot ab und sagte dann: »Ja, in der Tat. Es war seltsam. Als ich heute Vormittag das Zimmer verließ, stand ich nach einer Weile vor dem Rezeptionstresen.«

»Oh, und war niemand da, der gefragt hat, was er für Sie tun kann?« Christian schmunzelte.

»Nein, zum Glück!« Kurz flammte ein Lächeln auf ihrem Gesicht auf, doch schnell wurde sie wieder ernst. »Und dann … Ich weiß auch nicht, aber plötzlich schoss mir etwas durch den Kopf. Dass ich schon einmal in einem Hotel war. An einem anderen Ort, ich glaube, in Karlsbad. Wissen Sie, wo Karlsbad liegt?«

»Natürlich weiß ich das. Ein sehr eleganter Kurort in Böhmen«, entgegnete Christian. »Allerdings war ich noch nie da. Aber wir hatten schon mal Gäste hier, die von dem dortigen Heilwasser schwärmten.« Er legte den Kopf schräg und betrachtete sie. »Also waren Sie in Karlsbad.«

»Ja, wahrscheinlich.«

»Und mit wem sind Sie dorthin gereist?«

»Mit meinem Vater«, setzte sie kauend hinzu, dann stockte sie.

»Was ist?«, fragte Christian verwundert.

»Mein Vater«, sagte Barbara. »Woher weiß ich, dass ich mit meinem Vater da war?«

»Sie erinnern sich langsam.« Christians Körper spannte sich. »Wissen Sie auch, wer Ihr Vater ist?«

Barbara überlegte lange, durchforstete ihren Verstand. Aber der Vorhang war nur für einen Moment aufgegangen und hatte sich sogleich wieder geschlossen. Traurig schüttelte sie den Kopf. »Nein, es ist …«

Sie blickte ihn an und versank einen Moment lang in seinen Augen. Was für ein Blau! Wie der Himmel über … Nein, es wollte ihr nicht einfallen, also blieb sie dabei, dass sie blau waren wie der Himmel. Sommerhimmel. Im Winter war das Blau eher dunkel, aber an schönen Sommertagen so hell wie die Augen von Christian.

Ein warmes Gefühl durchflutete sie und der Gedanke, wie es wäre, wenn sie für immer bei ihm bleiben, für immer mit ihm reden könnte …

Dann schüttelte sie den Tagtraum ab.

»Was meinen Sie, sind Sie morgen schon kräftig genug, um ein wenig mit meiner Schwester und mir auszureiten?«, fragte er dann. »Ein bisschen frische Luft tut Ihnen sicher gut. Und wenn Sie sich schon angesichts unserer Rezeption an etwas erinnern konnten, geht es draußen vielleicht noch besser.«

»Wo wollen Sie denn hin? Zum Fischerhaus, von dem Sie mir erzählt haben?«

»Würden Sie das gern sehen?«

Barbara nickte.

»Dann nehmen wir uns das als Nächstes vor. Morgen haben Johanna und ich vor, nach Bad Doberan zu reiten.«

»Bad Doberan?«

»Ist nicht weit von hier. Sie können doch im Damensattel reiten?«

Barbara nickte. »Ja, das kann ich. Ich muss es gelernt haben, als ich zehn oder elf Jahre alt war. Genau kann ich mich nicht erinnern, doch das ist sicher keine Überraschung, oder?«

Christian lächelte breit. »Nein, das ist es nicht. Aber es ist auch egal, Hauptsache, Sie sind sich sicher, dass Sie es können.«

»Ich bin mir sicher. So was verlernt man doch genauso wenig wie Schwimmen, nicht wahr?«

»Nein, das verlernt man nicht«, sagte er und zog sich dann in Richtung Tür zurück. »Genießen Sie Ihr Essen, Barbara.«

~

Im Foyer blieb Christian vor dem Tresen stehen. Barbara war also in Karlsbad gewesen. Und wenn er dorthin schrieb? Vielleicht stammte sie sogar aus dieser Stadt. Möglicherweise betrieb ihr Vater dort ein Hotel.

»Ah, da bist du ja!«, sagte Ludwig Baabe, als er seinen Sohn entdeckte. Er kam gerade die Treppe hinunter. »Und noch nicht fertig. Hast du vergessen, dass wir beide uns heute Abend mit Martin Wagner treffen?«

Das hatte Christian in der Tat vergessen.

Und selbst wenn er daran gedacht hätte, wäre es ihm während des Besuchs bei Barbara abhandengekommen. Ihr Anblick und die Art, wie sie redete, fesselten ihn jedes Mal, und er musste aufpassen, dass er nicht unbewusst nach einer ihrer Haarsträhnen griff und sie ihr übers Ohr zurückstrich. Wie gern er doch ihr Haar berühren würde …

»Sieh zu, dass du dich fertig machst, so können wir bei den Wagners nicht aufkreuzen!«

Christian lief die Treppe hinauf. Der Besuch beim Polizeipräsidenten war schon seit einigen Tagen geplant gewesen. Würde es neue Erkenntnisse geben? Er hoffte es inständig.

18. KAPITEL

Freitag, 12. Dezember 1902

»Hättet ihr etwas dagegen, wenn wir Barbara heute Nachmittag zu einem kleinen Ausritt mitnähmen?«, fragte Christian, als sie am folgenden Morgen am Frühstückstisch saßen.

Der vergangene Abend steckte ihm noch in den Knochen. Lange hatten sein Vater und der Polizeipräsident sich unterhalten, ohne dass irgendwelche Ergebnisse zutage getreten wären. Die Polizei in Bad Doberan war ratlos. Offenbar wurde kein Schiff vermisst. Man forschte natürlich weiter, aber Hoffnung auf eine schnelle Aufklärung hatte ihnen Martin Wagner nicht machen können.

Er fügte hinzu: »Ich finde, sie sieht kräftig genug aus, um einen Ritt zu überstehen.«

»Aber kann sie sich denn auf einem Pferd halten?«, wandte Ludwig ein. Auch ihm saß der Glühwein noch sichtlich im Nacken. Christian hatte ihm auf die Kutsche helfen und selbst fahren müssen, weil sein Vater kaum noch geradeaus schauen konnte. Das war wohl auch der Grund, weshalb er sich und seinem Sohn einen freien Tag gönnte.

»Sie sagte, dass sie reiten könne. Sie war sich sogar sicher.«

»Nun, aber wenn sie ihre Erinnerung täuscht?«, gab Augusta zurück. »Wir können es nicht riskieren, dass sie sich alle Knochen bricht.«

Und dann noch länger bei uns bleibt, meinte Christian ihre Gedanken lesen zu können.

»Ich glaube nicht, dass sie sich die Knochen brechen würde«, entgegnete er. »Wir können ihr Heiner geben. Der ist so zahm wie ein Lamm. Von den Gästen hat er bisher noch nie jemanden abgeworfen.«

»Das ist eine gute Idee!«, sagte Ludwig. »Lass sie doch ein wenig ausreiten. Die Kleine muss sich fühlen, als würden wir sie hier gefangen halten.«

»Aber wenn die Leute sie sehen!«

»Was soll denn dabei sein?«, fragte Ludwig. »Das Mädchen reitet mit unseren Kindern aus. Ohnehin bin ich der Meinung, dass sich die Sache mit unserem Gast schon herumgesprochen hat. Deine Freundinnen werden schon dafür gesorgt haben.«

»Meine Freundinnen?« Augustas Stimme wurde schrill.

»Du hast dich mit ihnen doch über sie unterhalten, oder nicht?«

»Nein, natürlich nicht! Ich bin der Meinung, dass diese Angelegenheit unter uns bleiben sollte.«

Ludwig sah seine Frau verwundert an. »Warum? Sie hat doch keine ansteckende Krankheit. Und je mehr Leute sie sehen, desto eher können wir vielleicht herausfinden, wer sie ist. Es ist ohnehin eine dumme Idee zu glauben, dass die Polizei alles allein regeln kann. Bisher ist man immer gut damit gefahren, auf das Wissen der Leute zu vertrauen. Ich glaube, sie sollte sich so häufig wie möglich zeigen. Möglicherweise erkennt sie irgendwer. Das wird es uns viel leichter machen zu rekonstruieren, was geschehen ist. Denkst du nicht?«

Augusta presste die Lippen zusammen. Hinter ihrer Stirn schien ein Sturm zu toben.

»In Ordnung, wenn du meinst«, lenkte sie schließlich

ein. »Aber nicht, dass ihr etwas passiert. Ich möchte nicht ins Gerede kommen, weil sich eine Fremde wegen meiner Kinder etwas antut.«

Christian versteifte sich. Er dachte wieder daran, dass sich wegen der Vandenbooms seine Großmutter etwas angetan hatte. Ob man sich auf der anderen Seite von Heiligendamm dieselben Gedanken machen würde?

»Mein Sohn wird darauf achtgeben.« Ludwig klopfte Christian auf die Schulter und wandte sich dann um. »Kind, mein Gott, du siehst müde aus!«

Von den anderen unbemerkt, war Johanna eingetreten. Unter ihren Augen lagen dunkle Schatten.

»Ich hatte ein wenig Migräne«, entgegnete sie und setzte sich auf ihren Platz. Dann wechselte sie einen Blick mit Christian.

Der konnte sich schon denken, was ihr die ganze Nacht über durch den Kopf gegangen war. Ob der Ausritt ein wenig Abhilfe schaffen konnte?

»Übrigens meinte Martin, dass wir eine Fotografie von dem Mädchen anfertigen lassen sollen«, bemerkte Ludwig wie beiläufig, als sie Platz genommen hatten. »Man könnte das Bild an die Zeitungen schicken und abdrucken lassen.«

»Und was soll das bringen?«, platzte Augusta heraus. »Möglicherweise können ihre Angehörigen nicht mal lesen!«

»Sie war mit ihrem Vater in Karlsbad«, warf Christian ein und blickte zu seiner Schwester, die immer noch ein wenig abwesend wirkte.

»Das muss nichts heißen. Zirkusleute reisen auch nach Karlsbad.«

»Aber sie logieren nicht in einem Hotel«, gab Christian zurück.

»Sie wird ein Bild von sich machen lassen«, beschloss

Ludwig. »Johanna kann sie begleiten. Von ihr könnte auch mal wieder ein neues Bild angefertigt werden. Ihre Verehrer werden sich zum Weihnachtsfest sicher darüber freuen.«

Augustas Miene hellte sich schlagartig auf.

»Eine sehr gute Idee! Außerdem brauchen wir es für die Verlobungsanzeige in der Zeitung.«

Christian blickte zu Johanna, doch diese trank stumm ihren Kaffee. Entweder tat sie nur so, oder die Worte waren wirklich noch nicht bei ihr angekommen.

19. KAPITEL

Noch immer regten sich die Knospen an den Zweigen nicht. Seufzend zog Barbara ihre Hand zurück.

Immerhin würde sie heute nicht in diesem Zimmer bleiben und vor sich hin brüten müssen. Vor lauter Aufregung über den bevorstehenden Ausritt hatte sie kaum schlafen können.

Bad Doberan. Dieser Name sagte ihr immer noch nichts, dennoch hatte sie die Silben leise in die Nacht gesprochen, wie eine Zauberformel, die ihr helfen sollte, ihr Gedächtnis wiederzufinden.

Sie schlüpfte in ihr Kleid und überlegte kurz, ob sie nicht in die Küche gehen sollte. Sie war es leid, sich das Essen bringen zu lassen, als wäre sie eine Schwerkranke. Sie hatte ein schlechtes Gewissen, sich bedienen zu lassen. Dies hier war nicht ihr Haus, und sie wollte niemandem zur Last fallen.

Doch als sie schon an der Tür war, klopfte es kurz. Diesmal brachte Elsa noch ein weiteres Mädchen mit.

»Fräulein Johanna hat mir mitgeteilt, dass Sie heute ausreiten werden«, sagte Elsa, während sie das Tablett abstellte. Dann deutete sie auf das Kleid, welches das andere Mädchen schweigend auf dem Bett ausbreitete. »Das ist eines ihrer Reitkleider. Fräulein Johanna sagte, dass sie es Ihnen schenken würde. Und den Mantel ebenso.«

Unter Barbaras staunenden Augen legte das zweite Dienstmädchen einen dunklen Lodenmantel dazu, der weit schwang, damit man sich besser bewegen konnte.

»Oh … das ist sehr freundlich.«

Barbara erhob sich und ließ die Hand über den blauen Stoff gleiten. So ein schönes Geschenk! Das würde sie nie wiedergutmachen können!

»Richten Sie Fräulein Johanna bitte meinen Dank aus«, sagte sie dann. »Und danke auch Ihnen, dass Sie so gut für mich sorgen.«

Elsa lächelte sie an, dann bedeutete sie dem anderen Mädchen mitzukommen und verließ das Zimmer.

Eine Stunde später fand Barbara sich im Foyer ein, wo sie bereits von Christian und Johanna erwartet wurde.

»Und du bist sicher, dass du so reiten kannst?«, fragte Johanna. »Der Damensattel erfordert ein wenig Übung.«

»Das stimmt, aber so habe ich es gelernt«, entgegnete sie. Aufregung kribbelte in ihrer Magengrube.

Friedrich hatte die Pferde bereits gesattelt.

Christian wollte schon Anstalten machen, Barbara auf den schwarz-weiß gescheckten Heiner zu helfen, doch sie schwang sich allein in den Sattel und ohne auch nur einmal zu viel von ihren Beinen preiszugeben.

Die Sonne meinte es an diesem Tag wirklich gut mit ihnen. Sie schaffte es zwar nicht, die Kälte zu mildern, aber dafür brachte sie die Eiskristalle am Wegrand zum Glitzern.

Barbara fühlte sich so frei und lebendig wie schon seit langem nicht mehr. Das Pferd, auf dem sie saß, war wirklich sehr gutmütig. Und zum ersten Mal sah sie das Seebad und staunte über die wunderschönen weißen Häuser, die sie an eine Abbildung des antiken Athens erinnerte.

Dann wunderte sie sich über sich selbst. Woher wusste sie von Athen? Und die Bilder davon? Wo hatte sie sie gesehen? Wenn sie doch nur hinter den Vorhang blicken könnte, der ihre Erinnerung verdeckte!

Wenig später ließen sie die Häuser hinter sich und erblickten die Zinnen einer kleinen, gotisch wirkenden Burg.

Barbara betrachtete versonnen das hellgelbe Gebäude, das von einem hübschen Park und kleineren Wirtschaftsgebäuden im selben Baustil umgeben wurde.

»Das ist die Burg Hohenzollern«, erklärte Christian. »Sie steht erst seit etwas mehr als fünfzig Jahren. Der Hofarchitekt Demmler hat sie erbauen lassen. Ich weiß, der Name sagte Ihnen wohl nichts, aber er war ein bedeutender Mann in unserem Herzogtum. Er hat zusammen mit anderen wichtigen Architekten das Schweriner Schloss umgebaut.«

»Den Sitz des Großherzogs?«

»Ja, genau. Diese Burg hier ist etwa im gleichen Zeitraum entstanden.«

»Ein sehr fleißiger Mann.«

»Kann man so sagen.«

»Dort wird auch der Weihnachtsball stattfinden«, setzte Johanna hinzu und lächelte schief.

»Der Ball, bei dem du dir einen Prinzen aussuchen sollst.« Christian zwinkerte seiner Schwester zu, die alles andere als begeistert wirkte.

»Ja, sicher. Nur weiß noch niemand, wer dieser Prinz sein soll.« Sie seufzte, dann wandte sie sich vom Anblick der Burg ab. »Lasst uns weiterreiten, wir wollen doch zurück sein, bevor es dunkel wird.«

»Ganz wie du willst, Schwesterherz.«

Noch einmal warf Christian Barbara einen Blick zu, dann lenkten sie ihre Pferde in Richtung Wald.

»In der Nähe gibt es eine katholische Kapelle«, sagte Christian, als sie ihre Pferde ein wenig langsamer gehen ließen. »Wenn Sie wollen, schauen wir sie uns mal an, vielleicht erkennen Sie darin etwas wieder.«

»Hier gibt es eine katholische Kapelle?«, fragte Barbara. Nach allem, was sie mitbekommen hatte, waren die Leute in dieser Gegend evangelisch.

»Ja, die gibt es, schon seit fast fünfzehn Jahren. Es kommen sehr viele Katholiken nach Heiligendamm zu Besuch, aus Süddeutschland und aus Österreich. Schon vor einiger Zeit haben sie den Wunsch geäußert, hier Gottesdienste besuchen zu können, also beschloss man, die Herz-Jesu-Kapelle zu bauen. Als Kind habe ich gesehen, wie der Grundstein gelegt wurde.«

»Als du wieder einmal unterwegs warst und zu deinem Fischer wolltest«, warf Johanna ein. »Ich weiß noch, Vater war kurz davor, einen Suchtrupp loszuschicken.«

Christian schmunzelte. »Mein Vater war damals immer sehr besorgt, dass sein Stammhalter abhandenkommen könnte. Dabei hat er ja eine Tochter, die das Gästehaus übernehmen könnte.«

Johanna schüttelte den Kopf. »Du weißt, dass ein Mädchen nie so wertvoll sein kann wie ein Sohn. Wäre ich abhandengekommen, hätte er wahrscheinlich gar nicht nach mir gesucht.«

Barbara entging nicht, wie bitter Johannas Worte klangen. Gleichzeitig fragte sie sich, wie ihr eigener Vater wohl den Wert eines Mädchens einschätzte. Sie erinnerte sich nicht, Geschwister zu haben. Doch wenn, würde sie ihrem Vater egal sein? War er auf der Suche nach ihr, oder hatte er sie aufgegeben, weil sie nicht der Stammhalter war?

Ein bitteres Gefühl kroch durch ihre Brust, aber es hielt nicht lange an. Irgendwas sagte ihr, dass ihr Vater auf der Suche nach ihr war. Doch wie sollte er sie hier finden?

»Sag das nicht«, entgegnete Christian seiner Schwester. »Nur weil sie dir jetzt die Hölle heiß machen wegen des Heiratens, bedeutet das noch lange nicht, dass es ihnen egal ist, ob sie dich verlieren oder nicht. Sie hätten dich damals genauso gesucht wie mich.«

Johanna blickte sie an.

»Was meinst du, Barbara? Sucht dich dein Vater?«

»Sicher tut er das«, entgegnete sie. »Aber möglicherweise glaubt er auch, ich sei in den Wellen umgekommen.«

»Erinnerst du dich denn, von einem Schiff gefallen zu sein?«

Barbara schüttelte bekümmert den Kopf. »Nein, leider nicht. Jeden Tag versuche ich, der Dunkelheit um mich herum etwas zu entreißen, doch es will mir nicht gelingen.«

»Sei nicht traurig«, sagte Johanna und lenkte ihr Pferd neben sie. »Ich bin sicher, dass die Erinnerung schon bald zu dir kommt. Du wirst sehen, eines Morgens wachst du auf, und dann weißt du wieder, wer du bist.«

Barbara spürte, dass es nicht so einfach werden würde, wie Johanna dachte, aber ihre Freundlichkeit war wie ein Sonnenstrahl in ihrem Herzen, also nickte sie.

Wenig später erreichten sie die kleine Kapelle. Sie war aus rotem Backstein erbaut worden, und die Dachschindeln waren von Moos und Reif bedeckt. Es sah nicht so aus, als wäre jemand hier. Dennoch saßen sie in respektvoller Entfernung ab, machten ihre Pferde an den Bäumen fest und gingen den restlichen Weg zu Fuß. Unter ihren Stiefeln knirschte das gefrorene Gras.

Die Art, wie das Licht das Gebäude erleuchtete, gefiel Barbara sehr. Sie schaute zum Portal der Kapelle auf, das recht einfach gehalten war, aber die verzierten Beschläge machten es zu etwas Besonderem.

»Wenn Sie wollen, können wir gern reingehen«, sagte Christian und griff nach der Klinke.

»Dürfen wir das denn?«, fragte Johanna. »Ich war noch nie in einer katholischen Kapelle.«

»Gerade dann sollten wir einen Blick hineinwerfen. Und immerhin kennt unser Gast hier die Bedeutung der Barbarazweige.«

Christian drückte die Klinke herunter, doch hinter der Tür befand sich ein Gitter, das ihnen den Zugang zum Gebetsraum verwehrte.

»Offenbar möchte der Pfarrer nicht, dass man sich an den Kirchenschätzen vergreift«, sagte Christian enttäuscht und trat einen Schritt zurück.

Barbara spähte durch die Gitterstäbe. Hinter den wenigen Bänken erhob sich ein prachtvoller weißer Altar, der von einem großen goldenen Kreuz geschmückt wurde. Licht fiel durch die hohen gotischen Fenster des Chorraumes. Neben dem Altar stand eine Vase mit kahlen Zweigen – Barbarazweige, nahm sie an.

Sie spürte in ihrem Innern nach, ob sie eine Verbindung fand zu dem, was sie sah. Doch da war nichts. Außer den Barbarazweigen.

»Die Kapelle ist wunderschön«, sagte sie.

»Und erinnern Sie sich vielleicht wieder daran, dass Sie solch eine Kirche besucht haben?«, fragte Christian, doch sie schüttelte den Kopf.

»Nein, ich erinnere mich leider nicht.«

Noch einmal warf Barbara einen Blick auf die Zweige und spürte, wie ihr Herz schwer wurde. Dann wandte sie sich um. »Aber dennoch danke, dass wir diesen Ort besucht haben. Es ist schön zu wissen, dass die Tradition mit den Barbarazweigen hier nicht unbekannt ist.«

»Sie haben diese Zweige hier auch?«, fragte Johanna und reckte den Hals.

»Ja, neben dem Altar.«

»Aber ich denke, katholische Pfarrer dürfen nicht heiraten.«

Barbara lachte auf. »Das stimmt. Ich glaube, für die Kirche hat es eher eine andere Bedeutung. Soweit ich weiß, blieb die heilige Barbara auf dem Weg ins Gefängnis mit ihrem Gewand an einem Zweig hängen. Diesen Zweig nahm sie mit in ihre Zelle und stellte ihn ins Wasser, und am Tag ihrer Hinrichtung blühte er dann.« Barbara stockte. »Woher weiß ich das?«

»Du erinnerst dich!«, sagte Johanna und legte ihr die Hand auf den Arm, als könnte sie der Erinnerung auf diese Weise helfen, endlich hervorzutreten. »Gibt es vielleicht einen Zusammenhang mit deiner Familie? Ich meine, wofür steht die heilige Barbara? Die Heiligen sind doch immer auch Schutzpatrone, habe ich recht?«

Barbara blieb einen Moment starr stehen. Der Gedanke schien zum Greifen nah – warum kam sie nicht an ihn heran? Es war, als würde sie die Hand nach etwas ausstrecken, das erreichbar schien – und dann musste sie feststellen, dass es doch zu weit entfernt war.

Nach einer Weile gab sie es auf und schüttelte den Kopf.

»Nein, ich weiß es nicht ...«

»Aber dafür hat man doch Bücher, nicht wahr?«, sagte

Christian. »Ich werde nachschauen, ob ich etwas dazu finde. Notfalls gehe ich in die Bibliothek des Kurhauses, und wenn ich da nichts entdeckte, frage ich einen Buchhändler in Doberan.«

»Das alles wegen eines Obstbaumzweiges?«, fragte Barbara.

»Nein, wegen Ihnen«, entgegnete Christian und wurde rot.

Eine Stunde später erreichten sie Doberan. Auch hier leuchteten viele der Häuser wie weiße Perlen. Das Pfeifen eines Zuges tönte laut durch die Straßen. Barbara hatte bereits die Gleise bemerkt, die immer wieder in der Straße auftauchten. Wenig später erblickte sie die große schwarze Lokomotive, die sich schwerfällig aus der Stadt schob und den Boden unter ihnen zum Vibrieren brachte. Sie wirkte wie ein rauchspeiendes Ungeheuer zwischen den feinen Häusern. Und mit welcher Geschwindigkeit sie fuhr! Barbara starrte sie fasziniert an.

»Das ist der ganze Stolz der Gegend!«, sagte Christian und deutete auf den Zug, der aus Lok und vier Waggons bestand. »Von hier aus können Sie nach Rostock fahren. Oder nach Lübeck. Waren Sie schon mal mit einem Zug unterwegs?«

»Ich weiß es nicht«, antwortete Barbara, während sie dem Zug fasziniert hinterhersah. Er nahm jetzt richtig Fahrt auf und wurde immer schneller. Nach einem erneuten markerschütternden Pfeifen verschwand er im Wald.

»Wenn Sie in Karlsbad waren, sind Sie sicher mit einem Zug gefahren«, sagte Christian. »Mit der Kutsche hätte es bestimmt zu lange gedauert. Und ich nehme nicht an, dass Ihr Vater eines dieser neumodischen Automobile besitzt, oder?«

»Tut mir leid, das weiß ich leider auch nicht.« Barbara seufzte. Wenn sich doch wenigstens wieder ein kleiner Funken Erinnerung vor ihr auftun würde! Vorhin an der Kapelle schien sie so nahe dran gewesen zu sein …

»Das macht nichts«, entgegnete Christian und blickte dann zu seiner Schwester. »Wollen wir zum Friedhof reiten?«

»Bist du sicher, dass wir unserem Gast nicht erst noch etwas anderes zeigen wollen?«, fragte Johanna.

»Nein, das ist schon in Ordnung«, sagte Barbara schnell. »Ich habe nichts gegen Friedhöfe. Sie sind so ruhig und erzählen so einiges über die Menschen, die in der Gegend gelebt haben.«

»Ja, das ist manchmal so«, entgegnete Christian und nickte seiner Schwester zu.

Sie wollen die Großmutter finden, ging es Barbara durch den Kopf, als sie ihren Ritt fortsetzten. Es war eine schlimme Geschichte – aber es war immerhin eine.

Welche Geschichten es wohl in ihrem Leben gab?

Der Friedhof von Doberan befand sich am Westrand der Stadt. Auf den ersten Blick wirkte er wie ein großer Park. Eine Kapelle, die ein wenig Ähnlichkeit mit der Waldkapelle hatte und ebenfalls aus rotem Backstein errichtet worden war, überragte die Gräber, umgeben von Bäumen. Barbara erkannte das Gehölz einer Blutbuche, und sie entdeckte ein paar Trauerweiden, die kummervoll ihre Kronen neigten. Viele der Gräber waren recht einfach gehalten. Manche wurden von hohen eisernen Kreuzen geschmückt. Auch Gruften, in denen bedeutende Leute der Stadt beigesetzt wurden, gab es.

Vor einem Grab, an dessen Gedenkstele ein weinender Engel lehnte, blieb Barbara plötzlich stehen. Sie wusste nicht, warum, aber plötzlich hatte sie ein merkwürdiges

Gefühl. In ihren Ohren rauschte es, und einen Moment lang glaubte sie noch, dass es sich wieder geben würde, doch dann wurde es schlimmer. Sie tastete nach hinten und bekam etwas zu fassen, von dem sie nicht wusste, was es war. Dann wurde ihr schwarz vor Augen, und wenig später tauchte ein anderes Bild vor ihr auf …

Es war ein grauer Tag, passend zu den vergangenen traurigen Stunden. Sie saß am Fenster und schaute hinunter auf die Straße, wo sich zahlreiche Menschen versammelt hatten. Sie warteten darauf, dass der Trauerzug losgehen würde. Sie selbst war viel jünger als jetzt, ihre kurzen Beine wurden von einem schwarzen Rock bedeckt, ihre Füße steckten in Spangenschuhen. Als ihr der Anblick der Leute unten zu langweilig wurde, sprang sie vom Fensterbrett und lief hinab ins Erdgeschoss.

Auch dort waren viele Menschen, schwarzgekleidete Gestalten, die leise miteinander tuschelten. Als sie sie sahen, verstummten sie. Das war immer so. Sobald sie auftauchte, verebbte alles Geschwätz. Nicht einmal die Dienstboten sagten mehr etwas. Dabei erzählten sie sich sonst die schönsten und aufregendsten Geschichten.

»Papa?«, fragte sie mit Kinderstimme in die Runde, denn sie konnte ihn zwischen all den Leuten nicht entdecken.

»Da bist du ja«, sagte nun eine Männerstimme, und wenig später wurde sie in einen Raum geschoben, der irgendwie seltsam roch. Es war das Zimmer der Mutter, in das sie sich immer zurückgezogen hatte, wenn sie Ruhe haben wollte. Als sie schwer krank wurde, hatte man ihr Bett dort aufgestellt, aus Sorge, dass sich ihr Mann anstecken könnte.

Und in diesem Zimmer war sie auch gestorben.

An der Stelle des Bettes stand nun ein Sarg. In diesem Sarg lag sie. Ihr langes dunkles Haar war über ein weites Kissen gebreitet, das Gesicht ausgemergelt von Krankheit, die Augen geschlossen und in die Höhlen zurückgesunken, die Lippen schmal und blutleer. In den Händen hielt sie nicht etwa einen Blumenstrauß: Ein Zweig steckte darin. Es war Herbst oder vielleicht auch schon Winter, der Kirschbaum hatte seine Blätter längst verloren, nur ein paar verschrumpelte Kirschen hingen noch an dem nassen Zweig. Sie wusste, dass es ein Zweig des Kirschbaums war.

Ihr Vater führte sie nach draußen, doch sie blickte sich um und sah noch, wie zwei Männer in dunklen Anzügen den Deckel auf den Sarg legten.

Wenig später wurde er auf das draußen wartende Fuhrwerk gehoben, das sich kurz darauf in Bewegung setzte.

An der Hand ihres Vaters folgte sie dem Wagen, der von Rappen mit schwarzen Federbüschen gezogen wurde. Es war nicht irgendein Wagen, sondern ein besonders prachtvoller, mit Schnitzereien verzierter Leichenwagen.

Der Vater sagte etwas zu ihr, doch sie wagte nicht, aufzublicken und ihm ins Gesicht zu sehen. Sie hatte überhaupt keine Lust, irgendwen anzusehen, denn in den vergangenen Tagen hatte sie so viele von Kummer und Leid verzerrte Mienen gesehen. Außerdem brannte der Anblick ihrer Mutter noch immer vor ihren Augen. Sie konnte sich nicht vorstellen, dass ihr Leben beendet sein sollte – schließlich hatte sie noch bis vor einigen Wochen mit ihr gespielt. Und jetzt lag sie in ihrem Sarg, einen nackten Zweig zwischen ihren Händen, und wurde ein letztes Mal durch die Stadt gefahren.

Bis zum Friedhof war es ein weiter Weg. Kälte kroch ihr unter das Kleid. Schon bald klapperten ihre Zähne so stark, dass sie glaubte, alle Leute ringsherum würden es hören. Doch wenn das der Fall war, taten sie so, als nähmen sie es nicht wahr.

Auf dem Friedhof schob sie der Vater an den Rand eines tiefen Loches. Vor Angst hinunterzufallen, stieß sie einen kurzen Schrei aus. Doch dann waren die Hände ihres Vater da, die sie hielten, und die Worte des Pastors, die über dem Grab schwebten und den Schrei vergessen machten. Jetzt hob sie doch den Kopf, denn sie wollte nicht in die Grube schauen, die einen seltsamen Sog auf sie auszuüben schien.

Und da sah sie, dass sich hinter der Grube eine Stele erhob. Dort saß kein Engel, aber es gab eine Inschrift …

… eine Inschrift, die verging, als Barbara die Augen wieder öffnete. Natürlich war die Inschrift auf der Stele mit dem Engel noch da. Und auch der Engel weinte noch immer. Verwirrt blickte sie ihn an. Was war das gewesen? Ein Traum? Oder hatte sie wirklich eine Erinnerung gehabt?

Für einen Moment wusste sie nicht einmal mehr, wie sie an diesen Ort gekommen war.

»Barbara!«, rief da eine Stimme. »Barbara!«

Sie kam wieder zu sich. Erst jetzt merkte sie, dass sie von kräftigen Armen gehalten wurde.

»Barbara, was ist mit dir?« Die Stimme war weiblich, und für einen Moment wusste sie nicht, wem sie gehörte. Doch dann sah sie Johanna, die sich über sie beugte und sie sorgenvoll ansah.

»Der Ritt war offenbar doch zu viel«, sagte ihr Bruder; er war es, der sie festhielt.

Seine Schwester sagte nichts darauf. Sie fragte wieder: »Barbara, kannst du mich hören?«

Barbara. Das war nicht ihr Name, doch es war der Name, dem sie zugestimmt hatte.

»Ich höre dich«, antwortete sie. Ihre Stimme, die sich in ihren Gedanken so kindlich angehört hatte, klang nun wie die einer erwachsenen Frau. »Ich … ich hatte nur eine Erinnerung.«

»Wirklich?«, fragte Johanna, doch die Sorge verschwand nicht von ihrem Gesicht.

Barbara nickte. Und nun gewann sie auch langsam wieder mehr Kontrolle über sich. Mit Christians Hilfe richtete sie sich auf und schaute an sich hinab. Für einen Moment erwartete sie, das schwarze Kleid aus Kindertagen zu sehen, doch es war verschwunden. Stattdessen trug sie wieder den Mantel von Johanna.

»Ja, eine Erinnerung. An …« Ihre Stimme versagte. Die

Erkenntnis, dass ihre Mutter gestorben war, überwältigte sie.

»Diese Erinnerung scheint Sie ja regelrecht umgehauen zu haben«, sagte Christian, als er sie zu einer kleinen Bank vor einem der Gräber bugsierte. »Was haben Sie gesehen?«

»Die Beerdigung meiner Mutter«, gab Barbara zurück und schloss kurz die Augen, um zu schauen, ob die Bilder der Vision noch immer da waren.

Sie waren es, so klar wie Fotografien.

»Ihre Mutter ist also gestorben?«, fragte Christian sanft.

»Ja, das ist sie«, antwortete Barbara. Ein seltsames Gefühl war plötzlich in ihrer Brust. So als hätte sie neben einer großen Glocke gestanden. Als könnte sie den Schall ihres Klanges immer noch spüren. »Vor langer Zeit, ich muss damals noch ein kleines Mädchen gewesen sein.«

»Das erklärt, warum Sie in Ihrer Erinnerung mit Ihrem Vater in Karlsbad waren, nicht mit beiden Elternteilen.«

»Ja, das erklärt es.« Barbara starrte den Engel an. Hatte es solch einen Engel auch auf dem Grab ihrer Mutter gegeben? Sie las die Namen auf der Stele. Es waren die Namen zweier Adelsfamilien, die offenbar miteinander verwandt waren. Wie hatte ihr eigener Name gelautet? Wie nur?

»Hast du irgendwas Bestimmtes gesehen?«, fragte Johanna, die sich jetzt neben sie setzte und ihr eine Haarsträhne aus dem Gesicht strich. »Deine Mutter vielleicht und deinen Vater? Kannst du sie beschreiben?«

»Meine Mutter … sie sah mir ähnlich, nur war sie natürlich viel älter. Von ihr habe ich wohl das schwarze Haar. Aber sie sah sehr verändert aus. Ich habe sie kaum wiedererkannt. Und sie hatte einen Zweig in der Hand. Einen Kirschblütenzweig, glaube ich. Sie wurde damit begraben.«

»Einen Kirschblütenzweig?«, fragte Johanna verwundert und blickte zu ihrem Bruder. Der hörte gebannt zu.

»Ja, ich glaube, dass er von unserem Kirschbaum war.« Sie sah wieder das vertrocknete Holz vor sich. Wenn sie sich doch nur auch an alles andere so klar erinnern könnte …

»Und es waren viele Leute da und es gab einen prachtvollen Leichenwagen. Und mein Vater …«

»Hast du sein Gesicht gesehen? Erinnerst du dich an seinen Namen?«

»Nein, sein Gesicht habe ich nicht gesehen. Ich glaube, ich war an dem Tag, als meine Mutter beerdigt wurde, so traurig, dass ich niemanden angesehen habe. Ich erinnere mich nur an viele schwarze Röcke und Hosenbeine und an die federgeschmückten Pferde.«

»Dann kann man davon ausgehen, dass deine Eltern bedeutende Leute waren«, sagte Johanna. »Eine arme Familie hätte keine große Beerdigung ausrichten können. Ihr wärt hinter einem einfachen Leichenwagen gegangen. Nie wäre ein ganzes Haus voll mit Leuten gewesen.«

Johanna dachte einen Moment lang nach, dann schüttelte sie den Kopf. »Mutter hat immerhin in diesem Punkt unrecht.«

»Womit hat deine Mutter unrecht?«, fragte Barbara. Ihr war immer noch übel von der Erinnerung – doch sie fühlte sich ein wenig vollständiger. Obwohl es nur ein Bruchteil dessen war, das sie wissen müsste.

Wieder wechselten die Geschwister einen Blick, dann sagte Johanna: »Meine Mutter glaubt, du würdest aus einer armen Familie stammen. Sie glaubt, du hättest versucht …«

»Johanna!«, rief Christian und griff nach dem Arm seiner Schwester.

»Was soll ich versucht haben?«, wunderte sich Barbara. Warum verhielten sich die beiden so komisch?

»Nichts …«, entgegnete Johanna. »Es ist nur so, dass meine Mutter denkt, du würdest stehlen oder versuchen, dich von uns aushalten zu lassen.«

Diese Worte trafen Barbara wie ein Schlag. Sie hatte gespürt, dass die Hausherrin nur wenig mit ihr anfangen konnte. Sie war kalt gewesen und hatte bisher noch nie allein mit ihr gesprochen. Nur wenn Dr. Winter zu den Untersuchungen kam, war sie zugegen.

Aber nie hätte sie erwartet, dass Frau Baabe sie für eine Verbrecherin halten würde.

Christian seufzte. »Johanna …«

»Sie musste es erfahren«, sagte Johanna. »Eines Tages hätte sie es ja doch gemerkt. Aber vielleicht ändert es etwas, wenn wir Mutter erzählen, woran sie sich erinnert hat.«

»Das wird leider gar nichts nützen.«

»Was soll es ändern? Will mich eure Mutter aus dem Haus werfen?« Barbara begann zu zittern. Wohin sollte sie gehen? Was sollte sie tun? Sie hatte ja nicht mal eine Ahnung, wohin sie gehörte.

Tränen stiegen in ihre Augen und tropften auf das Reitkleid.

»Da siehst du, was du angerichtet hast!«, sagte Christan vorwurfsvoll und legte seinen Arm um Barbaras Schultern, aber sie schüttelte ihn ab und rannte los.

»Wo wollen Sie hin?«, fragte Christian, doch sie wollte es nicht hören. Er hatte sie gerettet, ja, aber vielleicht wäre es besser gewesen, wenn sie in der See umgekommen wäre. Dann würde sie wenigstens niemandem zur Last fallen!

Die Rufe hinter sich ignorierend, lief Barbara durch die Grabreihen. Sie hatte keine Ahnung, wohin sie sollte, doch sie brauchte jetzt die Bewegung. Als sie kurz die Augen schloss, sah sie erneut die Beerdigung ihrer Mutter vor sich. Schnell riss sie die Augen wieder auf und lief weiter.

Erst als sie vor einem Gitter stand, machte sie Halt. Die Gruft, die sich dahinter erhob, war recht groß, wahrscheinlich gehörte sie einer angesehenen Familie.

Einer Familie wie ihrer.

Jetzt kniff sie willentlich die Augen zu. Der Name. Gab es einen Hinweis auf den Namen?

In Gedanken betrachtete sie noch einmal die Gäste und sah den Gehrock ihres Vaters. Sie blickte auf ihren eigenen Kleidersaum. Wie alt mochte sie damals gewesen sein? Fünf oder sechs Jahre?

Für einen Moment hatte sie das Gefühl, dass die Erinnerung an ihren Namen zum Greifen nahe war.

Doch das Bild erlosch vor ihrem geistigen Auge. Wenig später hörte sie Schritte hinter sich.

»Barbara?«, fragte eine Stimme. Christian. Er war ihr gefolgt. Als sie sich umwandte, blieb er zwei Armlängen von ihr entfernt stehen. »Ist alles in Ordnung mit dir?«

Vor lauter Aufgewühltheit vergaß Christian, sie mit Sie anzusprechen. Als er das bemerkte, wurde er rot.

»Verzeihen Sie, ich ...«

»Ist schon in Ordnung«, sagte sie wie betäubt. »Duzen Sie mich ruhig.«

»Meinen Sie ... ähm ... meinst du wirklich?«

Sie nickte.

»Und ... und was ist mit ...« Christian stockte und verwünschte in diesem Augenblick seine Schwester ein wenig. Warum hatte Johanna das sagen müssen?

»Es ist schon gut«, sagte Barbara leise. Erst jetzt bemerkte sie, dass sie mit einer Hand einen Gitterstab umklammert hielt. Als wäre es ein Blitzableiter, der durch einen elektrischen Schock sämtliche Erinnerung wieder in sie hineinschießen ließ.

Doch nun war die Erinnerung fort. Nicht vergessen, aber derzeit nicht greifbar.

Christian war im nächsten Augenblick bei ihr und nahm sie in seine Arme.

»Es tut mir leid, was meine Schwester gesagt hat.«

»Entspricht es denn nicht der Wahrheit?«, fragte Barbara traurig.

Christian atmete tief durch, und sie spürte, dass er zitterte. »Doch. Meine Mutter mag dich nicht. Aber sie ist nicht die einzige Person in diesem Haus. Mein Vater ist noch da, Johanna und ich. Wir werden nicht zulassen, dass sie dich einfach auf die Straße setzt.«

»Vielleicht wäre es besser, wenn ich gehe!«, gab sie zurück und spürte, wie sich der Druck seiner Arme ein wenig verstärkte. Als hätte er Angst, dass der Wind sie davonwehen könnte.

»Nein, denn wie sollte man dich sonst finden? Du musst bei uns bleiben. Wenn dich jemand sucht, soll er dich auch hier finden und nicht durch das ganze Land irren müssen.«

Barbara sah ihn an. So nahe war sie ihm noch nie gewesen. Erst jetzt bemerkte sie, dass in dem Blau seiner Augen goldene Sprenkel funkelten. Wie Sterne in einer Sommernacht.

Eine Weile hielt er sie noch, obwohl es keinen Grund dazu gab. Aber für sie gab es auch keinen Grund, von ihm wegzuwollen. Er war warm, und sie hatte das Gefühl, ihm vertrauen zu können.

Dann ließ er sie plötzlich los.

Was ist?, hätte sie beinahe gefragt, dann sah sie, dass sein Blick an der nahegelegenen Friedhofsmauer hängengeblieben war.

»Da«, sagte er und sah aus, als könnte er nicht fassen, was seine Augen ihm zeigten.

»Was ist da?«, fragte Barbara.

Christian lief zu der Mauer. Im ersten Moment erblickte Barbara nichts weiter als Efeu, doch dann entdeckte sie ein kleines Kreuz, das beinahe unter den Blättern verschwand.

In dem Augenblick traf auch Johanna ein. Sie war vollkommen außer Atem.

»Was ist da?«, fragte sie, dann bemerkte auch sie das kleine Holzkreuz, das auf einem mit Efeu bewachsenen Hügel stand. Der Frost hatte die Blätter des Efeus angehaucht und ließ die Mauer dahinter feucht glitzern.

»Ist dies das Grab eurer Großmutter?«, fragte Barbara.

»Ich weiß es nicht«, sagte Christian, aber an seinen Augen konnte sie erkennen, dass auch er glaubte, fündig geworden zu sein.

Zusammen mit Johanna ging er auf das Kreuz zu. Barbara blieb zurück. Es war die Angelegenheit der Geschwister, nicht ihre.

Da sie sich ein wenig schwach fühlte, lehnte sie sich gegen einen Baum. Die Rinde fühlte sich kalt und rau an. Als sie zum Himmel schaute, sah sie ein paar Krähen über dem Friedhof kreisen. Ihre Rufe klangen so weit, dass man glauben konnte, sie flögen über einer leeren Ebene.

Barbara erinnerte sich plötzlich an andere Vögel, die über etwas kreisten. Waren es Bäume? Oder die Masten eines Schiffes? Waren es überhaupt Krähen gewesen oder vielleicht doch irgendwelche Seevögel?

Sie versuchte, es herauszufinden, doch es gelang ihr nicht, sich zu erinnern. Also blickte sie wieder rüber zu den Geschwistern. Sie standen noch immer vor dem Kreuz. Worüber sie redeten, wusste sie nicht, sie hatte nicht darauf geachtet. Doch nun sah sie, dass Johanna weinte.

Stand wirklich der Name ihrer Großmutter auf dem Kreuz? Barbara wagte nicht zu fragen.

»Das heißt doch aber nicht, dass die gesamte Geschichte stimmt, nicht wahr?«, schluchzte sie. »Es kann doch einen anderen Grund gegeben haben!«

»Dass das Kreuz hier ist, beweist, dass sie sich wirklich umgebracht hat«, sagte Christian.

»Das ja, aber was ist mit dem Grund?!«, wimmerte Johanna. »Es kann doch auch einen anderen gegeben haben. Es kann sein, dass ihre Eltern ihr verboten haben … dass ihr Mann ihr verboten hat …«

»Sie war verheiratet«, sagte Christian. »Sie hat mit diesem Vandenboom Ehebruch begangen. Und unsere Familie hat wahrscheinlich nur deshalb keinen Schaden davongetragen, weil alle geglaubt haben, dass er sie erst verführt und dann sitzengelassen hat.«

»Aber wenn es anders war … Wenn weder sie noch er etwas dafür konnten?« Johanna schüttelte ungläubig den Kopf.

»Wir sollten wieder nach Hause reiten.« Christian streichelte Johannas Rücken.

Als Barbara das sah, wünschte sie sich, auch einen Bruder zu haben. Aber ein Bruder war in ihrem Traum nicht vorgekommen.

»Und was ist mit dem Kirchenbuch? Wir wollten doch schauen, welche Versionen der Geschichte es gibt.«

Christian wandte sich Barbara zu. Kurz trafen sich ihre Blicke, dann sagte er: »Das können wir ein anderes Mal machen. Vater und ich treffen uns in den kommenden Tagen hier mit einem Geschäftsfreund. Ich werde schauen, ob ich bei der Gelegenheit irgendwas erreichen kann.«

Johanna nickte.

Sie sah furchtbar elend aus. Aber wie sollte sie sich auch

fühlen, wenn sie gerade bestätigt bekommen hatte, dass ihre Großmutter sich umgebracht hatte? Und dass möglicherweise der Großvater ihres Geliebten Schuld an diesem Schicksal trug.

Schweigend kehrten sie zum Tor zurück. Mittlerweile war die Sonne hinter den Häusern verschwunden. Nicht mehr lange, und es würde vollkommen dunkel sein. Es war besser, wenn sie sich beeilten und wieder zurückritten.

20. KAPITEL

Das Abendessen verlief schweigsam. Ludwig Baabe erkundigte sich, wie der Ausritt gewesen war. Johanna überließ es Christian zu berichten.

Als sie fertig waren, ging Johanna nicht gleich wieder auf ihr Zimmer. Sie hatte das Gefühl, einen großen Fehler gemacht zu haben. Sie hätte Barbara nicht erzählen sollen, was ihre Mutter über sie dachte. Obwohl sie dieses Gefühl noch nie gehabt hatte, konnte sie sich vorstellen, dass es schrecklich sein musste, nicht willkommen zu sein.

»Wie geht es dir?«, fragte Johanna, als sie ihr Zimmer betrat.

Barbara saß am Fenster und schaute hinaus in die Dunkelheit. Als sie Johanna erblickte, huschte ein trauriges Lächeln über ihre Lippen.

»Es geht einigermaßen«, entgegnete sie gedankenverloren. »Allerdings hätte ich mir gewünscht, mich an etwas anderes zu erinnern als an die Beerdigung meiner Mutter.«

»Das glaube ich.«

»Ich meine, warum konnte es keine schöne Erinnerung

sein? Eine, in der ich mit meinen Eltern zusammen bin, eine, die mir gezeigt hätte, wer ich bin? Jetzt sehe ich die Bilder immer wieder. Und ich bin so schlau wie zuvor.« Sie blickte Johanna flehend an. »Meinst du, ich werde mich jemals wieder erinnern?«

Zu gern hätte Johanna gesagt, dass das sicher der Fall sein würde, aber sie wusste, dass sie es nicht versprechen konnte. So viele Tage waren vergangen, seit sie gefunden wurde, und nur so wenig hatte ihr Verstand aus ihrem früheren Leben preisgegeben.

»Du wirst es. Irgendwann.«

Sie verstummte. »Irgendwann« hörte sich so hoffnungslos an. Irgendwann. Möglicherweise würde auch sie irgendwann ihr Glück finden. Mit Peter zusammen sein. Sie wusste es nicht. Besonders nach dem heutigen Tag schien alles noch mehr ins Wanken geraten zu sein. Es gab das Grab. Und es gab die Geschichte. Sie würde nie mit dem Segen ihrer Eltern mit Peter zusammenleben können.

»Mein Vater sagte heute Morgen, dass wir eine Fotografie von dir machen lassen sollen«, sagte Johanna, um sich selbst und auch Barbara ein wenig abzulenken. Eigentlich hätte sie es ihr schon viel früher erzählen wollen, aber während des Ritts hatte sie nicht daran gedacht. Und jetzt war sie froh, dass sie etwas hatte, das sie erzählen konnte. »Um sie in den Zeitungen zu drucken. Vielleicht werden die Chancen, dass du gefunden wirst, dadurch erhöht. Der Polizeipräsident persönlich hat es vorgeschlagen.«

Barbara nickte. »In Ordnung. Aber ich weiß nicht … Was, wenn die Zeitungen meinen Vater nicht erreichen? Und ich glaube kaum, dass ich von hier stamme.«

»Warum nicht, wenn du dich nicht erinnerst? Alles ist möglich. Und es kann doch sein, dass dein Vater trotzdem an eine Zeitung kommt und dich sieht, oder?«

»Der Barbarazweig, vielleicht ist er der Schlüssel. Vielleicht kann mir die Bedeutung des Zweiges einen Hinweis geben.«

»Christian durchkämmt bestimmt schon seine Bücher danach – obwohl ich glaube, dass in seinen Büchern nichts darüber steht.« Johanna lächelte. »Aber er wird nicht lockerlassen, bis er etwas gefunden hat. Er mag dich, Barbara, sehr sogar.«

Barbara lächelte zurück. Der Gedanke, dass er sie mochte, erfüllte ihr Herz mit Freude. Und sie verdrängte die Vorstellung, was passieren würde, wenn sie ihn verlassen musste.

»Wann gehen wir zum Fotografen?«, fragte sie dann.

»Morgen oder am Montag. Ganz wie du möchtest.«

Barbara nickte. »In Ordnung. Ich glaube, morgen wäre gut. Je eher, desto früher kann das Bild in der Zeitung gedruckt werden.«

»Schön, ich hole dich dann ab und wir gehen gemeinsam. Vater meinte, ich solle auch ein Bild für meine Verehrer machen. Ich habe zwar keine Ahnung, wie es weitergehen soll, aber vielleicht kann ich Peter wenigstens noch ein Bild von mir schenken, damit er mich nicht vergisst.«

Ein trauriges Lächeln huschte über Johannas Gesicht.

Barbara griff nach ihrer Hand. »Es wird alles gut werden«, sagte sie. »Der Zweig wird blühen, und dann wird alles an seinem Platz sein.«

Einen Moment lang sahen sich beide an, dann fielen sie einander in die Arme.

~

An diesem Abend war es Christian, der an Johannas Tür klopfte, weil er keinen Schlaf finden konnte.

»Was gibt es?«, murrte Johannas Stimme schläfrig.

Christian trat ein. Es war schon seltsam. Seine Schwester schien zum ersten Mal seit langem tief und fest geschlafen zu haben. Sonst hatte er auch spät nachts noch immer einen Lichtschein unter ihrer Tür gesehen. Doch der Ausritt schien ihr gutgetan zu haben.

»Was ist denn mit dir?«, fragte Johanna, während sie versuchte, die Müdigkeit abzuschütteln. »Ist irgendwas passiert?«

»Nicht mit mir. Aber mir wollen die Gedanken nicht aus dem Kopf. Können wir reden?«

»Natürlich«, sagte Johanna und entzündete die kleine Öllampe neben ihrem Bett. Der Lichtschein fiel auf das Glas mit dem Zweig. Als er ihn sah, lief Christian ein eisiger Schauer über den Rücken. Das, was er erfahren hatte – traf es auf Barbara wirklich zu?

»Was ist dir denn über die Leber gelaufen, Bruderherz?« Johanna gähnte herzhaft und rieb sich die Augen.

»Die Sache mit Barbara … ihre Erinnerung.«

»Ja, das war schon ein ziemlicher Schreck«, stimmte Johanna zu. »Aber es ist doch schön, dass sie sich wieder an etwas erinnert. Dass sie wieder weiß, dass sie eine Familie hatte.«

»Ja, das ist wirklich gut. Schade nur, dass sie nicht erfahren hat, wie ihr Familienname lautet.« Christian starrte einen Moment lang auf den Boden. Was er sich in der Dunkelheit zusammengesponnen hatte, kam ihm jetzt irgendwie absurd vor. Der Besuch in der Kapelle, das, was er zu der Heiligen gelesen hatte, und das, was das Mädchen nach seinem Zusammenbruch erzählt hatte, hatte sich zu einer düsteren Geschichte verwoben – eine, die dem alten Fischer Hinning sicher gefallen hätte.

»Mir wollte vorhin etwas nicht aus dem Sinn«, begann

er. »Du hast ja gehört, was sie erzählt hat. Der Kirschzweig in den Händen ihrer toten Mutter. Die Heilige, die auf dem Weg zum Gefängnis den Zweig abriss und der dann zu ihrer Hinrichtung blühte …«

»Worauf willst du hinaus?«, fragte Johanna.

»Nun ja, es mag albern klingen, aber ich habe an den Tag zurückgedacht, als ich sie fand. Um ihr Bein war ein Segeltuch gewickelt, doch das muss nicht unbedingt heißen, dass es das Segel von einem Schiff war. Ich habe nachgelesen, weil ich mich an eine Geschichte von Hinning erinnert habe. Seeleute, die auf dem Meer gestorben sind, wurden in Segeltücher eingewickelt und ins Meer geworfen.«

»Nein!« Auf einmal schien Johanna hellwach zu sein. »Nein, das kann nicht sein. Sie war doch keine Tote! Sonst wäre sie doch unmöglich wieder wachgeworden.«

»Aber das Segeltuch! Und dann der Zweig. Sie hielt ihn in den Händen, so wie ihre Mutter bei ihrer Beerdigung! Möglicherweise ist das ein Brauch in ihrer Familie. Möglicherweise hat man sie für tot gehalten und dann bestattet.«

Seine Schwester erschauderte. »Das ist unmöglich. Sie kann nicht tot gewesen sein. Der Arzt, der sie untersucht hat, meinte, sie sei gesund. Und schau sie dir doch an. Abgesehen von dem Schwächeanfall heute wirkt sie nicht schwach.«

»Vielleicht war es ein Irrtum. Vielleicht litt sie an Fieber, und die Leute auf dem Schiff haben die Sache falsch gedeutet.«

Christian sprang auf, er war wie elektrisiert.

»Aber wenn du recht hast«, durchbrach Johannas Stimme seine Gedanken. »Wenn es wirklich so ist, wer wird nach ihr suchen? Wenn sie offiziell gestorben ist, wird ihr

Vater glauben, dass sie auf See bestattet wurde. Niemand wird sie vermissen.«

Christian erstarrte. Johanna hatte recht: Wenn das Mädchen wirklich für tot gehalten wurde, suchte niemand. Und es gab kein untergegangenes Schiff. Das würde auch erklären, warum am Strand keine Trümmer gelegen hatten.

Sein Magen zog sich zusammen. Solange Barbara sich nicht erinnerte, würde sie für sich und für alle anderen immer eine Fremde bleiben. Seufzend ließ er sich auf das Bett sinken.

Johanna legte ihm die Hand auf die Schulter. »Ich weiß, sie gefällt dir. Und dir ist ihr Schicksal wichtig. Aber wenn du wirklich recht hast, wird sie wahrscheinlich nie erfahren, wer sie ist. Deshalb möchte ich lieber daran glauben, dass es ein Unglück gegeben hat.«

Christian sah seine Schwester an. »Du hast dir auch Gedanken gemacht, nicht wahr?«

»Meine Gedanken sehen etwas anders aus. Und ich hätte auch damit gerechnet, dass du dich zuerst um die Bedeutung des Zweiges bemühen würdest. Das scheint ihr viel mehr zu bedeuten.«

»Das hole ich nach, versprochen.«

Er lächelte, dann erhob er sich. »Gute Nacht, Schwesterherz.« Er küsste Johanna auf den Scheitel, dann verließ er das Zimmer.

21. KAPITEL

Samstag, 13. Dezember 1902

Am nächsten Morgen traf bei den Baabes die Liste der Gäste ein, die auf Geheiß des Großherzogs bei ihnen absteigen sollten. Ein junger Bote auf einem Motorrad brachte sie. Als das laute Knattern zu hören war, liefen sämtliche Kinder in der Nachbarschaft vor dem Haus zusammen, denn in Heiligendamm waren motorisierte Fahrzeuge noch immer eine Seltenheit. Als er wieder fort war, begleitet von der lärmenden Schar, der die Kälte nichts auszumachen schien, riss Augusta den Umschlag auf und zog den Brief hervor, der von dem herzoglichen Wappen gekrönt wurde.

Für einen Moment rückten alle Sorgen von ihr ab. Viele hochrangige Persönlichkeiten aus dem Herzogtum kündigten sich an. Freunde des Herzogs, Fabrikanten und sogar zwei Generäle.

Heimlich hatte sie die Hoffnung gehegt, dass vielleicht auch ein Mitglied der herzoglichen Familie hier übernachten würde, aber sie wusste selbst, dass dieser Wunsch vermessen war. Der Herzog würde natürlich oben in der Burg bei den von Kahldens sein Quartier nehmen.

Doch sie wollte nicht darüber klagen, denn man hatte ihr Haus wirklich reich bedacht.

»Wir sollten uns beeilen, Hilfskräfte einzustellen«, sagte sie zu ihrem Mann, als sie das Arbeitszimmer betrat. »Du weißt, bei einem großen Ball sind die guten Leute bald weg.«

»Und wie viele Angestellte brauchen wir deiner Meinung nach?«

Augusta rechnete kurz durch, dann entgegnete sie: »Sechs oder sieben Mädchen und ein paar junge Männer dürften reichen.«

»Das sind nicht gerade wenige. Du weißt, dass viele Familien um diese Zeit ihre Töchter im Haus behalten, um notwendige Reparaturen vorzunehmen und neue Kleider für den Sommer zu nähen.«

»Aber viele brauchen auch Geld. Und deshalb sage ich ja, wir sollten uns beeilen.«

»Gut, dann sorge dafür, dass Friedrich den Zettel an die Anzeigetafel heftet. Je schneller, desto besser, da hast du vollkommen recht.«

Ludwig wollte sich schon wieder seinen Büchern zuwenden, doch dann stockte er: »Wie geht es eigentlich unserem Gast? Du hast dich schon lange nicht mehr über Barbara beschwert.«

Im nächsten Augenblick sah er ein, dass er diese Bemerkung besser hätte lassen sollen. Augustas Mund wurde schmal, und in ihren Augen blitzte es.

»Dr. Winter kommt heute wieder, um sie noch einmal zu untersuchen. Aber ich glaube, da hat er kaum etwas zu tun. Sie ist gesünder als wir alle hier.«

»So? Wann hast du denn das letzte Mal mit ihr gesprochen?«, fragte Ludwig, und auch das bereute er gleich wieder, denn Augusta hatte den schneidenden Ton in seiner Stimme nicht überhört. Nur seinetwegen hatte sie aufgehört, dauernd auf die junge Frau zu schimpfen. In der Zeit, die sie schon hier war, war nicht ein einziges Mal etwas verschwunden, und es sah auch nicht so aus, als würde sie zu viel essen oder nach Dingen verlangen, die zu teuer waren. Nein, soweit er es von den Mädchen gehört hatte, verlangte sie gar nichts. Sie aß klaglos alles, was man ihr vorsetzte, sie wollte keine Extraportionen und sie beschwerte sich nie. Sie trug die Kleider, die Johanna ihr gab und die schon seit einer Weile ausgemustert gehörten. Und nur selten ließ sie sich außerhalb des Zimmers blicken.

Es gab also keinen Grund, sich über sie zu beschweren, und doch war sie für Augusta so etwas wie ein Dorn im Rosenbusch oder ein spitzer Federkiel im Kopfkissen.

»Wir werden das Zimmer für unsere Gäste brauchen«, sagte sie, ohne auf seine Frage einzugehen. »Was sollen wir mit ihr machen? Ihr eine Kammer bei den Mädchen zuweisen?«

Die plötzliche Kälte in ihrer Stimme konnte Ludwig nicht verstehen.

»Warten wir erst einmal ab, was der Doktor sagt. Und ja, wenn du meinst, dann gib ihr ruhig eine Kammer auf dem Dachboden. Ich denke zwar, dass wir auch ohne das Veilchengrund-Zimmer auskommen werden, aber unser Gast wird sicher auch mit einem anderen Quartier zufrieden sein.«

»Du weißt, dass es mir lieber wäre, wenn sie gehen würde.«

»Ja, das weiß ich«, antwortete Ludwig schwerfällig. »Und würde nicht das Weihnachtsfest vor der Tür stehen, würde ich dir zustimmen und versuchen, sie woanders unterzubringen. Doch jetzt ist das Jahr fast zu Ende. Das Wetter ist rau. Es ist schlimm genug, dass sie ihr Gedächtnis verloren hat. Dass es niemanden gibt, mit dem sie das Weihnachtsfest begehen kann. Und dass offenbar auch niemand nach ihr sucht.«

Augusta nickte, dann sagte sie: »Ich werde Friedrich gleich losschicken.«

Damit verließ sie den Raum. Ludwig schaute ihr nachdenklich hinterher. Seine Brust fühlte sich an, als würde ein Amboss darauf liegen. Was war nur mit Augusta? Das Weihnachtsfest stand bevor, der Ball würde ihnen zahlreiche Gäste und einen guten Verdienst bringen, und Johanna würde sich sicher auch bald für einen Mann entscheiden.

Warum hatte die Anwesenheit eines in Not geratenen Mädchens sie so verändert?

Er hoffte inständig, dass die Weihnachtszeit sie wieder in die Frau verwandeln würde, die er kannte. Ansonsten, fürchtete er, würde das neue Jahr sehr schwierig werden.

~

»Bist du fertig?«, fragte Johanna fröhlich, als sie zur Tür von Barbaras Zimmer hereinstürmte. »Es wird sicher ein Spaß, die Fotografien machen zu lassen. Es ist schon eine Weile her, dass ich in dem Atelier war, aber ich sage dir, es ist sehr interessant.«

»Ich bin fertig«, entgegnete Barbara und erhob sich. Sie trug wieder das Reitkleid, denn Johanna hatte darauf bestanden. »Aber wir sollten uns beeilen. Später kommt Dr. Winter und will mich untersuchen.«

»Wann kommt er? Doch sicher nicht vor dem Mittag, nicht wahr? Bis dahin hat er seine Praxis geöffnet. Ich schätze, er wird uns erst am Nachmittag aufsuchen.«

Johanna fasste Barbara bei der Hand und zog sie ins Foyer.

Die Strandpromenade wirkte zu dieser Stunde ziemlich belebt. Dienstboten huschten umher, Frauen trugen ihre Einkäufe in großen Körben. Hier und da zogen Botenjungen kleine Wagen mit Weihnachtsbäumen hinter sich her. In manchen Häusern wurden die Bäume schon recht früh aufgestellt.

»Wird es bei euch auch einen Weihnachtsbaum geben?«, fragte Barbara, während sich Johanna bei ihr einhakte. Auf den ersten Blick hätte man sie für beste Freundinnen halten können. Aber vielleicht waren sie das ja auch – zumindest Freundinnen …

»Natürlich gibt es einen Weihnachtsbaum! Und angesichts der vielen Gäste wird er wohl auch ganz prächtig ausfallen.«

»Viele Gäste?«, fragte Barbara. Sie stellte es sich herrlich vor, in den Gasträumen nicht mehr die Einzige zu sein. Sie würde dann endlich etwas zu sehen bekommen, wenn sie kleine Ausflüge aus ihrem Zimmer unternahm.

»Habe ich es dir noch nicht erzählt? Es wird am Heiligen Abend einen großen Weihnachtsball geben, oben in der Burg. Der Herzog hat auch unsere Familie dazu eingeladen.«

»Das ist ja aufregend!«, sagte Barbara. »Und die Gäste werden bei euch übernachten?«

»Ja, die meisten von ihnen werden wahrscheinlich bis zum Neujahrstag bleiben, denn auch der Herzog wird den Jahreswechsel hier verbringen, sollten sich nicht irgendwelche politischen Wirren einstellen.« Sie sah Barbara an. »Wenn du magst, kannst du gern mitkommen.«

»Aber ich habe doch gar kein Ballkleid«, entgegnete Barbara. Wenn sie ehrlich war, hatte sie große Lust auf den Ball. Aber würde sie dort jemand haben wollen? Nach Johannas Offenbarung über die Meinung, die Frau Baabe von ihr hatte, war sie furchtbar unsicher, was ihren Aufenthalt im Gästehaus anging.

»Ich leihe dir eines von meinen«, sagte Johanna. »Einige davon habe ich noch nie getragen, und ich bin sicher, dass dir eines von ihnen hervorragend stehen würde.«

»Und deine Mutter? Sie würde mich sicher nicht auf

dem Ball haben wollen. Schließlich bin ich kein Teil der Familie.«

Daran, wie Johanna den Mund zusammenkniff, konnte sie sehen, dass ihre Bedenken berechtigt waren.

»Mutter hat wahrscheinlich Angst.«

»Angst, dass ich mich in euer Leben drängen könnte? Dass ich deinem Bruder vielleicht schöne Augen machen könnte?«

Johanna lächelte sie an. »Und, ist das so? Machst du ihm schöne Augen, oder er eher dir? Er wirkte bei dem Ausritt so besorgt um dich.«

»Ich weiß es nicht«, entgegnete Barbara, obwohl sie schon merkte, wie ihr Herz pochte, wenn sie ihn auch nur im Gang des Hauses sah oder seine Stimme hörte. »Er ist sehr nett. Aber ich habe noch nicht darüber nachgedacht. Wie könnte dein Bruder sich in ein Mädchen verlieben, das nicht einmal weiß, wer es ist?«

»Ich glaube, es reicht ihm schon, dich so zu sehen, wie du jetzt bist. Ich denke, das gefällt ihm.«

»Hat er irgendwas zu dir gesagt?«

Johanna schüttelte den Kopf. »Nein, aber ich habe Augen im Kopf. Ich sehe, wie er dich anblickt, und ich höre, wie er von dir spricht. Er möchte unbedingt herausfinden, was mit dir geschehen ist. In seinen Augen bist du so etwas wie eine Prinzessin, die er aus dem Meer gefischt hat. So wie in diesem Märchen …«

»Die kleine Meerjungfrau«, entgegnete Barbara. Diese Geschichte hatte in einem der Bücher gestanden, das er ihr gebracht hatte. »Nur dass ich meine Stimme behalten habe und stattdessen nicht mehr weiß, wie mein Name lautet.«

»Ich glaube allerdings nicht, dass du dich in Meerschaum auflösen musst, denn mein Bruder wird dir das

Herz nicht brechen.« Johanna lachte, dann wurde sie wieder ernst. »Ich würde dich so gern dabeihaben. Ich weiß noch immer nicht, was ich machen soll. Bitte.«

Barbara nickte. »Also gut. Wenn es irgendwie möglich ist, gehe ich mit dir zum Ball.«

Johanna lächelte. »Danke.«

Sie spazierten schweigend die Promenade entlang, bis sie zu der Anzeigetafel kamen. Dort hingen zahlreiche Gesuche der Gästehäuser, darunter auch ein Zettel mit dem Briefkopf des Gästehauses Baabe.

»Deine Mutter sucht Angestellte«, sagte Barbara.

»Wie jedes Gästehaus im Ort. Der Herzog wird mit einem großen Tross ankommen. Dann wird es hier endlich wieder aufregend!«

»Ah, sieh einer an, das Fräulein Baabe macht einen Spaziergang.«

Johanna erstarrte und wurde auf einmal kalkweiß. Bevor Barbara fragen konnte, was los war, wisperte sie: »Berthold.«

»Ich hoffe, ich störe nicht.«

Der junge Mann zog seinen Hut.

Johanna wandte sich um und lächelte ihn ein wenig gezwungen an. »Eigentlich haben wir gerade etwas vor.«

»Darf ich fragen, was?«, fuhr von Kahlden fort.

Barbara musterte ihn. Der Mantel mit dem Pelzkragen wirkte sehr teuer und auch der Rest seines Aufzuges war elegant.

»Wir wollen zum Fotografen. Ich fürchte, da werden Sie uns nicht beistehen müssen.«

Nun fiel Bertholds Blick auf Barbara.

»Eine reizende Begleiterin haben Sie da. Eine Verwandte? Ich habe Sie hier noch nie gesehen.« Er reichte dem Mädchen die Hand.

»Das ist eine Freundin von mir. Barbara …« Sie stockte kurz, dann fügte sie hinzu: »Hirschfeld. Barbara Hirschfeld.«

»Freut mich sehr, Ihre Bekanntschaft zu machen. Ich bin Berthold von Kahlden.« Er genoss es sichtlich, seinen Namen auszusprechen.

Zögerlich reichte Barbara ihm die Hand. Was sollte dieser Name? Und was sollte sie sagen? Dass es sie auch freute? Die Höflichkeit hätte das geboten, doch irgendwie brachte sie es nicht über sich.

»Sie sind nicht aus der Gegend, nicht wahr?«, fragte Berthold weiter. Dass Johanna ungeduldig von einem Bein auf das andere trat, schien er nicht wahrzunehmen.

»Nein, sie stammt aus Schwerin und ist bei uns zu Gast. Und jetzt müssen wir wirklich los. Guten Tag!«

Johanna zog Barbara mit sich. Mit langen Schritten eilten sie die Promenade hinunter. Für einen Moment glaubte Barbara, dass der Mann ihnen folgen würde, doch als sie über die Schulter blickte, war er verschwunden.

»Das war also einer deiner Bewerber?«, flüsterte sie.

»Ja, und wenn es nach mir geht, kann sich unter ihm gleich die Erde auftun. Ich habe nicht vor, Frau von Kahlden zu werden.«

»Er wirkte ein wenig seltsam.«

»Das ist noch untertrieben. Und das Schlimmste ist, dass ich ihn innerhalb weniger Tage zum zweiten Mal gesehen habe. Erst war er unangemeldet bei uns, dann tauchte er hier auf. Man könnte fast denken, dass er mich abgepasst hat. Er kann es wohl nicht mehr abwarten, mich zu heiraten.«

Ein paar Minuten später erreichten sie das Fotoatelier Sperling. Es befand sich in einem kleinen Haus, dessen

Fenster mit Fotoplatten geschmückt waren. Die Bilder zeigten würdevolle Ehepaare und Kinder, und auf einer Tafel stand geschrieben, wie viel welche Art von Aufnahme kostete.

Glockengebimmel begrüßte sie, als sie durch die Tür traten. Ein seltsamer Geruch lag in der Luft. Er reizte Barbaras Nase, und wenig später musste sie niesen.

»Das sind nur die Chemikalien, die der Fotograf braucht, um die Bilder zu entwickeln«, erklärte Johanna, dann drückte sie auf die Klingel.

»Bist du schon öfter fotografiert worden?«

»Früher einmal, ja. Unsere Eltern sind mit uns alle paar Jahre zum Fotografen gegangen, um ein Familienfoto anzufertigen. Ich fand es immer ziemlich langweilig.«

Im nächsten Augenblick öffnete sich der schwere Samtvorhang.

»Ah, das Fräulein Baabe! Was kann ich für Sie tun?«, fragte der Mann, dessen Schnurrbart an den Enden gezwirbelt war und dessen Haare mit Pomade fest an den Kopf gelegt waren. Er trug eine karierte Weste über seinem Hemd und statt einer Krawatte eine Schleife um seinen Kragen.

»Wir würden gern Fotografien machen lassen, Herr Sperling.«

»Sie beide zusammen oder jede Dame für sich?«

Johanna überlegte kurz, dann sagte sie: »Zwei Einzelaufnahmen und eine gemeinsame.«

»Sehr wohl. Dann legen Sie bitte Ihre Mäntel ab und begeben sich in den Vorbereitungsraum. Wünschen Sie einen besonderen Hintergrund oder Requisiten für das Bild?«

»Nicht für die Einzelaufnahmen – aber wenn Sie für das Doppelportrait vielleicht einen modernen Hintergrund hätten? Etwas Sommerliches vielleicht?«

»Ich werde sehen, was sich machen lässt.«

Der Fotograf nahm ihnen die Mäntel ab und leitete Johanna und Barbara in den Vorbereitungsraum, der mit Spiegelkommoden und zahlreichen Requisiten vollgestellt war. Es gab Tischchen, Vasen, einen Stuhl, der aussah wie ein Thron und vieles mehr.

»Nun, dann wollen wir dich mal hübsch machen«, sagte Johanna, als sie begann, Barbaras Haar zu kämmen. »Und vergiss nicht zu lächeln!«

22. KAPITEL

Als sie das Fotoatelier wieder verließen, hallte Glockenläuten über die Promenade, begleitet von Möwenrufen. Über dem Meer zogen Wolken herauf, aber es würde noch eine Weile dauern, bis sie hier waren. Würden sie Schnee bringen? Oder Regen?

Barbara schob den Gedanken beiseite. Die Stunde im Fotoatelier hatte ihr sehr viel Spaß gemacht, besonders weil Johanna tausend Ideen gehabt hatte, was die Gestaltung der Bilder anging.

Der Fotograf war schließlich schon ein wenig nervös geworden, wusste er doch, dass die Baabes sich beschweren würden, wenn ihre Tochter nicht so aussah, wie sie es erwarteten.

»Wir hätten dich eigentlich mit einem Barbarazweig fotografieren sollen«, bemerkte Johanna. »Schade, dass wir nicht daran gedacht haben.«

»Das macht nichts«, entgegnete Barbara. »Man wird mich auch so erkennen, wenn es sein soll.«

»Sicher wird man das!« Ein Schatten huschte über Johannas Augen. Doch er verging schnell, als sie fragte: »Was macht eigentlich dein Zweig? Brechen die Knospen langsam auf?«

Barbara schüttelte den Kopf. »Nein, bisher noch nicht. Leider. Und bei dir?«

»Bei mir tut sich auch nichts. Dabei hoffe ich so sehr, dass er zu blühen beginnt. Dass er mir Glück bringt und mir zeigt, dass es sich lohnt, Peter zu folgen.«

»Und du bist nicht mehr sicher, ob du ihn willst?«

»Ich weiß nicht, was ich tun soll. Peter sagt mir, dass ich mit ihm weggehen solle, aber das würde bedeuten, dass ich alles hinter mir lassen muss. Meinen Vater, meinen Bruder – und auch meine Mutter.«

»Christian würde dich doch sicher nicht verstoßen«, wandte Barbara ein.

»Nein, er nicht. Aber meine Eltern würden von ihm verlangen, dass er nie wieder mit mir redet. Und irgendwann wird er eine eigene Familie haben und mich vergessen.«

»Und du hättest eine Familie mit Peter.«

Johannas Miene wurde wehmütig. »Ja, wenn das jemals geschieht.«

»Was sagt dein Herz?«

»Mein Herz sagt mir, dass Peter ein guter Mann sein würde. Aber was, wenn er wie sein Großvater ist, der meine Großmutter sitzengelassen hat?«

Barbara schüttelte den Kopf. »Ich bin sicher, dass er nicht so ist.«

»Woher willst du das wissen?« Johanna presste die Lippen zusammen und atmete tief durch.

»Ich weiß es nicht, leider weiß ich es nicht«, entgegnete Barbara niedergeschlagen und wünschte sich, eine bessere Ratgeberin sein zu können. Doch wie sollte sie sich in

Herzensdingen auskennen, wenn sie nicht einmal wusste, ob sich auch schon mal jemand um sie bemüht hatte?

Plötzlich erstarrte Johanna. Als Barbara ihrem Blick folgte, sah sie einen jungen Mann, der ein Mädchen an seinem Arm hielt. Es trug einen schweren roten Samtmantel mit Pelzbesatz und auf dem Kopf eine dicke Fellmütze. Sie wusste nicht, wieso, aber irgendwie erinnerte das Mädchen sie an eine russische Prinzessin. Und der Mann sah unheimlich gut aus, wie ihr Prinz. Er sagte etwas zu ihr, worauf die junge Frau errötete und lachte. Auf den ersten Blick wirkten beide wie bei einem Stelldichein.

Als sie zu Johanna schaute, bemerkte sie, dass sämtliches Blut aus ihrem Gesicht gewichen war. Sie wirkte, als würde sie gleich in Ohnmacht fallen.

»Was ist?«, fragte sie und griff nach ihrer Hand.

Johanna schüttelte sie ab. Dann wirbelte sie herum und rannte los. Barbara schaute ihr ratlos nach, dann folgte sie ihr.

~

Johannas Puls donnerte so laut, dass sie ihre eigenen Schritte nicht mehr hörte. Sie rannte einfach voran und achtete nicht auf die Passanten, die sie rammte und die ihr wütende Worte hinterherschickten. Alles vor ihr vermischte sich zu einem weißen Tunnel, durch den sie hindurchhetzte, ohne etwas zu erkennen.

»Johanna!«, hörte sie Barbaras Stimme hinter sich, doch auch ihr wollte sie entkommen. Sie wollte in diesem Augenblick überhaupt niemanden um sich haben.

Doch schließlich ging ihr die Luft aus und ihr wurde schwindelig. Als sie endlich dazu gezwungen war, stehenzubleiben, sah sie, dass sie das Ende der Promenade erreicht hatte. Die Häuser lagen ein Stück weit hinter ihr, vor ihr breitete sich der Strand aus.

Sie versuchte, sich irgendwo festzuhalten, doch da war nichts. Im selben Moment griffen Hände nach ihr. Sie dachte zunächst, es sei ihr Bruder, doch es war Barbara.

»Halt dich fest«, flüsterte das Mädchen und zog sie zu einer der letzten Bänke der Promenade. Dort versagten Johanna endgültig die Beine.

Das konnte nicht wahr sein! Hatte sie Peter wirklich mit einer anderen gesehen?

Ihr Verstand war wie leergefegt, und das Bild von ihrem Geliebten mit der Frau im roten Mantel brannte vor ihren Augen. Wer war sie? Seine Schwester? Nein, die Vandenbooms hatten keine Töchter. Eine Cousine? Möglich, aber irgendwie wirkten die beiden auf andere Weise vertraut, als es bei Verwandten der Fall wäre.

Hatte er eine Braut? War er so sicher, dass die Baabes sie nicht aus dem Haus ließen, dass er ungeniert mit ihr durch die Gegend flanierte?

Hatte er sie überhaupt gesehen? Wohl kaum, die Präsenz des Mädchens neben ihm war wohl zu stark gewesen.

»Johanna?« Barbaras Stimme drang sorgenvoll durch ihre dahinrasenden Gedanken. »Ist alles in Ordnung mit dir? Soll ich vielleicht einen Arzt holen?«

Johanna schüttelte den Kopf. »Nein«, sagte sie und spürte, wie endlich die Tränen in ihr aufstiegen. »Nein, mir fehlt nichts. Es ist nur …«

Nun brach der Schmerz aus ihr heraus, und sie begann, lauthals zu weinen.

~

Barbara zögerte zunächst, denn sie wusste nicht, was sie tun sollte.

Doch als sich Johanna zusammenkrümmte, legte sie die Arme um sie und ließ sie weinen. Sicher würde es bald eine Erklärung dafür geben.

Sie schluchzte eine ganze Weile bitterlich, und Barbara begann sich zu fragen, ob das etwas mit dem Anblick des Paares zu tun hatte, des russischen Prinzenpaares. Ein Verdacht kam ihr: War der Mann womöglich Peter gewesen? Und was war mit der jungen Frau neben ihm, der russischen Prinzessin?

»Warum tut er mir das an?«, rief Johanna plötzlich aus. »Warum tut er das? Warum betrügt er mich?«

Bevor Barbara nachfragen konnte, weinte Johanna erneut.

Als sie die Strandpromenade hinaufschaute, sah Barbara einige Spaziergänger auf sie zukommen. Sie streichelte Johanna übers Haar und beugte sich zu ihr hinunter.

»Bitte, fasse dich wieder. Dahinten kommen Leute, die werden sicher fragen, was los ist. Und dann werden sie deinen Eltern Bescheid geben. Sie sollen doch nichts davon erfahren, stimmt's?«

Ihr Flüstern brachte Johanna tatsächlich dazu, sich wieder zu beruhigen. Sie schnäuzte sich, wischte sich fahrig die Tränen vom Gesicht, strich sich dann eine Haarsträhne hinters Ohr. Ihre Hände zitterten dabei, doch sie faltete sie rasch ineinander.

Wenige Augenblicke später waren die Spaziergänger bei ihnen. Es waren zwei Frauen und ein Mann, offenbar Kurgäste.

»Ist alles in Ordnung?«, fragte eine der Damen.

»Ja, es ist schon gut. Meine Freundin … Sie hat nur gerade eine schlechte Nachricht bekommen.«

»Das ist doch die Tochter der Baabes, nicht?«, fragte der Mann. Offenbar hatte er Johanna erkannt.

»Ja, das ist sie.«

»Sollen wir einen Arzt holen?«, fragte die andere Frau.

»Nein, das ist nicht nötig«, antwortete Johanna selbst. »Ich … Es geht mir gut, wirklich. Ich war nur ein wenig … traurig.« Ihre Stimme klang dumpf, leblos. Als hätte ihr jemand die Seele aus dem Körper gebrochen.

Barbara wünschte sich nur noch, dass die Fremden gingen. Sie wollte wissen, was los war, sie wollte wissen, ob sie mit ihrer Vermutung recht hatte.

»Und Sie brauchen wirklich keine Hilfe?«, erkundigte sich der Mann erneut. Wahrscheinlich war er auf eine hübsche Anekdote aus, die er später im Salon erzählen konnte. Dass die Tochter eines Gästehausbesitzers weinend an der Promenade saß, geschah sicher nicht häufig.

»Nein, vielen Dank, es ist alles in Ordnung«, antwortete Barbara freundlich, obwohl sie wusste, dass von nun an nichts mehr in Ordnung war.

Als die drei außer Sichtweite waren, lehnte sich Johanna zurück und starrte aufs Meer, über dem sich dunkle Wolken zusammenzogen. Eine ganze Weile sagte sie nichts, und auch Barbara wagte nicht, sie anzusprechen.

Die Wolken wirkten bedrohlich. Als ob etwas übers Meer kam, das ihr ganzes Leben verändern würde.

Doch was sollte bei mir schon anders werden?, dachte Barbara. Johannas Mutter mag mich nicht, und ich bin eigentlich schon zu gesund, um einfach so bei ihnen zu bleiben. Ich muss eine Entscheidung treffen.

Aber erst einmal musste sie Johanna nach Hause bringen, damit sie sich von ihrem Schock erholen konnte.

»Ich glaube, wir sollten gehen«, sagte sie leise zu Johanna, die wie eingefroren wirkte. »Das Wetter schlägt um, und ich will nicht, dass sich deine Mutter wieder Sorgen um dich macht.«

Johanna nickte und erhob sich dann.

»Möglicherweise ist es nicht so, wie du denkst«, sagte Barbara, als Johanna sich bei ihr einhakte. »Möglicherweise war es nur eine Cousine oder eine Bekannte der Familie. Dass sie an seinem Arm ging, muss nichts bedeuten.«

Johanna sagte dazu nichts. Schweigend ging sie mit Barbara zu ihrem Haus.

Vor der Tür trat ihnen Christian entgegen.

»Du meine Güte, was ist denn geschehen?«, fragte er, als er das bleiche Gesicht seiner Schwester sah. »Geht es dir gut, Johanna?«

Johanna starrte einen Moment lang ins Leere, dann kam plötzlich wieder Leben in sie. Sie riss sich von Barbaras Arm los und rannte hinein.

Barbara starrte ihr hinterher, dann folgte sie ihr.

Wenig später war Christian bei ihr. »Barbara, sag mir, was ist passiert?«

»Später«, entgegnete sie. Johanna polterte bereits die Treppe hinauf.

Als Barbara an ihrer Zimmertür ankam, hörte sie Johanna erstickt weinen.

Vorsichtig klopfte sie. »Darf ich reinkommen?«, fragte sie. Eine Antwort erhielt sie nicht. Sie fragte noch einmal, da hörte sie plötzlich ein Klirren.

Besorgt riss Barbara die Tür auf und sah, wie Johanna gerade den Zweig zu Boden schleuderte und nach ihm treten wollte.

»Nicht!«, rief Barbara. »Bitte, zerbrich den Zweig nicht.«

»Warum nicht?«, fragte Johanna unter Tränen. »Es ist doch alles egal!«

»Nein, es ist nicht egal«, sagte Barbara sanft. »Vielleicht ist das alles nur ein Missverständnis. Du kannst nicht wissen, wer das Mädchen war.«

»Mit wem sollte Peter denn ausgehen und so vertraut reden?«

»Es gibt sicher eine Erklärung …«

Barbara stockte, als sie hinter sich eine Bewegung bemerkte. Zunächst dachte sie, dass es Christian wäre, doch dann sah sie den Zipfel einer Dienstmädchenschürze.

»Kann ich helfen?«, fragte die Angestellte.

Barbara blickte sie erstaunt an. Mit diesem Dienstmädchen hatte sie bisher noch nicht zu tun gehabt, obwohl sie es von Zeit zu Zeit im Haus gesehen hatte. Was hatte es hier oben zu suchen? Wollte es sehen, warum die Tochter des Hauses so außer sich war? Sein Auftauchen brachte Johanna immerhin davon ab, auf den Zweig einzutreten.

»Ein Glas ist zerbrochen«, antwortete Barbara und bemerkte, dass die Augen des Dienstmädchens durch den Raum wanderten, als suchten sie etwas. »Wir brauchen eine Kehrschaufel und einen Besen.«

Im ersten Moment sah die Angestellte so aus, als wollte sie ihr sagen, dass sie das alles allein holen sollte, doch dann nickte sie und verschwand.

»Warum tut er mir das an?«, wimmerte Johanna und ließ sich auf das Bett sinken. »Warum sagt er, dass er mich liebt, und geht dann mit einer anderen spazieren?«

»Es war bestimmt nur eine Verwandte. Oder eine Bekannte seiner Eltern.«

»Oder seine Braut.«

»Das weißt du doch gar nicht.« Barbara setzte sich neben sie und streichelte ihr beruhigend über den Rücken. »Vielleicht ist es ganz anders. Du solltest ihm schreiben und nach einer Erklärung fragen.«

»Und wenn er mir nicht mehr zurückschreibt?«

Dann ist er es vielleicht doch nicht wert, von dir geliebt zu werden, dachte Barbara, sprach es aber nicht laut aus, denn sie hörte, wie das Dienstmädchen mit Besen und Schaufel anrückte. Das Wasser aus der Vase war bereits in den Teppich eingesickert und hatte einen nassen Fleck hinterlassen.

Barbara sammelte den Zweig auf und verbarg ihn hinter ihrem Rücken. Das Mädchen machte sich an die Arbeit, allerdings nicht, ohne Barbara einen feindseligen Blick zuzuwerfen.

Als es wieder gegangen war, legte Barbara den Zweig auf den Schreibtisch. Johannas Weinen war inzwischen zu einem leisen Schluchzen übergegangen.

»Soll ich neues Wasser für den Zweig holen?«, fragte Barbara vorsichtig.

»Ich will ihn nicht mehr sehen!«, schluchzte Johanna.

»Soll ich ihn denn zu meinem tun?«, fragte Barbara, denn sie war sicher, dass sie es bereuen würde, wenn sie ihn wegwarf.

»Meinetwegen«, entgegnete Johanna und krümmte sich auf der Decke zusammen.

Da klopfte es an der Tür.

»Ja bitte!«

Christian steckte den Kopf durch die Tür.

»Darf ich reinkommen?«

Barbara blickte zu Johanna, doch die war nicht in der Lage, irgendwas zu sagen, denn ein neuerlicher Weinkrampf schüttelte sie.

»Ja, bitte komm rein«, sagte sie. Barbara war sicher, dass Christian Johanna besser helfen konnte als sie.

»Was ist mit ihr? Ist bei eurem Ausflug etwas geschehen?«

»Sie hat ihren Peter gesehen – mit einer anderen Frau.«

Christian schüttelte den Kopf. »Das ist nicht wahr!«

»Doch, ist es. Er ging mit ihr spazieren. Ich habe Johanna zu erklären versucht, dass es vielleicht eine Verwandte war, aber sie glaubt mir nicht.«

»Dieser Mistkerl«, raunte Christian. »Wenn ich ihn in die Finger kriege …«

Barbara schüttelte den Kopf. »Es ist nichts erwiesen.«

»Ich werde es herausfinden«, entgegnete Christian grimmig. »Kein Vandenboom wird je wieder eine Baabe ins Unglück stürzen.«

Barbara sah ihn eine Weile an, dann sagte sie: »Ich muss nach unten, Dr. Winter kann jeden Augenblick kommen. Versuche, sie ein wenig zu trösten, ich kümmere mich nachher um sie.«

»Ist gut.« Christian nickte, und nachdem sie noch einmal zu Johanna geblickt hatte, nahm sie den Zweig an sich und verließ das Zimmer.

»Du hattest recht«, sagte Johanna und richtete sich auf.

23. KAPITEL

»Ich muss wirklich sagen, dass Ihr Gast eine wunderbare Gesundheit hat«, erklärte Dr. Winter, als er das Veilchengrund-Zimmer verließ.

Augusta wusste nicht, ob sie darüber glücklich sein sollte.

Mittlerweile wirkte die junge Frau stark genug, um sich einen anderen Ort zu suchen, an dem sie bleiben konnte. Vielleicht konnten sie den unliebsamen Gast bald loswerden …

»Allerdings befürchte ich, dass ihre Gedächtnislücken gravierender sind, als ich angenommen hatte.«

»Wäre es denn nicht besser, wenn man sie doch in ein Hospital bringen würde?«

»Das würde ihr nicht viel nützen. Im Gegenteil, möglicherweise würde es ihre Heilung sogar weiter verzögern.«

Augusta kniff die Lippen zusammen.

»Und wie lange werden die Folgen dieser Gehirnerschütterung andauern? Sie werden verstehen, dass wir es uns nicht leisten können, jemanden durchzufüttern, der zweifelhafter Herkunft ist.«

»Aber Frau Baabe, noch ist doch wohl nichts heraus, oder?« Dr. Winters Miene verhärtete sich.

»Sie erzählte meinem Sohn davon, dass ihre Mutter gestorben sei und dass sie eine wohlhabende Frau war«, entgegnete Augusta und zupfte unruhig an den Ärmelmanschetten ihrer Bluse. »Aber vielleicht hat sie sich das nur ausgedacht. Immerhin redet Christian sehr viel mit ihr, und er will von dieser Vorstellung einfach nicht ablassen.«

»Mir hat sie auch von ihrer Mutter erzählt«, sagte der Arzt. »Es schien sie ziemlich mitgenommen zu haben. Sie sprach von einem großen Haus, einer prachtvollen Kutsche und ihrem Vater.«

»Wie gesagt: Das kann sie sich ausgedacht haben.«

»Das glaube ich nicht. Solche Details denkt man sich nicht aus. Genauso gut hätte sie auch behaupten können, dass sie eine Prinzessin wäre oder dass sie es gewohnt war, Bedienstete zu haben. Nein, sie erzählt von der Beerdigung der Mutter. Ich mag kein Psychiater sein, doch ich stimme einem Kollegen, dessen Veröffentlichungen ich sehr schätze, zu, dass bei Gedächtnisverlust gravierende persönliche Ereignisse als Erstes zum Vorschein treten. Der Tod der Mutter und deren Beerdigung ist ein solches Ereignis, und …«

Der Arzt verstummte, als er hinter sich ein Geräusch hörte. Er wandte sich um und sah Barbara vor der offenen Tür stehen. Offenbar hatte sie alles mitangehört.

»Entschuldigen Sie bitte, ich wollte nicht lauschen«, sagte sie errötend.

Augusta wirbelte erschrocken herum. Ihr Kopf begann zu glühen, offenbar war ihr das, was sie gesagt hatte, auf einmal furchtbar peinlich. So peinlich, dass sie im ersten Moment nicht wusste, was sie sagen wollte.

»Ich habe Ihr Gespräch nur zufällig gehört, und … ich stimme Ihnen zu, es ist nicht rechtens, dass ich Ihre Gastfreundschaft ausnutze. Wenn Sie erlauben, würde ich gern bei Ihnen aushelfen. Ich habe gehört, dass in der nächsten Zeit viele Gäste kommen werden.«

»Woher …«, begann Augusta, doch dann fiel ihr wieder ein, dass sie viel mit ihrer Tochter redete. Vermutlich hatte Johanna es ihr erzählt.

»Ich glaube nicht, dass Arbeit für Sie im Moment angebracht wäre«, sagte der Arzt, nachdem er Augusta einen vorwurfsvollen Blick zugeworfen hatte.

»Aber ich fühle mich schon wieder gut. Und ich würde sehr gern helfen. Natürlich ohne Bezahlung, denn Sie waren so freundlich zu mir und haben mein Leben gerettet.«

Dr. Winter blickte zu Augusta. »Nun, Frau Baabe, was sagen Sie dazu?«

Augusta überlief es heiß. Damit hatte sie nicht gerechnet.

»Bitte, Frau Baabe, lassen Sie mich meinen Teil tun, um Ihnen Ihre Freundlichkeit zu vergelten«, sagte Barbara.

Augusta spürte den Blick des Arztes, und sie wusste

auch, dass in der nächsten Zeit hier sehr viel zu tun sein würde.

»Also gut, ich werde mit meinem Mann sprechen«, sagte sie. »Wenn er nichts dagegen hat, dürfen Sie meinetwegen hier anfangen – solange wir Arbeitskräfte wegen des Balls brauchen.«

Barbara lächelte. »Vielen Dank, das reicht mir vollkommen. Und möglicherweise finde ich aufgrund Ihrer Freundlichkeit im neuen Jahr irgendwo anders eine Anstellung.«

»In Ordnung, Frau Baabe«, sagte der Arzt. »Möglicherweise hilft ihr die Arbeit, wieder ein paar Erinnerungen zurückzugewinnen. Vielleicht fällt ihr ja auch ihre Heimatstadt und ihr Name wieder ein. Und Sie brauchen sich keine Sorgen zu machen, dass sie Ihnen die Haare vom Kopf isst. Damit ist doch allen geholfen, nicht?«

Augusta zwang sich zu einem Lächeln. Jetzt gab es nichts mehr, das sie vorbringen konnte. Das Mädchen wollte arbeiten, und das Mädchen wollte gehen, sobald das neue Jahr kam und es eine Anstellung fand.

Dennoch konnte sie nicht anders, als Abneigung zu empfinden. Und Angst. Sie hatte schon bemerkt, wie ihr Sohn Barbara anschaute. Damals, als sie von diesem Ausritt gekommen waren, hatte sie es zum ersten Mal gesehen. Das Schlimmste, was ihnen passieren konnte, war, dass er sich in sie verliebte.

Doch vielleicht würde sich auch alles in Wohlgefallen auflösen. Barbara wollte arbeiten, nun gut. Sie würde es bei den Mädchen nicht leicht haben. Besonders Hilda neigte dazu, es Neulingen schwerzumachen.

Und das Weihnachtsfest war nur noch anderthalb Wochen entfernt, danach würden sie sie los sein.

Der Arzt wandte sich Barbara zu. »Kommen Sie jederzeit zu mir, wenn Sie meine Hilfe brauchen. Und sollte ich in Erfahrung bringen, dass irgendwo ein Dienstmädchen gesucht wird, werde ich Ihnen Bescheid geben. So lange sehen Sie zu, dass Sie gesund werden, in Ordnung?«

»Das ist sehr freundlich, danke«, entgegnete Barbara und ergriff zum Abschied Dr. Winters Hand.

24. KAPITEL

Für einige Augenblicke saß Barbara ganz still in dem Veilchengrund-Zimmer und starrte auf die Wolken, die sich jetzt zu einem dichten grauen Teppich über dem Meer zusammengezogen hatten. Johannas Zweig stand neben ihrem im Wasser, doch sie achtete nicht darauf.

Sie konnte nicht glauben, dass sie sich soeben als Dienstmädchen verdingt hatte! Sie hatte keine Ahnung, was ein Dienstmädchen tat, und sie wusste auch, dass sie, wenn sie sich einen Fehler erlaubte, von Augusta Baabe sofort entlassen werden würde.

Doch es erschien ihr richtig. Ohnehin war es ihr peinlich, dass sie, ohne etwas zu bezahlen, in diesem Haus umsorgt wurde. Und wer weiß, vielleicht fand sie im neuen Jahr eine andere Anstellung. Christian und Johanna würde sie dann zwar nur noch in ihrer freien Zeit sehen können, doch dafür brauchte sie nicht mehr Augustas Missbilligung zu fürchten.

Ihre Gedanken wanderten zu Johanna. Ob sie sich inzwischen schon wieder etwas beruhigt hatte? Solange Barbara sich nicht mehr an ihre eigene Familie erinnerte, waren die beiden die einzigen Menschen, die sie hatte.

Als sich die Tür hinter ihr öffnete, wusste sie, dass es sich um Augusta Baabe handelte. Da es ihr Haus war und Barbara kein Gast, verzichtete sie stets darauf anzuklopfen.

»Sind Sie bereit?«, fragte sie kühl.

Barbara nickte. »Ja, Frau Baabe.«

Wenig später betraten sie das Arbeitszimmer des Hausherrn. Dieser sah sie ein wenig verwundert an.

»Sie möchten also für uns arbeiten?«, begann er und warf seiner Frau einen vorwurfsvollen Blick zu. »Sie wissen doch hoffentlich, dass Sie uns gegenüber zu nichts verpflichtet sind.«

»Ich würde Ihnen gern etwas zurückgeben. Außerdem … Ich brauche etwas zu tun, damit ich vor Langeweile nicht verrückt werde.«

»Nun, Johanna könnte Ihnen doch Gesellschaft leisten.«

»Johanna muss sich um ihre eigenen Angelegenheiten kümmern«, fiel Augusta ein.

»Das weiß ich, aber ich frage mich, wie sie davon abgehalten werden soll, wenn jemand ihr Gesellschaft leistet«, gab Ludwig Baabe zurück.

Augusta schaute einen Moment lang finster drein, dann sagte sie: »Dr. Winter hielt es für eine gute Idee, dass sie ein wenig arbeitet. Dass könnte ihren Erinnerungen auf die Sprünge helfen.«

»Also war das Dr. Winters Idee?«, fragte Ludwig skeptisch.

»Nein, es war meine Idee«, sagte Barbara und verschwieg dabei, dass sie belauscht hatte, wie die Hausherrin über sie sprach. »Ich würde sehr gern aushelfen. Möglicherweise werde ich dadurch auch hier in der Gegend eine Stelle finden. Bis ich wieder weiß, wer ich bin.«

Ludwig Baabe sah aus, als hätte er in einen sauren Apfel gebissen.

»Sind Sie sich auch wirklich sicher? Ich meine, glauben Sie, diese Arbeiten machen zu können?«

»Wenn ich etwas nicht kann, schaue ich es mir bei den anderen ab. Es sind ja noch ein paar Tage, bis die Gäste hier eintreffen. Bis dahin kann ich alles lernen, was benötigt wird.«

Ludwig warf seiner Gattin noch einen Blick zu, dann schob er die Daumen in seine Westentaschen. »Also gut, versuchen Sie es.«

»Vielen Dank, Herr Baabe.«

Der Hausherr nickte ihr zu, und Barbara verließ das Arbeitszimmer.

Im Foyer traf sie auf Christian, der überrascht wirkte, sie aus dem Arbeitszimmer seines Vaters kommen zu sehen.

»Wie geht es deiner Schwester?«, fragte sie.

»Nicht besonders gut. Immerhin hat der Mann, von dem sie meinte, dass er sie lieben würde, sie verraten.«

Barbara presste die Lippen zusammen. Hatte sie ein Recht zu behaupten, dass nichts erwiesen sei? Schließlich war sie jetzt Dienstmädchen in diesem Haus, und wenn es nach Augusta Baabe ging, durfte sie überhaupt keinen Kontakt zu Johanna oder Christian mehr haben – es sei denn, sie hatten eine Anweisung für sie.

»Was ist denn?«, fragte Christian. »Geht es dir nicht gut? Ist vorhin noch etwas geschehen? Oder hat der Arzt etwas gesagt?«

Barbara schüttelte den Kopf. »Nein, es ist alles in Ordnung. Dr. Winter hat mir sogar eine sehr gute Gesundheit bescheinigt.«

»Und was ist es dann? Du siehst bekümmert aus.«

»Ich habe deinen Eltern angeboten, hier zu arbeiten.«

Christian schüttelte ungläubig den Kopf. »Das hast du nicht.«

»Doch.« Barbara seufzte, dann setzte sie hinzu: »Ich habe gehört, wie deine Mutter über mich geredet hat. Und ich wollte es nicht auf mir sitzen lassen, dass ich ein unnützer Esser bin.«

»Das bist du nicht! Ich werde mit meinen Eltern sprechen.« Christian wollte schon losstürmen, doch sie hielt ihn zurück.

»Nein, bitte tu das nicht. Sie hat ja recht. Ich bin wieder gesund, und da ich das Zimmer nicht bezahlen kann, muss ich das Haus entweder verlassen oder hier arbeiten. Ich habe mich für Letzteres entschieden, weil ...« Sie stockte. Durfte sie Christian sagen, dass sie ihn mochte? Dass ihr Herz unruhig pochte, wann immer sie ihn zu sehen bekam?

Nein, das würde alles nur unnötig kompliziert machen.

»Ich habe keinen anderen Ort, an den ich gehen kann«, setzte sie hinzu. »Aber wenn das neue Jahr anbricht, werde ich mir woanders eine Stelle suchen. Dann wird hier wieder Ruhe einkehren.« Sie senkte den Blick und wollte schon an Christian vorbei, doch dieser legte ihr sanft die Hände auf die Arme.

»Ich werde nicht zulassen, dass du gehst«, sagte er und blickte ihr tief in die Augen.

Ein Wärmeschauer durchzog die junge Frau, und ihr Herz klopfte noch wilder – aber gleichzeitig bohrte sich Angst in ihr Innerstes.

»Wenn sich die Gelegenheit ergibt, werde ich mit meinem Vater sprechen«, fuhr Christian fort. »Meine Mutter wird nichts davon erfahren.«

»Nein, Christian, ich ...«

»Bitte! Mein Vater und ich waren vorgestern bei dem Polizeipräsidenten. Die Suche nach deinem Vater ist in vollem Gange! Sobald wir deine Fotografie haben, wird sich alles konkretisieren. Vielleicht finden wir in den nächsten Wochen deinen Vater, und dann wird es nicht mehr nötig sein, dass du hier arbeitest.«

Barbara senkte den Kopf. »Aber wenn mein Vater gefunden wird … dann werde ich auch gehen müssen.« Sie sah ihn an. Und das will ich nicht, lag auf ihren Lippen, doch dann sah sie eine Bewegung hinter Christian und verstummte.

Als Christian bemerkte, dass sie über seine Schulter blickte, ließ er sie los und wandte sich um. »Was gibt es denn, Hilda?«

»Nichts, Herr Baabe, ich war nur auf dem Weg nach oben.«

Christians Gesicht war hochrot.

»Dann lassen Sie sich von uns nicht abhalten.«

Hilda ging an ihnen vorbei und warf Barbara einen zornigen Blick zu.

Barbaras Blick glühte. Es war nichts passiert, aber vielleicht hatte sie die Berührung missverstanden?

»Ich muss gehen«, sagte sie zu Christian. »Wenn deine Mutter aus dem Arbeitszimmer kommt, will sie mir die Dienstbotenquartiere zeigen. Ich werde noch heute dorthin umziehen.«

Damit wandte sie sich um und strebte den Gästezimmern zu.

In ihrer Kehle brannte es, und Tränen stiegen ihr in die Augen, ohne dass sie so recht wusste, wieso. Doch dann wurde ihr klar, dass nicht die bevorstehende Arbeit sie traurig machte – sondern die Tatsache, dass sie, so oder so, Christian mit Beginn des neuen Jahres verlieren würde.

~

»Weißt du, Augusta, du bist unmöglich!«, schimpfte Ludwig los, als das Mädchen gegangen war. »Wie konntest du es nur so weit kommen lassen?«

»Wie weit denn?«, entgegnete Augusta giftig. »Dass sie hier arbeiten will, war allein ihre Idee!«

»Ja, stell dir das mal vor: Die Tochter eines bedeutenden Mannes arbeitet in einem Gästehaus, weil die Hausherrin so knauserig war, ihr nicht mal für einen Monat Obdach zu gewähren.«

»Es ist nicht gesagt, dass sie die Tochter eines bedeutenden Mannes ist!«, gab Augusta zurück. »Sie könnte auch eine Hochstaplerin sein! Solche Fälle hat es immer wieder gegeben.«

»Meines Wissens hat sie selbst nicht behauptet, aus gutem Haus zu stammen«, gab Ludwig zurück und fragte sich im Stillen, was aus der Frau geworden war, die er einmal geheiratet hatte. Die schüchterne Tochter eines Kaufmanns, die niemals Not leiden musste, gebärdete sich gerade wie jemand, der Angst hatte, alles zu verlieren. Und das angesichts einer jungen Frau, die aus dem Meer gerettet worden war. Leute wie die Vandenbooms hätten sich, ohne zu zögern, damit gebrüstet, eine Notleidende aufgenommen zu haben.

»Ich sage, dass sie vielleicht eine Diplomatentochter sein könnte. Oder die Tochter eines Kaufmanns. Christian hat mir erzählt, wie sie geritten ist. Ein Mädchen aus einfachem Haus kann sich nicht ohne Übung auf einem Damensattel halten. Bauernmädchen reiten ganz anders. Vielleicht ist sie nicht die Tochter eines Adeligen oder Politikers, aber sie stammt wahrscheinlich doch aus gutem Hause. Und wir stellen sie als Hausmädchen an! Weißt du, welches Licht das auf uns werfen wird, wenn ihre Eltern das herausfinden?«

»Wenn sie überhaupt noch Eltern hat«, schnaufte Augusta.

»Wenn sie keine mehr hat, wird es uns besonders schäbig erscheinen lassen.« Ludwig erhob sich und strich seiner Frau beruhigend über die Schultern. »Augusta, was ist los? Ich erkenne dich gar nicht wieder. Seit das Mädchen im Haus ist, fühlst du dich bedroht. Und ich sehe absolut keinen Anlass dazu. Sag mir, gibt es etwas, das ich nicht weiß? Erinnert dich das Mädchen an irgendwen? Ist irgendwas vorgefallen?«

Augusta presste die Lippen zusammen, dann machte sie sich von ihrem Mann los. »Es ist nichts. Ich habe lediglich kein gutes Gefühl, das ist alles.« Sie atmete kurz durch, dann fügte sie hinzu: »Sie hat versprochen, sich nach Weihnachten nach einer neuen Stelle umzusehen. Vielleicht könnte ich ihr dabei helfen. Wenn sie erst mal aus dem Haus ist, ist sie nicht mehr unsere Sorge.«

Mit diesen Worten wandte sie sich um und verließ das Arbeitszimmer.

Ludwig schaute ihr nach und schüttelte den Kopf. Er kannte die Hartnäckigkeit seiner Frau. Und auch er hatte ein ungutes Gefühl. Allerdings nicht wegen des Mädchens, sondern wegen der plötzlichen Hartherzigkeit, die Augusta an den Tag legte.

25. KAPITEL

Da Barbara außer dem Kleid, das sie trug, dem Nachthemd, das sie neben dem Kleid und dem Mantel von Johanna geschenkt bekommen hatte, und dem Zweig nichts besaß, brauchte sie auch nicht viel zusammenzupacken. Mit dem Kleiderbündel auf dem Schoß und dem Krug mit den beiden Zweigen vor sich saß sie am Tisch und wartete auf Augusta Baabe.

Schließlich öffnete sich die Tür, und die Hausherrin trat ein.

»Sind Sie bereit?«, fragte sie.

Barbara zwang sich zu einem Lächeln. »Ja, ich bin bereit, Frau Baabe.«

»Gut, dann kommen Sie mit. Ich werde Sie zunächst den anderen vorstellen, und dann suchen wir ein Quartier für Sie. Sie werden es mit anderen teilen, denn in den kommenden Tagen werden wir weiteres Personal anstellen wegen des großen Balls.«

Barbara entging nicht, dass Augusta sie von der Seite her musterte. Rechnete sie damit, dass Johanna ihr von dem Ball erzählt hatte? Hatte Johanna vielleicht sogar erwähnt, dass sie sie mitnehmen wollte?

Der Gang in Richtung Küche kam Barbara endlos vor. Augusta Baabe sagte nichts, sie schwieg eisig und tat so, als wäre sie gar nicht da. Für einen Moment wünschte sie sich, sie hätte ihren Wunsch nicht ausgesprochen. Sie hätte auch weiterhin so tun können, als bemerke sie nicht, dass Augusta Baabe sie als unnütze Esserin ansah. Doch das konnte sie einfach nicht. Wer auch immer ihr Vater war: So hatte er sie ganz gewiss nicht erzogen.

Die Mädchen in der Küche schauten drein, als hätte der Blitz eingeschlagen, als Frau Baabe mit ihr bei ihnen auftauchte. Auch die Köchin Emma ließ beinahe ihren Löffel fallen.

Barbara entging nicht, dass unter ihnen auch das Dienstmädchen war, das sie so böse angestarrt hatte, als sie vorhin mit Christian sprach.

»Das ist Barbara, sie wird ab heute mit Ihnen arbeiten«, verkündete Augusta. »Elsa, da Sie von den Zimmermädchen am längsten hier sind, werden Sie ihr zeigen, worauf es in unserem Haus ankommt.«

»Aber sicher doch, Frau Baabe«, entgegnete die Angesprochene. Ihr war anzusehen, dass sie mit allem gerechnet hätte, aber nicht damit, dass Barbara beim Personal landen würde.

»Ihr Dienst beginnt um sieben Uhr morgens und dauert bis abends um sieben«, fuhr Augusta Baabe fort. »Wenn Gäste im Haus sind, halten sich die Mädchen abwechselnd bereit, um auf die Wünsche der Herrschaften reagieren zu können. Falls Sie Fragen haben, wenden Sie sich an Elsa. Und denken Sie daran, es ist den Dienstmädchen nur gestattet, in die Privaträume zu gehen, wenn sie dort etwas zu tun haben. Ansonsten halten Sie sich entweder hier unten auf, bei Ihrer Arbeit oder in den Räumen des Personals. Haben Sie das verstanden?«

Barbara nickte. »Ja, Frau Baabe.« Das war kein ausdrückliches Verbot, mit Johanna und Christian zu sprechen, aber wenn sie sie nicht besuchen durfte, waren Gespräche wie bisher unmöglich.

»Jetzt benötigen wir nur noch eine Unterkunft für Sie«, fuhr Augusta fort. »Sie werden verstehen, dass Dienstmädchen in den Gasträumen nur dann etwas zu suchen haben, wenn sie dort aufräumen oder den Gästen etwas bringen.« Augusta überlegte einen Moment lang, doch bevor sie etwas hinzufügen konnte, sagte Elsa rasch: »Sie kann bei mir schlafen. In meiner Kammer ist genug Platz, da könnte man noch ein Gästebett aufstellen. Dann können Sie die anderen Quartiere unter den Hilfskräften aufteilen, wenn das notwendig ist.«

»In Ordnung, Sie werden also bei Elsa wohnen.« Augusta warf ihr noch einen strengen Blick zu, dann wandte sie sich um.

Als sie fort war, herrschte Stille im Raum. Die Blicke aller Mädchen und der Köchin lagen auf ihr.

Barbara wusste nicht, wie sie beginnen sollte.

»Nun, ich zeige dir wohl erst mal dein Zimmer«, sagte Elsa, dann fiel ihr etwas ein. »Ach ja, sicher kennst du noch nicht jeden hier. Also, das ist Hilda.« Sie deutete auf das Dienstmädchen, das sie vorhin mit Christian gesehen hatte, dann fuhr sie fort: »Trude und Martha kennst du bereits, und das ist Emma, unsere Köchin. In den nächsten Tagen werden noch andere Mädchen kommen, und wenn Gäste ihren eigenen Kammerdiener mitbringen, wird der sich natürlich auch bei uns aufhalten und in den Personalquartieren schlafen.«

»Ja, und dann wird es hier so richtig eng«, sagte die Köchin und nahm den Kessel vom Herd. »Aber es kann bei uns auch sehr lustig werden.«

»Wenn du dich vernünftig verhältst, auf jeden Fall«, setzte Hilda mit einem spöttischen Lächeln hinzu.

Elsa warf ihr einen strafenden Blick zu. »Geh am besten wieder an die Arbeit, das Rosen- und das Lilienzimmer sind heute dran.«

Mit diesen Worten führte sie Barbara aus der Küche.

Die Quartiere des Personals lagen direkt unter dem Dach des Gästehauses. Im Sommer war es hier sicher unerträglich heiß.

Elsas Kammer war nicht sonderlich geräumig, doch sie bot Platz für zwei Betten. Allerdings musste das zweite erst aufgebaut werden.

»Das ist mein Reich«, sagte Elsa. »Nicht besonders groß, aber größer als die meisten der anderen Zimmer. Männer und Frauen sind übrigens strikt getrennt untergebracht.«

»Wie viele Leute werden hier über Weihnachten arbeiten?«, fragte Barbara, während sie ihr Kleiderbündel und die Zweige an die Brust presste.

»Oh, das sind dann etwa ein gutes Dutzend, vielleicht auch ein paar mehr. Im Sommer sind es sogar noch mehr. Die wohnen dann allerdings nicht hier: Viele Arbeitskräfte wohnen entweder bei sich zu Hause oder laufen aus benachbarten Orten zu ihren Stellen.«

Barbara versuchte sich vorzustellen, wie es wäre, einige Meilen zur Arbeitsstätte zu laufen. Hatte sie jemals solch eine Strecke zurückgelegt? Im Sommer wäre das sicher kein Problem, aber wenn das Wetter schlechter wurde …

Doch dann blieben auch die Gäste aus, und die Saisonarbeiter wurden nicht mehr gebraucht.

»Warum hast du dich eigentlich bereit erklärt, mich hier aufzunehmen? Du kennst mich ja gar nicht, und ich hätte auch in ein anderes Quartier gehen können.«

»Wieso fragst du?«, fragte Elsa, und ihre Stimme klang ein wenig gereizt. »Gefällt es dir nicht? Dem Personal stehen nun mal keine Einzelzimmer zur Verfügung. Im Sommer kommt es sogar vor, dass manche zu viert schlafen.«

»Nein, das ist es nicht. Entschuldige, ich wollte dich nicht beleidigen, es war sehr nett, dass du mich in deinem Zimmer aufgenommen hast.« Barbara machte eine kurze Pause, dann setzte sie hinzu: »Es ist nur … Frau Baabe hätte mich woanders unterbringen können. Wenn noch weitere Arbeitskräfte kommen, sind jetzt sicher noch Zimmer frei.«

»Das stimmt, aber dann hätte sie dir wahrscheinlich gleich eines zugewiesen und das nicht bei uns zur Sprache gebracht.« Elsas Wangen röteten sich, und sie wirkte, als würde sie sich schämen. »Das macht eben den Unterschied aus zwischen jemandem, den sie mag, und jemandem, den sie nicht mag.«

Und mich mag sie nicht, dachte Barbara und senkte den Kopf.

Wenig später spürte sie Elsas Hand auf ihrer Schulter. »Mach dir nichts draus. Frau Baabe ist immer ein wenig skeptisch Fremden gegenüber. So ist das auch bei Arbeitskräften, die sie noch nicht kennt. Die überstellt sie immer erst mir, damit ich sie einweise. Doch wenn du erst einmal länger hier bist, wird sich das geben.«

Das wird es nicht, dachte Barbara. Denn ich werde gar nicht so lange bleiben. Aber das sagte sie nicht laut.

»Viel hast du ja nicht dabei.« Elsa ging glücklicherweise wieder zu ihrer Einweisung über. »Wir schauen gleich mal, ob unter den Dienstbotenkleidern irgendwas für dich dabei ist. Den heutigen Tag kannst du noch so verbringen, wie du willst, viel ist ja nicht mehr zu tun. Abendessen gibt es unten in der Küche. Morgen ist Sonntag, da hast du nach dem Kirchgang bis zum Abend frei, und am Montag beginnt die Arbeit dann um sieben. Da noch keine Gäste hier sind, werden diejenigen, die für die privaten Räume eingeteilt sind, dort aufbetten und saubermachen. Die anderen bekommen unterschiedliche Aufgaben im Haus. Du wirst mich am Montag begleiten, ab Dienstag arbeitest du dann allein.«

Barbara nickte zu allem. Das hörte sich nicht besonders schwer an. Das Einzige, was ihr schwerfallen würde, war, nicht nach Johanna zu sehen – und nicht mit Christian zu reden. Aber auch das würde ihr irgendwie gelingen.

»Und wenn ich dir noch einen Rat geben darf: Erzähle den anderen nicht zu viel über dich. Besonders vorsichtig sei bei Hilda. Sie hat große Pläne und sich in den Kopf gesetzt, die Ehefrau vom jungen Herrn Baabe zu werden. Dafür versucht sie, sich bei der Hausherrin lieb Kind zu machen. Bemüh dich einfach, mit ihr auszukommen.«

Barbara lächelte schief: »Was sollte ich ihr denn erzählen? Ich weiß ja nicht einmal, wie mein richtiger Name lautet, woher ich komme und wann ich geboren wurde. Das alles muss ich irgendwo im Wasser verloren haben.«

Elsa setzte eine bekümmerte Miene auf. »Das tut mir sehr leid, ich hatte es fast schon vergessen. Frau Baabe hat nicht viel über dich gesagt, aber ich weiß natürlich, dass du dein Gedächtnis verloren hast. Nun, sei dennoch vorsichtig. Und versuche vor allem, mit ihr auszukommen, das ist das Wichtigste.«

»Ich versuche es.« Barbara fühlte sich auf einmal, als hätte sie einen dicken Stein verschluckt. Die Hausherrin mochte sie nicht, und ein Dienstmädchen träumte davon, die nächste Frau Baabe zu werden – genau das Hausmädchen, das sie böse angesehen hatte. Aber es sind nur drei Wochen, sagte sie sich. Entweder erinnere ich mich bis dahin wieder, oder ich suche mir im neuen Jahr eine andere Stelle.

~

Das Abendessen in der Küche verlief sehr schweigsam. Die Mädchen beäugten Barbara, und Barbara konzentrierte sich auf die Suppe. Hin und wieder versuchte Elsa, ein Gespräch in Gang zu bringen, aber das gelang nicht.

»Du meine Güte, ihr tut so, als wäre jemand gestorben«, brummte Emma, als ihr die Stille zu viel wurde. »Wir haben ein neues Mädchen hier, das ist doch nicht der Weltuntergang.«

Hilda murmelte etwas unverständliches.

Ein Klingeln zerriss plötzlich die Stille.

»Oh, Frau Baabe möchte etwas. Hilda, geh doch nach oben und schau nach.«

Hilda schnaufte und warf Barbara einen vorwurfsvollen Blick zu, dann erhob sie sich und verließ die Küche.

Kurz darauf betrat sie den Salon. »Sie haben geläutet, Frau Baabe?«

Die Hausherrin saß an ihrem Sekretär und schrieb etwas.

»Ah, Hilda, gut, dass Sie es sind. Mit Ihnen wollte ich ohnehin etwas besprechen.«

Ein heißer Schauer durchzog sie. Angesichts des Schreibens, an dem Frau Baabe saß, schwante ihr nichts Gutes.

Wahrscheinlich würde sie gekündigt werden. Was sollte dann aus ihr werden? Und aus ihren Plänen, Christian zu heiraten?

Hilda schlug das Herz bis zum Hals, und nur schwerlich konnte sie sich davon abhalten, nervös an ihrer Schürze zu zupfen. Das, was sie vor mehr als einer Woche belauscht hatte, kam ihr wieder in den Sinn. Konnte es ihr helfen?

Doch sie entschied sich, vorerst zu schweigen und zu hören, was die Hausherrin zu sagen hatte.

»Ja, Hilda, in der Tat«, sagte Augusta Baabe und wandte sich ihr zu. »Ich habe eine Bitte an Sie.«

»Eine Bitte?«, fragte Hilda und konnte ihre Erleichterung, dass es wohl doch nicht um ihre Kündigung ging, nicht verbergen. Frau Baabe würde sie doch nicht um einen Gefallen bitten, wenn sie vorhatte, sie durch jemand anderen zu ersetzen?

»Ich weiß, dass Sie ziemlich wache Augen haben. Ich möchte, dass Sie unseren Neuzugang im Blick behalten und mir darüber Bericht erstatten, was er tut.«

Hilda zog erstaunt die Augenbrauen hoch. So etwas hatte ihre Dienstherrin noch nie von ihr verlangt.

»Aber … wieso? Vertrauen Sie Barbara nicht?«

Ein zorniges Funkeln blitzte in Augustas Augen auf. Doch dann merkte Hilda, dass es nicht ihr galt. Die Hausherrin mochte dieses Mädchen nicht! Oder täuschte sie sich?

»Nein, ich vertraue ihr nicht. Ihnen schon. Wie Sie wissen, werden uns demnächst viele hochrangige Gäste beehren. Ich möchte auf keinen Fall, dass etwas aus ihren Koffern verschwindet oder sie auf ungebührliche Weise angesprochen werden. Sie werden mich über jeden ihrer Schritte auf dem Laufenden halten, ist das klar?«

»Natürlich, Frau Baabe«, entgegnete Hilda. »Aber … wenn Sie sie nicht mögen, warum stellen Sie sie an?«

»Es ist der Wunsch meines Mannes«, entgegnete Augusta. »Und es wird auch nicht von Dauer sein. Doch in dieser Zeit möchte ich über alles Bescheid wissen, was sie tut. Wie sie sich gegenüber meinen Kindern, besonders meinem Sohn gibt, ob sie sich mit meinem Mann unterhält oder zwischendurch verschwindet.«

»Soll ich Ihnen über jeden Tag Bericht geben?«, fragte Hilda. Unruhe machte sich in ihrer Brust breit. Was, wenn sie es wäre, die die Hausherrin bespitzeln ließ? Oder war das bereits der Fall?

»Nein, Hilda, ich möchte nur darüber in Kenntnis gesetzt werden, wenn etwas Ungewöhnliches geschieht. Zum Beispiel, wenn Sie sehen, dass Barbara das Zimmer meines Mannes betritt. Oder das meines Sohnes. Wenn sie sich zu lange in der Gegenwart der Gäste aufhält oder sie behelligt. Oder wenn sie faul ist und nicht tut, was sie soll. Auch wenn sie Dinge erzählt, die mich interessieren könnten.«

»Also wenn sie sich wieder daran erinnert, wer sie ist?«

Ein böses Lächeln huschte über Augustas Gesicht. »Nun, wir wissen ja gar nicht, ob sie sich wirklich nicht erinnert, nicht wahr? Jeder könnte behaupten, das Gedächtnis verloren zu haben.«

Hilda nickte. Und sosehr sie sich freute, dass die Hausherrin dem neuen Mädchen anscheinend derart misstraute, so fürchtete sie allerdings auch, dass es auffallen würde, wenn sie sie bespitzelte. Außerdem musste sie oftmals an unterschiedlichen Orten arbeiten. Und die Gelegenheit, sich bei ihr einzuschmeicheln, hatte sie verpasst.

»Aber ... wie soll ich das anstellen?«, fragte Hilda, während sie nervös an ihrer Schürze zupfte.

»Lassen Sie sich etwas einfallen«, entgegnete Augusta. »Es soll Ihr Schaden nicht sein. Wenn Sie mir regelmäßig Bericht erstatten, werde ich Ihnen eine angemessene Prämie zahlen.«

»Eine Prämie?« Am liebsten hätte Hilda gefragt, wie viel sie bekommen würde. Aber das wagte sie nicht.

»Ja, immerhin leisten Sie jetzt Mehrarbeit – es ist sicher nicht leicht, Barbara zu folgen. Aber es wird sich für Sie lohnen, das verspreche ich.«

Hilda nickte. Sie wusste noch immer nicht, ob sie sich über die Ehre freuen oder erschrocken sein sollte über die neue Seite der Hausherrin.

»Also gut«, sagte sie zögerlich. »Ich behalte sie im Auge.«

Augusta nickte, als hätte sie nichts anderes von ihr erwartet.

»Gut. Sprechen Sie mich jederzeit an, wenn Sie etwas in Erfahrung bringen. Es wird ja nicht für die Ewigkeit sein, nach Weihnachten verschwindet das Mädchen, und unser Haus wird zur Normalität zurückfinden.« Augusta atmete tief durch, als müsse sie sich selbst davon überzeugen, dass dann wirklich wieder alles beim Alten war. Dann fügte sie hinzu: »Das Wichtigste ist, dass Sie sie im Auge behalten hinsichtlich meines Mannes und meines Sohnes. Ich möchte nicht, dass sie sich ihnen gegenüber … ungebührlich verhält.«

Augusta zog die Augenbrauen hoch. Es dauerte eine Weile, bis Hilda verstand, was sie damit meinte.

Ihre Lippen formten ein stummes »Oh!«, dann nickte sie eifrig. Der Hausherr war ihr eigentlich egal, sie hatte nie viel darauf gegeben, ihm zu gefallen, ja, sie war sogar froh gewesen, dass er den Dienstmädchen nicht, wie sie es in anderen Häusern schon erlebt hatte, auf den Hintern klopfte.

Doch der Gedanke, dass Barbara in Christians Armen liegen würde, ließ eine Welle des Zorns durch ihren Körper schwappen. Hatte sie zunächst noch Skrupel gehabt, schwanden diese augenblicklich. Keine andere sollte Christian bekommen, wenn sie ihn nicht haben konnte!

»Ich werde Sie nicht enttäuschen«, sagte Hilda, worauf Augusta sie mit zufriedener Miene entließ.

26. KAPITEL

Montag, 15. Dezember 1902

Eigentlich wollte sein Vater an diesem Morgen mit ihm zu einem Geschäftstermin aufbrechen, doch da Christian ohnehin schon wach war, bevor die ersten Hähne krähten, verließ er das Haus bereits im Morgengrauen. Diesmal ritt er allerdings nicht zum Strand, sondern zur Praxis von Dr. Winter. Der machte sich auch zu dieser Jahreszeit sehr früh auf den Weg zu seinen Patienten, wenn sie ihn brauchten. Seine Sprechstunde fand heute am Nachmittag statt, aber so lange wollte Christian nicht warten. Und er wollte nicht, dass ihn irgendwer sah.

Auch in dieser Nacht war er wieder und wieder das Gespräch mit Barbara durchgegangen. Wie verletzt sie ausgesehen hatte! Vor lauter Wut auf seine Mutter hatte er beim Frühstück kaum mit ihr gesprochen. Aber das schien sie nicht bemerkt zu haben, denn in ihrer Freude darüber, Barbara endlich aus dem Veilchengrund-Zimmer vertrieben zu haben, redete sie wie ein Wasserfall über den Ball und die vielen Gäste, die in den kommenden Tagen eintreffen würden. Barbara erwähnte sie mit keiner Silbe.

Mehr denn je war Christian entschlossen herauszufinden, was dahintersteckte, dass Barbara an den Strand gespült worden war, ohne dass ein Schiff vermisst wurde. Vielleicht konnte Dr. Winter seinen Verdacht, den er gegenüber Johanna geäußert hatte, bestätigen.

Rauch stieg träge aus dem Schornstein von Winters Haus auf. Ein alter Mann war damit beschäftigt, den Weg dorthin mit Sand zu bestreuen, damit niemand ausrutschte. In der vergangenen Nacht waren die Temperaturen weiter gefallen und nicht nur Frost, sondern auch der Duft nach Schnee lagen in der Luft.

Als Christian sein Pferd vor dem Haus zum Stehen brachte, blickte der alte Mann verwundert auf.

»Wollen Sie zum Herrn Doktor?«, fragte er.

»Ja, ist er noch da? Oder schon zur Tür hinaus?«

»Nein, nein, er ist wohl noch da. Ich hab ihn jedenfalls noch nicht rauskommen sehen.«

»Danke!« Christian stieg ab, leinte das Pferd an und erklomm die Treppe. Beinahe im selben Augenblick öffnete sich die Tür und der Arzt trat ihm entgegen.

»Guten Morgen, Dr. Winter!«

Winter sah ihn verwirrt an. »Guten Morgen, Herr Baabe, was führt Sie zu mir? Ist etwas mit dem Mädchen?«

»Nein, es ist alles in Ordnung«, entgegnete Christian. »Allerdings würde ich Sie gern sprechen, wenn das möglich ist.«

»Nun, ich bin auf dem Sprung, aber für ein kurzes Gespräch habe ich Zeit. Kommen Sie doch herein.«

Als Christian die Praxis betrat, strömte ihm starker Kaffeeduft entgegen. Irgendwo im Haus klapperte Geschirr. Das Wartezimmer, das sich im Foyer des Hauses befand, war leer.

»Was kann ich für Sie tun, Herr Baabe?« Winter musterte ihn abwartend.

»Nun ja, die Sache ist ein wenig heikel, aber ich komme mit einem meiner Gedanken nicht weiter«, begann Christian. »Es geht um das Mädchen.«

»Sie sagten, dass der jungen Dame nichts fehle. Und so habe ich es vorgestern auch festgestellt. Detaillierte Auskünfte zum Gesundheitszustand meiner Patientin darf ich Ihnen allerdings nicht geben.«

»Es geht mir nicht darum.« Ein verlegenes Lächeln huschte über Christians Gesicht. »Es ist so: Glauben Sie, dass jemand, der als scheintot über Bord geworfen und an Land gespült wurde, überleben kann?«

Der Arzt runzelte die Stirn. »Worauf wollen Sie hinaus?«

»Als sie gefunden wurde, hatte sie doch schon eine Weile im Meer gelegen. Kann es vielleicht sein, dass sie zwischendurch nicht mehr am Leben war? Oder danach wieder aufgeweckt wurde?«

Der Arzt kratzte sich ratlos das Kinn, dann sagte er: »Möglicherweise hat das Meer sie am Leben gehalten. Man weiß nicht sehr viel über die Wirkung von Kälte auf den Körper, nur, dass zu viel davon tödlich ist. Aber es ist auch schon vorgekommen, dass Menschen sprichwörtlich wieder aufgetaut wurden.«

»Und wenn der Mensch vorher schon als tot galt? Wenn er keinen spürbaren Puls mehr hatte und man glaubte, dass er tot sei? Wenn man seinen Körper einem Seegrab übergab und er dann an Land gespült wurde: Kann so ein Mensch wieder erwachen und vollkommen gesund sein? Kann er den Tod überlebt haben?« Christians Stimme zitterte.

»Nun, das scheint mir ein wenig phantastisch zu sein«, sagte er. »Mir ist kein derartiger Fall bekannt. Ist es außerdem nicht so, dass die Körper von auf See Verstorbenen mit Steinen beschwert werden, damit sie auch wirklich auf dem Meeresboden bleiben? Und welchen Grund für eine Seebestattung sollte es in der Ostsee geben? Die Ufer sind nur wenige Tagesreisen voneinander entfernt. Soweit ich weiß, bewahrt man Verstorbene auf, bis sie wieder an Land sind. Es sei denn, eine Seebestattung ist ihr ausdrücklicher Wunsch. Wir sind schließlich nicht mehr im Mittelalter, und das Mädchen sieht mir nicht wie ein Seemann aus.«

»Aber wenn es nun so war?«

»Also wenn, und ich betone, wenn es wirklich so abgelaufen ist, wie Sie es sich vorstellen, dann dürfte das ein großes Wunder sein. Ich habe die junge Dame gründlich untersucht und keinen Hinweis darauf gefunden, dass ihr Herz schwach war oder dass sie an irgendeiner Auszehrung gelitten hat. Abgesehen von dem verlorenen Gedächtnis, das sich, soweit ich gehört habe, langsam wieder einstellt, hatte sie keine Schäden erlitten. Ich konnte nicht einmal einen Schlag auf den Kopf feststellen.«

Christian sank der Mut. Warum Barbara in die Ostsee gefallen war, blieb weiterhin rätselhaft. Dass sie wohl doch nicht das Opfer einer verfrühten Seebestattung geworden war, erleichterte ihn, denn dann suchte man sicher nach ihr. Aber wie war sie ins Wasser gekommen? Und was hatte das Stück Segeltuch um ihr Bein zu bedeuten?

»Und wenn ich Sie fragen würde, was Ihre Vermutung wäre?«, fragte Christian unsicher.

»Ich glaube nicht, dass ein Schiff untergegangen ist«, sagte Dr. Winter. »Aber ich glaube, dass sie auf einem war. Es gibt viele Wege, um auf stürmischer See von einem Schiff zu fallen. Möglicherweise war ihr schlecht. Sie beugte sich über die Reling, um sich zu übergeben, eine harte Welle traf das Schiff, und schon hat sie den Boden unter den Füßen verloren.«

Christian nickte enttäuscht.

»Sie machen sich mehr Sorgen um die Kleine als Ihre Mutter«, sagte der Arzt und klopfte ihm tröstend auf die Schulter. »Die hätte sie am liebsten schon am ersten Tag aus dem Haus gehabt.«

Christian lächelte schief. »Ja, aber zum Glück gibt es Menschen, denen ein Findelkind noch am Herzen liegt.«

Die beiden Männer gaben sich die Hände, dann verließen sie gemeinsam das Haus. Winter eilte mit seinem Arztkoffer in der Hand um die nächste Hausecke, und Christian ritt zurück zum Gästehaus – nicht schlauer als zuvor.

27. KAPITEL

Johanna fühlte sich wie betäubt, als sie aus dem Fenster schaute. Das Wetter schien sie verspotten zu wollen – strahlender Sonnenschein brachte den Strand zum

Leuchten und färbte das Meer dunkelblau. In ihrer Seele herrschte jedoch tiefer Nebel. Und sie hatte nun nicht einmal mehr Barbara, zu der sie gehen und mit der sie sprechen konnte.

Ihr Verhalten an dem Tag, als sie Peter gesehen hatten, tat ihr leid, und sie wollte sich bei ihr dafür entschuldigen. Barbara hatte sicher einen Heidenschreck bekommen, und wer weiß, was noch alles passiert war. Möglicherweise hatte ihre Mutter davon gehört und Barbara dafür verantwortlich gemacht …

Als Christian ihr erzählt hatte, dass Barbara von jetzt an als Dienstmädchen arbeiten wollte, hatte sie protestieren wollen, doch ihr Bruder hatte sie zurückgehalten.

»Barbara möchte das, weil sie Mutter bei einem Gespräch mit Dr. Winter belauscht hat. Sie will kein unnützer Esser sein. Ich habe schon versucht, sie davon abzubringen, aber sie hat darauf bestanden. Das Einzige, was wir tun können, ist, ihre Identität herauszufinden.«

Aber wie wollte ihr Bruder das anstellen, wenn doch nicht einmal die Polizei etwas ausrichten konnte?

Als sie nach unten ging, sah sie die Dienstmädchen gerade im Gang zum Salon verschwinden. Unter ihnen war auch Barbara, die jetzt ihre Haare im Nacken zusammengesteckt hatte. Sie trug einen Wassereimer und einen Feudel bei sich. Elsa schien ihr etwas zu erklären, denn sie hörte aufmerksam zu und wandte sich nicht einmal zur Seite.

Johanna folgte ihnen kurzerhand. Vielleicht ergab sich die Gelegenheit, mit Barbara zu reden. Ihre Mutter sah es nicht gern, wenn sie mit den Dienstboten sprach, ausdrücklich verboten war es jedoch nicht. Den Angestellten war nur das Betreten der Privaträume verboten, und das hatte auch seinen Grund.

Im Salon versteckte sich Johanna hinter den ausladenden Palmen, die wie ein Urwald wirkten. Aus dieser Perspektive hatte sie den Raum noch nie wahrgenommen. Sie beobachtete, wie Elsa Barbara sagte, was sie tun und wobei sie besonders vorsichtig sein sollte, um die Hausherrin nicht zu verärgern.

Johanna wurde auf einmal klar, dass sie sich nie wirklich mit dem Leben des Personals auseinandergesetzt hatte. Sie hatte die jungen Frauen als selbstverständlich hingenommen und nicht darüber nachgedacht, welchen Herausforderungen sie sich gegenübersahen und wie viel ihre Mutter verärgern konnte. Lappalien wie Staub unter dem Tisch oder Schlieren an den Fenstern schienen arge Konsequenzen zu haben. Was sollte dann erst geschehen, wenn ein Glas hinuntergeworfen wurde oder eine Vase umgestoßen?

Johanna träumte immer mal wieder davon, das Gästehaus zu leiten. Aber sie wusste praktisch nicht mehr darüber, als dass es die Grundlage ihres Lebens war. Und Christian? Wusste er mehr über den Betrieb hier? Oder kannte auch er nur die Zahlen in den Rechnungsbüchern?

Nachdem sie Barbara noch weitere Hinweise gegeben hatte, verließ Elsa ihren Schützling.

»Psst!«, machte Johanna, als sie allein in dem Salon waren.

Barbara wirbelte herum. Als sie sie erkannte, huschte ein Lächeln über ihr Gesicht.

»Johanna!«

Die Angesprochene verließ ihr Versteck.

»Warst du die ganze Zeit schon hinter den Pflanzen?«, wunderte sich Barbara, dann warf sie einen Seitenblick zur offenen Tür, doch Elsa war nicht zu sehen.

»Aber warum?«, wunderte sich Barbara, als Johanna nickte. »Du brauchst dich doch nicht zu verstecken!«

»Wenn ich euch keinen Ärger machen will, muss ich das wohl.« Johanna lächelte verlegen und knetete ihre kalten Hände einen Moment lang, dann setzte sie hinzu: »Es tut mir leid, wie ich mich am Sonnabend aufgeführt habe.«

Barbara legte den Kopf schräg. »Das verstehe ich nicht. Du hast mir doch nichts getan.«

»Nein, aber ich habe mich unmöglich verhalten. Ich hätte nicht derart die Beherrschung verlieren sollen.«

»Hast du denn inzwischen schon Näheres herausgefunden?«, fragte Barbara, während sie, wie Elsa es ihr erklärt hatte, vorsichtig die gläserne Tischplatte säuberte.

»Nein, noch nicht. Und ich weiß auch immer noch nicht, was ich denken soll. Genau genommen versuche ich, nicht daran zu denken.«

»Vielleicht wird er dir schon bald alles erklären«, sagte Barbara.

»Ja, vielleicht. Vielleicht auch nicht.« Johanna zuckte mit den Schultern. Den Schmerz in ihrer Brust spürte sie noch immer, also schob sie den Gedanken an Peter beiseite und sagte: »Ich möchte mich auch wegen des Zweiges entschuldigen. Ich hätte nicht versuchen sollen, auf ihm herumzutrampeln.«

»Ich habe ihn ja noch mal gerettet«, entgegnete Barbara. »Er steht oben in meinem Zimmer. Wenn du willst, bringe ich ihn dir nachher.«

»Nein, lass nur, ich bin sicher, dass er bei dir besser aufgehoben ist. Du kannst mir ja Bescheid sagen, wenn die Knospen aufbrechen.«

Barbara nickte und Johanna lächelte sie an. »Und wer weiß, vielleicht überlege ich es mir noch und möchte ihn zurück. Aber solange ich nicht weiß, wer die Frau an Peters Arm war …« Sie verstummte kurz, dann fragte sie: »Die Knospen brechen noch nicht auf, oder?«

Barbara schüttelte den Kopf. »Nein, aber sie sind ein Stück gewachsen. Ich bin sicher, dass sie es schaffen werden. Immerhin sind es noch neun Tage bis zum Weihnachtsfest.«

»Ja, neun Tage.« Johanna senkte bekümmert den Kopf. In neun Tagen würde sie zwei Heiratsanträge bekommen und musste sich für einen der beiden entscheiden. Das, oder sie stieß ihre Familie und die Familien der Bewerber vor den Kopf.

Gern hätte sie noch weiter mit Barbara gesprochen, doch da kamen Schritte den Gang hinauf.

»Ich werde dann lieber wieder gehen. Vielleicht laufen wir uns heute noch mal über den Weg?«

Barbara nickte und setzte ihre Arbeit fort.

Johanna seufzte und verschwand vorsichtshalber wieder zwischen den Palmen. Als die Schritte allerdings am Salon vorbeizogen, huschte sie aus dem Raum.

28. KAPITEL

Der Geschäftstermin zog sich in die Länge, und Christian konnte nicht umhin, sich in dem Blick aus den Fenstern des Wintergartens zu verlieren. Das Bad Doberaner Kaffeehaus, in dem sie sich verabredet hatten, war an diesem Vormittag noch nicht besonders gut besucht. Lediglich ein junger Mann saß mit einem Stapel Papier in einer Ecke. Er trug einen dicken Schal und kritzelte mit einem Bleistift irgendwas auf die Blätter. Zunächst glaubte Christian, dass es ein Maler sei, doch dann wurde ihm klar, dass es sich um einen Schriftsteller handeln musste. Um einen nicht besonders erfolgreichen, wie seine etwas altmodische und zerlumpte Kleidung verriet. Aber für einen Kaffee schien sein Geld zu reichen, und sein Arbeitseifer war ungebrochen.

Ansonsten war das Gespräch zwischen seinem Vater und Hans Brockmann, einem Lieferanten für Tischtücher und Tafelsilber, ziemlich eintönig. Jedes Jahr trafen sich die beiden zu einer langen Unterhaltung darüber, was in den Gästehäusern anderer Städte momentan der letzte Schrei sei, und jedes Mal endete es damit, dass sein Vater dieselben Tischtücher bestellte, denn man sei ja kein Hotel in den Alpen oder in Frankreich.

Brockmanns Berichte fielen allerdings auch so weitschweifig und farblos aus, als würden sie einem Finanzbeamten gegenübersitzen, der die neuesten Steuergesetze referierte.

Christian war sicher, dass der junge Schriftsteller, der nun ein weiteres Blatt bekritzelte, mehr Talent für das Beschreiben von Hotels und Gästehäusern hatte als Brockmann. Vielleicht sollte er die beiden mal zusammenbringen?

Bevor er das ernsthaft erwägen konnte, kamen sein Vater und Brockmann an einen Punkt, an dem sie Pause vom Geschäftlichen machten und sich über Privates zu unterhalten begannen. Das war ein guter Moment, um sich für ein paar Augenblicke zu entschuldigen.

»Vater, hast du etwas dagegen, wenn ich mir ein wenig die Beine vertrete?«, fragte Christian, denn er wusste, dass seine Anwesenheit hier nicht vonnöten war. Wenn Brockmann eine Tochter im heiratsfähigen Alter gehabt hätte, wäre es vielleicht etwas anderes gewesen, doch er hatte nur Söhne, die entweder studierten oder als herzogliche Beamte in Schwerin arbeiteten.

»Nein, nein, geh nur, mein Junge! Wir werden uns ebenfalls eine kleine Pause gönnen.«

»Danke.« Christian verabschiedete sich und verließ das Kaffeehaus. Die Kälte drang sofort durch seinen Mantel.

Eine Weile schaute er sich um, dann kam ihm eine Idee.

Als er mit Johanna und Barbara hier war, waren sie nicht dazu gekommen, den Pastor nach den Einträgen im Doberaner Kirchenbuch zu fragen. Vielleicht würde eine halbe Stunde ausreichen, um einen Blick hineinzuwerfen und den Pastor um eine Abschrift zu bitten.

Christian schob kurzerhand die Hände in die Manteltaschen, dann stapfte er los.

Als er das Haus des Pastors erreichte, schlug ihm das Herz bis zum Hals. Er war nicht sicher, was er zu finden erwartete. Höchstwahrscheinlich würde das Kirchenbuch die Geschichte bestätigen. Aber er musste es für Johanna tun, damit sie diesen Burschen loslassen konnte. Wenigstens würde sie dann nicht das Schicksal ihrer Großmutter erleiden oder aus der Familie ausgestoßen werden.

»Guten Tag, Christian«, ertönte eine Stimme neben ihm.

Christian wandte sich um. Alles hätte er erwartet, aber nicht, dass Peter Vandenboom hinter ihm auftauchen würde – hier, in Doberan. Und im Gegensatz zu ihm selbst schien er über das Treffen nicht verwundert zu sein.

Was sollte er tun? Seine Eltern hatten verboten, mit einem Vandenboom zu reden – doch was, wenn ein Vandenboom ihn ansprach? Sollte er sich einfach umdrehen und weggehen? Das konnte ihm leicht als Angst oder Schwäche ausgelegt werden. Und Peter würde sicher etwas zu erzählen haben.

Es war besser, wenn er ihm auf normale Weise begegnete.

»Guten Tag, Peter.«

Peter Vandenboom musterte ihn. »Wie lange haben wir uns jetzt nicht mehr gesehen? Seit der Schule?«

»Kann schon sein«, knurrte Christian

Peter lächelte schief. »Der Familienfluch wirkt noch immer, nicht wahr? Ihr redet nicht mit uns und wir nicht mit euch. Eine lächerliche Sache, wenn du mich fragst.«

Aber ich frage dich nicht, wäre es beinahe aus Christian herausgeplatzt. Und wer zum Teufel war das Mädchen, mit dem du durch die Stadt gelaufen bist und mit dem du meine Schwester zum Weinen gebracht hast, du Mistkerl?

Doch er beherrschte sich. Ein Streit mit einem Vandenboom unter den Augen der Passanten wäre sehr schädlich gewesen. In Windeseile hätte sich die Sache zu seinem Vater herumgesprochen und alles noch komplizierter gemacht. Also beschloss er, ruhig zu bleiben und sich nicht herausfordern zu lassen.

»Unsere Eltern haben ihre Gründe dafür. Wenn du mich jetzt entschuldigst«, sagte Christian, doch Peter trat ihm in den Weg.

»Glaubst du, was sie dir erzählen?«, fragte er. »Haben sie es dir überhaupt erzählt? Oder Johanna?«

»Meine Schwester lässt du besser aus dem Spiel«, gab Christian zurück. »Und noch besser wäre, du schaust sie erst gar nicht wieder an.«

Jetzt wirkte Peter doch ein wenig überrascht. Seine Lippen zitterten kurz, doch dann gewann er seine Fassung zurück.

»Du weißt es also?«

»Ja, ich weiß es. Und nur weil sie meine Schwester ist,

habe ich meinem Vater noch nicht erzählt, dass du dich an sie herangemacht hast.«

»Du bist ein guter Bruder«, sagte Peter, wofür ihm Christian am liebsten einen Schlag verpasst hätte, denn in seinen Ohren klang es irgendwie abfällig. Er ballte die Fäuste, hörte seine Knöchel knacken, doch dann entspannte er sich wieder. Wahrscheinlich war er durch die Geschichte seines Vaters voreingenommen. Er sollte sich beruhigen und erst einmal abwarten – so wie Johanna abwarten wollte.

Johanna. Er sah sie wieder vor sich, wie sie geweint hatte, nachdem sie Peter mit der anderen gesehen hatte. Vielleicht hatte Peter ja doch einen Schlag verdient.

»Ja, ich bin ein guter Bruder. Und als solcher rate ich dir, die Finger von ihr zu lassen. Besonders dann, wenn du es nicht ehrlich mit ihr meinst.«

Vandenbooms Augenbrauen schnellten in die Höhe, und er verstellte Christian den Weg. »Wie kommst du darauf, dass ich es nicht ehrlich meine? Wegen meines Namens?«

Christian funkelte ihn an. Möglicherweise war es doch keine schlechte Idee, wenn er sich mit ihm anlegte. Ein Fausthieb war ja eigentlich keine Unterhaltung.

»Nein, dein Name ist mir egal. Aber meine Schwester nicht. Du kannst gern ausgehen, mit wem du willst, aber dann spiele meiner Schwester nicht vor, dass du in sie verliebt wärst.«

»Wer hat behauptet, dass ich mit jemandem ausgehe?« Jetzt sah Vandenboom aus, als wollte er ihm einen Hieb verpassen. Christians Muskeln spannten sich an.

»Behauptet hat das niemand. Meine Schwester hat dich gesehen. Und was die Geschichte angeht: Ja, ich kenne sie. Deine Familie hat unserer Familie schon genug angetan.«

Damit stapfte Christian an ihm vorbei. Sein Herz raste

und Zorn brannte in ihm. Wie hatte sich Johanna bloß in diesen Kerl verlieben können? Es gab so viele junge Männer aus gutem Haus, auch welche, die nicht so schüchtern oder frech waren wie ihre Verehrer. Warum zum Teufel wollte sie gerade ihn?

Als er das Tor des Pastorengartens durchschritt, ertönte ein gedämpftes Bellen. Während Christian an der Haustür läutete, bereitete er sich darauf vor, gleich dem großen Hund gegenüberzustehen, der das Haus bewachte. Schlimmer als die Begegnung mit Peter Vandenboom konnte es nicht werden.

Doch der Hund erschien nicht. Das Bellen verebbte, und wenig später trat der Pastor nach draußen, ein kleiner Mann mit Halbglatze und schlohweißem Haarkranz über den Ohren. Sein Gesicht war furchig und seine Finger ein wenig krumm vom Rheuma.

»Guten Tag, mein Sohn, was kann ich für dich tun?« Natürlich kannte der Geistliche Christian, immerhin hatte er ihn getauft, und von Zeit zu Zeit besuchte er die Baabes, wenn er die Runde durch seine Gemeinde in Heiligendamm machte.

»Pastor Hagemann, hätten Sie vielleicht einen Augenblick Zeit für mich?«, bat Christian.

Der Pastor musterte ihn fragend, dann nickte er: »Natürlich. Komm doch rein.«

Das Ticken der Standuhr hallte laut durch den Flur. Wie konnte sich Hagemann bei dem Lärm konzentrieren? Oder betrachtete er ihn als Taktgeber?

Das Arbeitszimmer ging direkt vom Gang ab. In dem kleinen Kamin prasselte ein Feuer. Hagemann lebte allein, seine Frau war schon vor etlichen Jahren gestorben, die Kinder aus dem Haus. Hin und wieder sah die Frau des

Küsters nach ihm. Sie brachte ihm Mahlzeiten zum Aufwärmen oder half beim Putzen. Doch ansonsten schien er gut selbst zurechtzukommen.

»Was kann ich für dich tun, Christian?«, fragte der Pastor, nachdem er ihm eine Tasse Kaffee eingeschenkt hatte. Von dem vielen Kaffee fühlte sich Christian schon ganz zittrig, doch aus Höflichkeit lehnte er nicht ab.

»Ich würde gern ein paar Details aus unserer Familiengeschichte erfahren«, begann Christian vorsichtig. Mit der Tür ins Haus zu fallen und sich zu erkundigen, warum seine Großmutter sich umgebracht hatte, wagte er nicht.

»So, und um welche Details handelt es sich? Oder besser gesagt, wie weit sollen die Informationen zurückliegen?«

»Es geht um meine Großeltern. Und vielleicht auch die Urgroßeltern. Mein Vater hat mich vor Kurzem in ein paar Dinge eingeweiht, und ich würde gern nun ein wenig mehr darüber erfahren.«

Die angespannte Miene des Pastors zeigte, dass er über die Familienfehde Bescheid wusste. Immerhin war er hier schon sehr lange Pastor. Auch wenn er das damalige Geschehen vielleicht nicht persönlich mitbekommen hatte, so war der Selbstmord der jungen Frau Baabe sicher lange genug Gesprächsthema in der Gegend gewesen. Außerdem verwaltete seine Kirche ja auch den Friedhof, und ein guter Pastor kannte nicht nur die lebenden Mitglieder seiner Gemeinde, sondern auch die Gräber.

»Worum geht es dir denn genau?«, fragte Hagemann.

Christian zögerte einen Moment lang. In Kirchenkreisen wurde nur äußerst ungern über Taten wie die seiner Großmutter gesprochen. Es war eine Sünde, sich selbst das Leben zu nehmen. Doch er hatte nicht genug Zeit, um um die Sache drum herumzureden.

»Um den Selbstmord meiner Großmutter und die Umstände, die damit verbunden waren.«

Die Augen des Pastors weiteten sich ein wenig, doch er wirkte nicht überrascht.

»Nun, der Fall ist mir natürlich bekannt, ebenso wie das Grab. Es wundert mich, dass dein Vater dich in diese Sache eingeweiht hat, wo er doch selbst stets versucht hat, darüber hinwegzusehen.«

»Es gibt besondere Umstände, aber die zu erläutern würde zu weit führen«, entgegnete Christian. »Ich würde sehr gern einen Blick in das Kirchenbuch aus dem Jahr werfen, in dem meine Großmutter starb. Ein Datum ist mir freilich nicht bekannt, mein Vater hat sich sehr vage ausgedrückt, aber vielleicht wissen Sie, wann das gewesen sein könnte.«

Hagemann überlegte einen Moment lang, dann nickte er. »Natürlich weiß ich das. In den vierundvierzig Jahren, die ich hier meine Pflicht im Namen Gottes tue, habe ich viele Dinge gesehen, aber diesen Fall habe ich nie vergessen.«

Er erhob sich und umrundete den Tisch. »Warte bitte einen Moment, ich bin gleich wieder bei dir.«

Er verließ sein Arbeitszimmer und verschwand im Gang.

Christian starrte in seine Kaffeetasse. Offenbar war seine Vermutung richtig. Ein mulmiges Gefühl breitete sich in seiner Magengrube aus und verdrängte den Ärger über Peter Vandenboom. Sein Vater würde wahrscheinlich sehr böse werden, wenn er wüsste, dass er mit dem Pastor sprach. Aber gleichzeitig fühlte er sich der Auflösung des Geheimnisses nahe. Mit stichhaltigen Beweisen würde er seine Schwester vielleicht dazu bringen können, Peter aufzugeben – wenn dieser es schon nicht von sich aus tat.

Wenig später kehrte der Pastor mit einem dicken, in braunes Leder gebundenen Folianten zurück und legte ihn auf das Lesepult neben dem Fenster.

»Das ist das Kirchenbuch aus dem Jahr 1859.« Hagemann setzte sich seinen etwas altmodisch anmutenden Zwicker auf die Nase und begann, in dem schweren Buch zu blättern, dessen Seiten schon einige Stockflecken aufwiesen. Als er endlich die richtige gefunden hatte, strich er das Papier glatt.

»In jenem Jahr gibt es von deiner Familie zwei Einträge. Hier.«

Er deutete auf eine Zeile, die in einer sehr schräg liegenden Handschrift verfasst war, und trat beiseite. Christian erhob sich und ging zu ihm. Er las:

»Hendrike Marie Baabe, geboren am 14. Juli 1859, Tochter von Katharina und Heinrich Baabe, getauft am 14. Juli 1859, verstarb am 15. Juli 1859.«

»Katharina Sophie Baabe, geboren am 12. September 1832 als Katharina Sophie Meyenburg, Ehegattin von Heinrich Baabe, verstarb am 2. August 1859 durch eigene Hand.«

»Meine Großmutter hat kurz vor ihrem Tod ein Kind bekommen?«, fragte Christian verwundert. Sein Vater hatte eine Schwester ebenso wenig erwähnt wie seine Mutter. Da Ludwig Baabe zu diesem Zeitpunkt sieben Jahre alt war, hätte er sich doch eigentlich an sie erinnern müssen …

»Ja, so ist es«, sagte der Pastor, und ihm war anzumerken, dass das noch nicht alles war.

Christian rechnete nach. Zwischen 1859 und 1902 lagen nur dreiundvierzig Jahre. Er musste derjenige gewesen sein, der die kleine Hendrike getauft hatte.

»Was wissen Sie noch darüber?«

Der Pastor zögerte, dann nahm er den Zwicker von der Nase. »Nun, das meiste sind Gerüchte und Vermutungen. Bitte glaube mir, ich möchte das Ansehen deiner Großmutter nicht noch mehr beschädigen, doch es heißt, dass das Kind nicht von Herrn Baabe gewesen sein soll. Dein Großvater Heinrich Baabe selbst hat diese Vermutung angestellt, als ich mit ihm sprach. Er meinte, dass seine Frau Ehebruch mit Karl Vandenboom begangen und sich mit der Absicht getragen hätte, ihn zu verlassen. Doch dann wurde sie schwanger und erlitt eine Frühgeburt. Ich habe das Mädchen selbst gesehen, es war sehr klein und schwach und hatte keine Chance zu überleben. Ich habe ihm die Nottaufe gegeben, dann lebte es noch ein paar Stunden und starb bei Anbruch des nächsten Tages. Katharina Baabe verfiel daraufhin in eine tiefe Depression. Sie verließ ihr Zimmer kaum noch und redete mit niemandem. Doch sie traf sich wieder mit ihrem Geliebten. Dein Großvater ertappte sie und stellte Vandenboom zur Rede, dann nahm er seine Frau mit sich. Knapp eine Woche später verschwand sie. Es gab eine große Suchaktion, man glaubte zunächst, sie sei zu ihren Eltern zurückgekehrt. Aber einige Tage später wurde dann ihre Leiche unweit von Heiligendamm an den Strand gespült. Niemand weiß, warum sie so lange im Wasser war, da sie sich doch nicht weit vom Strand entfernt haben konnte.«

Schweigen folgte seinen Worten.

»Dann hat Vandenboom sie also nicht verlassen?«, fragte Christian schließlich.

»Doch, natürlich. Nach dem Gespräch mit ihrem Ehemann ließ er von ihr ab. Allerdings, so heißt es, hätte sie das endgültig in die Verzweiflung getrieben, sodass sie verschwand. Man vermutete zunächst, dass sie zu Karl

Vandenboom gegangen oder sogar mit ihm fortgelaufen sei, denn er war zu diesem Zeitpunkt nicht in der Stadt. Einige Tage später fand man sie dann tot.«

Ein eisiger Schauer überlief Christian. Er musste wieder an Barbara denken. War sie vielleicht doch in einer ähnlichen Lage gewesen wie seine Großmutter? Hatte jemand auch sie in die Verzweiflung getrieben, und war ihr Gedächtnisverlust vielleicht sogar eine Gnade?

Christian schüttelte den Gedanken ab. Hier ging es nicht um Barbara. Hier ging es um seine Großmutter.

»Wie ... wie kam es, dass unsere Familie dennoch ihr Ansehen nicht verloren hat?« Seine Stimme brach beinahe. Nun konnte er verstehen, warum sein Vater nicht darüber sprechen wollte.

»Nun, das habt ihr wohl den Anstrengungen deines Großvaters zu verdanken«, antwortete Hagemann und trat hinter dem Pult hervor. »Heinrich Baabe hat alles darangesetzt, die Schuld Karl Vandenboom zu geben. Eine Zeitlang wurde sogar gegen ihn ermittelt, weil man glaubte, er hätte Katharina Baabe ermordet. Doch dieser Vorwurf war nicht zu halten, da er damals auf einer geschäftlichen Reise war. Man kam schließlich überein, dass Katharina Baabes Geist von der Depression verwirrt gewesen sein musste.«

»Und warum liegt sie nicht im Familiengrab? Warum an der Mauer? Als wären wir noch im Mittelalter?«

»Dein Großvater wollte es so. Gleichzeitig distanzierte er sich von seiner Frau.«

»Und zum Dank dafür nahm ihn die Gesellschaft wieder auf.«

»Weder dem Mann noch seinem Sohn war ein Vorwurf zu machen, denn sie hatten ja keine Sünde begangen. Das Leben ging also weiter, und wie du siehst, seid ihr eine der angesehensten Familien der Stadt. Die Menschen haben euch verziehen.«

Die Sätze des Pastors machten Christian plötzlich wütend. Sicherlich wusste jeder hier, was wirklich bei den Baabes geschehen war. Doch da die Schuld allein auf die Ehefrau abgewälzt worden war, konnte Heinrich Baabe ungestört seinen Geschäften nachgehen – von allen bedauert und deshalb auch von allen geachtet.

Aber waren die Vandenbooms unschuldig? Bestimmt nicht. Katharina Baabe war eine verheiratete Frau gewesen. Dass Karl Vandenboom eine Affäre mit ihr anfing, zeigte nur, wie schäbig er war. Und Betrug schien ihnen offenbar im Blut zu liegen, wenn Peter nichts daran fand, seiner Schwester gegen alle Verbote den Hof zu machen und dann vielleicht noch eine andere zu haben.

Das Schlagen der Uhr erinnerte Christian daran, dass er ins Kaffeehaus zurückmusste.

»Ich danke Ihnen, Pastor, Sie haben mir sehr geholfen.« Er reichte Hagemann die Hand und verließ das Pastorenhaus.

Eine Abschrift brauchte er nicht. Johanna würde ihm glauben, was er gesehen und gehört hatte.

Als er beim Kaffeehaus ankam, zitterte Christian von Kopf bis Fuß. Was für ein furchtbarer Tag! Zuerst Peter Vandenboom, dann Katharina Baabe und ihre Geschichte. Seine Großmutter hatte ein Kind bekommen, vermutlich von Vandenboom. Angesichts der Depression, in die sie verfallen war, war es anzunehmen, dass sie deswegen ins Wasser gegangen war – und nicht, weil Vandenboom sie verlassen hatte. Natürlich war ihre Beziehung zerbrochen, doch erst, nachdem Baabe mit ihm geredet hatte.

Alles deutete darauf hin, dass Katharina Baabe keinen

anderen Ausweg wusste. Mit dem Geliebten konnte sie nicht zusammen sein, sein Kind hatte sie verloren. Und Baabe hatte ihr sicher die Hölle heiß gemacht.

Aber war das die ganze Wahrheit? Hatte niemand nachgefragt, ob nicht vielleicht Heinrich hinter dem Tod seiner Frau steckte?

Der Überlebende konnte die Geschichte so erzählen, wie er wollte, ohne befürchten zu müssen, dass die Tote etwas anderes sagte …

Um Fassung ringend, drückte er die Türklinke herunter. Sein Blick fiel auf den jungen Schriftsteller, der jetzt eine Pause eingelegt hatte. Der Blätterstapel neben ihm war gewachsen.

Christians Vater plauderte fröhlich mit Herrn Brockmann.

Wusste er von dem Kind? Hatte er jemals einen Blick in das Kirchenbuch geworfen? Hatte er sich Fragen gestellt oder alles so hingenommen, wie es ihm sein eigener Vater aufgetischt hatte?

»Junge, du siehst ganz blass aus, ist dir der Spaziergang nicht bekommen?«, fragte Ludwig, als er seinen Sohn entdeckte.

»Es ist ziemlich kalt draußen«, entgegnete Christian und rieb sich die Hände. »Ich bin wohl ein wenig zu dünn angezogen. Ansonsten geht es mir gut, Vater, keine Sorge.«

Er setzte sich wieder, und kurze Zeit später stand eine dampfende heiße Schokolade neben ihm. Doch die Kälte in seinem Innern konnte sie ebenso wenig vertreiben wie die Gedanken an seine Großmutter.

29. KAPITEL

An diesem Abend brannten Barbara die Füße wie noch nie zuvor. Elsa hatte sie durch das gesamte Haus gescheucht, und nur zur Mittagszeit und beim Abendbrot hatte sie sich ausruhen können.

Sie schleppte sich die Stufen hinauf in ihr Zimmer, wo Elsa bereits aus ihrem Dienstmädchenkleid schlüpfte.

»Harter Tag heute, wie?«, sagte sie, als Barbara eintrat und sich auf das Bett sinken ließ.

Friedrich hatte es mit Hilfe von Elsa hier heraufgetragen, und sie hatten es so hingestellt, dass sie durch das Dachfenster zu den Sternen aufblicken konnte.

»Die meisten sind todmüde, wenn sie ihren ersten Tag hinter sich haben. Aber das gibt sich mit der Zeit. Nach einer Weile wird es Gewohnheit, und irgendwann fängt es an, einem Spaß zu machen.«

»Ich beschwere mich nicht«, entgegnete Barbara, während sie aus ihren Schuhen schlüpfte und ihre Füße massierte. »Es war gut, etwas Sinnvolles zu tun. Es hat mir jetzt schon Spaß gemacht.«

Elsa betrachtete sie kurz, dann lächelte sie. »Im Vergleich zu den kommenden Tagen war es heute noch ruhig. Warte ab, dann wird es hoch hergehen. Gäste treffen ein, wir kümmern uns um die Zimmer und um ihre Wünsche …«

»Das klingt für mich alles sehr gut. Es ist besser, als aus dem Fenster zu starren und nichts zu haben, an das man zurückdenken kann.«

»Erinnerst du dich denn an gar nichts mehr? Es ist doch mittlerweile mehr als eine Woche her …«

»Oh, hin und wieder habe ich Erinnerungen. Kleine Splitter, die aber irgendwie nicht zusammenpassen.« Die letzte Erinnerung hatte Barbara gehabt, als sie mit der Arbeit im Salon fast fertig war. Sie wusste nicht einmal, was der Auslöser war – ein Geräusch vielleicht oder ein Geruch. Auf jeden Fall hatte sie gemeint, ihren Vater mit anderen Männern durch einen Gang gehen zu sehen, und sie war sicher, dass sie ihn durch den Spalt einer Tür beobachtet hatte.

Aber wie immer verflüchtigte sich das Bild, bevor sie es greifen konnte.

»Ich erinnere mich an den Tag, an dem meine Mutter gestorben ist«, sagte Barbara, denn mittlerweile hatte sie das Gefühl, dass sie dem älteren Dienstmädchen vertrauen könnte und es ihre Geschichte nicht herumtratschen würde.

»Das muss ziemlich schwer für dich gewesen sein.«

»Das war es sicher. Ich erinnere mich nicht mehr an meine Gefühle damals, nur daran, dass ich noch ziemlich klein war. Alles um mich herum war riesig, auch mein Vater.«

»Nun, das ist immerhin ein Anfang«, meinte Elsa und schlüpfte unter die Decke.

Auch Barbara zog sich aus und kroch ins Bett. Dieses war bei Weitem nicht so bequem wie das im Veilchengrund-Zimmer, doch diese Ruhestätte hatte sie sich heute erarbeitet, und das machte sie froh. Und noch bevor Elsas gleichmäßige Atemgeräusche durch den Raum hallten, fiel sie in einen tiefen Schlaf.

~

Johanna saß am Fenster und schaute in die Nacht hinaus. Diese war so klar und frostig, dass sich ihr Atem an der Scheibe zu Eisblumen verwandelte. Ein eisiger Hauch streifte ihre Arme, denn das Fenster schloss nicht ganz so gut, wie es sollte. Hinter der Scheibe, über dem Meer, funkelten Tausende Sterne.

Sie dachte an Peter. Auch wenn ihr das Bild des Mädchens an seinem Arm nicht aus dem Sinn ging, fragte sie sich, was er jetzt tat. Wahrscheinlich hatte er keine Ahnung, dass sie sie gesehen hatte. Und wahrscheinlich interessierte es ihn auch nicht. Vermutlich hatte er es sich anders überlegt.

Doch warum ging er ihr nicht aus dem Kopf?

Ein leises Klopfen riss sie aus ihren Gedanken.

Zunächst dachte sie, Barbara würde nach ihr sehen – leider war es ihr nicht mehr gelungen, mit ihr zu reden, weil ihre Mutter sie mit der Planung der Ballgarderobe in Beschlag genommen hatte. Morgen schon würde die Schneiderin erscheinen und Maß nehmen für das Kleid.

Doch es war Christian, der durch die Tür trat.

Als er am Abend mit ihrem Vater nach Hause gekommen war, hatte er vollkommen verändert gewirkt.

»Ich dachte, du wärst im Bett«, sagte er überrascht, als er ihren Umriss vor dem Fenster entdeckte. »Es ist kalt, was machst du da?«

Johanna blickte zum Fenster, doch das Sichtloch, das sie freigehalten hatte, war jetzt mit einer dünnen Schicht Eiskristalle bedeckt.

»Ich wollte mir ein wenig die Sterne ansehen«, antwortete sie und zog ihr Schultertuch fester um ihren Körper. Erst jetzt merkte sie, dass sie fror.

Christian schloss die Tür hinter sich. Die Dunkelheit verschluckte ihn einen Moment lang, und erst als er sich auf die gegenüberliegende Seite des Fensterbrettes setzte, sah sie sein weißes Hemd und ein leichtes Funkeln in seinen Augen.

»Johanna, ich war mit Papa heute in Doberan«, begann er, nachdem er ein wenig an der Eisschicht am Fenster herumgekratzt hatte.

»Ich weiß.« Unruhe stieg in Johanna auf.

»In einer Pause bin ich zum Pastor gegangen. Wegen des Kirchenbuchs.«

»Mhmm«, machte Johanna. Viel Müdigkeit hatte sie ohnehin nicht verspürt, doch jetzt kam ein Kneifen in ihrer Magengrube hinzu.

»Ich habe wegen unserer Großmutter nachgefragt – und wie es aussieht, hatte sie nicht nur einen Grund, um ihr Leben zu beenden.«

Christian erzählte ihr von dem Kind, der Depression, der Auseinandersetzung mit ihrem Mann, ihrem Todestag und dem, was danach geschah.

Johanna nahm alles mit unbewegter Miene hin und schwieg, nachdem er geendet hatte.

»Was sagst du dazu?«, fragte ihr Bruder schließlich.

»Was soll ich dazu sagen? Es ist vergangen, nicht wahr?«

Christian schüttelte unverständig den Kopf. »Aber du hattest es doch wissen wollen. Wegen …«

Er biss sich auf die Lippe.

»Ja, das wollte ich. Doch mittlerweile ist alles anders. Ich bin sicher, dass er mich nicht mehr will. Also ist es doch egal, oder?«

»Nun ja, ich glaube nicht, dass er dir nicht weiter den Hof machen will. Egal, wie seine Absichten sind. Als ich mit ihm sprach, machte er jedenfalls nicht den Eindruck, als wollte er dich in Ruhe lassen.«

»Du hast Peter getroffen?« Jetzt kam Leben in sie. »Wann? Wo?«

»Vor dem Haus des Pastors. Ich habe ihm geraten, die Finger von dir zu lassen.«

Johanna schnappte nach Luft. »Das hast du nicht! Du hast ihm doch nicht erzählt, dass …«

»Doch, das habe ich, denn es ist meine Pflicht als dein Bruder, auf dich aufzupassen.«

»Niemand braucht auf mich aufzupassen!«, schrie Johanna. »Und du hast kein Recht, ihm irgendwelche Vorschriften zu machen.«

»Still, sonst weckst du noch unsere Eltern!« Christian hob beschwichtigend die Hände und wollte sie berühren, doch Johanna sprang vom Fensterbrett und begann, durch den Raum zu laufen. Minutenlang sagte sie nichts.

»Johanna, es ist doch nichts dabei, dass ich ihm die Meinung sage. Ich finde, er sollte wirklich die Finger von dir lassen, wenn er es nicht ehrlich mei…«

»Christian, geh bitte!«, schnitt sie ihm das Wort ab. »Lass mich allein!«

»Johanna.«

»Geh!«, peitschte ihre Stimme durch den Raum.

Christian nickte und erhob sich dann. Mit schweren Schritten schlurfte er zur Tür.

»Johanna, ich weiß, du willst es nicht hören, aber für mich macht es nicht den Eindruck, als hätte es sich für dich erledigt. Sobald er sich wieder bei dir meldet, sobald er mit irgendeiner Erklärung ankommt, wirst du ihm sicher wieder verzeihen.«

Seine Schwester ignorierte ihn.

»Denke daran, sein Großvater hat unsere Großmutter verführt, ungeachtet der Tatsache, dass sie verheiratet war. Vielleicht war sie sogar schwanger von ihm. Möglicherweise hat er nicht direkt etwas mit ihrem Tod zu tun, aber indirekt war er schuld. Und ich möchte nicht, dass du dich wegen eines Mannes ins Unglück stürzt, der seine Netze inzwischen noch woanders auswirft.«

Mit diesen Worten verließ er den Raum.

Johanna starrte auf die Fenster, die im Mondschein weiß leuchteten. Die Geschichte ihrer Großmutter erschütterte sie, doch gerade in diesem Augenblick merkte sie, dass Christian recht hatte. Sie konnte nicht, wie sie es sich selbst vorzumachen versucht hatte, von Peter lassen. Er mochte ihr vielleicht nicht schreiben wollen, aber vielleicht fand sie eine Möglichkeit, ihn zu erreichen. Und vielleicht konnte Barbara ihr dabei helfen …

Ein erster Impuls sagte ihr, dass sie mit Barbara reden sollte. Dann fiel ihr wieder ein, dass sie jetzt in den Personalquartieren schlief. Nicht allein, sondern mit Elsa. Es wäre seltsam, wenn sie dort auftauchte. Also legte sie sich wieder ins Bett und verschob das Gespräch auf den folgenden Tag.

30. KAPITEL

Dienstag, 16. Dezember 1902

»Johanna, bitte steh doch still!«, sagte Augusta genervt, als Karla Mertens, Augustas Schneiderin, schon das vierte Mal ihr Maßband fallen ließ, weil sich ihre Tochter bewegt hatte.

»Ich kann einfach nicht mehr, Mama. Außerdem kitzelt es«, entgegnete Johanna missmutig. Zwei schlaflose

Nächte hintereinander hatten dunkle Ringe unter ihren Augen hinterlassen.

»Ich weiß nicht, was in letzter Zeit mit dir los ist«, sagte Augusta kopfschüttelnd. »Du isst kaum. Du scheinst schlecht zu schlafen. Und du bist über die Maßen empfindlich. Gibt es etwas, das dir auf dem Herzen liegt?«

Abgesehen von den bevorstehenden Anträgen zweier Männer, die sie nicht wollte, ging ihr nur die Geschichte ihrer Großmutter durch den Kopf – und Peter. Über keines der Themen wollte sie mit ihrer Mutter reden. Oder besser gesagt, sie konnte es nicht, ohne sich deren Missfallen einzuhandeln. Dabei war Augusta wegen der Gäste, die heute Abend anreisten, schon ganz aufgeregt und so guter Laune wie lange nicht mehr.

»Ich musste heute nur etwas früh raus«, sagte sie also und versuchte, sich zu beherrschen. Fremde Hände mochte sie nun einmal nicht auf ihrem Körper haben, schon gar nicht jetzt, da sich ihr Nervenkostüm wie ein löchriges Netz anfühlte, und erst recht nicht, wenn sie nichts weiter als Unterwäsche trug.

»Es wird schon gehen, Frau Baabe«, meinte die Schneiderin, während sie mit ihrer Arbeit fortfuhr.

Nach weiteren zwanzig Minuten hatte Johanna es überstanden. Seufzend stieg sie vom Podest herunter und schlüpfte in ihr Kleid. Auch ohne hinzuschauen, wusste sie, dass ihre Mutter sie vorwurfsvoll ansah.

Aber sie hatte nun mal keine Lust darauf, sich ein neues Kleid machen zu lassen. Bis zum Ball war jetzt noch eine Woche Zeit, möglicherweise ging etwas schief, sodass die Schneiderin den Termin nicht einhalten konnte. Dann würde sie ohnehin auf das zurückgreifen müssen, was sie im Schrank hatte – und das reichte aus, um jedes Mädchen in Heiligendamm neidisch zu machen.

»Was meinen Sie, Frau Mertens, wäre es noch zu früh, eine Figurine für sie anfertigen zu lassen?«, wandte sich Augusta an die Schneiderin. »Sie wird immerhin bald einundzwanzig, und es wäre möglich, dass wir im kommenden Jahr ein Hochzeitskleid benötigen.«

»Ich halte nichts von Figurinen«, entgegnete die Schneiderin, während sie die letzten Abmessungen notierte. »Der Körper einer Frau verändert sich ständig.«

»Nun, Johanna wird sicher nicht schwerer werden.«

Die Schneiderin blickte zu ihr rüber. »Nein, das vielleicht nicht, aber ich fürchte, wenn sie weiterhin so viel Schwermut mit sich herumträgt, wird sie dünner. Und dann werden wir endlos ändern müssen.«

So konnte nur die Schneiderin mit ihrer Mutter sprechen. Johanna verkniff sich ein Lächeln, wenngleich die Frau mit ihrer Beobachtung natürlich recht hatte.

»Nein, wenn es so weit ist und ein Hochzeitskleid angepasst werden muss, komme ich wieder vorbei. Sie wissen ja, ich bin die Geduld in Person. Es gibt Menschen, die viel mehr zappeln als Ihre Tochter, und es gehört zum Erfolg meines Geschäfts, dass ich das aushalte.«

Jetzt hätte Johanna beinahe laut aufgelacht. So, wie sich die Schneiderin anhörte, glaubte sie wohl nicht daran, dass eine Hochzeit stattfinden würde. Das erleichterte Johanna irgendwie.

»Das Kleid werde ich Ihnen pünktlich am Morgen des 23. bringen«, schloss die Schneiderin und räumte ihre Utensilien wieder in ihren Korb.

»Geht es nicht ein wenig früher?«, fragte Augusta. »Immerhin muss Johanna es ja noch anprobieren. Sie werden etwaige Änderungen wohl kaum in einem Tag schaffen.«

»Es wird sitzen wie angegossen, das verspreche ich Ihnen. Sorgen Sie nur dafür, dass das Mädchen bis zum Ball ordentlich schläft. Das schönste Kleid erzielt keine Wirkung, wenn die Frau, die drinsteckt, müde und abgespannt ist. Guten Tag, Frau Baabe.«

Damit rauschte die Schneiderin aus dem Raum. Johanna kämpfte immer noch mit ihrem Lachanfall, doch der verging von selbst, als ihre Mutter fragte: »Und du willst mir wirklich nicht erzählen, was los ist? Bereitet es dir so großes Kopfzerbrechen, welchen von den beiden du nehmen sollst?«

»Ja, das wird es wohl sein«, entgegnete Johanna missmutig. Konnte ihre Mutter denn nicht erkennen, dass sie keinen der beiden wollte? Ansonsten hätte sie doch das glücklichste Mädchen der Welt sein müssen!

»Nun, wenn man es von dem Standpunkt aus betrachtet, welcher dir ein gutes Leben bieten kann, dann wäre ich eindeutig für Berthold von Kahlden. Du würdest in eine Adelsfamilie einheiraten, und wir würden alle davon profitieren.«

Natürlich. Darum ging es ihr wohl hauptsächlich. Dass die gesamte Familie von der Heirat profitierte. Aber was war mit ihrem Herzen und ihrer Seele?

Vielleicht hatte sie sich in Peter getäuscht, aber sicher würde sie irgendwann einen Mann treffen, der sie wirklich liebte. Und den sie wirklich liebte. Einen Mann, wie der Barbarazweig ihn versprach, die wahre Liebe.

»Mama, ich habe eine Frage an dich«, sagte Johanna. Sie wusste selbst noch nicht, worauf sie hinauswollte. Aber ihre Mutter musste doch irgendwelche Gefühle für sie haben und mehr im Sinn als ein finanziell abgesichertes Leben.

»Wie war es damals mit Papa? Hast du ihn wirklich geliebt, oder hast du ihn genommen, weil er der Erbe eines gut laufenden Gästehauses war? Wie habt ihr euch kennengelernt? Du hast noch nie mit mir darüber gesprochen.«

Augusta presste die Lippen zusammen. Fast wirkte sie ein wenig ertappt. Doch wobei? Hatte sie vielleicht aus Liebe geheiratet und nicht, weil ihre Eltern ihr zwei Verehrer zur Wahl gestellt hatten? Außerdem hatte Augusta erst mit dreiundzwanzig geheiratet. Warum also diese Eile bei ihr? Sie war nicht schwanger, und soweit sie wusste, hatten sie auch keine Geldnot.

»Mama?«, fragte Johanna, worauf Augusta den Kopf schüttelte, als wollte sie einen unliebsamen Gedanken loswerden.

»Ich habe deinen Vater bei einem Sommerfest kennengelernt«, begann sie. »Damals hatte ich viele Verehrer, und darunter waren auch einige, die meinen Eltern besonders lieb waren. Doch mein Verhältnis zu meinen Eltern war nicht besonders gut. Es gab Spannungen zwischen meinem Vater und meiner Mutter. Ich hielt es für keine gute Idee, auf sie zu hören. Aber dann kam Ludwig, und ich wusste sofort, dass er der Richtige für mich sein würde. Und er gefiel auch meinen Eltern auf Anhieb, was mich verwunderte. Ein Jahr später heirateten wir, und ich war sehr froh darüber, mit ihm hierher ziehen zu können, weitab von meinen Eltern.«

Nur selten hatte ihre Mutter über ihre Eltern gesprochen. Als Johanna alt genug war, um Geschichten über sie zu verstehen, waren auch die Großeltern mütterlicherseits bereits tot. Nur hin und wieder ließ sich eine Tante blicken, und das war meist kein Vergnügen.

»Du hast also alle anderen Verehrer für Papa links liegengelassen?«

»Ja, das habe ich. Und ich hatte großes Glück.«

»Und wenn ich …« Johannas Herz raste vor Aufregung. »Was würdest du dazu sagen, wenn ich mich für keinen von beiden entscheiden würde? Jedenfalls jetzt noch nicht? Du warst auch zwei Jahre älter als ich, als du Papa geheiratet hast. Wir könnten noch warten, bis andere Kandidaten kommen!«

Augustas Miene wurde angespannt.

»Die von Kahldens wollen ihren Sohn nächstes Jahr verheiraten. Wenn nicht mit dir, dann mit einer anderen. Ich bin der Meinung, dass du das Leben, das er dir bieten kann, nicht ablehnen solltest.«

»Aber wenn es ein Leben ist, bei dem ich unglücklich bin?«, platzte es aus Johanna heraus. Warum wollte ihre Mutter nicht verstehen? »Weißt du eigentlich, was über die von Kahldens erzählt wird? Besonders über Berthold?«

»Nein, das weiß ich nicht.«

Johanna schloss die Augen. Wenig später fühlte sie die Hand der Mutter auf ihrer.

»Ich bin sicher, dass er ein guter Ehemann sein wird. Gib ihm eine Chance. Und wenn nicht ihm, dann Albert.«

»Albert ist schwach, Mama, siehst du das nicht? Seine Eltern freuen sich über sein Werben nur, weil sie glauben, dass ich irgendwann Anteile des Gästehauses bekomme … Warum warten wir nicht auf einen anderen? Einen, der mir auch gefällt?«

Augusta atmete tief durch. »Dir gefallen die beiden nicht? Aber warum hast du dich denn von ihnen umwerben lassen?«

Ihre Miene verfinsterte sich, und das bisschen Verständnis, das Johanna zu sehen geglaubt hatte, verschwand.

»Weißt du denn, welche Konsequenzen es haben kann, wenn Berthold von Kahlden dir auf dem Ball einen Antrag macht und du ihm einen Korb gibst? Wir werden uns bis auf die Knochen blamieren. Mal ganz abgesehen davon, dass die von Kahldens versuchen werden, uns zu ruinieren. Nur wegen der guten Geschäfte der vergangenen Jahrzehnte konnten wir es uns erlauben, den von Kahldens die Stirn zu bieten, als sie dem Herzog Heiligendamm abgekauft haben. Und nur weil wir gut mit den von Kahldens auskommen, laufen unsere Geschäfte weiterhin gut! Doch das wird sich gewiss ändern, wenn wir sie verärgern!« Augusta machte eine Pause, denn sie musste erst einmal durchatmen. »Überlege dir gut, was du auf dem Ball tust.«

»Aber wären sie denn nicht ebenso vergrätzt, wenn ich mich für Albert entscheiden würde?«, fragte Johanna. Das Herz schlug ihr bis zum Hals, doch es tat ihr auch gut, nicht mehr mit ihren Gedanken zu den Heiratskandidaten hinter dem Berg halten zu müssen. »Oder habt ihr ihn nur ermutigt, damit von Kahlden sich angespornt fühlt?«

Augusta starrte sie an.

So ist es, dachte Johanna. Es ist, wie ich es sage. Sie hofft darauf, dass ich von Kahlden nehme, denn sie will einen Adelstitel an meinem Namen.

»Wir reden später weiter darüber, wenn du wieder zu Verstand gekommen bist«, sagte Augusta und erhob sich.

»Aber Mutter, ich …«

Doch da war Augusta schon zur Tür hinaus. Johanna blieb wie betäubt zurück. Nun wusste sie Bescheid. Das Ansehen der Familie war ihrer Mutter doch wichtiger als ihr persönliches Glück. Und es hatte eigentlich nie eine Wahl bestanden. Wahrscheinlich würden sie Albert eine Ablehnung übermitteln, bevor er überhaupt zum Ball kommen konnte – und dann blieb nur noch Berthold.

Tränen stiegen ihr in die Augen.

War es ihr eigener Fehler? Hätte sie sich stärker sträuben müssen, als die Heiratskandidaten bei ihren Eltern vorstellig wurden? Immerhin hatte sie mit keinem der beiden mehr als ein paar Mal geredet, und sie hatte auch nicht verstehen können, weshalb sie versuchten, ihr den Hof zu machen.

Nun, jetzt verstand sie es. Die Vormsteins versprachen sich von ihr einen Vorteil. Und die von Kahldens glaubten vielleicht, die Baabes auf ihrer Seite zu haben. Wenn Christian etwas geschah, würde sie das Gästehaus erben – und ihr Mann. Damit würde ihnen dann ein Stück Heiligendamm mehr gehören.

Jetzt hielt sie es nicht mehr aus. Sie stürmte ebenfalls aus dem Ankleideraum ihrer Mutter, nach oben, in ihr eigenes Zimmer.

Der Gedanke, mit Peter von hier zu verschwinden, notfalls ohne den Segen ihrer Eltern, kam ihr – doch wollte er es noch? Oder spielte auch er nur mit ihr? Sie brauchte Gewissheit!

In ihrem Zimmer angekommen, wischte sie sich die Tränen vom Gesicht und setzte sich an den Schreibtisch.

31. KAPITEL

An diesem Vormittag fiel der erste Schnee des Jahres, und darüber schienen fast alle Bediensteten des Gästehauses aus dem Häuschen zu sein. Einige Dienstmädchen drückten sich die Nase an den mit Eisblumen bedeckten Scheiben platt und rieben kleine Gucklöcher in das Eis, während Martha davon schwärmte, am Wochenende mit ihrem Verehrer Schlitten fahren zu gehen.

Barbara schaute aus dem Fenster in der Nähe des Herdes, das durch die Wärme völlig unbeschlagen war. Noch immer rieselten Flocken vom Himmel. Einige von ihnen prallten gegen die Scheibe und vergingen dort nur einen Augenblick später. Andere landeten auf den kleinen Schneehäufchen, die das Fensterbrett zierten.

Wieder hatte sie das Bild der Schlittenfahrt vor sich, die sie irgendwann gemacht haben musste. Leider kamen an dieser Stelle ihre Gedanken nicht weiter. Überhaupt schien das, was der Arzt vermutet hatte, nicht einzutreffen. Die Arbeit vertrieb ihre Langeweile, ja, und sie lenkte sie ab – aber sie verhinderte anscheinend auch, dass sich neue Erinnerungsfunken bei ihr einstellten.

»Und du, Barbara?«, fragte Elsa und riss sie aus ihren Gedanken. Erst jetzt wurde ihr wieder bewusst, dass sie einen Schuh in der Hand hielt, den sie putzen wollte. »Was machst du beim ersten Schnee?«

»Ich weiß es nicht«, antwortete sie ehrlich. »Rausgehen und mir das Schneegestöber ansehen vielleicht.«

»Draußen am Strand?«, fragte Hilda hinterhältig. »Ich dachte, du hast Angst vor dem Wasser.«

»Warum sollte ich Angst haben?«, entgegnete Barbara.

»Nun, weil das Wasser dich beinahe verschlungen hätte. Ich würde dem Meer auf keine hundert Meter mehr nahe kommen wollen.«

Es war nicht das erste Mal, dass Hilda versuchte, sie herauszufordern. Im Gegensatz zu den anderen liebte sie es, ihr Befehle zu erteilen, und wenn sie ihr mal nichts vorschrieb, verfolgte sie sie mit Blicken. Barbara war es nicht entgangen, dass sie auch ein paarmal wie zufällig in ihrer Nähe aufgetaucht war – als wollte sie überwachen, ob sie auch das Richtige tat.

»Hilda!«, brummte die Köchin. »Das geht dich überhaupt nichts an.«

»Nein? Nun, vielleicht nicht, aber ich kann sagen, was ich will.« Hilda funkelte nicht Emma an, sondern Barbara.

Diese schlug die Augen nieder. »Ich habe keine Angst vor dem Wasser.«

»Weil du dich nicht erinnern kannst, wie es war, zu ertrinken?«, fuhr Hilda fort, worauf Emma mit der Hand auf den Tisch schlug.

»Genug jetzt! Jeder Mensch hat seine Fehler und seinen Makel, und man sollte nicht darauf herumreiten. Sei lieber froh, dass dir so was nicht passiert ist.«

»Oh, ich hätte nichts dagegen, von Herrn Christian gerettet und auf Händen getragen zu werden.«

Sie lächelte in sich hinein, doch da niemand auf ihre Worte reagierte, redete sie nicht weiter.

Nach dem Frühstück gingen die Dienstmädchen und die Köchin wieder an ihre gewohnten Aufgaben. Mittlerweile waren die meisten Gästeräume bereit für die Besucher, und während Hilda und Martha dort noch einmal nach dem Rechten sahen, kümmerten sich Elsa und Barbara um die Bibliothek. Diese war prachtvoll ausgestattet, mit einem alten Globus in der Mitte und gemütlichen Sesseln. Da sie in den Wintermonaten kaum genutzt wurde – alle Familienmitglieder hatten ihre eigenen Bücher in ihren Zimmern –, war die Staubschicht auf den Regalen und Vitrinen beachtlich.

»Wenn du die Regale abstaubst, dann pass auf, dass nichts herunterfällt. Viele dieser Bücher sind schon ziemlich alt, und Herr Baabe kann es nicht leiden, wenn Bücher beschädigt werden. Wenn du die Scheiben der Vitrinen putzt, achte darauf, dass die Bücher nicht nass werden. Und laufe auf keinen Fall den Globus um.« Elsa zwinkerte ihr zu. »Das ist einmal einem Mädchen passiert, und dann sind sämtliche Flaschen herausgefallen.«

»Flaschen?«, wunderte sich Barbara.

»Ja, dieser Globus ist nicht dazu da, um sich irgendwelche fernen Länder anzuschauen. Dazu ist er viel zu altmodisch. In seinem Innern befinden sich kleine Flaschen mit schottischem Whisky und andere Spirituosen. Es heißt, dass der alte Herr Baabe, als er noch lebte, hier seinen Schnaps versteckt hätte. Der jetzige Herr Baabe hat den Globus in die Bibliothek gestellt, ohne zu wissen, was in ihm steckt. Bis ein Dienstmädchen mal dagegen gelaufen ist.«

Elsa kicherte.

»Sind denn in dem Globus immer noch Flaschen drin?«

»Natürlich! Für den Fall, dass sich die Gäste die Lektüre ein wenig versüßen wollen. Aber jetzt an die Arbeit. Ich schaue noch nach den Gästezimmern im westlichen Flügel, dann komme ich wieder zu dir.«

Als Elsa verschwunden war, ging Barbara zu dem Globus. Wie man ihn wohl öffnete? Als sie mit dem Finger über den Nordpol fuhr, ertönte ein leises Klicken, dann schob sich die obere Erdhalbkugel zurück.

Barbara gab einen erschrockenen Laut von sich und presste sich die Hand auf die Brust. Die Flaschen waren wirklich recht klein, und die Flüssigkeiten darin hatten die unterschiedlichsten Farben, von Gold über Grün bis Braun, und eine Flasche war sogar rot.

Vorsichtig schob sie die obere Globushälfte wieder über die untere, bis das Klicken erneut ertönte. Dann ging sie zu ihrem Wassereimer und machte sich an die Arbeit. Sie hatte gerade die ersten beiden Vitrinen vorsichtig abgewischt, als sie ein Geräusch vernahm.

»Psst, Barbara!«, zischte es hinter ihr. Als sie sich umwandte, erblickte sie Johanna. Diese trug ein kleines Päckchen bei sich. »Vorhin hat ein Botenjunge die Fotoplatten gebracht. Ich bin sicher, dass du dein Bild sehen möchtest.«

»Oh ja, ich würde es zu gern sehen!« Barbara wischte sich die Hände an der Schürze ab und nahm das Päckchen in Empfang. Es fühlte sich irgendwie seltsam an – das Bild darin konnte entscheiden, ob ihr Vater sie jemals wiederfand. Mit Herzklopfen öffnete sie es.

Unter dem braunen Packpapier verbargen sich zwei kleine Fotoplatten, die ihren Kopf und ihren Oberkörper zeigten. Im ersten Moment erkannte sie sich fast nicht wieder. Auf dem Bild sah sie kein Dienstmädchen und auch keine Gestrandete, sie sah eine hübsche junge Dame, die den Fotografen freundlich anlächelte.

»Du bist wunderschön, weißt du das?«, fragte Johanna. »Ich glaube, meinem Bruder darf ich das Bild nicht zeigen, sonst kommt er noch auf die Idee, dich heiraten zu wollen.«

Diese Worte durchzogen Barbara wie ein warmer Schauer. Der Gedanke, Christians Frau zu werden, war sehr schön. Doch bisher hatte sie nicht das Gefühl, dass er irgendwelche ernsteren Absichten hatte. Und nun war sie auch noch ein Dienstmädchen. Nein, es ist besser, wenn wir Freunde bleiben wie jetzt, sagte sie sich und vertrieb jeden anderen Gedanken mit einem leichten Kopfschütteln.

Sie nahm das zweite Bild hervor und sah sich neben Johanna. Ein Mädchen blond und strahlend wie die Sonne, eines dunkel und geheimnisvoll – und das, ohne es zu wollen.

»Wir sehen aus wie diese beiden Mädchen aus dem Grimm-Märchen, wie heißt es noch …« Johanna überlegte kurz und klatschte dann in die Hände. »Ich hab's! Schneeweißchen und Rosenrot! Kennst du es?«

Barbara schüttelte den Kopf. »Ich glaube nicht. Es fällt mir jedenfalls nicht ein.«

»Nun, grob gesagt geht es um zwei Mädchen, die einen bösen Zwerg treffen und ihm helfen. Dieser Zwerg hatte zwei Prinzen verflucht, einer wurde zum Bär, einer zum Falken. Nur die Liebe zweier reiner Mädchen kann sie befreien.«

»Ein schönes Märchen«, gab Barbara zu.

Johanna blickte sich suchend um. »Irgendwo hier muss es noch eine Ausgabe von Grimms Märchen geben. Wenn ich sie finde, bringe ich sie dir.«

Was Elsa wohl dazu sagen würde, wenn die Haustochter einem Dienstmädchen ein Buch brachte?

»Danke, dass ich die Aufnahmen sehen durfte. Sie sind wirklich sehr schön geworden.« Als sie die Fotoplatten an Johanna zurückgeben wollte, schüttelte Barbara den Kopf.

»Du kannst sie behalten. Ich habe Abzüge machen lassen, mein Vater hat dein Bild bereits. Er will es noch heute Abend zum Polizeipräsidenten schicken. Vielleicht wissen wir noch vor dem Weihnachtsfest, wer du bist. Und vielleicht kommt dann sogar dein Vater.«

»Danke«, sagte Barbara und wusste nicht so recht, was sie tun sollte. Doch dann umarmte sie Johanna. »Ich danke dir für alles.«

Johanna schüttelte den Kopf und löste sich sanft von ihr. »Ich weiß, es klingt vielleicht ein bisschen schäbig von mir, aber würdest du etwas für mich erledigen? Das sage ich jetzt nicht wegen der Fotografien, ich hätte dich auch einfach so gebeten, also hab bitte kein schlechtes Bild von mir.«

»Was soll ich tun?«, fragte Barbara.

»Würdest du einen Brief überbringen? Wenn du ein wenig Zeit hast?«

»Nun ja, gern, allerdings habe ich heute erst spät frei. Wer soll den Brief erhalten? Ich kenne mich im Ort nicht gut aus, aber vielleicht gibst du mir eine Wegbeschreibung.«

Johanna strahlte. »Das mache ich sehr gern! Der Brief ist für Peter Vandenboom.«

Barbara zog überrascht die Augenbrauen hoch. »Hat er geschrieben?«

»Nein, leider nicht, aber ich will einen letzten Brief an ihn richten. Darin werde ich ihn fragen, wer diese Frau war und wie seine Absichten ihr gegenüber sind. Sollte er darauf nicht antworten, weiß ich Bescheid und werde ihn aufgeben.«

Johanna senkte den Blick und zupfte am Ärmel.

»Und wenn er dir schreibt? Hast du schon eine Entscheidung getroffen?«, fragte Barbara und strich ihr tröstend über den Arm.

»Nein, bisher nicht. Und das, was Christian herausgefunden hat, ist eigentlich auch keine große Hilfe, aber ...«

Johanna stockte, als sie Schritte hörte. Einen Moment lang wirkte sie wie eine Katze auf dem Sprung. Doch dann bog derjenige ab, und die Schritte verklangen.

»Nun ja, ich weiß es ehrlich gesagt nicht.« Johanna seufzte, dann fragte sie: »Was macht denn der Zweig?«

»Offen gestanden habe ich in den vergangenen Tagen keine Muße gehabt, nach ihm zu schauen«, gab Barbara zu. Sie musste aus dem Bett, bevor es hell wurde, und wenn sie in ihre Kammer zurückkehrte, war es bereits dunkel. Und meist war sie so müde, dass sie nicht einmal mehr daran dachte, zum Fensterbrett zu schauen. »Aber ich werde heute einen Blick auf ihn werfen.«

Johanna nickte und blickte schweigend zu Boden.

»Du solltest deine Entscheidung nicht davon abhängig

machen, ob der Zweig blüht oder nicht«, sagte Barbara. »Es ist ein Brauch und ein Glaube. Vielleicht zeigt er ja wirklich die wahre Liebe an. Aber wen du liebst, kann dir nur dein Herz sagen – und nur dein Herz kann entscheiden, was du tun sollst, um diese Liebe auch zu bekommen.«

Johanna griff nach ihrer Hand. »Danke.«

»Keine Ursache.« Barbara lächelte, dann fügte sie hinzu: »Gib mir deinen Brief am besten heute Nachmittag, wenn wir das Kaffeegedeck im Salon auftragen. Heute Abend kommen die Gäste, da werde ich nicht viel Zeit haben.«

»Ich habe ihn bereits hier.« Aus einer Tasche in ihrem Rock zog Johanna einen kleinen, beigefarbenen Umschlag und einen Zettel. »Das ist er, und das hier ist die Wegbeschreibung.«

Barbara nahm beides an sich und ließ es in der Schürzentasche verschwinden.

»Aber pass bitte gut auf, dass meine Mutter ihn nicht sieht.«

»Frau Baabe wird sich sicher nicht nach dem Inhalt meiner Taschen erkundigen«, entgegnete Barbara lächelnd. »Aber jetzt muss ich weitermachen, sonst fragt mich Elsa noch, warum ich noch nicht mit dem Putzen der Vitrinen weitergekommen bin.«

Johanna nickte. »Ist gut. Und vielen Dank!«

Damit verschwand sie wieder im Gang.

Barbara strich über den Brief in ihrer Schürze. Jemanden zu lieben war offenbar ziemlich kompliziert. Warum suchte sich Amor immer Menschen aus, die aus irgendwelchen Gründen nicht zusammenkommen konnten? Bei »Romeo und Julia« war es so, bei »Kabale und Liebe« …

Barbara stockte. Woher kannte sie diese Geschichten?

Sie blickte zu den Büchervitrinen und sah es plötzlich deutlich vor sich …

An diesem Nachmittag ließ die Hauslehrerin auf sich warten. Barbara saß allein im Schulzimmer, auf einer Bank hinter einem Haufen Bücher, doch das Fräulein Friedemann ließ sich nicht blicken.

Sie mochte ihre Lehrerin, auch wenn sie manchmal ein bisschen streng war. Nachdem ihre Mutter gestorben war, war Fräulein Friedemann beinahe so etwas wie eine Ersatzmutter für sie geworden. Die Strenge im Unterrichtsraum verschwand, wenn sie mit ihr über die Wiesen lief und ihr im Wald erklärte, welcher Vogel welchen Gesang anstimmte. Hin und wieder brachte sie ihr Kuchen oder ein wenig Gebäck mit, und wenn das Fräulein auf sie aufpasste, während sie ihre Hausaufgaben machte, sang sie manchmal. Nicht so gut, wie sie es von ihrer Mutter kannte, aber dennoch gut genug, dass sie sich manchmal in Gedanken verlor.

War ihr vielleicht etwas zugestoßen?

Eigentlich sollte sie im Schulzimmer bleiben, solange Unterricht war – auch wenn das Fräulein nicht kam.

Doch die Sorge um ihre Lehrerin trieb sie hinter der Schulbank hervor. Vielleicht war sie ja gestürzt? Oder aufgehalten worden? Sie musste es herausfinden. Sie lief durch den Gang zunächst in das Foyer des Hauses. Als sie das Fräulein dort nicht fand, erklomm sie die Treppe. Manchmal holte ihre Lehrerin Bücher aus der Bibliothek. Vielleicht hatte sie sich dort festgelesen. Oder war von der Leiter gefallen …

Mit klopfendem Herzen drückte sie die Klinke der Bibliothekstür herunter. Der Geruch nach alten Büchern strömte ihr in die Nase.

Wider Erwarten lag das Fräulein hier nicht am Boden, doch der Anblick der vielen Bücher auf den Regalen faszinierte sie und lenkte sie einen Moment lang von der Sorge um die Lehrerin ab. Ihr Blick schweifte über die dicken und dünnen Buchrücken, die teilweise mit goldenen Ornamenten verziert waren.

Die Aufschriften lauteten »Romeo und Julia«, »Ein Sommernachtstraum« und »Faust«, außerdem gab es noch viele andere Bücher, einige schwarz, viele braun und manche auch blau, rot oder grün. Sie strich mit dem Finger über die Bände und betrachtete die aufwirbelnden Staubflocken.

Bevor sie lesen konnte, hatte sie diesem Ort nur wenig Interesse entgegengebracht, doch mittlerweile beherrschte sie schon alle Buchstaben und konnte Texte fehlerfrei lesen. In die Bibliothek war sie trotzdem nur selten gegangen, doch nun schien es ihr, als hätte sich das Tor zu einer neuen Welt geöffnet. Vielleicht sollte sie ab sofort öfter herkommen. Das Fräulein Friedemann würde sich sicher freuen, wenn sie auch schwerere Texte schaffte …

Nun fiel ihr wieder ein, dass sie eigentlich ihre Lehrerin suchen wollte. Nachdem sie noch einen Blick auf die vollen Regalzeilen geworfen hatte, kehrte sie zurück zur Tür. Wohin sollte sie sich nun wenden? Oder war es besser, wenn sie ins Schulzimmer zurückkehrte? Vielleicht suchte das Fräulein Friedemann jetzt schon nach ihr …

Mit klopfendem Herzen verließ sie die Bibliothek – und sah zwei Personen an der Treppe, die sich leidenschaftlich umarmten und küssten.

Das Mädchen erkannte das blaue Kleid der Lehrerin, und der Mann bei ihr – war ihr Vater! Ihr Vater küsste die Lehrerin, und zwar so, wie er manchmal auch ihre Mutter geküsst hatte!

Vor Schreck darüber stieß das Mädchen einen kleinen Schrei aus. Da schnellte der Kopf ihres Vaters nach oben, und das Fräulein löste sich sogleich aus seinen Armen.

Erschrocken starrten die beiden sie an …

»Barbara!«

Der Ruf vertrieb das Bild vor ihren Augen, dennoch brauchte sie einen Moment, um wieder im Hier und Jetzt anzukommen. Ihr Vater hatte ihre Lehrerin geküsst! Und sie hatte gesehen, dass ihr Haus eine Bibliothek hatte!

Ein Zittern rann durch ihren Körper, und ihr Puls donnerte in ihren Ohren.

»Barbara, ist alles in Ordnung mit dir?«

Wenig später tauchte Elsa vor ihr auf. Erst jetzt bemerkte Barbara, dass sie sich an einer der Vitrinen abgestürzt hatte. Als sie sich wieder aufrichtete, schien der Boden unter ihr zu schwanken.

»Ja, mir war …« Barbara stockte. Sie konnte Elsa nicht erzählen, dass sie sich daran erinnerte, wie ihr Vater ihre Lehrerin geküsst hatte. »Mir war nur etwas schwindelig.«

»Möchtest du lieber hochgehen und dich ein wenig hinlegen?«

»Nein, es geht schon wieder. Ab und zu ist es so, aber es legt sich auch so schnell wieder, wie es gekommen ist.«

Elsa wirkte nicht, als würde sie es ihr abkaufen, doch Barbara machte sich sogleich wieder an die Arbeit.

Das Bild brannte immer noch vor ihren Augen. Nicht nur wegen des leidenschaftlichen Kusses zwischen ihrem Vater und der Lehrerin, sondern auch deswegen, weil sie das Gesicht ihres Vaters zum ersten Mal richtig gesehen hatte.

Er war groß, hatte dunkles Haar und einen Bart auf Oberlippe und am Kinn. Eine weiße Strähne zog sich an seiner linken Schläfe entlang, und unter dem Auge hatte er eine kleine Narbe, so als hätte ihn irgendwann einmal ein spitzer Gegenstand im Gesicht getroffen.

Wenn er jetzt vor ihr auftauchen würde, würde sie ihn erkennen!

Doch an ihren Namen erinnerte sie sich immer noch nicht. Wann würde man sie in einer ihrer Erinnerungen rufen? Wann würde sie erfahren, wie der Name ihres Vaters war?

Vielleicht würde es ihr schon bald einfallen.

Kurz betrachtete sie sich in der Glasscheibe der Vitrine und spürte der Vision nach, dann fuhr sie mit ihrer Arbeit fort.

32. KAPITEL

Abends fanden sich die ersten Gäste ein. Sie trugen dicke Mäntel, von denen manche mit kostbaren Pelzen verbrämt waren. Die Säume der Frauenkleider waren feucht, und bei einigen Gästen glitzerten Eiskristalle auf den Krägen.

Zusammen mit den anderen Mädchen schaffte Barbara das Gepäck der Damen in die Zimmer und fragte nach den Wünschen der Gäste. Die meisten von ihnen schienen sie kaum wahrzunehmen, aber das war ihr auch ganz recht so. Wenn es keine Wünsche zu erfüllen gab, huschte sie zum nächsten Zimmer.

Als alle Gäste auf den Zimmern waren und eine Zeit der Ruhe anbrach, wandte sich Barbara an Elsa. Trotz der Erinnerung, die ihr den ganzen Tag nicht aus dem Sinn gegangen war, hatte sie nicht vergessen, dass sie heute noch Johannas Brief überbringen wollte. Sie hatte die Haustochter den ganzen Tag über nicht mehr gesehen, aber wenn sie sie heute Abend im Gang traf, wollte sie ihr von Peter erzählen.

»Ich würde mir gern ein wenig die Beine vertreten, ist es möglich, dass ich eine halbe Stunde rausgehen kann?«, fragte sie.

»Jetzt?«, wunderte sich Elsa. »Aber es ist dunkel und kalt und die Wege sind glatt.«

»Bitte«, sagte Barbara. »Ich möchte mir das Meer im Mondschein ansehen.«

»Also gut, in Ordnung. Wir haben ohnehin jetzt alle eine kleine Pause verdient. Aber sei zurück, wenn die

Abendgesellschaft beginnt. Möglicherweise wirst du gebraucht.«

Barbara nickte und bedankte sich, dann holte sie ihren Mantel. In dessen Tasche steckte sie den Brief, den sie den ganzen Tag in ihrer Schürzentasche getragen hatte. Mit diesem und der Wegbeschreibung huschte sie durch die Hintertür und lief über den Innenhof, in dem sich die Kutschen reihten. Einige Kutscher standen in einer Ecke und rauchten, der Tabak in ihren Pfeifen glomm in der Dunkelheit. Die Männer nahmen jedoch keine Notiz von ihr. Wenig später spürte sie den rauen Seewind.

Es hatte nicht lange gedauert, sich den Weg einzuprägen, dennoch hielt Barbara unterwegs immer mal wieder an und überprüfte ihre Position anhand des Zettels. Dann lief sie weiter. Nach einer Weile war sie nicht mehr sicher, ob sie innerhalb einer halben Stunde wieder zurück sein könnte.

Das Haus der Vandenbooms lag am anderen Ende des Ortes, und ein wenig fürchtete sie sich auch vor den dunklen Straßen. Das Meer, das ihr sonst keine Angst einjagte, wirkte in der Nacht bedrohlich. Ein paar Lichtpunkte tanzten auf den Wellen, ansonsten war es völlig schwarz und mehr zu hören als zu sehen.

Vielleicht ist es wirklich eine Gnade, dass ich vergessen habe, wie es sich anfühlt zu ertrinken, dachte sie, dann tauchte schon das Haus der Vandenbooms vor ihr auf.

Auch hier waren die ersten Gäste bereits eingetroffen. Lachen tönte aus den unteren Fenstern, wahrscheinlich war dort der Gesellschaftssaal.

Barbara vergewisserte sich am Türschild noch einmal, ob sie richtig war, dann läutete sie.

Doch es tat sich zunächst nichts. Die Angestellten waren offenbar mit den Gästen beschäftigt. Unbarmherzig kroch die Kälte unter Barbaras Mantel. Schon bald klapperten ihr die Zähne, und sie läutete erneut. Als sich auch nach dem dritten Läuten nichts tat, wollte sie schon umkehren. Durch das Warten verlor sie wertvolle Zeit, und sicher würde Elsa böse sein, wenn sie nicht zurück war, wenn der Empfang begann.

Doch dann öffnete sich plötzlich die Tür. Ein livrierter älterer Mann sah sie an. »Was kann ich für Sie tun?«

»Ich habe einen Brief für Herrn Peter Vandenboom, den ich persönlich überbringen soll«, erklärte sie, denn sie war nicht sicher, ob er Peter auch erreichen würde in dem ganzen Trubel. Außerdem hatte Johanna ihren Vornamen darauf geschrieben, und es war ihr wichtig gewesen, dass sie den Brief Peter persönlich in die Hand gab.

Der Livrierte sah sie ein wenig pikiert an.

»Und Sie sind wer?«

»Nur ein Dienstmädchen. Barbara ist mein Name. Meiner Herrin ist es wichtig, dass Herr Vandenboom den Brief sofort erhält. Bitte.«

Sie sah den Mann flehend an. Dieser wirkte im ersten Moment, als würde er ihr gleich die Tür vor der Nase zuknallen, doch dann sagte er: »Einen Moment bitte.«

Als die Tür sich wieder schloss, fragte sich Barbara, wie viel Zeit bisher vergangen war. Die Sekunden dehnten sich und fühlten sich bald wie eine Viertelstunde an.

Endlich wurde die Tür wieder geöffnet.

Der Mann, der ihr nun entgegentrat, war derselbe, den sie auf der Promenade mit der jungen Frau gesehen hatten. Jetzt trug er einen eleganten schwarzen Frack und eine weiße Fliege.

Verwundert blickte er sie an.

»Ja, bitte.«

»Meine Herrin lässt Ihnen diesen Brief zukommen«,

entgegnete Barbara und reichte ihm den Umschlag. »Sie bittet Sie dringlichst um Antwort.«

Vandenboom drehte den Brief in seinen Händen, dann erstarrte er. Offenbar wusste er genau, von welcher Johanna er stammte.

Doch Barbara wollte nicht abwarten, was er dazu zu sagen hatte. Ohnehin lief ihr bereits die Zeit davon.

»Guten Abend!«, wünschte sie, wandte sich um und rannte dann so schnell sie konnte los. Die Angst vor der Dunkelheit war jetzt nicht einmal mehr halb so groß wie die Angst, Elsa zu enttäuschen.

Als sie durch den Hintereingang des Gästehauses schlüpfte, war Barbara völlig außer Atem. Ihr Herz raste und in ihrem Magen biss die Angst um sich. Diese wurde noch größer, als sie sah, dass niemand mehr in der Küche war. Offenbar waren alle anderen Dienstmädchen bereits oben und halfen bei dem Empfang aus.

Rasch schälte sie sich aus ihrem Mantel und hängte ihn an die Garderobe im Flur. Sie hatte gerade wieder ihr Häubchen aufgesetzt, als Hilda in der Tür erschien.

»Da bist du ja!«, sagte sie mit ernster Miene. »Wo hast du so lange gesteckt?«

Barbara konnte ihr unmöglich erzählen, dass sie einen Brief für Johanna zugestellt hatte.

»Ich habe mir nur ein wenig die Beine vertreten«, antwortete sie also ausweichend.

»Dann geh jetzt hoch und schau im Saal noch einmal nach den Kaminen«, wies Hilda sie an.

»Aber Frau Baabe ist doch mit den Gästen dort!«, entgegnete Barbara.

»Ja, und sie möchte, dass du nach den Kaminen siehst«, sagte Hilda. »Also los, lass sie nicht warten.«

Hilda wandte sich um und verließ die Küche.

Warum gehst du nicht selbst?, dachte Barbara, doch dann erinnerte sie sich, dass Hilda eine gute Beziehung zu Frau Baabe hatte. Es war ihr zuzutrauen, dass sie für ihren Rauswurf sorgte, wenn sie sie in irgendeiner Weise verärgerte. Jedenfalls noch mehr verärgerte, als sie es ohnehin schon war.

Niemand nahm von ihr Notiz, als sie die Tür öffnete. Um zu den Kaminen zu gelangen, musste sie auf die andere Seite des Raumes. Das Feuer glomm noch, möglicherweise brauchte sie nicht viel zu tun. Sie huschte an den Gästen vorbei, immer ein Auge auf Augusta gerichtet, die nicht zu merken schien, dass sie hier war. Sie lachte und prostete ein paar Leuten zu, unterhielt sich dann wieder mit ihrem Mann. Sicher erwartete die Hausherrin, dass sie unsichtbar wurde, während sie ihre Arbeit verrichtete.

Sie hockte sich vor den Kamin und schob vorsichtig den Schürhaken zwischen die Holzstücke. Was genau sie machen sollte, um das Feuer anzuheizen, wusste sie nicht, zu spät fiel ihr ein, dass sie Hilda hätte fragen sollen. Sie rührte ein wenig in der Glut umher, bis eine kleine Flamme erschien. Auf diese legte sie ein paar Holzscheite.

Schweiß lief ihr den Rücken hinunter. Sie wollte auf keinen Fall, dass die Gäste oder die Baabes auf sie aufmerksam wurden. Erst recht sollte Christian sie nicht hier sehen.

Plötzlich spritzten ihr Funken entgegen. Erschrocken wich Barbara zurück und rempelte dabei eine der Damen an. Diese stieß einen Aufschrei aus. Sofort richteten sich die Blicke sämtlicher Gäste auf sie.

»Barbara, was machen Sie da bei den Kaminen!«, fuhr Augusta sie wütend an.

»Augusta …«, sagte ihr Mann, worauf sie ihm einen stechenden Blick zuwarf.

»Ich … ich dachte, ich sollte …«

»Niemand hat Sie angewiesen, das jetzt zu tun!«

Augenblicklich erkannte sie, dass Hilda sie reingelegt hatte. Wie hatte sie nur glauben können, dass die Hausherrin nach ihr geschickt hatte?

»Sie haben gar nicht gesagt, dass Aschenputtel heute zum Ball kommt, Frau Baabe!«, sagte ein Mann unter dem Gelächter der anderen Gäste. Die Frau, die sie angerempelt hatte, starrte sie mit säuerlicher Miene an.

Barbara war puterrot geworden und senkte den Blick. »Entschuldigen Sie, ich … ich wollte das nicht. Es tut mir leid.«

»Verschwinden Sie! Auf der Stelle!«, fuhr Augusta sie an.

Barbara nickte und zog sich rasch wieder zurück.

Als sie sich vor der Tür umwandte, meinte sie, Hilda zu sehen, die hinter einer Ecke lauerte. Die Mühe, dort nachzusehen und sie zu konfrontieren, machte sie sich allerdings nicht. Sie atmete tief durch und kehrte dann wieder nach unten zurück. Dabei konnte sie allerdings nicht verhindern, dass ihr die Tränen kamen. Was hatte Hilda bloß gegen sie? Warum machte sie so etwas?

In der Küche traf sie auf Elsa. Diese bemerkte natürlich sofort, dass sie weinte.

»Was ist denn geschehen?«, fragte sie.

Barbara schüttelte den Kopf und wischte sich übers Gesicht. »Nichts.«

»Von nichts weint man aber nicht. Hat dich unterwegs jemand belästigt?«

»Nein, es ist nur … Hilda hat mich hochgeschickt zu der Gesellschaft. Sie sagte, Frau Baabe würde wollen, dass ich nach den Kaminen sehe. Ich hätte eher erkennen müssen, dass sie sich einen Spaß mit mir erlaubt.«

Elsa strich ihr über die Schultern. »Mach dir nichts daraus, Hilda ist eben so. Wenn du dir beim nächsten Mal über eine ihrer Anweisungen nicht sicher bist, komm zu mir und frage nach.«

»Ich dachte, ihr wärt alle schon oben.« Barbara wischte sich die letzten Tränen weg. Die Enttäuschung brannte immer noch in ihr, aber Elsas Zuspruch tat ihr gut.

»Nein, wir halten uns lediglich bereit. Hin und wieder müssen Gläser nachgefüllt und Speiseplatten ausgetauscht werden. Aber das ist auch schon alles.«

Barbara nickte. Und sie schwor sich, dass Hilda sie nie wieder auf diese Weise hereinlegen würde.

~

Nachdem Barbara nach unten verschwunden war, tauchte Hilda aus dem Schatten auf. Sie war zufrieden mit ihrem kleinen Streich, aber das, was der heutige Tag ihr an Informationen gebracht hatte, war noch viel befriedigender. Es war wirklich ein Glücksfall, dass die Hausherrin solch ein großes Vertrauen in sie hatte – ansonsten hätte sie wohl nicht den entscheidenden Hinweis bekommen auf das, was sie schon seit Tagen beobachtete.

Johanna Baabe hatte ein Verhältnis mit Peter Vandenboom! Damit war sie wirklich auf eine Goldader gestoßen.

Jedermann, der schon ein wenig länger in Heiligendamm lebte, kannte die Geschichte dessen, was zwischen den Vandenbooms und den Baabes vorgefallen war.

Hilda selbst war nicht mit allen Details vertraut, aber ihre Großmutter hatte ihr genug erzählt, damit sie wusste, wie tief die Feindschaft ging. Schon einmal hatte sich eine Baabe in einen Vandenboom verliebt – und jetzt schien sich die Geschichte zu wiederholen.

Eigentlich hätte sie das sofort der Hausherrin erzählen müssen. Dass Barbara einen Brief an einen Vandenboom überbracht hatte, würde bestimmt reichen, um sie loszuwerden.

Doch gleichzeitig hätte das auch Schaden für das Fräulein Johanna bedeutet. Dieses hatte ihr eigentlich nie etwas Schlechtes angetan – ganz im Gegenteil. Wahrscheinlich schenkte es ihr zum Frühjahr hin wieder ein Kleid.

Also hatte Hilda beschlossen, noch eine Weile zu schweigen. Dass sich Barbara vor den Gästen lächerlich gemacht hatte, reichte fürs Erste, und irgendwann würde sie den Brief und das heimliche Verhältnis schon anbringen können. Möglicherweise würde sie auch Christian ihr Wissen mitteilen, und er würde ihr Schweigen vielleicht vergelten …

Aber das hatte Zeit. Jetzt war eine Menge im Haus zu tun, und es würde sicher noch genug geben, das sie Frau Baabe berichten konnte.

Mit einem zufriedenen Lächeln strich sich Hilda über die Schürze und stieg dann die Treppe hinunter.

33. KAPITEL

Donnerstag, 18. Dezember 1902

An diesem Morgen erschien die Hausherrin schon früh in der Küche, um das Personal einzuteilen. Es wurden weitere Gäste erwartet, das Haus füllte sich allmählich. Überall schwirrten Stimmen umher, und wenn Barbara sich jetzt durch die Gänge bewegte, fühlte sie sich, als würde sie durch einen dichten Wald laufen. Einen Wald, in dem sie sich auch verstecken konnte.

Inzwischen waren auch neue Dienstboten eingetroffen. Ein paar junge Frauen und Männer aus der Umgebung, die froh waren, über die Feiertage noch etwas dazuzuverdienen; einige der Mädchen waren bereits zum wiederholten Mal im Haus. Alle reihten sich in der Küche auf und blickten zu Augusta Baabe, als wäre sie eine Königin.

Wen sie wofür eingeteilt hatte, las sie von einem Zettel ab, deshalb ging es recht schnell. Ein Teil der Jungs würde die Koffer tragen, der andere Teil sollte die Pferde der Herrschaften versorgen.

Dann zählte Augusta Baabe die Zimmermädchen auf und wies ihnen die Räume zu, um die sie sich kümmern sollten.

Ein Name nach dem anderen fiel – doch Barbara erwähnte sie nicht. Unsicher blickte sie zu Elsa. Auf deren Stirn erschienen ein paar verwunderte Falten, die tiefer wurden, als die Hausherrin mit dem Einteilen der Zimmermädchen fertig war und dann zu den niederen Arbeiten kam.

»Barbara, Sie werden sich mit Trude und Hanne um die Wäsche kümmern«, beschied Augusta kalt.

»Aber ich denke, Barbara ist ein Zimmermädchen«, meldete sich Elsa zu Wort. »Sollte sie nicht bei den Zimmern helfen? Wir könnten sie dort gebrauchen!«

Augusta Baabe bedachte sie mit einem scharfen Blick. »Wenn ich Ihre Meinung wissen möchte, frage ich danach, Elsa, danke.«

Das Dienstmädchen presste die Lippen zusammen.

»Ach ja, Emma, gestern Abend war der Braten ein bisschen salzig. Achten Sie darauf, dass dies heute nicht mehr passiert.«

Damit verließ sie die Küche wieder. Hilda warf Barbara ein spöttisches Lächeln zu, bevor sie sich den anderen Zimmermädchen anschloss.

Barbara erwiderte ihren Blick und versuchte, sich ihre Enttäuschung nicht anmerken zu lassen. Sie würde nun also stundenlang in der feuchtheißen Waschküche hocken und Berge von Wäsche zum Trocknen auf den Dachboden bringen. Aber davon würde sie sich nicht kleinkriegen lassen. Es war klar, dass Augusta Baabe sie auch als Dienstmädchen nicht mochte. Aber das Jahr würde vergehen und das Frühjahr vielleicht einen Neuanfang bringen.

»Ich habe keine Ahnung, was Frau Baabe gegen dich hat. Am besten, du gehst ihr aus dem Weg«, riet ihr die Köchin. »Und in der Waschküche wird sie dir sicher nicht begegnen.«

Barbara nickte. »Nun ja, ich bin an den Strand gespült worden und weiß nicht, wer ich bin. Vermutlich glaubt sie, dass ich die Gäste bestehlen würde.«

Barbara nahm einen Wassereimer und trug ihn in die Waschküche.

Aus dem Augenwinkel heraus sah sie Elsas Kopfschütteln, doch diese würde, wenn sie sich nicht wieder einen Rüffel einfangen wollte, schweigen müssen.

Das Wäschewaschen war ungewohnt für Barbara. Es handelte sich um Berge von Laken, Handtüchern und Bezügen, außerdem gab es noch einige Kleidungsstücke, die die Gäste gewaschen haben wollten. Die beiden anderen Mädchen kannten sich besser aus und hatten auch mehr Kraft, den Bottich mit der Seifenlauge umzurühren.

Viel sprachen sie nicht miteinander, und so konnte Barbara nachdenken.

Wie sie es Johanna versprochen hatte, hatte sie noch

am Abend, als sie bei den Vandenbooms war, nach den Zweigen geschaut. Und siehe da, an ihrem eigenen Zweig waren die Knospen bereits so dick, dass es aussah, als würden sie in wenigen Tagen aufbrechen.

Doch würden sie ihr wirklich Glück bringen? Während die Seifenlauge in ihre Nase biss und der Schweiß ihre Kleider an ihren Körper klebte, wusste sie nicht, was sie davon halten sollte. Würde es ein Glück sein, das Haus zu verlassen?

Hilda hatte sie in den vergangenen Tagen mit Streichen in Ruhe gelassen, dennoch tauchte sie immer wieder in ihrer Nähe auf. Mittlerweile war sich Barbara sicher, dass sie ihr hinterherspionierte. Besonders am Vortag war es schlimm gewesen. Als würde Hilda befürchten, dass sie über sie reden würde! Das tat sie natürlich nicht. Und wenn sie irgendwem etwas anvertraute, dann Elsa, denn sie hatte das Gefühl, dass sie ebenfalls ihre Probleme mit Hilda hatte.

Wegen Hildas Spioniererei hatte sie nicht gewagt, sich Johanna zu nähern. Als Haustochter war sie dafür verantwortlich, mit den Gästen zu reden und die Damen auf Spaziergängen durch den Ort zu begleiten.

Aber was sollte sie ihr auch erzählen?

Natürlich waren die Knospen an Johannas Zweig bereits größer geworden, doch ob sie es bis zum Weihnachtsfest schafften?

Und legte Johanna überhaupt noch Wert darauf?

Immerhin war es Barbara gelungen, ihr zu berichten, dass sie den Brief direkt in Peters Hände gelegt hatte. Aber ob sie darauf schon eine Antwort bekommen hatte?

Vielleicht würde es ihr am Wochenende gelingen, kurz mit Johanna zu sprechen.

»Bring den nach oben in die Wäschekammer«, sagte Trude, nachdem sie wieder einen Korb gefüllt hatte. »Aber dass du die Laken nicht in den Staub fallen lässt!«

»Nein, keine Sorge.«

Barbara hob den Korb an. Er war schwer, doch sie würde es schon schaffen, ihn nach oben zu bringen. Dort war es bestimmt etwas kühler als in diesem Höllenkessel von einer Waschküche.

Indem sie den Korb zwischendurch immer wieder absetzte, schaffte sie es nach einer Weile die Hintertreppe hinauf. Diese war steiler als die Vordertreppe, aber jetzt, wo Gäste im Haus waren, durfte sie ihnen natürlich nicht mit Wasserflecken auf der Schürze und einem Korb nasser Wäsche begegnen.

Oben angekommen verschnaufte sie einen Moment, hob den Korb dann wieder an und trug ihn weiter. Sie befand sich nun auf der Höhe von Christians und Johannas Zimmern, doch abgesehen davon, dass diese sicher unterwegs waren, wagte sie es auch gar nicht, an Johannas Tür zu klopfen.

Am Ende des Ganges, kurz vor der Treppe ins Dachgeschoss, begegnete sie Christian. Er trat aus seinem Zimmer, sah sie und lächelte.

»Hallo Barbara, hast du einen Moment Zeit?«, fragte er.

Barbara nickte und schaute etwas peinlich berührt auf die Wasserflecken auf ihrer Schütze. So hatte sie ihm eigentlich nicht gegenübertreten wollen. Aber hätte sie wissen können, dass er hier oben war? Einfach weitergehen wollte sie auch nicht.

Und sie war froh, ihm zu begegnen!

Wie viele Tage waren mittlerweile vergangen, seit sie ihn zum letzten Mal gesehen hatte?

Und es schien auch eine Ewigkeit her zu sein, seit sie mit ihm gesprochen hatte.

Das Dienstmädchenkleid schien ihn aus ihrem Leben vertrieben zu haben.

Doch jetzt stand er vor ihr und sein Lächeln verwirrte sie. Fand er es etwa lustig, dass sie sich mit einem Korb voller Wäsche abschleppte?

»Soll ich dir das abnehmen?«

»Nein, lass nur, ich schaffe das schon«, entgegnete Barbara. Sie war nicht sicher, ob Hilda ihr auch jetzt noch hinterherschnüffelte, doch sie wollte sich auf keinen Fall dabei erwischen lassen, dass sie Christian ihren Korb tragen ließ. Selbst, wenn er es angeboten hatte.

»Es sieht ziemlich schwer aus.«

»Ist es aber nicht«, schwindelte sie, erkannte jedoch gleich, dass Christian ihr nicht glaubte.

»Wann hast du nachmittags ein wenig Zeit?«, fragte er.

»Warum fragst du?«, entgegnete sie. »Vor dem Wochenende sicher nicht, denn die Zimmer der Gäste müssen versorgt werden und die Wäsche.«

Christians Blick fiel wieder auf den vollen Korb. »Warum hat meine Mutter dich eigentlich für die Wäsche eingeteilt? Das könnten doch die Aushilfen machen.«

Barbara senkte den Kopf. »Wahrscheinlich, weil ich gestern in die Abendgesellschaft geplatzt bin und beim Kaminanfeuern eine Dame angerempelt habe.«

Christian schüttelte den Kopf. »Das war doch gar nicht schlimm. Die Gäste fanden dich alle sehr hübsch, meine Mutter wurde stundenlang gelöchert, wo man solche Zimmermädchen bekommt.«

»Das denkst du dir doch bestimmt nur aus«, murrte Barbara. »Einer der Männer hat mich Aschenputtel genannt.«

»Kennst du das Märchen nicht? Aschenputtel, die zur schönen Prinzessin wurde und den Prinzen geheiratet hat?«

Barbara schüttelte den Kopf. Dass die Gäste sie hübsch fanden, hatte Frau Baabes Wut auf sie sicher nur noch angefacht. Deshalb schleppte sie nun schwere Wäschekörbe nach oben. Heute Abend würde sie zu müde sein, um irgendwie zu versuchen, noch mit Johanna zu sprechen.

»Auf jeden Fall war es wirklich so, dass dich viele hübsch fanden. Sogar die Frau, die du gestoßen hast. Ich bin aus dem Feixen nicht mehr herausgekommen. Und mein Vater auch nicht. Einige Gäste haben ihn sogar gefragt, ob er vorhätte, dich zu verführen.«

»Oh mein Gott!«, stieß Barbara aus. Nie hätte sie gedacht, dass die Gäste sich über so etwas unterhielten. Das gehörte sich doch nicht!

»Aber keine Sorge, ich passe auf dich auf.« Christian legte den Kopf schräg, dann fragte er: »Also, meinst du, dass du am Wochenende ein paar Stunden Zeit hast? Ich würde sehr gern mit dir ausreiten. Zur Fischerhütte.«

Die Fischerhütte! Seit dem Ausritt und ihrem Zusammenbruch auf dem Friedhof von Doberan hatte Barbara nicht mehr daran gedacht. Doch nach wie vor wollte sie gern den Ort sehen, an dem ein alter Fischer Christian Märchen erzählt hatte.

»Aber darf ich denn aus dem Haus? Deiner Mutter wäre es sicher nicht recht.«

»Es ist mir egal, was meiner Mutter recht ist. Außerdem bist du jetzt eine Angestellte, keine Sklavin. Du magst meinem Vater angeboten haben, umsonst für ihn zu arbeiten, aber er bezahlt dich wie alle anderen Dienstmädchen auch. Und du arbeitest nicht aus irgendeiner Gnade hier, auch wenn meine Mutter das so darstellen will. Der große Weihnachtsball bringt sehr viele Gäste nach Heiligendamm. Wir brauchen Aushilfen, wir haben immer schon Mädchen um diese Zeit angeheuert. Also denk bitte nicht, dass du meiner Mutter etwas schuldig bist. Du arbeitest hier, und damit hast du auch das Recht auf freie Zeit.« Er sah sie an und schien erst jetzt zu bemerken, dass er sich in Rage geredet hatte. »Und ich würde dir sehr gern das alte Fischerhaus zeigen. Nun, was sagst du?«

Barbara blickte Christian erstaunt an. Er schien tatsächlich um jeden Preis mit ihr ausreiten zu wollen. Aber was würden die anderen Mädchen sagen? Außer bei Elsa und der Köchin hatte sie das Gefühl, dass die anderen sie nicht besonders mochten, sie vielleicht als Konkurrenz ansahen. Ganz zu schweigen von Hilda.

»Ich würde das Fischerhaus sehr gern sehen«, antwortete sie. »Aber ich fürchte, die Zeit ist vorbei. Ich bin nicht mehr Gast in diesem Haus, ich bin jetzt Bedienstete.«

»Und wo steht, dass ich mit einer Bediensteten nicht ausreiten darf?«

Christian atmete tief durch.

Es tat Barbara leid zu beobachten, wie die Freude von seinem Gesicht wich. Aber konnte sie sich denn auf ihn einlassen, wenn seine Mutter nur darauf zu warten schien, dass das Weihnachtsfest vorbeiging und sie sie wieder loswurde?

»Gut, lass uns nachdenken«, sagte er dann, offenbar hatte er noch nicht vor aufzugeben. »Wie wäre es am Sonntag nach dem Kirchgang? Da arbeitet nicht mal mein Vater, und das will schon etwas heißen. Die Mädchen haben da fast alle frei, zumindest am Nachmittag bis zum Abend. In der Zeit könnten wir ausreiten. Das wird dir niemand verwehren.«

»Und deine Mutter?«

»Sie hat am Sonntag etwas anderes zu tun. Zum Beispiel Johanna einen neuen Verehrer zuzuführen. Oder sie zu den von Kahldens zu schleppen. Oder mit ihren Freundinnen darüber zu spekulieren, welche Skandale es beim großen Ball geben wird.«

»Also gut, am Sonntag«, lenkte sie schließlich ein. »Nach dem Kirchgang. Und wo wollen wir uns treffen?«

»Wie wäre es am Haus Eikboom? Das liegt in einer kleinen Straße, dicht neben dem Wald.« Christian beschrieb ihr den Weg und Barbara nickte.

»Das finde ich sicher.«

»Sehr gut!«, sagte Christian, und ehe sie es verhindern konnte, schnappte er sich den Korb und trug ihn die Treppe hinauf.

»Warte!«, rief Barbara ihm hinterher, doch es blieb ihr nichts anderes übrig, als ihm zu folgen.

3. TEIL

DER BALL

34. KAPITEL

Samstag, 20. Dezember 1902

Johanna fühlte sich, als würde sie auf glühenden Kohlen sitzen. Wie lange brauchte Peter denn für eine Antwort? Oder war er zu sehr mit seiner neuen Liebsten beschäftigt? War sie vielleicht seine Verlobte? Eine, die seine Eltern für ihn ausgesucht hatten?

Abwesend schaute sie aus dem Fenster des Kaffeehauses, in das ihre Mutter sie und ein paar der weiblichen Gäste geführt hatte. Aufgrund des Balls wirkte die Promenade ein wenig belebter, doch sie nahm die Paare in dicken Mänteln und prachtvollen Pelzen kaum war. Ihr Blick heftete sich an den Himmel, an dem immer wieder Möwen erschienen und den das Sonnenlicht in ein klares, eisiges Blau tauchte.

Wenn Peter sich nicht meldete, was sollte sie tun? Sie konnte unmöglich selbst am Gästehaus der Vandenbooms auftauchen. Doch wenn das der einzige Weg war, mit ihm zu reden? Eine Antwort zu erhalten?

Sie lebten zwar beide im selben Ort, aber genauso gut hätte ein ganzer Ozean zwischen ihnen liegen können.

»Kind, du bist so still«, bemerkte Augusta plötzlich. »Ist alles in Ordnung mit dir?«

Johanna wandte sich um. Für einen Moment hatte sie vergessen, dass sie inmitten der Gäste saß. Die Frauen blickten sie verwundert an. Ihre Mutter musste etwas gefragt haben, doch sie hatte nicht mitbekommen, was.

»Entschuldige bitte, ich war nur ein wenig in Gedanken.«

»Nun, das kann dir wohl niemand verdenken«, entgegnete ihre Mutter, doch in ihren Worten schwang unüberhörbar ein Vorwurf mit. Seit der Unterhaltung nach dem Besuch der Schneiderin hatte sie nur wenige Worte mit ihrer Tochter gewechselt. Dazu, welche Gefahren es für die Familie bergen könnte, Berthold von Kahlden einen Korb zu geben, hatte sie sich nicht mehr geäußert. Aber Johanna konnte sich auch so denken, dass sie noch immer nicht damit einverstanden war und auf eine Annahme des Antrages bestand.

»Wir wollten wissen, ob Sie sich schon für eine Schneiderin entschieden haben, die Ihr Hochzeitskleid näht«, fragte eine ältere Dame aus dem Pulk der Gäste. Freifrau von Hammerstein, wenn sich Johanna richtig erinnerte.

Aha, es war also um ihre Hochzeit gegangen. Offenbar habe ich nichts verpasst, dachte Johanna und zwang sich zu einem Lächeln. »Ich habe ehrlich gesagt noch keine Idee. Unsere Hausschneiderin wird das Kleid wohl nähen, nehme ich an.«

Johanna bemerkte, dass ihre Mutter sie warnend ansah. Wenn sie jetzt, vor allen, damit herausrückte, dass sie Berthold von Kahlden gar nicht wollte, würde das dem Ansehen der Familie unglaublich schaden. Aber wäre das anders, wenn sie ihre Entscheidung bis zum Ball aufschob? Und vielleicht hatten die Frauen ja sogar Verständnis …

Nein, auf Verständnis brauchte sie nicht zu zählen. Viele der Damen entstammten einflussreichen Adelshäusern. Es war allgemein bekannt, dass diese Familien stets darauf achteten, durch Heirat einen Vorteil zu erhalten. Niemand redete darüber, aber nur allzu oft fügten sich die Töchter solcher Häuser einer Vernunftheirat.

»Nun, Sie sollten unbedingt nach Rostock schicken lassen«, fuhr die Freifrau fort. »Oder Schwerin. Die Schneiderinnen in den großen Städten sind viel mehr auf der Höhe, was die Mode betrifft. Gerade derzeit ist sehr viel im Wandel. Glauben Sie mir, Krinolinen und Korsette gehören schon bald der Vergangenheit an.«

»Denken Sie das wirklich?«, fragte eine Dame, die noch älter war als die Freifrau. »Meinen Sie nicht, dass es etwas zu frivol ist, das Korsett unter dem Kleid wegzulassen? Schließlich sind wir keine Dirnen aus Paris.«

Einige Frauen schnappten erschrocken nach Luft. Johanna verkniff sich ein Lächeln. Während unter den Frauen nun eine Diskussion darüber entbrannte, ob man das Wort Dirne in der Öffentlichkeit aussprechen durfte und welche Art Kleidung dem Anstand Genüge tat, vergaßen sie ganz, danach zu fragen, für welchen Bräutigam sie sich entscheiden würde. Vielleicht hatte ihre Mutter auch etwas darüber gesagt, als sie mit den Gedanken abwesend war, aber immerhin stellten sie ihr keine Fragen und bedrängten sie nicht.

Die Diskussion dauerte noch eine ganze Weile an, sehr zum Verdruss ihrer Mutter, die wohl lieber das Interesse auf Johannas Hochzeit gelenkt hätte.

Als sie schließlich wieder aufbrachen, war der halbe Nachmittag vorbei. Johanna war erleichtert. Diesmal war sie um das Thema Heirat noch einmal herumgekommen.

Bei ihrer Rückkehr ins Gästehaus wartete die Post auf dem kleinen Tischchen hinter dem Tresen. Der Junge, der die Gäste an der Rezeption in Empfang nahm, war nicht zu sehen. Wahrscheinlich redete er gerade mit den anderen Burschen in der Küche.

Die Post der Gäste war jedenfalls schon feinsäuberlich in die Fächer unterhalb ihrer Schlüssel gestapelt.

Da heute Samstag war, war es in dieser Woche die letzte Möglichkeit, einen Brief von Peter zu erhalten.

Johanna wäre am liebsten losgelaufen und hätte nachgesehen, ob etwas für sie dabei war. Doch ihre Mutter sagte: »Begleite die Damen doch in den Salon. Ich komme gleich nach.«

Das bedeutete nichts weiter, als dass sie selbst erst einmal die Post der Familienmitglieder durchsehen wollte, bevor sie sie an die entsprechenden Empfänger verteilte oder verteilen ließ.

Schweren Herzens folgte Johanna ihrer Anweisung und führte die Damen in den Salon. Ein wenig hoffte sie, dass sie unterwegs Barbara begegnen würde, doch kein Dienstmädchen war zu sehen.

~

Während sie die Laken von den Leinen nahm, fühlten sich Barbaras Arme immer noch so an, als hätte sie einen Riesenhaufen Steine geschleppt.

Es wunderte sie fast schon ein bisschen, dass die meisten Wäschestücke bereits trocken waren. Offenbar herrschte hier oben besonders gutes Klima dafür.

Wenigstens war sie nicht allein. Die anderen Mädchen, mit denen sie die Wäsche gemacht hatte, waren ebenfalls hier, falteten Laken und stapelten Nachthemden in die Körbe. Heute musste die gesamte Wäsche gemangelt und gebügelt werden, erst dann durfte sie wieder in die Gästezimmer. In der kommenden Woche würde sich die Prozedur wiederholen – und Barbara war sicher, dass die Hausherrin sie wieder für diese Arbeit einteilen würde.

Aber das war in Ordnung für Barbara. Ohnehin würde sie dann nur noch eine Woche hier sein.

Allerdings beschwerte sie das doch ein wenig. Was, wenn sie Christian dann nie wiedersah? Und Johanna ... Sie bezweifelte, dass die beiden noch weiter mit ihr Kontakt halten wollten. Zumal sie nicht einmal wusste, ob sie in der Gegend bleiben würde ...

Als der Wäschekorb voll war, trug sie ihn nach unten. Die anderen Mädchen nahmen kaum Notiz von ihr.

Dem Läuten an der Tür schenkte sie keine Beachtung – um die Tür zu öffnen, waren andere da, nicht ein Dienstmädchen mit einem vollen Wäschekorb für die Mangel.

Doch dann läutete es erneut, und da niemand erschien, setzte Barbara den Korb ab und ging zur Tür.

Als sie öffnete, blickte sie in das Gesicht eines ihr unbekannten Mannes. Er trug einen feinen Mantel und sah überhaupt nicht wie ein Diener aus. Dennoch streckte er ihr einen Brief entgegen.

»Würden Sie dieses Schreiben bitte Fräulein Johanna Baabe übergeben?«

Barbara betrachtete den Umschlag. Es stand nur Johannas Name darauf, nichts sonst.

»Und von wem ist dieser Brief?«, fragte sie.

»Das wird sie wissen, wenn sie ihn öffnet. Jedenfalls soll ich das ausrichten.«

Der Mann lächelte sie vielsagend an, tippte sich an den Hut und machte kehrt. Barbara schloss die Tür hinter ihm, dann betrachtete sie den Brief erneut.

Verschlossen war er mit einem Siegel, das keinen Rückschluss auf den Absender zuließ. Jedenfalls sie konnte sich keinen Reim darauf machen. War dieser Brief von Peter geschickt worden? Möglicherweise war der Mann eben ein Freund von ihm gewesen ...

Am liebsten wäre sie gleich zu Johanna gelaufen. Doch da stand noch der Wäschekorb an der Treppe. Und sicher war Johanna entweder in ihrem Zimmer oder in einem anderen Raum, den sie nicht betreten durfte. Sie schob den Brief also in die Tasche, gerade rechtzeitig, bevor die Hausherrin auftauchte.

Wo kam sie her? Hatte sie vielleicht mitbekommen, dass jemand etwas abgegeben hatte?

»Was soll der Wäschekorb da?!«, blaffte sie. »Glauben Sie, die Wäsche bewegt sich von allein zur Mangel?«

»Nein, Frau Baabe, entschuldigen Sie bitte«, entgegnete Barbara und eilte zum Korb.

»Mir war, als hätte es geläutet«, sagte Augusta Baabe, während sie langsam auf sie zukam. »War es etwas Wichtiges?«

Barbara spürte, wie ihr das Blut in den Kopf schoss.

»Nein, ich …« Sie war offenbar keine gute Lügnerin, so viel stand fest. »Ich habe die Tür geöffnet, doch es war … es war nur jemand, der etwas verkaufen wollte. Ich habe ihn weggeschickt.«

Augusta Baabe sah sie an, als wollte sie ihr einen Schlag verpassen, und Barbara hatte Mühe, nicht den Kopf einzuziehen. Würde sie es ihr abnehmen? Oder sie dafür rügen, dass sie selbstständig entschieden hatte?

»Gut«, sagte die Hausherrin nach einer Weile. »Dann sehen Sie zu, dass Sie den Korb von hier wegschaffen, bevor noch jemand darüber stolpert.«

»Natürlich«, sagte Barbara und trug den Korb in die Waschküche. Dort leerte sie die fertige Wäsche in einen größeren Korb, aus dem sie die Wäsche zum Mangeln nehmen würden.

Wenig später tauchten auch die anderen Mädchen auf. Sie plapperten fröhlich, bis sie Barbara sahen. Augenblicklich verstummten sie wieder und leerten ebenfalls ihre Körbe.

Bis zum Abend hatte Barbara keine Gelegenheit gehabt, Johanna aufzusuchen. Mit den anderen Mädchen mangelte sie die Wäsche, und als die Laken und Bettbezüge fertig waren, war es bereits dunkel.

Beim Abendessen erzählten die Zimmermädchen von dem, was sie in den Zimmern der Gäste gesehen hatten. Einige Mädchen hatten von den Gästen sogar etwas Geld zugesteckt bekommen.

Während die anderen erzählten, bemerkte Barbara, dass Hilda sie fast schon misstrauisch beäugte. Ahnte sie, dass sie etwas in ihrer Tasche verbarg? Eigentlich hatte sich Barbara vorgenommen, am Abend zu Johanna zu gehen, doch das war unmöglich, solange Hilda sie im Auge behielt. Warum tat sie das eigentlich?

Als sie mit Elsa die Treppe hinaufstieg, fühlte sie sich furchtbar müde – doch gleichzeitig wusste sie, dass sie kein Auge zutun würde, bis ihr ein Weg eingefallen war, wie sie Johanna den Brief überreichen konnte.

Eine Weile starrte sie durch das Dachfenster auf die vom Mondlicht weiß angestrahlten Wolken. Dann blickte sie rüber zu Elsa. Sie würde die Letzte sein, die sie bei der Hausherrin anschwärzte, doch es war besser, wenn sie nichts mitbekam. Glücklicherweise schlief ihre Zimmergenossin tief und fest. Dennoch stieg Barbara äußerst vorsichtig aus dem Bett. Ihr Blick streifte die beiden Zweige in dem Krug. Mittlerweile brachen auch die Knospen des zweiten auf.

Auf einmal wurde ihr klar, dass sie schon seit ein paar Tagen nicht mehr mit Johanna geredet hatte. Sie wusste noch gar nicht, dass die Knospen ihres Zweiges schon ein wenig aufbrachen. Von einer Blüte, wie sie der heiligen Barbara würdig gewesen wäre, war er zwar noch weit entfernt, doch es gab Hoffnung.

Würden sie Johanna Glück bringen? An ihr eigenes Glück glaubte Barbara nicht mehr. Aber das war auch nicht so wichtig. Inzwischen hatte sie begonnen, sich damit abzufinden, dass es dauern würde, bis sie wusste, wer sie war. Vielleicht erfuhr sie es auch nie. Möglicherweise war das gut so. Was ihr nicht gefiel, war, dass sie Christian vielleicht nicht wiedersah.

Morgen würde sie mit ihm ausreiten, doch die anfängliche Freude darüber hatte sich mittlerweile in Angst verkehrt. Christians Mutter würde wahrscheinlich in Ohnmacht fallen, wenn sie erfuhr, dass ihr Sohn seine Zeit mit einem Dienstmädchen verbrachte. Und wenn sie jemand sah … Der Treffpunkt, den Christian vorgeschlagen hatte, klang gut, aber manchmal gab es dumme Zufälle.

Sie unterdrückte ein Seufzen, zog den Brief unter ihrem Kopfkissen hervor und schlich zur Tür.

Wie ruhig das Gästehaus um diese Zeit war! Tagsüber hatte sie manchmal das Gefühl, in einem summenden Bienenschwarm zu sein. Doch jetzt war alles so still, dass sie von Weitem sogar das Rauschen des Meeres hören konnte.

Obwohl sie wusste, dass Hilda nicht vor ihrer Tür wachen würde, blickte sie sich nach allen Seiten um. Aber in den Ecken lauerten nur die Schatten. Die Treppenstufen knarrten leise, als sie nach unten schlich. Kurz meinte sie, ein Geräusch zu hören, doch es war nur das Knacken eines Balkens. Das Haus atmete, das hatte sie schon in ihrer ersten Nacht hier oben mitbekommen.

Schließlich hatte sie den Gang erreicht, der noch vor einer Woche jederzeit für sie erreichbar gewesen war. Es tat ihr beinahe leid, dass sie Johanna nie besucht hatte.

An der Tür hielt sie inne. Obwohl sie sicher war, dass niemand sie beobachtete, raste ihr Herz.

Einen Moment zögerte sie, dann klopfte sie leise. Johanna schlief sicher, doch einfach so eintreten wollte sie auch nicht.

Als sich nichts tat, klopfte sie ein wenig stärker. Das Geräusch schien durch das gesamte Haus zu hallen – jedenfalls kam es ihr so vor.

Im nächsten Augenblick regte sich etwas hinter der Zimmertür.

»Ja, bitte?«, fragte eine verschlafene Stimme.

Barbara legte die Hand auf die Türklinke und drückte sie vorsichtig herunter. Das Zimmer war von Mondlicht beinahe taghell erleuchtet.

Johanna hatte sich im Bett aufgerichtet und rieb sich die Augen. Offenbar hatte sie mit jemand anderem gerechnet. Als sie Barbara erkannte, nahm sie die Hand sofort herunter. Ihren Blick konnte Barbara nicht sehen, doch ihre Stimme klang überrascht, als sie fragte: »Barbara! Was ist geschehen?«

Sie reichte ihr den Brief. »Ein junger Mann hat das hier für dich abgegeben.«

»Wann?« Johanna schlug die Decke zurück und schwang die Beine über die Bettkante.

»Heute Nachmittag. Ich hatte leider keine Möglichkeit, es dir eher zu geben. Um ein Haar hätte deine Mutter etwas bemerkt.«

»Aber sie hat es nicht, oder?« Johanna barg den Umschlag an ihrer Brust.

»Nein, das hat sie nicht.« Barbara zupfte verlegen an ihrem Nachthemd, dann sagte sie: »Ich gehe dann mal lieber. Eigentlich dürfte ich ja gar nicht hier sein.«

»Nein, bleib bitte!«, sagte Johanna und griff nach ihrem Arm. »Ich möchte, dass du dabei bist, wenn ich ihn öffne.«

Sie zog Barbara neben sich auf die Bettkante.

Dann drehte sie den Brief herum, atmete noch einmal tief durch und brach dann das Siegel. Etwas Wachs krümelte auf ihr Nachthemd. Das Papier zitterte leicht in ihren Händen.

Barbara betrachtete ihr Profil, ihre Augen, in denen das Mondlicht glitzerte, als sie die Zeilen las.

Am liebsten hätte sie gefragt, was er geantwortet hatte – doch das wagte sie nicht. Es war Johannas Sache, und wenn sie nicht darüber sprechen wollte, war es in Ordnung.

Nach einer Weile, als sie den Brief mehrfach gelesen hatte, ließ Barbara das Papierstück sinken. Zitternd rann ihr Atem durch die Lungen. Erleichterung leuchtete in ihrem Blick, dann presste sie den Brief mit einem Lächeln gegen die Brust und schloss die Augen.

»Die junge Frau, die wir gesehen haben, wurde von seinen Eltern eingeladen. Anscheinend haben sie gehofft, dass er sich in sie verlieben würde.«

»Und? Hat er das?«, fragte Barbara.

Johanna öffnete die Augen und strahlte sie an. »Offenbar nicht, er schrieb mir, dass es für ihn keine andere gebe als mich und dass er einfach nur freundlich gewesen sei zu ihr. Sie hätte über fast alles gelacht, was er gesagt hat, weil sie hoffte, dass er sie heiraten würde.« Johanna atmete tief durch. »Er scheint in einer ähnlichen Lage zu sein wie ich. Wenngleich er der Falle seiner Eltern wohl eher entkommen kann, denn wenn er in seine Kanzlei zurückkehrt, hat er seine Ruhe vor ihnen.«

Sie griff nach Barbaras Hand und seufzte tief.

»Es ist so gut, dass du bei mir bist. Ich hasse meine Mutter für das, was sie dir antut.«

»Ich habe es mir selbst ausgesucht«, entgegnete Barbara. »Ohne zu wissen, wer ich bin, ohne die Hoffnung, von meinem Vater abgeholt zu werden, kann ich nicht darauf bestehen, einfach hier, in deinem Haus, zu bleiben. Ich musste mich als Dienstmädchen verdingen, und ich werde mir mit Jahresbeginn eine andere Stelle suchen müssen. Ich habe jetzt ein anderes Leben, und ich kann dieses annehmen oder vor Verzweiflung ins Wasser springen.«

Barbara spürte, dass Johannas Händedruck noch fester wurde.

»Das darfst du auf keinen Fall!«, sagte sie. »Versprich mir, dass du dir nichts antun wirst, egal, was geschieht.«

Barbara nickte. »Versprochen.«

»Gut. Und wenn du willst, höre ich mich bei den Mädchen um, die mit mir in die Schule gegangen sind. Freundinnen kann man sie zwar nicht nennen, aber wir kommen gut miteinander aus. Möglicherweise kann ich dich in einem dieser Häuser unterbringen.«

»Das wäre sehr nett«, entgegnete Barbara. »Denn eigentlich würde ich gern hierbleiben wollen. In Heiligendamm. Bei …« Sie stockte. Um ein Haar hätte sie verraten, dass sie bei Christian bleiben wollte. Aber darauf durfte sie nicht hoffen. Und es war auch besser, wenn sie mit Johanna nicht darüber redete.

»Du bist in meinen Bruder verliebt, nicht wahr?«, fragte Johanna mit einem wissenden Lächeln.

»Ich …« Blut schoss in Barbaras Wangen. »Ich weiß es nicht … Ich weiß nicht, wie es sich anfühlt, wenn man verliebt ist, aber ich mag deinen Bruder sehr gern. Und morgen will er mit mir zur Fischerhütte reiten.«

»Aber das ist ja wunderbar!«, entgegnete Johanna. »Offenbar bedeutest du ihm viel.«

»Ja, vielleicht ist das so.« Traurig schlug Barbara die Augen nieder.

»Was ist?«, fragte Johanna. »Was bedrückt dich?«

»Es ist so: Ich würde ihn gern wiedersehen. Ich würde gern weitere Ausritte mit ihm machen. Auch wenn ich nicht weiß, wie es morgen sein wird. Aber dein Bruder ist der Sohn eines angesehenen Gästehausbetreibers, und ich bin nur ein Dienstmädchen. Das werde ich bleiben, solange ich nicht weiß, wer ich wirklich bin.«

Johanna legte den Arm um sie. »Nun, dann sollten wir wohl beide auf die Barbarazweige hoffen, wie? Was machen sie denn?«

»Sie haben Knospen, dicke Knospen. Aber sie blühen noch nicht.«

»Sie haben auch noch ein paar Tage Zeit. Wollen wir hoffen, dass sie uns das bringen, was wir uns wünschen.«

Eine Weile saßen sie schweigend auf dem Bett, dann erhob sich Barbara. Es war besser, wenn sie wieder in ihr Zimmer zurückkehrte. Vielleicht wurde Elsa wach und fragte sich, wo sie war.

»Gute Nacht«, sagte sie und ging zur Tür.

»Gute Nacht«, gab Johanna gedankenvoll zurück. »Sehen wir uns morgen wieder?«

»Das hoffe ich. Die Wäsche ist fertig, morgen wird sie auf die Zimmer verteilt, und ich werde eine andere Arbeit zugeteilt bekommen.«

»Es ist eine Schande, dass meine Mutter dich zum Waschen geschickt hat.«

Barbara schüttelte den Kopf. »Es ist eine Arbeit wie jede andere. Und ich kann verstehen, dass sie die Mädchen, die die Arbeit in den Zimmern bereits kennen, dort einsetzt. Einmal fängt jeder an, nicht wahr?«

Johanna seufzte tief.

»Was meintest du eigentlich damit, dass Peter Vandenboom seiner Falle eher entkommen kann als du?«, fragte Barbara, als sie sich an der Tür noch einmal zu Johanna umwandte.

»Nun ja«, entgegnete sie. Da der Mond sie nun von hinten beleuchtete wie ein Heiligenschein, war ihre Miene nicht gut zu deuten. »Peter ist ein Mann, und er baut sich gerade eine eigene Existenz auf. Wenn er nicht heiraten will, wen seine Eltern aussuchen, zieht er sich in seine Kanzlei zurück, und sicher vergeben sie ihm nach einer Weile. Doch schau mich an! Für meine Mutter ist es klar, dass ich Berthold von Kahlden heiraten werde. Ich habe versucht, mit ihr zu reden, aber es ging nicht. Sie ist der Meinung, dass es schwerwiegende Konsequenzen für unsere Familie hätte, wenn ich seinen Antrag nicht annehme. Und eine Heirat mit Peter käme für sie niemals in Frage. Entweder werde ich eine unglückliche Braut, oder ich verliere meine Familie.«

»Und wofür wirst du dich entscheiden?«

»Ich weiß es nicht«, entgegnete Johanna bedrückt. »Ich weiß es wirklich nicht.«

35. KAPITEL

Sonntag, 21. Dezember 1902

In der Kirche konnte sich Barbara kaum auf die Predigt konzentrieren. Die Aussicht auf den Ausritt mit Christian erregte sie und jagte ihr ebenfalls ein wenig Angst ein. Was, wenn die Hausherrin dahinterkam? Bei der schlechten Meinung, die sie von ihr hatte, würde sie ihr sicher die Schuld geben. Und dann hätte sie auch endlich einen Grund, sie rauszuwerfen.

Sie hatte noch immer im Ohr, was Hilda am vergangenen Abend erzählt hatte: Dass es schon einmal ein Mädchen gegeben hatte, in das Christian verliebt gewesen war, und dass die Sache böse geendet hatte. Und sie hatte genau bemerkt, dass Hilda die ganze Zeit zu ihr rübergeschaut hatte, als sie die Geschichte erzählte.

Ein wenig hatte sie gehofft, dass die anderen ihr widersprechen würden. Aber das passierte nicht. Die jüngeren Dienstmädchen taten so, als würden sie nichts hören, die Aushilfen wussten ohnehin nicht Bescheid, und auf Elsas und Emmas Stirn waren tiefe, nachdenkliche Falten erschienen. Schließlich hatte Emma dem Geschwätz ein Ende gesetzt.

Doch die Geschichte hatte sich in ihr festgeklammert wie eine Distel. Was war damals passiert? Warum war die Liebe gescheitert? Hatte seine Mutter etwas dagegen gehabt? Oder hatte Christian das Mädchen sitzengelassen? Das konnte sie sich bei ihm gar nicht vorstellen.

Dennoch machte sich Verunsicherung in ihr breit.

Weder wollte sie sich das Herz brechen lassen, noch dass Christian wegen ihr Ärger hatte. Und sie wollte auch nicht vor der Zeit das Haus verlassen müssen. Wenn es zu einem Skandal kam, würde es ihr unmöglich sein, in Heiligendamm oder Doberan eine Anstellung zu finden. Und dann war sie verloren.

Doch gleichzeitig wusste sie, dass Christian nicht lockerlassen würde. Und sie wollte ihn auch nicht enttäuschen.

Und was war schon an einem Ausritt dabei? Sie waren auch schon vorher ausgeritten! Zwar war Johanna da zugegen gewesen – aber vielleicht kam sie ja auch diesmal mit? So sorgenvoll, wie sie aussah, konnte sie wohl ein wenig Zerstreuung gebrauchen.

Peter hatte ihr in dem Brief beteuert, keine andere zu

lieben, auch nicht die Heiratskandidatin, die man ihm an den Arm gehängt hatte. Doch was, wenn er sich nicht durchsetzen konnte? Und wenn sie nicht den Mut aufbrachte, sich von ihrer Familie zu lösen?

Als die Kirchgänger ein Lied anstimmten, verschwanden die Gedanken für einen Moment. Der Advents-Gottesdienst war beinahe zu Ende. Sie musste sich etwas überlegen, wie sie den Nachmittag von Hilda unbeobachtet verbringen konnte. Wenn sie mitbekam, dass sie mit Christian ausritt, würde es bei ihrer Rückkehr ein Donnerwetter geben.

Als die Besucher die Kirche verließen, sah Barbara, dass die Baabes noch eine Weile beim Pastor stehenblieben und mit ihm redeten. Ob sie ihn schon nach einem Hochzeitstermin für Johanna fragten?

Barbara schloss sich Elsa an, die den Kragen ihres Mantels hochgeschlagen hatte und erst aufhörte, mit den Zähnen zu klappern, als sie sich bei ihr einhakte.

»Hoffentlich kommt der Frühling bald«, sagte Elsa. »Diesen Schnee und diese Kälte ertrage ich nicht mehr lange.«

»Aber es ist doch erst Weihnachten«, gab Barbara zu bedenken. »Eigentlich sollte das doch eine Zeit der Freude sein!«

»Ja, vielleicht. Aber im Großen und Ganzen ist es einfach nur kalt, und die Freude stellt sich bei mir erst ein, wenn ich am Kachelofen sitzen und mich wärmen kann.«

Sie gingen ein paar Schritte, und Barbara versuchte sich vorzustellen, wie Elsas Zuhause aussah. Ein Kachelofen gehörte dazu, vielleicht auch eine gemütliche Stube. Bisher hatte sie nie die Zeit gefunden, sich mit ihrer Zimmergenossin über deren Familie zu unterhalten.

»Wo wirst du eigentlich über Weihnachten sein?«,

fragte Barbara, denn sie hatte gehört, dass einige Mädchen über die Feiertage freibekamen. Elsa gehörte dazu, Martha und auch Hilda. Aus diesem Grund freute sich Barbara beinahe schon auf die Festtage, denn so würde man ihr nicht nachspionieren.

»Bei meiner Mutter und meinen Geschwistern«, erzählte Elsa, während ihr Blick über die Fenster der Häuser glitt, die sie passierten. »Mein Vater lebt schon lange nicht mehr, und zwei meiner Geschwister sind noch nicht so weit, dass sie das Haus verlassen könnten. Meine Mutter verdient ihr Geld mit Wäschewaschen, aber das reicht natürlich nicht. Jedes meiner Geschwister steuert pro Monat etwas von seinem Gehalt dazu. So kann sie in ihrem Haus bleiben.«

»Das tut mir leid«, entgegnete Barbara. »Ich meine, dass dein Vater gestorben ist. Ich weiß mittlerweile auch, dass meine Mutter gestorben ist.«

»Aber deine Mutter hat ihren Mann sicher nicht geschlagen, nicht wahr?«

Barbara schaute Elsa überrascht an. »Nein, bestimmt nicht.«

»Siehst du. Bei meinem Vater war das der Fall. Jeder von uns hat was abgekriegt. Als er starb, waren wir zunächst nicht traurig. Doch dann haben wir bemerkt, dass uns das Geld fehlte, das er als Kutscher auf einem Gutshof verdient hat. Meine großen Brüder sind daraufhin von der Schule abgegangen und haben sich bei Bauern verdingt. Und als meine Konfirmation vorbei war, trat ich bei den Baabes in den Dienst. Damals waren deren Kinder noch klein, das Fräulein Johanna konnte gerade erst richtig laufen.«

Sie schien sich kurz in Erinnerungen zu verlieren. Barbara sah ein kurzes Lächeln über ihr Gesicht huschen.

»Hättest du dir ein anderes Leben gewünscht, wenn es möglich gewesen wäre?«, fragte Barbara. Sie wusste nicht, ob ihr Vater sie jemals geohrfeigt hatte, aber sie glaubte es nicht.

»An so manchen Tagen hätte ich mir einen anderen Vater gewünscht. Einen, der Mutter und uns nicht schlägt. Einen, der vielleicht Geld hinterlassen hätte, so dass meine Brüder eine Ausbildung hätten machen können. Vielleicht bei einem Schneider oder Schuster. Ich wäre sowieso niemals irgendwo in die Lehre gegangen, für mich stand immer fest, dass ich in Diensten treten werde. Und ich habe es im Gästehaus gut getroffen. Frau Baabe ist eigentlich eine ganz reizende Person …«

Sie blickte Barbara an und verstummte. Zu ihr war Augusta Baabe nicht reizend gewesen. Und offenbar wusste niemand, warum. Eigentlich war Barbara in einer noch schlimmeren Position als die vierzehnjährige Elsa, die ohne Vorkenntnisse irgendwo arbeiten sollte, um ihre Mutter und ihre jüngeren Geschwister zu unterstützen.

»Nun ja, manchmal bekommt man eben ein anderes Leben, als man es sich erträumt hat. Aber das bedeutet ja nicht, dass es schlecht ist. Es ist immerhin ein Leben, nicht wahr?«

Barbara dachte den ganzen restlichen Weg über diese Worte nach. Es war immerhin ein Leben. Und sie hatte ihr Leben auch noch. Das war ein großes Glück – dennoch wünschte sie sich, dass sie wüsste, wer sie war. Dass sie wüsste, aus welchem Haus sie kam und welche Bestimmung man ihr zugedacht hatte.

Die Angestellten trafen sich noch einmal zum Mittagessen, dann gingen alle ihrer Wege. Auch Hilda verließ das Haus. Das bereitete Barbara ein wenig Unbehagen, denn wenn Hilda unterwegs war, würde sie vielleicht Ausschau nach ihr halten.

Aus diesem Grund wartete sie, bis alle anderen weg waren, und verkündete erst dann der Köchin, dass sie ein wenig spazieren gehen wollte.

»Das machst du richtig, Mädchen«, sagte Emma, die ebenfalls ihre Sonntagsjacke übergestreift hatte. »Lauf ein wenig rum, steck die Nase in die Luft. Vielleicht triffst du einen netten Burschen. Und wenn nicht das, fällt dir vielleicht wieder etwas aus deiner Vergangenheit ein. Die Ärzte im ganzen Herzogtum behaupten, dass die Luft hier Wunder wirken würde. Vielleicht trifft das auch auf dich zu.«

Barbara lächelte und verabschiedete sich dann. Nachdem sie sich noch einmal zum Haus umgeschaut hatte, stapfte sie die Promenade entlang in Richtung Kurhaus und bog dann in eine kleine Straße ab, die zum Haus Eikboom führte. Freude und Angst nahmen ihre Sinne dermaßen in Beschlag, dass sie kaum das Rauschen des Meeres hörte. Hin und wieder schaute sie sich um, hielt Ausschau nach Hilda – doch diese war nirgends zu sehen. Vielleicht hatte sie irgendwann auch den Ratschlag der Köchin bekommen, sich im Ort nach einem Burschen umzusehen …

Doch nein, sie war in Christian verschossen. Das wussten sogar die anderen Mädchen, offenbar machte sie keinen Hehl daraus. Wenn sie im Ort war, dann vielleicht, um sich in einem Kaffeehaus eine Schokolade zu gönnen.

Als sie das Haus Eikboom erreichte, das etwas kleiner war als die gewöhnlichen Gästehäuser und von hohen Eichen umstanden war, war ihr Innerstes bis zum Bersten gespannt. Keine Spur von Hilda, doch auch Christian sah sie nicht. Dabei hatte er ihr gestern Abend im Vorbeigehen zugeraunt, dass sie sich hier treffen würden. Hatte er es sich anders überlegt? Oder hielt ihn seine Mutter fest?

Sie dachte wieder an Johannas Peter, dem seine Eltern ein Mädchen ausgesucht hatten. Eigentlich war auch Christian im heiratsfähigen Alter.

»He!«, machte es von einer Hausecke her.

Als sie sich umwandte, erkannte sie Christians Gesicht. Er lächelte sie an und verschwand dann wieder hinter der Wand. Barbara umrundete die Ecke. Da sah sie ihn. Wie lange mochte er hier schon warten?

»Bist du bereit?«, fragte Christian, der die Pferde an einem Baum neben dem Haus angebunden hatte. Er lächelte sie so strahlend an, dass sie gar nicht anders konnte, als das Lächeln zu erwidern.

»Ja, ich bin bereit. Aber …«

»Was, aber?«, fragte Christian. »Du hast es dir doch hoffentlich nicht anders überlegt?«

Barbara schüttelte den Kopf. »Nein, aber ich wollte dich noch einmal darauf hinweisen, dass es gefährlich sein könnte, was wir machen.«

»Was? Zusammen zur alten Fischerhütte zu reiten? Was soll daran gefährlich sein?«

»Dass uns jemand sieht! Dass deine Mutter es erfährt.«

»Das ist mir egal. Ich will dir die Fischerhütte zeigen, das ist alles. Meine Mutter kann nichts dagegen haben. Wir sind schon mal ausgeritten, das hast du doch hoffentlich nicht vergessen.«

»Nein, aber da war deine Schwester dabei.« Barbara merkte, dass ihr die Argumente ausgingen. Und sie wollte den Ausflug auch nicht absagen oder verschieben.

»Ich glaube, wir brauchen meine Schwester nicht, stimmt's? Ich verspreche, ich passe auf dich auf. Und ich fange dich auf, falls dich wieder eine Erinnerung überkommt.«

Mit diesen Worten half er ihr in den Sattel.

Sie ritten ein Stück durch den Wald und dann über einen Abgang zum Strand. Als sie den Ort ein Stück weit hinter sich gelassen hatten, verlangsamten sie den Schritt ihrer Pferde.

»Ist dir auch nicht zu kalt?«, fragte Christian.

Barbaras Wangen glühten regelrecht, allerdings nicht vor Hitze, sondern wegen der Kälte.

»Nein, es geht schon«, antwortete sie, doch ihre Unterlippe zitterte dabei. Der Mantel und das Reitkleid mochten vielleicht beim letzten Ausritt gewärmt haben, aber jetzt schien die Kälte größer geworden zu sein und den Stoff mühelos zu durchdringen.

Vielleicht konnte er in der Hütte des Fischers ein kleines Feuer entzünden. Das Gebäude selbst mochte verfallen sein, aber es bot sicher etwas Schutz gegen den rauen Seewind.

Sie ritten weiter, bis Christian nach einer Weile sein Pferd zum Stehen brachte.

»Warum halten wir?«, fragte Barbara, als er vom Pferd sprang und sich umschaute.

»Hier«, sagte er. »Hier ist es gewesen. Hier habe ich dich gefunden.«

Barbara blickte sich um. Es war keine besonders markante Stelle der Küste. Der Strand machte eine kleine Biegung, aber das Meer war sehr bewegt, so dass man die Uferlinie nicht besonders gut ausmachen konnte. Schichten von verschiedenfarbigen Muscheln türmten sich auf dem Sand auf, dazwischen grüner und brauner Seetang. Die steife Brise ließ nur wenig von dem Fischgeruch übrig, der sonst über diesem Strandabschnitt schwebte.

»Das Segeltuch, das sich um deine Beine gewickelt hatte, ist schon längst fort«, sagte er, kam zu ihr und streckte ihr die Hand entgegen.

Barbara stieg aus dem Sattel, und wenig später legte er seinen Arm um sie. Sie zitterte am ganzen Leib.

»Dir ist doch kalt«, sagte er, zog sie an seine Brust, versuchte, sie mit den Ärmeln seines Mantels abzuschirmen.

Barbara wusste nicht, warum sie zitterte. Es war, als würde sich eine Erinnerung anschleichen, wie damals auf dem Friedhof von Bad Doberan. Doch die Bilder kamen nicht. Da war nur Kälte in ihrem Innern, die sie erstarren ließ wie eine Wasserfontäne im Frost.

»Wir sollten weiterreiten«, hörte sie Christians Stimme. »Ich wollte dir doch die Hütte zeigen.«

Barbara nickte. Noch immer zitterte sie. Dieser Abschnitt des Strandes war ihr unheimlich. Wahrscheinlich, weil Christian ihr erzählt hatte, dass sie hier beinahe gestorben wäre.

Sie gingen zu den Pferden zurück und ritten weiter.

Nach einer Weile entdeckten sie die Hütte zwischen den Bäumen. Sie wirkte sehr lädiert, an den Pfosten ringsherum hingen zerrissene Netze. Auch ein Boot gab es nicht mehr. Wahrscheinlich war es das Erste, was sich jemand unter den Nagel gerissen hatte, als der Fischer starb. Oder war er damit auf dem Meer ertrunken?

Sie stiegen ab und machten die Pferde an den Pfosten fest. Das Dach wirkte löchrig, doch es war noch immer eine richtige Hütte, mit einer Tür, die windschief an nur noch einer Angel hing.

»Sei vorsichtig, vielleicht ist die Bewohnerin wieder da.«

»Eine Meerjungfrau?«, fragte Barbara lächelnd. Dann erblickte sie die gelben Augen in der Dunkelheit. Die Katze saß auf dem Tisch und musterte die beiden Besucher. Ihr Körper spannte sich, ihr Schwanz bewegte sich ein wenig, doch sie blieb sitzen, als wüsste sie, dass dieser Ort jetzt ihr gehörte. Ihr allein, wenn nicht irgendwer auftauchte, der alten Geschichten nachspürte.

»Ihr scheint es nicht zu gefallen, dass wir hier sind«, sagte Barbara, während sie an der Türschwelle stehenblieb.

»Das muss sie aushalten. Dem Erbauer der Hütte waren Gäste stets willkommen. Ich habe hier viele Stunden zugebracht. Sehr zum Ärger meiner Mutter, die glaubte, das Meer würde mich verschlingen.«

»Das hat es aber nicht.« Barbara blickte ihn an und lächelte. Sie erinnerte sich wieder an das gestrige Gespräch mit Johanna. War sie in Christian verliebt? Auf jeden Fall liebte sie es, ihn zu betrachten. Als sie eintraten, konnte sie im Licht, das durch die Tür fiel, den zarten Flaum auf seinen Wangen erkennen. Sein Profil war sehr elegant. Sie spürte, wie ihr Herz schneller pochte.

»Nein, das Meer hat mich nie bekommen. Auch dann nicht, als ich mit Hinning auf dem Wasser war. Die Wellen haben sein Boot kräftig durchgeschaukelt, doch getan haben sie uns nie etwas.«

»Wusste deine Mutter von der Bootsfahrt?«

»Nein.« Christian schüttelte den Kopf und lachte auf. »Sie hat es ebenso wie mein Vater nie erfahren. Schon als Kind wusste ich, dass es besser war, einige Dinge für sich zu behalten. Leider hat es manchmal nicht geklappt.«

»Welche Geheimnisse haben sie denn erfahren?«, fragte Barbara.

Christian zog einen Stuhl heran, staubte ihn mit dem Ärmel ab. »Setz dich doch.«

Barbara tat wie geheißen, und als er sich zu ihr auf den zweiten Stuhl setzte, sagte er: »Ich hatte mal ein Mädchen. Ihr Name war Louise. Sie war eine Bauerntochter. Ich liebte sie sehr, dachte, ich könnte sie mitnehmen in mein Leben. Doch dann kamen meine Eltern dahinter und zwangen mich, sie aufzugeben. Und ich hatte nicht einmal den Mut, sie danach noch einmal zu besuchen. Ich schrieb ihr einen Brief und blieb einfach fort.«

»Ist das der Grund, weshalb du noch nicht verheiratet bist?«, fragte Barbara und versuchte sich vorzustellen, wie es war, einen geliebten Menschen aufzugeben. Hatte es in ihrem Leben auch so einen Menschen gegeben? Vielleicht einen Bräutigam? Wenn ja, wie sollte sie, selbst wenn sie sich erinnerte, zu ihm zurückkehren, wenn sie doch wusste, dass ihr Herz schon seit einiger Zeit für Christian schlug? Vermutlich schon seit dem Augenblick, als er vor ihrer Tür gewacht und nach ihr gesehen hatte. Als er ihr das erste Mal von der Hütte erzählt hatte, in der sie jetzt saßen.

Wahrscheinlich würde sie schon bald erfahren, wie es war, jemanden aufgeben zu müssen, den man liebte. In dem Augenblick, wenn sie das Gästehaus verließ.

»Deine Mutter mag es nicht, wenn du dich mit Mädchen abgibst, die unter deinem Stand sind, wie?«

Christian schnaufte. »Was ist denn schon unter meinem Stand? Mein Ururgroßvater war selbst Bauer. Mein Urgroßvater wollte etwas anderes und zog an die Küste. Mein Großvater kaufte dieses Haus und machte ein Gästehaus daraus. Wir sind nicht mehr als alle anderen Leute hier. Unser Geschäft läuft gut, das ist das Einzige, was uns von einigen anderen unterscheidet. Aber im Grunde genommen ist niemand schlechter als wir. Und, wenn man vom Adel absieht, auch nicht besser.«

»Deine Mutter scheint das aber zu denken.«

»Ja, sie glaubt, Adel färbt ab.« Christian lachte. »Deshalb möchte sie wahrscheinlich auch Johanna mit diesem von Kahlden verheiraten. Würde es dort eine Tochter oder Nichte geben, die noch frei wäre, würde sie vielleicht sogar versuchen, mich dazu zu bringen, ihr den Hof zu machen.«

»Die von Kahldens wären sicher erfreut«, entgegnete Barbara, und gleichzeitig war sie froh, dass dem nicht so war. »Allerdings frage ich mich, warum sie Berthold nicht mit einer Adeligen verheiraten.«

»Ganz klar des Geldes wegen!«, entgegnete Christian. »Den von Kahldens mag fast der gesamte Heilige Damm gehören, aber dennoch fließt ihnen das Geld aus den Händen. Meine Mutter tut gern so, als wäre sie nur eine einfache Pensionswirtin, aber in Wirklichkeit weiß sie sehr genau um die Bedeutung unserer Familie. Sie weiß, dass wir eine der wenigen sind, die ihr eigenes Haus bewirtschaften und nicht Pächter der von Kahldens sind. Und die wissen das auch, und vielleicht glauben sie, durch irgendeinen Zufall würde Johanna das Land doch noch erben. Ich bräuchte nur einen Reitunfall zu haben, und schon würde unser Gästehaus ihnen gehören.«

Barbara fröstelte plötzlich. Der Gedanke, dass Christian sterben könnte, war einfach zu viel für sie.

»Es tut mir leid«, sagte er und griff nach ihrer Hand. Sie war warm und weich und stark genug, um sie zu halten und zu tragen. »Ich wollte dich nicht erschrecken.«

»Schon gut«, entgegnete sie und sah ihm lange in die Augen. Er erwiderte ihren Blick und lächelte.

»Du bist das schönste Mädchen, das ich je gesehen habe«, sagte er dann leise.

»Und Louise?«

»Ist nur noch ein Schatten. Ich bereue, wie es gelaufen ist, aber mittlerweile bereue ich nicht mehr, dass sie nicht meine Frau geworden ist. Denn sonst hätte ich dich wohl nicht retten können.«

Plötzlich war es, als würde die Luft zwischen ihnen wärmer werden, wie bei einem Sonnenstrahl, der durch das brüchige Dach fiel. Barbaras Herz pochte bis zum Hals, und in ihrem Bauch kribbelte es wie von Schmetterlingen, die ihre Flügel ausbreiteten.

Auf einmal hatte sie nur noch den Wunsch, dass er sie in seine Arme nehmen und küssen würde.

Doch dann fuhr ein kalter Windhauch über ihren Nacken. Augusta würde nie zulassen, dass er sie heiratete. Und Barbara wollte ihn nicht dadurch unglücklich machen, dass sie fortging. Es durfte nicht sein.

»Wir sollten zurückreiten«, sagte sie, als sie sich wieder ein wenig gesammelt hatte.

Christian sah sie überrascht an. Die Frage nach dem Warum lag in seinen Augen, doch Barbara strebte schon der Tür zu. Sie durfte sich nicht noch mehr in ihn verlieben. Das würde es ihr nur schwer machen, das Haus zu verlassen. Und noch schwerer, nicht nach ihm Ausschau zu halten.

Christian erhob sich und lief ihr hinterher.

»Warte«, sagte er und griff nach ihrem Arm. Dann zog er sie an sich. Seine Lippen trafen weich und warm die ihren, und im ersten Moment fühlte es sich so an, als würde Sonne auf Eis treffen und es schmelzen. Dann spürte sie ihn, seine Wärme, seine Arme um ihre Taille, sein Gesicht, die Nase, die sie streifte, und seine Lippen, weich wie Seide. Verzückt schloss sie die Augen. Gegen seine Brust gelehnt, glaubte sie den Schlag seines Herzens zu spüren, dazwischen das Pochen ihres eigenen.

Der Augenblick währte nur kurz, doch er hallte in ihr nach wie ein Echo durch die Berge. Als sie die Augen wieder öffnete, bemerkte sie, dass er sie ansah.

»Weißt du eigentlich, wie froh ich bin, dass ich dich

an jenem Morgen gefunden habe?«, sagte er und strich ihr eine Haarsträhne aus dem Gesicht.

»Ich bin froh, dass du mich gefunden hast. Ohne dich wäre ich verloren gewesen. Am Strand gestorben, ohne jemals wieder die Sonne gesehen zu haben. Oder das Meer.«

»Sicher hätte dich irgendwer gefunden«, gab er zurück. »Und genauso sicher bin ich, dass du auch ohne mich überlebt hättest. Aber es ist gut, dass ich es war. So gut.«

Er hielt sie noch eine Weile, und obwohl alles in ihr danach schrie, dass sie fortgehen sollte, dass sie ins Haus zurückkehren sollte, wo Augusta Baabes strenger Blick ihr verbot, auch nur in seine Nähe zu kommen, blieb sie für eine gefühlte Ewigkeit stehen und ließ zu, dass seine Arme sie festhielten, als würden sie einem Sturm trotzen müssen.

~

Hilda schlug das Herz bis zum Hals.

Ein Kuss! Er hatte sie tatsächlich geküsst!

Glühende Eifersucht stach durch ihre Brust. Es reichte nicht, dass er mit ihr ausgeritten war – nun küsste er sie auch noch und hielt sie fest, als wollte er sie nie mehr gehen lassen.

Hilda schlug die Hand vor den Mund. Um ein Haar hätte sie vor Zorn und Enttäuschung aufgeschrien. Sie hatte es geahnt, dass er mehr für sie empfand, doch sie hatte sich eingeredet, dass Frau Baabe dafür sorgen würde, dass die beiden nicht zusammenkamen. Und jetzt war genau das doch passiert.

Eine Weile drückte sie sich zitternd gegen einen Baum und wünschte sich, hier nicht gewartet zu haben. Aber das, was sie belauscht hatte, war einfach zu verlockend gewesen.

Nun hatte sie etwas, das sie bei Frau Baabe vorbringen konnte. Doch würde das etwas daran ändern, dass Christian dieses Mädchen liebte? Würde er von ihm ablassen, wenn es nicht mehr im Haus war? Oder würde es weitergehen? Würde er nie merken, dass sie, Hilda, ihn liebte?

Sie musste von hier fort! Christian und Barbara stiegen auf ihre Pferde. Sie musste ihnen zuvorkommen und dann mit Frau Baabe sprechen. Glücklicherweise kannte sie eine Abkürzung, die man mit den Pferden nicht nehmen konnte.

Hilda rannte los, so schnell sie konnte, auch wenn der eisige Wind in ihren Hals und ihre Lungen schnitt. Es machte ihr nichts aus, denn tief in ihrem Innern loderte der Hass heißer als das Höllenfeuer.

36. KAPITEL

Noch bevor das Gästehaus überhaupt in Sicht kam, trennten sich ihre Wege. Barbara wollte es so. Eigentlich hatte Christian vorgeben wollen, sie getroffen und mitgenommen zu haben. Doch dagegen sprachen die beiden Pferde. Also verabschiedeten sie sich mit einem Kuss, und Barbara ließ Christian vorausreiten.

Wie er erklären wollte, weshalb er ein zweites Pferd mitgenommen hatte, wusste sie nicht, aber ihm würde sicher etwas einfallen. Und vielleicht waren die Baabes auch so sehr mit den Gästen beschäftigt, dass sie es gar nicht bemerkten. Sie traute es Christian zu, Friedrich, den Laufburschen und Wächter über die Stallburschen, zu bestechen.

Sie wartete noch, bis sie Christian nicht mehr sah, dann ging sie über den Strand.

Ihre Wangen glühten, und ein Zittern rann durch ihre Glieder. Doch nicht wegen der Kälte, an die hatte sie sich mittlerweile gewöhnt. Sie dachte an Christians Küsse, an seine Worte. Und wieder überkam sie die Angst. Christian hatte ein gutes Herz, und sie glaubte ihm, dass es ihm nichts ausmache, welchem Stand sie angehörte. Doch seine Mutter und auch sein Vater würden es nie zulassen.

Die Küsse waren wunderschön gewesen, doch an ihrer Lage hatte sich nichts geändert. Alles hing davon ab, dass sie sich erinnerte, wer sie war. Doch wie sollte sie das tun? Nicht mal angesichts der Stelle, an der Christian sie gefunden hatte, wollten sich Bilder einstellen. Vielleicht wäre es der Fall gewesen, wenn sie allein am Strand gestanden hätte. Sicher war sie sich nicht.

Schließlich erreichte sie das Gästehaus. Ihr fiel auf, dass sie es noch nie eingehender betrachtet hatte. Die Mauern wurden von zwei turmähnlichen Gebilden flankiert, und es gab drei Stockwerke. Irgendwo unter dem Dach des mittleren Gebäudes war ihre Kammer.

Sie verstand, warum Augusta peinlichst genau darauf achtete, wen ihre Kinder heiraten sollten. Wenn man sich etwas wie dieses Haus erschaffen hatte, wollte man nicht, dass es in falsche Hände geriet.

Drinnen war es merkwürdig still, als sie durch den Dienstboteneingang trat. Weder von den Gästen noch vom Personal war etwas zu sehen. Die Zeiger der Standuhr am Ende des Ganges rückten auf halb drei. Lange waren sie nicht unterwegs gewesen. Niemand würde böse sein, dass sie bis jetzt aus dem Haus war.

Dennoch überfiel Barbara eine seltsame Beklommenheit. Als würde etwas Drohendes in der Luft hängen.

Sogleich strebte sie der Treppe zu. Es würde nicht schaden, schon früher wieder an die Arbeit zu gehen. Emma würde sich freuen, wenn sie noch ein paar Kohlen in den Herd warf und vielleicht noch einmal den Tisch abwischte, an dem sie später wieder essen würden. Möglicherweise hatte auch einer der Gäste einen Wunsch.

In ihrem Zimmer angekommen, zog sie sich ihre Kleider aus und schlüpfte in ihr Dienstmädchenkleid. Ihr Blick streifte die Zweige. Die Knospen begannen allmählich aufzubrechen. Nur drei Tage waren es noch bis Weihnachten. Doch würde ihr der Zweig wirklich das Glück bringen, auf das sie hoffte? Was würde denn ihr Wunsch sein? Bei Christian bleiben? Ja, auch, aber noch dringender wollte sie wissen, wer sie war. Konnte der Zweig das? Oder war er einfach nur ein Stück Holz, das durch den Wasserkrug dazu angeregt wurde, die eigenen Säfte wieder strömen zu lassen?

Nachdem sie ihr Haar unter dem Häubchen verborgen hatte, ging sie nach unten.

»Barbara!«

Die Stimme ließ sie sogleich innehalten. Ihr Körper versteifte sich, und fast bereute sie es, schon früher zurückgekommen zu sein.

Augusta Baabe stand mit hochrotem Gesicht in dem Flur, der zu den Räumen der Familie führte.

»Kommen Sie mit, ich muss mit Ihnen reden.«

Ihre Stimme durchschnitt kalt die Stille.

Augenblicklich begann Barbaras Herz zu rasen. Am liebsten hätte sie gefragt, was los sei, doch sie wusste, dass solche Gespräche nicht hier, wo jederzeit ein Gast auftauchen konnte, geführt wurden.

Als sie den Privatsalon betrat, sah sie Christian auf einem der Korbstühle. Er hatte es offenbar nicht geschafft, aus den Kleidern zu kommen, die er beim Ausritt getragen hatte. Seine Miene wirkte betrübt.

Was war passiert? Dass Frau Baabe kühl und streng zu ihr war, hatte noch nichts zu bedeuten. Sie konnte ebenso Schelte für ihren Spaziergang bekommen wie eine Nachricht von ihrer Familie.

Beklommen vergrub sie ihre schweißnassen Hände in ihrer Schürze.

»So, da Sie nun hier sind: Was sollte das heute Nachmittag?«, fragte die Hausherrin, während sie sie musterte.

Barbara schüttelte den Kopf. »Ich weiß nicht, was Sie meinen, Frau Baabe.«

Augusta Baabe lachte freudlos auf. »So, also dumm stellen Sie sich auch noch! Das wird ja immer besser!«

»Mutter, ich bitte dich!«, kam ihr Christian zu Hilfe. »Was ist schon dabei, dass wir ein wenig ausgeritten sind? Hilda spinnt sich etwas zusammen!«

»Dann hast du Barbara also nicht geküsst?«

Überrascht schwieg Christian.

»Glaubt ja nicht, dass ich nicht mitbekommen habe, was hier gespielt wird.« Augustas Miene verzerrte sich. »Ich habe es von Anfang an gewusst, dass Sie Ärger machen werden. Sie haben den Anschein erweckt, eine Gestrandete zu sein. Doch in Wirklichkeit haben Sie nur darauf gewartet, dass jemand Sie findet, der Geld hat oder Macht. Damit Sie sich an ihn heranmachen können!«

»Aber Mutter, das ist absurd! Barbara ist eine Schiffbrüchige, und dass ich mich in sie verliebt habe …«

»Schweig!«, herrschte sie ihren Sohn an. »Ich kenne solche Frauen wie Sie!« Ihr Finger zeigte drohend auf sie. »Sie wollen an sich reißen, was andere erarbeitet haben!«

»Frau Baabe, ich schwöre Ihnen, dass ich nichts dergleichen vorhatte.« Während Barbara sprach, meinte sie

Hilda am Türrahmen auftauchen zu sehen. Offenbar bespitzelte sie sie noch immer. Und wahrscheinlich hatte sie ihren freien Nachmittag dazu genutzt, ihnen bei der alten Fischerhütte aufzulauern.

»Mama!« Christian sprang auf. »Hör endlich auf mit deinen Verdächtigungen. Du führst dich ja auf, als hättest du den Verstand verloren!«

Augusta Baabe starrte ihren Sohn erschrocken an. Das hatte sie offenbar nicht von ihm erwartet. Während sie schwieg, nutzte er die Gelegenheit zu reden.

»Es war Hilda, nicht wahr?«, fragte Christian. »Sie ist Barbara schon die ganze Zeit über hinterhergeschlichen. Hast du es ihr befohlen, oder hat sie es aus eigenem Antrieb getan?«

Die Worte holten Augusta aus ihrer Starre. »Packen Sie am besten schon mal Ihre Sachen zusammen«, sagte sie, ohne auf Christians Worte einzugehen. »Ich rede mit meinem Mann. Sie werden keinen Tag länger unter meinem Dach bleiben!«

Mit diesen Worten rauschte sie aus dem Raum.

Christian griff nach Barbaras Hand. »Keine Sorge, mein Vater wird dich nicht rauswerfen.«

Barbara konnte nichts dazu sagen. Tränen stiegen in ihrer Kehle auf und blockierten alle Worte.

Nach einer Weile riss sie sich los. Alles in ihr brannte. Dass Frau Baabe sie schon seit dem Tag nicht mochte, an dem sie hergekommen war, wusste sie. Und sie wusste auch, dass Hilda etwas gegen sie hatte, weil sie in Christian verliebt war. Aber dass sie eines Tages ausspioniert werden würde, hatte sie nicht gedacht. Nicht, nachdem sie sich angeboten hatte, für ihren Unterhalt zu arbeiten.

Besonders weh taten ihr die Vorwürfe der Hausherrin. Sie hätte sich an Christian herangemacht! Sie hätte vorgehabt, sich alles unter den Nagel zu reißen. Es war absurd! Und die Worte erstickten sie fast. Sie rannte aus dem Salon, ohne sich darum zu kümmern, ob sich Hilda in den Schatten verbarg, und lief nach oben. Einen Koffer, in den sie ihre Sachen stecken konnte, hatte sie nicht. Aber sie besaß auch nicht viel. Ihren Mantel und die Kleider von Johanna würde sie mitnehmen, genauso den Kirschblütenzweig und die Fotoplatten. Mehr nicht.

~

»Ludwig, ich muss mit dir sprechen!«

Augusta schlug die Tür hinter sich zu, dass der Hausherr zusammenzuckte.

»Augusta, was ist denn los?« Widerwillig trennte sich Ludwig von seiner Lektüre.

»Ich habe es! Ich habe den Beweis, dass sich das Mädchen bei uns einschleichen will!« Sie wirkte aufgebracht, als hätte jemand die Gäste bestohlen.

»Wofür hast du Beweise?«, fragte Ludwig ganz ruhig. »Jetzt bleib doch mal stehen!«

»Dieses Mädchen … diese Barbara, oder wie auch immer ihr Name ist. Sie macht sich an unseren Sohn heran. Sie will sich in unsere Familie drängen, hörst du? Sie ist ein Taugenichts. Eine liederliche Person, die an unser Geld will! Sie muss sofort das Haus verlassen!«

Augustas Stimme überschlug sich bei den letzten Worten fast. So hatte Ludwig seine Frau noch nie erlebt. Nicht einmal dann, wenn sie sich stritten, klang sie so. Und in ihren Augen lag auch nie solch ein Hass.

»Sie macht sich an unseren Sohn heran?« Ludwig schüttelte den Kopf. Es war wohl eher umgekehrt, wenn man an Christians Geschichte dachte. »Wie denn? Hast du sie in seinem Zimmer vorgefunden? War sie in seinem Bett?«

»Er ist mit ihr ausgeritten! Und er hat sie geküsst. Das hat mir jedenfalls Hilda berichtet.«

Ludwig zog die Augenbrauen zusammen. Noch immer gebärdete sich seine Frau wie eine Verrückte.

»Er ist mit dem Mädchen ausgeritten und hat sie geküsst?«, fragte er, als hätte er nicht richtig verstanden. »Und was soll schlimm daran sein? Ich verstehe nicht ...«

Ludwig stockte. Erst jetzt war der zweite Satz durch seinen Verstand gesickert. »Wie konnte Hilda wissen, dass er sie geküsst hat und mit ihr ausgeritten ist? Sie war doch sicher nicht dabei. Wo sie doch schon Angst hat, in die Nähe des Pferdestalls zu gehen.«

»Ich habe sie angewiesen, ein Auge auf sie zu haben.«

»Du hast eines der Dienstmädchen dazu angehalten, Barbara auszuspionieren?« Ludwig schüttelte verständnislos den Kopf.

»Ja, und aus gutem Grund, wie man sieht. Sie wird ihm den Kopf verdrehen, und dann wird er ebenso rebellisch wie Johanna und will nicht die heiraten, die wir für ihn aussuchen.«

Ludwig schlug mit der flachen Hand auf den Tisch.

»Schluss jetzt! Ich kann dieses Gerede nicht mehr hören!«

Augusta sah ihren Mann aus schmalen Augenschlitzen an. »Ach, und wäre es dir lieber, eine Landstreicherin in dein Haus zu bekommen? Ein Mädchen, das deine ganze Familie zerstört?«

Ludwig schnaufte. »Diese Diskussion hatten wir doch schon mal. Ich weiß nicht ...«

»Oder bist du vielleicht derjenige, der dieses Mädchen begehrt und irgendwann einmal seiner Frau vorzieht?«

»Du bist wohl von allen guten Geistern verlassen, Augusta!« Diese Unterstellung war einfach absurd! Er hatte ein einziges Mal mit ihr gesprochen, am Tag ihrer Anstellung als Dienstmädchen. Was hatte seine Frau nur?

»Nein, bin ich nicht! Ich weiß, wie so etwas läuft! Ich weiß, wie diese Frauenzimmer es anstellen.«

Plötzlich wurde Augusta bleich und begann am ganzen Leib zu zittern. »Es war in meiner Familie genauso! Eine wie die drängte sich in unser Leben, und beinahe hätte sie es zerstört, hätte meine Mutter nicht eingegriffen.«

»Eine wie die? Ich verstehe das nicht, Augusta.«

Doch seine Frau schien ihn nicht zu hören. »Eines Tages tauchte sie bei uns auf. Oder nein, mein Vater fand sie. Am Wegrand. Vollkommen am Ende ihrer Kräfte. Auf den ersten Blick sah es so aus, als wäre sie überfallen worden. Als sie wieder zu sich kam, erzählte sie uns, dass sie ihre Anstellung auf einem Gut verloren hätte, weil der Herr gestorben sei. Aus Gutmütigkeit nahm mein Vater sie bei uns auf. Fütterte sie durch. Und irgendwas an ihr schien ihm zu gefallen. Er schenkte ihr Kleider und zog sie seinen eigenen Töchtern vor. Während wir uns an seine strengen Regeln halten mussten, durfte sie tun, was sie wollte. Und es dauerte auch nicht lange, bis er sich ihr näherte. Natürlich hatte sie ihm Avancen gemacht!«

Augusta hielt kurze inne, und ein wütender Ausdruck trat in ihr Gesicht, als sie fortfuhr.

»Meine Mutter bemerkte es zunächst nicht, doch eines Tages beobachtete sie ihren Mann und diese Person, wie sie sich in der Wäschekammer küssten. Sie sagte nicht sofort etwas, sondern ließ Erkundigungen einholen. Während sie so tat, als würde sie nichts bemerken, erfuhr sie, dass der Bauer das Mädchen nicht etwa fortgeschickt hatte, weil es nichts zu tun gab. Es war eine kleine Hure, die mit dem Hausherrn angebandelt hatte! Genauso, wie sie es jetzt mit meinem Vater tat. Meine Mutter hat sich eine ganze Nacht lang die Augen ausgeweint. Sie glaubte, wir Töchter würden nichts mitbekommen, aber sie irrte sich.«

Sie schlug die Augen nieder, ihr Körper schien ein wenig zusammenzufallen.

»Schließlich kam es zum großen Streit. Mein Vater war zunächst gewillt, seine Familie und alles, was er hatte, für diese Person aufzugeben. Als sie erkannte, dass meine Mutter ihr auf die Schliche gekommen war und ihr die Felle wegzuschwimmen drohten, behauptete sie, von meinem Vater schwanger zu sein. Sie wollte ihn damit zwingen, uns zu verstoßen. Doch zum Glück fand der Arzt heraus, dass sie gelogen hatte. Das brachte meinen Vater wieder zu Verstand, und er schickte sie fort. Mit meiner Mutter hat er nie wieder in einem Zimmer geschlafen. Er vergrub sich in seine Arbeit und blickte auch uns Töchter nicht mehr an. Wahrscheinlich hat er bis zuletzt an dieses Weibsbild gedacht! Und das, obwohl es ihn betrügen wollte!«

Als sie geendet hatte, blickte sie ihren Mann mit Tränen in den Augen an.

Ludwigs Miene war ernst. Die Geschichte erschütterte ihn. Es musste schlimm gewesen sein, was in Augustas Familie passiert war. Und er konnte auch den Hass verstehen, den sie auf die Frau hatte, die ihr beinahe den Vater und alles andere weggenommen hätte.

Gleichzeitig war er aber auch zutiefst enttäuscht. Hielt sie ihn tatsächlich für so schäbig? Glaubte sie, er machte sich an ein Mädchen heran, das seine Tochter sein konnte – und von dem nicht einmal die Identität bekannt war?

Eine ganze Weile schwieg er, weil er einfach nicht die richtigen Worte fand. Dann sagte er: »Denkst du wirklich, dass ich wie dein Vater bin?«

Augusta sah ihn nicht an.

Er trat vor sie und zwang sie, ihm in die Augen zu blicken. »Schau mich an, Augusta. Sehe ich aus wie er? Habe ich in der vergangenen Zeit irgendetwas getan, was dein Misstrauen erregt hat? Wenn ja, dann entschuldige ich mich dafür. Aber ich glaube, dergleichen gibt es nicht.«

Er machte eine kurze Pause, dann trat er einen Schritt zurück. »Indem du Hilda hast spionieren lassen, hast du versucht, mich ebenfalls auszuspionieren, nicht wahr? Und der Grund, warum du das Mädchen nicht aus dem Zimmer lassen und dann loswerden wolltest, war, dass du glaubtest, ich könnte mich verlieben?«

Er schüttelte den Kopf. »Das macht mich traurig. Vor fast genau siebenundzwanzig Jahren habe ich mich für dich entschieden. Mir war egal, wer dein Vater war, was man daran sieht, dass ich diese Geschichte nicht einmal kannte. Ich wollte nur dich. Und ich will auch nur dich. Aber irgendwie ist die Frau, der ich nie untreu geworden bin, im Sturm über der Ostsee verlorengegangen. Ich werde fürs Erste in meinem Ankleidezimmer schlafen und dann überlegen, was ich tun werde. Und du solltest dich auf die Suche nach deinem Vertrauen in mich begeben. Denn wenn du mir nicht vertraust, weiß ich nicht, wie ich noch weiter mit dir zusammenleben kann.«

Mit diesen Worten berührte er noch einmal leicht ihre Schulter und verließ das Arbeitszimmer. Draußen vor der Tür hörte er, wie Augusta zu weinen begann.

37. KAPITEL

Hilda lehnte sich gegen den Kachelofen und spürte, wie die wohlige Wärme ihren Körper durchzog. Vor ihrem geistigen Auge sah sie noch immer, was am Nachmittag nach ihrer Rückkehr geschehen war.

Gleich, nachdem sie es Frau Baabe erzählt hatte, hatte diese sie weggeschickt. Aber Hilda hatte sich nicht daran gehalten, den Privaträumen fernzubleiben. Sie hatte sich im Schatten hinter einem alten Vorhang versteckt.

Schon kurze Zeit später war Christian angekommen. Seine Mutter hatte ihn mit einem Donnerwetter empfangen. Das hatte ihr leid getan, denn in ihren Augen war Christian nicht der Schuldige. Wäre diese Barbara nicht am Strand aufgetaucht, hätte sie ihn nie verraten müssen. Aber als sie sah, wie er sie in den Armen gehalten hatte, war es vorbei gewesen. Sie hatte sich seiner Mutter verpflichtet gefühlt – und keine andere Möglichkeit gesehen, Barbara loszuwerden.

Dass Barbara selbst von der Hausherrin angefahren wurde, hatte sie überaus zufriedengestellt. Christians Parteinahme für sie hatte Hilda geärgert – aber wenn sie erst einmal weg war, würde er sie sicher vergessen. Und möglicherweise verliebte er sich dann ja in ein anderes Dienstmädchen. In eines vielleicht, das einen besseren Stand bei seiner Mutter hatte?

Ob Barbara inzwischen schon fort war? Sie hatte nicht gesehen, dass sie gegangen war. Aber spätestens wenn Elsa in die Küche kam und es verkündete, würde sie es wissen.

Nach und nach fanden sich die Mädchen wieder im Gästehaus ein. Emma erschien und band sich ihre Schürze um.

»Du bist schon wieder da?«, fragte sie, als sie Hilda neben dem Kachelofen entdeckte. »War im Ort nichts, was dich interessiert hätte?«

»Ich wohne mittlerweile schon ein paar Jahre hier. Da gibt es nicht mehr viel, was mich interessieren würde«, entgegnete Hilda träge. Sie konnte Emma unmöglich erzählen, was sie gesehen hatte. Und dass sie Barbara bei der Hausherrin angeschwärzt hatte. Verräter und Spitzel waren beim Personal nicht gut gelitten.

»Du solltest dir einen Mann suchen«, legte Emma ihr ans Herz. »Einen Burschen, der dich am Sonntag ein wenig beschäftigt.« Gerade sie musste das sagen, die noch nie verheiratet war!

»Vielleicht mache ich das«, entgegnete Hilda mit einem hintergründigen Lächeln.

Wenig später stand Emma schon wieder am Herd. Die Küchenmädchen schnitten Gemüse, und auch Elsa war zurück und berichtete aufgeregt von der Tanne, die ins Kurhaus geholt worden war. »So einen Baum habe ich noch nie gesehen!«, erklärte sie. »Es ist ein Wunder, dass sie ihn durch die Tür gekriegt haben!«

»Wenn das so ist, wird Herr Baabe sicher alles daransetzen, einen ähnlichen Baum zu bekommen«, meinte Emma.

Bald würde auch Hilda wieder an die Arbeit gehen. Diesmal mit etwas leichterem Herzen. Barbara würde fortgeschickt werden. Alles würde wieder so werden, wie es gewesen war.

In dem Augenblick trat Ludwig Baabe durch die Küchentür.

»Guten Abend«, sagte er und blickte sich suchend um.

Hilda, die gerade damit begonnen hatte, ihre Schnürstiefel neu zu binden, schaute auf.

»Herr Baabe! Ich habe Sie gar nicht gehört!«, sagte die Köchin ein wenig erschrocken. »War etwas mit dem Essen nicht in Ordnung?«

»Keineswegs, die Gäste sind sehr zufrieden mit der Verpflegung. Ich bin aus einem anderen Grund hier.«

Sein Blick schweifte durch den Raum, dann sah er Hilda an.

»Hilda«, sagte er. »Würden Sie bitte mit mir kommen?«

Mehr sagte er nicht. Er drehte sich einfach um und ging.

Hilda schaute verwundert in die Runde. Die Blicke der Mädchen waren fragend auf sie gerichtet und jagten ihr einen heißen Schauer durch den Körper. Ahnten sie etwas?

Und was wollte der Dienstherr von ihr? Er hatte ernst ausgesehen, wahrscheinlich wusste er mittlerweile auch, dass Barbara seinen Sohn geküsst hatte. Hatte seine Frau ihn angewiesen, ihr eine Belohnung zu geben?

Im Arbeitszimmer wartete Ludwig Baabe, bis sie eingetreten war, dann schloss er die Tür

Hilda schlug das Herz bis zum Hals. Dass die Hausherrin nicht da war, beunruhigte sie ein wenig. Aber wahrscheinlich redete diese gerade ihrem Sohn ins Gewissen.

Während sie vor dem Schreibtisch stehen blieb und ihr in den Sinn kam, dass sie dieses Zimmer zuletzt betreten hatte, als sie eingestellt worden war, begab sich Ludwig Baabe auf seinen Platz.

»Hilda, wie lange arbeiten Sie schon in meinem Haus?«, fragte er dann.

»Fünf Jahre, Herr Baabe.«

Der Hausherr nickte. »Das ist richtig. Fünf Jahre. Fünf Jahre, in denen mir nicht ein Mal zu Ohren gekommen ist, dass Sie etwas angestellt hätten. Ich habe Sie immer für eine nette Person gehalten und für ein sehr gutes Zimmermädchen. Doch nun muss ich erleben, wie Sie sich hinter meinem Rücken mit meiner Frau gegen mich verbünden.«

»Gegen Sie?« Hilda starrte ihn überrascht an. Damit hatte sie nicht gerechnet. »Aber sie hatte mir doch nur aufgetragen, dass ich ein Auge auf Barbara haben soll.«

Ludwig Baabe zog die Augenbrauen hoch. »Und nichts anderes? Sie hat Ihnen nicht gesagt, dass Sie auch auf mich achten sollen? Auf meinen Sohn?«

»Ja, aber ... sie dachte, Barbara würde sich Ihnen irgendwie nähern ...«

Baabe warf den Kopf in den Nacken und stieß einen wütenden Laut aus. »Das gibt es doch nicht!« Er warf Hilda einen scharfen Blick zu. »Sie hätten sich weigern müssen!«

»Aber ... wie hätte ich das tun sollen? Ihre Frau ...« Hildas Stimme versagte. Sie konnte noch immer nicht glauben, was hier geschah. Sie hatte doch nur gemacht, was von ihr verlangt wurde! Und jetzt strafte der Hausherr sie ab?

»Hilda, Sie werden mein Haus verlassen. Auf der Stelle. Angesichts dessen, dass Sie auf Geheiß meiner Frau gehandelt haben, zahle ich Ihnen noch zwei volle Monate, damit Sie nicht in Not kommen. Aber eine Angestellte, die sich auf Spitzeleien einlässt, will ich nicht unter meinem Dach haben.«

»Und was ist mit Ihrer Frau?«, platzte Hilda heraus. Ihr Herz raste. »Sie hat mir doch den Auftrag gegeben! Ich hätte niemals zugestimmt, wenn ich nicht ...«

»Schweigen Sie!«, brauste Ludwig auf. »Sie hätten sich niemals auf so etwas einlassen dürfen. Um in einem Geschäft wie diesem erfolgreich zu sein, benötigen wir Vertrauen zueinander! Und keine Angestellten, die sich zu Dummheiten anstiften lassen. Sie sind eine erwachsene Frau, Hilda! Wenn meine Frau von Ihnen gefordert hätte, vom Dach zu springen, hätten Sie das getan?«

Hilda schüttelte den Kopf. Gleichzeitig ballte sich in ihrem Bauch die Wut zusammen. Sie hatte nur ihre Arbeit gemacht. Sie hatte getan, was Frau Baabe von ihr verlangt hatte. Und jetzt war sie die Böse?

»Sehen Sie! Und genauso hätten Sie nein sagen müssen, als meine Frau Sie zum Spitzeln aufforderte. Besonders dann, wenn meine Frau Sie gegen die Mitglieder ihrer Familie anstachelt.«

»Aber was hätte ich denn tun sollen?«, gab Hilda zurück. Sie zitterte am ganzen Leib. »Hätte ich nein sagen sollen? Hätte ich Ihrer Frau eine Absage erteilen sollen?«

»Ja, das hätten Sie. Sie hätten anführen können, dass Sie es nicht mit Ihrem Gewissen vereinbaren können zu spitzeln. Meine Frau ist für die Vergabe der Arbeiten zuständig, aber ich stelle die Bediensteten ein! Sie hatten mich ins Vertrauen ziehen müssen!«

Die Worte prasselten wie Hagelkörner auf Hilda herab. Ihre Gedanken wirbelten durcheinander, und sie brachte kein Wort mehr heraus.

»Gehen Sie. Packen Sie Ihre Sachen. Wenn Sie fertig sind, holen Sie sich Ihren Scheck ab. Ich will Sie spätestens morgen früh nicht mehr hier sehen!«

Hilda stand da wie angewurzelt. Doch dann drängte sich etwas durch ihre Verwirrung. Es würde keinen Zweck haben, den Hausherrn um Verzeihung zu bitten oder um ihre Anstellung zu betteln. Doch wenn sie das Blatt schon nicht wenden konnte, wollte sie ihm einen Schlag versetzen, der ihn ebenso traf wie sie die Kündigung.

»Ich habe mit angehört, wie Ihre Tochter und Ihr Sohn über ihre Großmutter sprachen«, platzte sie heraus. »Dass sie eine Selbstmörderin war. Was meinen Sie, was die feine Gesellschaft von Heiligendamm dazu sagen würde, wenn ich das weitererzählen würde? Ihre Gäste würden das sicher interessant finden.«

Ludwig Baabe wurde bleich.

»Wollen Sie mir drohen?«, fragte er.

»Nein, das würde nichts bringen, nicht wahr? Aber wenn Sie mich schon vor Weihnachten auf die Straße setzen, kann ich den Leuten doch sagen, was für ein schäbiger Haufen die Baabes sind! Und dass Ihre Tochter was mit Peter Vandenboom hat. Ich bin sicher, das wissen Sie noch nicht!«

Die letzten Worte trafen Ludwig wie ein Schlag.

»Was sagen Sie da?«, fragte er, doch Hilda wandte sich um, und ehe Ludwig Baabe noch etwas sagen konnte, stürmte sie zur Tür hinaus.

Mit langen Schritten eilte sie durch den Gang und riss sich das Häubchen herunter. Wütend schleuderte sie es gegen die Wand.

An der Treppe hielt Hilda inne. Sie hätte ihre Sachen packen müssen, doch dazu war sie zu aufgewühlt. Baabe würde es büßen, dass er sie fortschickte! Sie hatte genug in der Hand – vielleicht sollte sie zu den Vandenbooms gehen und ihnen erzählen, dass ihr Sohn sich mit der Tochter der Baabes eingelassen hatte.

Da erschien Barbara auf der Treppe. Sie trug ihr Dienstmädchenkleid nicht mehr, stattdessen das Kleid, dass Fräulein Johanna ihr gegeben hatte.

Augenblicklich schnellte der Zorn in ihrem Innern in die Höhe. Ihretwegen hatte sie alles verloren! Hätte sie nicht einfach im Wasser bleiben und sterben können?

Warum war sie hier aufgetaucht und hatte alles kaputtgemacht?

Auf einmal sah Hilda rot. Sie erklomm die Treppe, und als sie auf Barbaras Höhe war, versetzte sie ihr einen harten Stoß.

Barbara schrie auf, dann ertönte ein Rumpeln. Hilda ging weiter, als interessierte es sie nicht, doch auf ihren Lippen lag ein breites Lächeln.

38. KAPITEL

Ein träger Nachmittag neigte sich dem Ende entgegen. Während sie mit einigen weiblichen Gästen des Hauses Tee getrunken hatte, war Johanna in Gedanken ständig bei Peter gewesen – und dem, was er geschrieben hatte. Konnte sie ihm glauben, dass ihm die Frau, mit der er spazieren gegangen war, nichts bedeutete? Oder war es nur eine Ausrede, weil er ahnte, dass sie ihm nicht folgen würde?

Immer wieder war sie im Geiste durchgegangen, wie sie es anstellen sollte. Sollte sie den Heiratsantrag von Peter auf dem Fest annehmen und damit einen Affront auslösen? Sollte sie zu Berthold von Kahlden nein sagen? Beide Männer enttäuschen?

Oder sollte sie ganz von hier verschwinden?

Sie wusste, dass sie von Peter niemals lassen konnte – doch was nützte es ihr, wenn diese Liebe ins Chaos führte? Wenn sie alles verlor?

Genauso wusste sie, dass Berthold von Kahlden sie niemals glücklich machen würde. An Albert Vormstein dachte sie schon gar nicht mehr.

Christian hatte es wie immer viel besser. Da seine Anwesenheit heute nicht erforderlich war, hatte er die Zeit genutzt, um Barbara die Hütte dieses alten Fischers zu zeigen.

Hoffentlich hatte er den Mut gehabt, ihr zu sagen, wie viel sie ihm bedeutete.

Johanna war gerade dabei, aus ihrem Kleid zu schlüpfen, als Schritte über den Gang polterten. Zunächst dachte sie sich nichts dabei, doch dann hielten die Schritte vor der Tür.

»Fräulein Johanna!«, sagte Trude vollkommen aufgelöst. »Barbara ist die Treppe hinuntergestürzt.«

»Was sagen Sie da?« Johanna riss erschrocken die Augen auf.

»Sie ist gestürzt. Und jetzt liegt sie am Fuß der Treppe und rührt sich nicht mehr.«

Johanna sprang auf und rannte aus der Tür, ungeachtet dessen, dass ihr Kleid offen stand. Im Flur fiel es ihr ein, doch das brachte sie nicht dazu, stehen zu bleiben. Noch im Laufen knöpfte sie es wieder zu und kümmerte sich nicht darum, dass sie einen Knopf ausließ. In diesem Augenblick war es wichtiger zu erfahren, was mit Barbara war.

Als sie die junge Frau reglos am Fuß der Treppe liegen sah, schrie sie kurz auf. Elsa war bei ihr, doch all ihre Bemühungen, sie wieder zu Bewusstsein zu bringen, schienen nicht gefruchtet zu haben.

»Barbara!«, rief Johanna und beugte sich über sie. Natürlich hörte sie ihre Stimme nicht. Aber Johanna wusste nicht, was sie sonst tun sollte. Ihr Puls raste, und die Angst um ihre Freundin biss ihr direkt ins Herz. Alles in ihrem Innern schrie: Warum? Warum war sie gestürzt? »Wir brauchen einen Arzt!«

»Friedrich ist schon losgelaufen!«, meldete sich Elsa zu Wort, die mit sorgenvoller Miene neben dem Treppengeländer stand.

»Wie konnte sie die Treppe hinunterstürzen?«, fragte Johanna verzweifelt, während sie Barbaras Hand hielt. Tränen rannen über ihr Gesicht und tropften auf Barbaras Kleid. Sie musste gerade von dem Ausritt zurückgekommen sein, denn sie hatte ihre Dienstmädchenuniform noch nicht an.

»Nun ja, ich … ich habe gesehen, wie Hilda …« Trude blickte zu den Mädchen, die sich mittlerweile versammelt hatten. Einige von ihnen pressten angstvoll die Hände vor den Mund.

Bevor sie weitersprechen konnte, kam Christian die Treppe herunter. Er blickte überrascht auf den Menschenauflauf.

»Was ist …« Die Worte blieben ihm im Hals stecken, als er sah, wen sie umringten.

»O mein Gott, Barbara!« Sofort stürzte er zu ihr, hockte sich neben sie und streichelte ihr Gesicht. »Lebt sie noch? Was ist passiert? Wir müssen sofort den Arzt holen!«

Er hielt den Kopf über ihr Gesicht. Der Atemzug, der seine Wange streifte, war schwach. Panik wallte in ihm auf, Johanna sah deutlich, dass er zitterte.

»Der Arzt ist unterwegs«, sagte sie.

Er schluchzte auf. »Das kann doch nicht sein! Sie kannte die Treppe, nie wäre sie gefallen …«

»Fräulein Baabe …«, meldete sich Trude zu Wort. Johanna hatte sie beinahe vergessen.

»Was ist, Trude?«, fragte sie. »Was wollten Sie uns sagen?«

»Na ja, ich … ich habe gesehen, wie sie von Hilda gestoßen wurde.«

»Was sagen Sie da?«, kam es aus Christians und Johannas Mund gleichzeitig.

»Sie ... sie hat ihr einen Stoß versetzt. Als sie die Treppe hochstürmte.« Das Mädchen wurde rot.

»Sind Sie sich sicher?«, fragte Elsa.

Trude nickte. »Ja, ich habe sie gesehen, als ich auf dem Weg zum Esszimmer war. Danach habe ich gleich Friedrich gerufen.«

In dem Augenblick bog Ludwig Baabe um die Ecke.

»Was ist hier ...« Die Worte blieben ihm im Hals stecken, als er das Mädchen am Boden bemerkte.

»Barbara wurde von der Treppe gestoßen«, erklärte Christian. »Von Hilda. Als hätte sie heute nicht schon genug Schaden angerichtet.« Er kniff die Lippen zusammen, sein Blick wurde zornig. Auch ihr Vater sah auf einmal wütend drein.

»Was ist passiert?«, fragte er. Johanna schilderte es ihm.

»Wo ist Hilda jetzt?« Ludwig blickte zu den Dienstmädchen, die an der Tür standen.

»In ihrem Zimmer, nehme ich an«, sagte Elsa.

»Nun gehen Sie schon nachschauen! Und wenn es nötig ist, schließen Sie sie ein! Ich will noch einmal mit ihr reden, dazu darf sie nicht entwischen!«

Elsa rannte los und nahm eines der Aushilfs-Zimmermädchen mit.

In diesem Augenblick stürmten Friedrich und Dr. Winter durch die Tür. »Wo ist sie?«, keuchte der Arzt.

»Hier«, sagte Ludwig und deutete auf den reglosen Körper am Fuß der Treppe. »Wir haben sie nicht bewegt.«

»Das war richtig so, aber hier kann ich sie nicht untersuchen.«

Er trat neben Barbara, hockte sich hin und fühlte nach ihrem Puls.

»Sie lebt«, stellte er erleichtert fest. »Aber ich muss feststellen, wie schwer die Verletzungen sind.«

Vorsichtig drehte er ihren Kopf zur Seite, dann richtete er sich auf. »Wir brauchen eine Trage. Oder eine ausgehängte Tür. Auf jeden Fall etwas, auf dem wir sie gerade lagern und transportieren können.«

»Wollen Sie sie ins Hospital bringen lassen?«, fragte Ludwig Baabe.

»Ja, das wäre wohl das Beste. Schließlich weiß ich nicht, wie schwer sie verletzt ist.«

»Wir holen etwas!«, rief Christian und erhob sich. Noch immer war er blass, aber in seinen Augen leuchtete Entschlossenheit. »Friedrich, helfen Sie mir, eine Tür auszuhängen.«

Der Laufbursche nickte und folgte Christian.

Dr. Winter hielt Barbaras Hand und zählte den Puls. Seine Miene wirkte besorgt.

»Wird sie überleben?«, fragte Ludwig Baabe.

»Erst einmal muss ich feststellen, was ihr überhaupt fehlt. Ich bin mir nicht sicher, ob ihr Genick Schaden genommen hat. So ein Treppensturz kann sehr gefährlich sein. Deshalb ist es wichtig, sie möglichst wenig zu bewegen.«

Ludwig Baabe nickte, dann blickte er wieder zu seiner Tochter.

Johanna sah ihm deutlich an, dass etwas in ihm schwelte. Die Wut auf Hilda? Nein, es musste noch etwas anderes sein. Nur was?

»Kommen Sie hier allein zurecht, Herr Doktor?«, fragte er schließlich, worauf Winter nickte. »Ja, wenn die beiden jungen Herren mir die Trage bringen.«

Baabe nickte, dann wandte er sich seiner Tochter zu. »Johanna, komm mit mir!«

»Aber Vater, ich …«

»Komm mit! Dr. Winter wird sich um Barbara kümmern. Du kannst sie im Hospital besuchen.«

Der Tonfall ihres Vaters ließ keine Zweifel daran, dass es besser war, seiner Anweisung Folge zu leisten. Sie lief ihm hinterher und fragte sich, was er wohl von ihr wollte.

Sie hätte erwartet, dass er sie zu seinem Arbeitszimmer führen würde, stattdessen gingen sie in die Bibliothek. Da die Gäste sich um diese Zeit aufs Abendessen vorbereiteten, war der Raum leer. Auf einer Chaiselongue lag noch ein vergessenes Buch, weitere Spuren hatten die Gäste nicht hinterlassen.

Fragend blickte Johanna ihren Vater an, als er zum Globus in der Mitte des Raumes schritt.

»Dieser Abend hat es wirklich in sich«, murmelte er, während er die Kugel langsam zum Drehen brachte. Die Flaschen in ihrem Inneren klirrten leise. »Und da dachte ich, dass deine baldige Verlobung und der Weihnachtsball meine größten Probleme wären.«

»Ich kann nicht verstehen, warum Hilda das getan hat«, hakte Johanna ein. Zu der Angst um Barbara gesellte sich ein weiteres unangenehmes Gefühl. Sie ahnte, dass es nicht um Hilda ging. Es musste noch etwas passiert sein. Doch was?

Es fiel Johanna schwer, die Ereignisse des vergangenen Nachmittags zu rekonstruieren. Irgendwann war ihre Mutter für eine Weile verschwunden und erst nach mehr als einer Stunde wiedergekommen. Johanna hatte darauf getippt, dass sie einen leichten Migräneanfall gehabt hatte, als sie mit roten Augen in den Salon zurückkehrte. Oder hatte sie vielleicht geweint? Aber warum?

»Nun, ich glaube, es ist eine lange Kette von Ereignissen, die zu diesem Abend geführt hat. Leider ist es so, dass auch du deinen Anteil daran hast.«

»Ich? Aber wieso?« Wie konnte ihr Vater so etwas sagen? Was war los?

Ludwig Baabe ließ vom Globus ab und trat zu ihr.

»Ich möchte, dass du ehrlich zu mir bist.«

»Aber Papa, das bin ich.«

»Wirklich?« Unter Ludwig Baabes ruhigem Tonfall brodelte der Zorn. Johannas Magen zog sich zusammen. Eine ungute Ahnung kam ihr.

»Dann antworte mir ehrlich: Wie lange hast du schon ein Verhältnis mit Peter Vandenboom?«

Johanna hatte das Gefühl, als würde sich plötzlich die Erde unter ihr auftun. Von einem Schwindel erfasst, taumelte sie zu der Chaiselongue und ließ sich dort nieder. Ihre Gedanken rasten, doch sie bekam keinen von ihnen zu fassen.

»All die Jahre habe ich gedacht, ihr würdet auf mich hören«, sagte Ludwig Baabe, als eine Antwort von ihr ausblieb. Ihr Schweigen schien ihm schon zu reichen. »Aber wie ich sehe, kann ich mich nicht einmal auf meine eigenen Kinder verlassen!«

Die Worte zogen an Johanna vorbei. Die ganze Zeit über hatte sie gefürchtet, dass dieser Moment kommen würde. Doch sie hätte eher erwartet, dass ihre Mutter es herausfinden würde.

»Warum tust du uns so etwas an?«, fragte Ludwig Baabe, während er begann, in der Bibliothek auf und ab zu gehen. Seine Stimme wurde wütender. »Warum?«

»Weil ich ihn liebe!«, platzte es aus ihr heraus. Im nächsten Augenblick erschrak sie darüber, denn noch vor einigen Minuten hätte sie sich nicht im Traum vorstellen können, das vor ihren Eltern auszusprechen.

»Liebe?« Baabes Stimme überschlug sich. »Du liebst einen Feind der Familie! Ist dir das klar?«

Johanna schreckte zurück. Ihr Vater hatte sie noch nie angeschrien. Jetzt stand er vor ihr, mit zornverzerrtem Gesicht, und wirkte, als wollte er sie jeden Augenblick aus dem Haus werfen.

Aber sie hatte nicht vor, auch nur ein Wort zurückzunehmen.

»Er ist kein Feind!«, verteidigte sich Johanna. »Er ist vielleicht der Enkel eines Mannes, der unserer Familie geschadet hat.« Sie überlegte einen Moment lang, ob sie ihrem Vater offenbaren sollte, was sie wusste. Bevor er etwas dazu sagen konnte, setzte sie hinzu: »Aber er selbst würde mir nie etwas tun! Er würde unserer Familie niemals etwas tun! Er weiß ja noch nicht einmal, worum sich dieser Zwist dreht!«

Ludwig Baabe wirkte, als wollte er jeden Augenblick platzen. Sein Gesicht war hochrot und seine Lippen bebten.

»Der Großvater dieses Mannes hat meine Mutter, deine Großmutter, ins Verderben gestoßen! Er ist dafür verantwortlich, dass sie sich umgebracht hat!«

Endlich war es heraus. Auch das hätte Johanna nicht erwartet. Dass er so freimütig zugeben würde, dass sich ihre Großmutter umgebracht hatte. Nach all der Zeit, in der er das Vergehen der Vandenbooms sorgsam verschleiert hatte, sprach er es jetzt offen aus.

Johanna zögerte noch einen Moment lang, dann sagte sie: »Großmutter hat sich nicht wegen Vandenboom umgebracht. Sie hat sich umgebracht, weil sie ihr Kind verloren hatte. Und weil ihr Mann ihr den einzigen Menschen genommen hatte, der sie liebte!«

Auf diese Worte hin starrte ihr Vater sie an, als hätte der

Blitz ins Haus eingeschlagen. Seine Lippen bewegten sich, doch er konnte kein einziges Wort hervorbringen.

Johanna wurde klar, dass sie damit alle Chancen, mit Peter ihr Leben zu verbringen, zunichtegemacht hatte. Ihr Vater würde es nie erlauben. Ihr blieb nur die Flucht. Zwar hatte Peter ihr genau das vorgeschlagen, aber würde er jetzt mitziehen? Immerhin hatte seine Familie Pläne für ihn. Und auch wenn sie sich von ihrer Familie trennte – würde er sich wirklich von seiner lösen?

»Geh mir aus den Augen!«, fuhr er sie an und wies zur Tür.

Johanna nickte und erhob sich. Ihre Knie waren butterweich. Für einen Moment fürchtete sie, dass ihre Beine sie nicht tragen würden. Doch dann erreichte sie die Tür und lief hinaus. Und obwohl sie wusste, dass dies nicht das letzte Wort ihres Vaters war und Konsequenzen folgen würden, fühlte sie sich seltsam erleichtert.

Als sie die Treppe erreichte, sah sie, dass Barbara schon fortgeschafft worden war. Wo Hilda war, wusste sie nicht. Wahrscheinlich hatte Elsa sie wirklich in ihrem Zimmer eingeschlossen.

Johanna fühlte sich wie betäubt. Wo ist die Magie der Barbarazweige?, fragte sie sich. Warum helfen sie weder mir noch Barbara?

Im nächsten Augenblick kam ihr ein Gedanke. Nein, sie würde nicht auf ihr Zimmer gehen und warten, dass ihre Eltern bei ihr auftauchten und sie mit Vorwürfen überzogen. Sie würde nach Barbara sehen. Sie würde ihr die Zweige ans Krankenbett stellen. Wenn sie ihnen schon kein Glück in der Liebe brachten, dann würden sie vielleicht doch das Wunder geschehen lassen, Barbara wieder ins Leben zurückzuholen.

39. KAPITEL

Krank vor Sorge um Barbara, ging Christian im Gang auf und ab. Laut hallten seine Schritte von den Wänden wider.

Die Tür des Untersuchungsraums war geschlossen. Mittlerweile war gut eine Stunde vergangen, ohne dass sich eine Krankenschwester oder Dr. Winter gezeigt hätten. Um diese Jahreszeit war das Kurhaus nur spärlich belegt. Eigentlich hätte sich das Hospital in Bad Doberan um Barbaras Verletzungen kümmern müssen, doch dem Doktor war es zu gefährlich erschienen, mit dem Pferdewagen über die Landstraße zu fahren. Stattdessen waren nun Dr. Winter, ein junger Arzt namens Clemens Meyer und eine der Krankenschwestern in dem Raum und untersuchten Barbara.

Was, wenn sie sich wirklich das Genick gebrochen hatte? Wenn sie überlebte, aber für den Rest ihres Lebens gelähmt blieb? Christian wusste, dass solch ein Sturz so enden konnte. Manchmal verbrachten die Unglücklichen den Rest ihres Lebens im Rollstuhl. Diese Vorstellung war beinahe so unerträglich wie die, Barbara ganz zu verlieren.

Zorn auf Hilda erfasste ihn. Hatte es ihr denn nicht gereicht, Barbara und ihn bei seiner Mutter anzuschwärzen? Hatte sie sie auch noch verletzen müssen?

Warum hatte sie das überhaupt getan?

Dann fiel es Christian wieder ein. Hilda war in ihn verliebt. Eine andere Erklärung gab es nicht. Hilda hatte beide Male aus Eifersucht gehandelt.

Plötzlich wurde ihm übel. Nie hatte er Anstalten gemacht, sich Hilda zu nähern. Er hatte sie so behandelt wie alle anderen. Aber offenbar hatte sie sich etwas anderes dabei gedacht. Und als sie gesehen hatte, dass er mit Barbara ausgeritten war …

Die Tür des Untersuchungszimmers öffnete sich. Seine Gedanken waren auf einmal wie weggeblasen. Als er das Gesicht von Dr. Winter sah, konnte er nur an eines denken.

»Wie geht es ihr? Ist sie am Leben?«, platzte es aus ihm heraus. Sein Puls rauschte so laut in seinen Ohren, dass er kaum die Stimme des Arztes verstand.

»Sie lebt. Und sie hat zum zweiten Mal großes Glück gehabt.«

Erst jetzt merkte Christian, dass er den Atem angehalten hatte. Stoßweise atmete er aus. Noch nie hatte er solch eine Erleichterung gefühlt! Seine Hände bebten, ja, sein ganzer Körper schien sich auf einmal mit Zittern von der Anspannung befreien zu wollen. Am liebsten hätte er den Arzt umarmt, aber dazu war er nicht in der Lage.

»Wie schwer ist sie verletzt?«, fragte er, als er sich wieder ein wenig gefangen hatte. »Ist sie wach? Wird sie Schäden zurückbehalten?«

»Letzteres kann ich noch nicht abschätzen, dazu müssen wir die Nacht abwarten. Ihre Ohnmacht ist nahtlos in den Schlaf übergegangen. Nach unserem Dafürhalten hat sie eine Gehirnerschütterung erlitten. Immerhin scheint ihr Genick intakt zu sein. Wir müssen warten.«

Jedes Wort des Arztes traf Christian wie eine Ohrfeige. Ja, Barbara lebte, aber ihr Gesundheitszustand war schlecht. Und wer wusste schon, was in dieser Nacht noch passieren würde?

»Gehen Sie am besten nach Hause, ich benachrichtige Ihre Familie, wenn sich etwas Neues einstellt.«

»Wäre es denn nicht möglich, dass ich bleibe? Mir würde eine Bank reichen, auf der ich schlafen kann. Nein, sogar der Boden. Ich möchte in ihrer Nähe sein, bitte!«

Der Arzt sah ihn prüfend an, dann nickte er. »In Ordnung. Bleiben Sie. Aber ich werde mit dem Kurdirektor sprechen, ob er Ihnen nicht ein Zimmer geben kann. Ich kann es nicht verantworten, dass Sie auf dem Boden schlafen!«

Christian lächelte erleichtert. »Danke, Dr. Winter. Das ist sehr freundlich von Ihnen! Ach, darf ich vielleicht einmal kurz nach ihr sehen? Nur ein Blick ...«

»Es ist besser, wenn sie jetzt Ruhe hat«, entgegnete der Doktor. »Setzen Sie sich ein Weilchen ins Foyer. Sobald ich den Direktor gesprochen habe, komme ich wieder zu Ihnen.«

»Danke.« Enttäuscht wandte sich Christian um und trottete zurück ins Foyer. Die meisten Kurgäste waren jetzt auf ihren Zimmern, niemand ließ sich blicken, und das war ihm nur recht so.

Es ist alles meine Schuld, ging es ihm durch den Kopf, als er auf einer der Bänke zusammensank und seine Schuhspitzen anstarrte. Ich hätte nicht mit ihr ausreiten sollen. Ich hätte vorsichtiger sein sollen.

Aber woher hätte er auch wissen sollen, dass der Feind im eigenen Haus wohnte? Dass Hilda aus Eifersucht so weit gehen würde, Barbara für seine Mutter zu bespitzeln und dann die Treppe hinunterzustoßen?

Er schaute nicht auf, als sich die Eingangstür öffnete. Erst als er eine Stimme fragen hörte: »Und, wie geht es ihr?«, hob er den Blick und sah seine Schwester. In ihrer Hand hielt sie etwas, das in einen groben Lappen eingewickelt war.

»Sie hat eine Gehirnerschütterung und ist nicht bei

Bewusstsein«, gab Christian wieder, was der Arzt gesagt hatte. »Dr. Winter meinte, die Nacht würde zeigen, ob sie bleibende Schäden zurückbehält. Aber wenigstens darf ich hier warten.«

Johanna nickte, dann setzte sie sich neben ihn und stellte ihr Mitbringsel auf den Boden. Es klang, als wäre es ein Krug.

»Was machst du überhaupt hier?«, fragte Christian nach einer Weile. »Mutter will doch sicher, dass du wieder die alten Damen unterhältst.«

Johanna schüttelte den Kopf. »Ich bin mir sicher, dass Mutter gerade etwas ganz anderes mit mir machen will.«

Christian richtete sich auf. »Und was?«

»Vater hat herausgefunden, dass ich etwas mit Peter habe. Er hat mich gefragt, wie lange es schon geht, und mir vorgehalten, was für schlimme Dinge Peters Großvater getan hat.«

»Vater hat es herausgefunden?«, wunderte sich Christian. »Wie …« Plötzlich fiel es ihm ein. »Hilda.«

»Hilda?«, erwiderte Johanna. »Meinst du, sie …«

»Sie hat gespitzelt. Offenbar schon die ganze Zeit, und das im Auftrag unserer Mutter.«

Johanna schüttelte den Kopf. »Das kann nicht sein.«

»Doch, leider ist es so«, entgegnete Christian und berichtete dann davon, was nach dem Ausritt mit Barbara passiert war.

»Wenn sie schon auf mich und Barbara angesetzt war, wäre es doch auch denkbar, dass sie dich ebenso ausspioniert hat. Möglicherweise hat Hilda es aber auch nur so mitbekommen. Wer einmal lauscht, lauscht auch ein zweites Mal.«

Johanna starrte ihn erschüttert an. Christian konnte förmlich erraten, was hinter ihrer Stirn vorging.

Auch er hätte nicht damit gerechnet, dass in ihrer Familie so etwas möglich wäre – und das alles nur, weil er ein fremdes Mädchen vom Strand aufgelesen hatte. Weil er sich erlaubt hatte, sich in sie zu verlieben.

Eine ganze Weile schwiegen sie. Johanna ließ sich gegen die Rückenlehne der Bank sinken. Ihr Blick wanderte ins Leere.

»Was ist das?«, fragte Christian und deutete auf den verpackten Krug.

Johanna starrte noch einen Moment ins Leere, dann zuckte sie zusammen und fragte: »Was?«

»Ich wollte wissen, was das da ist. Blumen für Barbara?«

»Die Barbarazweige«, entgegnete Johanna. »Ich wollte sie ihr bringen, denn sie kann Glück gebrauchen.«

»Was das angeht, müssen sich die Zweige aber noch ziemlich anstrengen«, entgegnete Christian mit einem schiefen Lächeln.

Johanna erwiderte es, doch nur kurz. Dann lehnte sie sich seufzend an die Schulter ihres Bruders.

40. KAPITEL

Montag, 22. Dezember 1902

Dunkelheit. Vergessen. Und dann wieder Licht. Das Zwitschern von Spatzen tönte vor ihrem Fenster. Stimmen drangen an ihr Ohr, aber sie konnte sie nicht fassen. Irgendwer schlich über den Gang. Eine Diele knarzte, dann verstummte das Geräusch.

Als sie wieder zu sich kam, fand sie sich in einem kleinen, sparta-

nisch eingerichteten Zimmer wieder. Die Bettdecke roch schwach nach Lavendel. Madame Löfvendahl bestand darauf, dass kleine Säckchen mit den getrockneten Blüten in den Wäscheschränken aufbewahrt wurden. Noch weit bis in den kommenden Sommer würden die Blüten ihren Duft nicht verlieren.

Es war der letzte Tag, den sie im Internat verbringen würde. Der große Schrankkoffer, mit dem sie vor sieben Jahren nach Stockholm gereist war, stand gepackt in ihrem Zimmer. Nur noch wenige Dinge gab es zu verstauen.

Sie schlug die Bettdecke beiseite und erhob sich. Die Fußbodendielen waren kalt, und an den Fensterscheiben krochen Eisblumen empor. Fröstelnd ging sie zur Waschschüssel und wusch sich rasch, dann zog sie die Sachen an, die sie am Vorabend herausgelegt hatte.

Wehmut durchzog sie. Nach all den Jahren, die sie hier verbracht hatte, würde sie ihre Heimat wiedersehen – diesmal für immer. Oft hatte sie sich danach gesehnt, wieder nach Hause zurückzukehren, doch nun, da es so weit war, begann sie das Internat zu vermissen. Das Haus, das sie am ersten Tag noch gehasst hatte, war eine zweite Heimat geworden. Möglicherweise kam sie noch einmal nach Stockholm zurück, doch dann würde sie wahrscheinlich verheiratet sein. Die unbeschwerten Tage der Jugend lagen dann hinter ihr.

Aber die Abreise machte sie nicht nur melancholisch, sie gab ihr auch Hoffnung. Das Verhältnis zu ihrem Vater war schwierig, und durch ihre Abwesenheit hatte sie nie die Gelegenheit erhalten, es zu bessern. Ihr Vater wurde stets von seinen Geschäften eingenommen, nur selten schrieb er ihr.

Sie hatte es ihm nie vergessen, dass er sie mit elf Jahren ins Internat abgeschoben hatte. Angeblich, weil es besser für sie wäre, doch sie kannte den wahren Grund. Sie hatte die unstandesgemäße Verbindung zwischen ihm und ihrer Lehrerin aufgedeckt. Es war die Strafe dafür gewesen, dass sie ihre Affäre nicht fortführen konnten.

Von dem Fräulein hatte sie nie wieder etwas gehört, und in den wenigen Briefen hatte sie auch nicht zu fragen gewagt.

Möglicherweise war es besser, sie vorerst nicht zu erwähnen, um nicht alte Wunden aufzureißen.

»Helena, wo bleibst du!«, rief eine Stimme von unten. Schwedisch. Die Sprache des Internates, wenngleich hier zur Hälfte auch deutsch gesprochen wurde. Aber das meist nur mit Lehrern, die Deutsch beherrschten. Madame Löfvendahl gehörte nicht dazu, und sie bestand darauf, dass die Mädchen die Sprache ihres Königshauses sprachen.

Auch in anderen Dingen war Madame recht streng. So mochte sie es überhaupt nicht, wenn man sie warten ließ.

Helena packte ihre Kämme und den kleinen Spiegel, der auf der Kommode lag, in ihre Handtasche, prüfte noch einmal den Sitz ihrer Kleider und verließ dann den Raum.

Madame Löfvendahl wartete am Fuß der Treppe.

»Da bist du ja!«, sagte sie. »Es wurde aber auch Zeit. In wenigen Stunden legt dein Schiff ab, und wir wollen es doch nicht verpassen, nicht wahr?«

Helena lächelte in sich hinein. Wenn Madame Löfvendahl von einem ihrer Schützlinge sprach, redete sie immer von »wir«, als wäre sie ein Teil von ihnen. Früher war ihr die Frau mit den zu einem Knoten verschlungenen weißblonden Haaren immer streng und unnahbar vorgekommen. Doch seit einiger Zeit war Helena klar, dass Madame ihre Strenge nur deshalb an den Tag legte, weil sie wollte, dass aus ihren Schützlingen etwas Anständiges wurde.

»Hier ist deine Fahrkarte«, sagte die Internatsleiterin und drückte ihr einen Umschlag in die Hand. »Dein Vater hat dir etwas Geld für die Überfahrt geschickt.«

»Danke schön.« Helena verstaute den Umschlag in ihrer Manteltasche.

»Deinen Proviant für die Reise habe ich dir schon einpacken lassen. Gibt es noch etwas, das du hier tun möchtest?«

Beinahe hätte Helena nein gesagt, denn die Mädchen, von denen sie sich verabschieden wollte, waren bereits am Vortag gefahren und hatten ihre guten Wünsche mit sich genommen.

Doch dann fiel ihr etwas ein.

»Gestatten Sie mir, dass ich einen Zweig aus dem Garten mitnehme? Schließlich ist heute Barbara-Tag.«

Madame Löfvendahl mochte Heilige nicht, doch da Helena immer an diesem Tag um einen Zweig gebeten hatte, den sie bis zum Weihnachtsfest hütete, verwehrte sie es ihr auch diesmal nicht.

»Hol dir ruhig einen Zweig. Aber dann musst du zur Kutsche, verstanden? Ich lasse deine Koffer schon mal wegbringen.«

Helena nickte, dann ging sie zu Madame Löfvendahl und umarmte sie. »Vielen Dank für alles!«

Verdattert sah die Internatsleiterin sie an, doch dann lächelte sie. »Alles Gute für dich, mein Kind.«

Im Garten wurde Helena schnell fündig. Der Kirschbaum hatte schon hundert Jahre auf dem Buckel. Ein Blitzschlag hatte ihn gespalten, ihm allerdings nicht den Lebensmut genommen. Er war zwar ein wenig schief, dafür kam man an einer Seite gut an seine unteren Äste heran. Helena zog ein kleines Messer aus der Tasche und schnitt einen Zweig ab, der ihr gut erschien. Leise dankte sie dem Baum für das Geschenk, dann verstaute sie das Messer wieder und nahm den Zweig mit.

Als sie in der Kutsche saß, schlang sie ihn in ein Tuch ein. Eigentlich sollte er gleich ins Wasser gestellt werden, doch das war nicht möglich. Aber lange würde es ohnehin nicht dauern, bis sie den Hafen erreichten.

Während der Kutscher die Pferde angehen ließ, blickte sie aus dem hinteren Fenster auf das hohe Gebäude, das allmählich kleiner wurde. Als sie es das erste Mal gesehen hatte mit all seinen Türmen und Erkern, hatte es ihr Angst eingejagt. Doch jetzt verspürte sie erneut etwas Wehmut. Und auch ein wenig Angst. Was, wenn sie es nicht schaffte, sich ihrem Vater anzunähern? Zum Internat konnte sie nicht mehr zurückkehren. Mit achtzehn Jahren war sie dafür zu alt.

Aber möglicherweise konnte sie Lehrerin werden. Madame Löfvendahl hatte des Öfteren gesagt, dass es schade wäre, dass sie aufgrund *ihres Standes nicht für eine Anstellung in Frage käme. Sie hatte damit gemeint, dass sie es für ausgeschlossen hielt, dass ihr Vater sein Einverständnis geben würde. Aber wenn er froh war, sie wieder los zu sein?*

Am Hafen war es recht voll. Viele wollten vor Weihnachten verreisen – zurück in die Heimat oder in ein Land, in dem sie Freunde oder Verwandte hatten. Zahlreiche Passagierschiffe lagen vor Anker.

Der Kutscher begleitete Helena noch bis zu ihrem Schiff, dann verabschiedete er sich.

Helena blickte nach vorn. »Ingwarsdotter« stand auf dem Bug – »Ingwars Tochter«. Lächelnd trat sie zu dem Uniformierten, der die Fahrkarten annahm, und reichte ihm den Inhalt ihres Umschlags …

Als sie wieder zu sich kam, war sie im ersten Moment verwirrt. Sie hatte doch soeben noch an Bord des Schiffes gehen wollen. Und nun befand sie sich in einem von gelbem Licht erleuchteten Raum.

Dann wurde ihr klar, dass das Verlassen des Internats nur ein Traum gewesen war. Oder – nein, es war kein Traum. Es war eine Erinnerung gewesen! Eine Erinnerung, die so deutlich, so real gewirkt hatte, dass sie für einen Moment geglaubt hatte, sie wirklich zu erleben.

Als sie den Kopf vorsichtig hob, blickte sie in das sorgenvolle Gesicht von Johanna Baabe. Sie sah aus, als hätte sie geweint – doch warum?

Im nächsten Augenblick zwang ein dumpfes Dröhnen in ihrem Kopf sie wieder zurück auf die Kissen. Nun kehrten die jüngeren Erinnerungen wieder zu ihr zurück.

Sie war die Treppe hinuntergegangen und Hilda begegnet. Und dann hatte irgendwer sie gestoßen, und sie war gestürzt.

»Barbara!«, rief Johanna freudig aus, als sie bemerkte, dass sie wach war. »Gott sei Dank! Wie geht es dir?«

Barbara? Richtig, das war ihr Name gewesen, den sie in dem Haus erhalten hatte – von Johanna.

Aber sie wusste nun, wie ihr wahrer Name lautete.

»Mein Name ist Helena«, sagte sie mit einem leichten Lächeln. Ihre Lippen fühlten sich aufgesprungen an. Wie lange mochte sie bewusstlos gewesen sein? Und wo war sie? Es roch nach Medizin, und im Gästehaus hatte es keinen Raum wie diesen gegeben …

»Helena?«, fragte Johanna verwundert.

»Ja, das ist mein Name«, antwortete sie und wollte sich erneut aufsetzen, doch ein plötzlicher Schwindel zwang sie zurück in die Kissen.

»Ruhig, ruhig!«, sagte Johanna und rückte das Kopfkissen zurecht. »Bleib liegen, der Doktor sagte, dass du dich nicht bewegen sollst.«

Helena ergab sich ihrem Schicksal. Helena. Wie gut es doch war, seinen eigenen Namen zu kennen. Auch wenn er ihr im Moment noch fremd erschien.

»Wo bin ich eigentlich?«, fragte sie und drehte den Kopf vorsichtig zur Seite.

»Im Kurhaus. Dr. Winter hat dich nach deinem Sturz herbringen lassen, weil er nicht abschätzen konnte, wie schwer du verletzt warst.«

»Ich bin die Treppe hinuntergefallen«, sagte Helena, worauf Johanna nickte.

»Ja, und wie es aussieht, hat Hilda dir einen Stoß versetzt.«

Helena nickte leicht. »Ich erinnere mich – und nicht nur an das«, sagte sie. »Als ich bewusstlos war, habe ich den Tag wieder vor mir gehabt, an dem ich fortgegangen bin aus Stockholm …«

Johanna zog die Augenbrauen hoch. »Du erinnerst dich?«

»Nicht an alles, aber an den Tag, als ich den Zweig geschnitten habe. Und wie ich an Bord des Schiffes gegangen bin …«

»Und an deinen Namen.«

Helena nickte und kniff dann die Augen zusammen, denn ein stechender Schmerz schoss durch ihre Schläfe.

»Ja, an meinen Namen. Und daran, dass ich in Stockholm in einem Internat war. Es war mein letzter Tag dort.«

»Dann bist du also doch eine Tochter aus gutem Hause!« Johanna wirkte erleichtert.

»Ich weiß es nicht. Ich glaube es. Ich kann mich bisher nur an meinen Vornamen erinnern. Und dass ich …«

Bevor sie weitersprechen konnte, klopfte es, und wenig später trat Dr. Winter ein.

»Na, wie geht es unserer Patientin?«, fragte er und zog seine Uhr aus der Westentasche.

»Sie hat sich erinnert!«, rief Johanna aus.

»So, wirklich? Woran erinnern Sie sich?«, fragte der Arzt gütig und fühlte nach Helenas Puls.

»An meinen Vornamen: Helena. An Stockholm und daran, dass ich in einem Internat war. Und dass ich achtzehn Jahre alt bin und auf ein Schiff namens Ingwarsdotter gehen wollte.«

Der Arzt zog erstaunt die Augenbrauen hoch. »Nun, das ist recht viel. Wahrscheinlich hat der Sturz Teile Ihres Gedächtnisses wieder freigegeben.«

»Ja, ich denke auch. Insofern muss ich Hilda wohl dankbar sein …«

»Nein, das müssen Sie nicht«, gab der Arzt zurück, während er sie wieder losließ. »Es hätte auch anders ausgehen können. Ich habe nicht nur einmal gesehen, dass sich Menschen bei einem Sturz von der Treppe das Genick gebrochen haben. Ein weiteres Mal haben Sie Glück gehabt.«

Ein Schauer durchzog Helena. Also war sie dem Tod schon zweimal entronnen. Was würde noch passieren? Und würde irgendwann auch der Rest ihrer Erinnerung zu ihr kommen? Würde es reichen, um ihren Vater ausfindig zu machen?

»Auf jeden Fall werde ich Sie über Weihnachten hierbehalten. Sie müssen sich ein paar Tage schonen und dürfen jetzt kein weiteres Mal stürzen, sonst kann ich nicht für Ihre Gesundheit garantieren.«

»Sie wird Ihre Anweisungen genau befolgen, nicht wahr, Helena?«, fragte Johanna.

»Ja, natürlich«, entgegnete Helena. Es gefiel ihr nicht, wieder in einem Zimmer eingesperrt zu sein. Aber in diesem Augenblick tat ihr der Kopf viel zu sehr weh, als dass sie aufbegehrt hätte.

Als Dr. Winter gegangen war, blieb Johanna noch einen Moment an ihrem Bett sitzen.

»Du siehst müde aus«, sagte Helena mit schleppender Stimme. Das Beruhigungsmittel, das der Arzt ihr verabreicht hatte, begann bereits zu wirken.

Johanna war in der Tat müde, aber auch sehr glücklich. Barbara – oder besser gesagt: Helena – lebte! An etwas anderes konnte sie in diesem Augenblick nicht denken.

»Ach was, ich bin nicht müde. Die ganze Vorweihnachtszeit hat mich nur ein wenig mitgenommen. Und ich habe mir Sorgen um dich gemacht. Ich bin sicher, dass Papa Hilda entlässt – nach allem, was sie dir angetan hat, wäre das nur gerecht.«

Helena wusste nicht, was sie dazu sagen sollte. Sie fühlte sich schwindelig und matt, und ihre Augenlider waren furchtbar schwer.

»Christian behauptet, dass sie euch bespitzelt hat. Und zu allem Überfluss hat Hilda auch erfahren, dass ich mit

Peter zusammen bin. Sie hat es meinem Vater gesagt. Keine Ahnung, was mich erwartet, wenn ich wieder nach Hause komme …«

Als sie zur Seite blickte, sah sie, dass Helena eingeschlafen war. Johanna betrachtete sie einen Moment lang, dann wanderte ihr Blick zu den Zweigen, die im Tonkrug auf dem Fensterbrett standen. Helenas Leben war außer Gefahr, und wenigstens einen positiven Effekt hatte der Sturz gehabt: Sie hatte einen Fetzen der Erinnerung wiederbekommen. Hatte sich die Kraft der Zweige damit erschöpft?

Als Johanna das Zimmer wieder verließ, traf sie auf Christian. Während sie bei Helena gewacht hatte, war er zu Hause gewesen.

»Und, wie geht es unserer Patientin?«, fragte er.

»Sie schläft. Der Arzt hat ihr ein Beruhigungsmittel gegeben, damit sie auch wirklich liegenbleibt und sich ausruht. Aber wie es aussieht, kommt sie wieder auf die Beine.«

Christian atmete erleichtert auf. »Das ist gut. Wirklich gut.«

»Sie hat mir erzählt, dass sie sich wieder an ihren Namen erinnert. Und an den Namen des Schiffs, auf dem sie gefahren ist.«

»Wirklich? Das ist ja großartig!«

Johanna nickte und merkte jetzt deutlich, wie sehr die Müdigkeit auch ihr zusetzte.

»Sie heißt Helena. Und das Schiff war die Ingwarsdotter.«

»Klingt schwedisch.«

»Ja, sie war in einem Internat in Stockholm. Mutter hatte unrecht, als sie meinte, dass Helena eine Landstreicherin sei. Es ist gut zu sehen, dass sie sich irrt.« Johanna hakte sich bei ihrem Bruder ein. »Wir sollten jetzt gehen. Helena ist hier gut aufgehoben. Und ich muss nach Hause, um mir mein Donnerwetter abzuholen. Haben Papa oder Mama noch irgendwas gesagt?«

»Nein, sie schweigen sich an.«

»Und was ist mit den Gästen im Haus? Haben sie etwas mitbekommen?«

»Keine Ahnung. Wenn ja, können sie sich darüber die Mäuler zerreißen. Aber ich glaube nicht, dass sie sich dafür interessieren. Morgen trifft der Herzog ein, da haben sie anderes zu tun.«

Johanna nickte schwach, dann ließ sie sich von Christian nach draußen führen.

41. KAPITEL

Fröstelnd stand Augusta Baabe vor dem Fenster ihres Schlafzimmers und schaute hinaus. Sie hatte das Gefühl, dass ihr Leben gerade auseinanderbröckelte wie ein alter Kuchen.

Die Nachricht, dass Hilda Barbara von der Treppe gestoßen hatte, hatte sie weit weniger getroffen als die Tatsache, dass ihre Tochter genau das getan hatte, wovor sich ihre Familie gefürchtet hatte. Und noch schlimmer war es, dass Hilda wusste, was geschehen war. Nach dem Rauswurf durch Ludwig würde sie es wahrscheinlich in der ganzen Stadt erzählen.

Augustas Gedankenkarussell stoppte, als sie Schritte vor der Tür hörte. Wenig später klopfte es und Ludwig trat ein.

»Johanna ist wieder da«, sagte er, ohne sie direkt anzusehen. Seit ihrer Auseinandersetzung am vergangenen Abend wich er ihrem Blick aus. Augusta hätte ihm nur zu gern gesagt, dass es ihr leid tat, aber wahrscheinlich würde er es nicht hören wollen. »Wir sollten mit ihr reden.«

Augusta nickte. Als sie sich umwandte, hatte sie das Gefühl, ein zentnerschwerer Stein läge auf ihrer Brust.

»Es tut mir leid«, sagte sie. »Ich hätte Hilda nicht beauftragen sollen, das Mädchen zu bespitzeln.«

Das waren die ersten Worte, die sie seit der Nachricht von gestern Abend an ihn richten konnte. Er hatte ihr kurz Bescheid gegeben, was passiert war, und war dann wieder verschwunden. Die Nacht hatte er in seinem Ankleidezimmer auf dem Sofa verbracht.

Wie lange würde es dauern, bis ihre Bediensteten das merkten und darüber tuschelten?

»Nun, es hatte auch etwas Gutes, nicht? So wissen wir endlich, wie unserer Tochter wirklich der Sinn steht.«

Früher wäre Augusta aufgebraust und hätte behauptet, dass es niemals zu einer Verbindung der beiden kommen würde. Doch mittlerweile war sie nicht mehr sicher. Ihr Herz wurde schwer, als sie ihren Mann anblickte. Die Augen, die sie sonst so liebend angesehen hatten, wirkten jetzt müde, enttäuscht und erschöpft.

»Sie darf diesen Vandenboom nicht heiraten«, sagte Augusta schwach. »Ich hoffe, darin sind wir uns noch immer einig.«

»Das sind wir.« Ludwig sah sie jetzt doch an, aber es waren nicht mehr die liebevollen Augen des Mannes, der ihr vor ein paar Wochen die Nachricht gebracht hatte, dass der Herzog in die Stadt kommen und einen Ball mit ihnen feiern wollte. »Und was deine Entschuldigung angeht, werde ich sie überdenken. Immerhin wären in der vergangenen Nacht beinahe zwei Leben zerstört worden. Das von Barbara und auch das von Hilda. Ich habe inzwischen mit dem Doktor gesprochen, und wir können von Glück sagen, dass dem Mädchen nichts Schlimmeres passiert ist. So braucht auch Hilda keine schwerwiegenden Konsequenzen zu befürchten. Dein grundloses Misstrauen hätte beide beinahe ins Verderben geschickt.«

Ludwig atmete tief durch.

»Aber damit werden wir auch fertig, nicht wahr? Der Ball findet in zwei Tagen statt, und bis er vorbei ist, werden wir so tun, als wäre nichts gewesen.«

Mit diesen Worten wandte er sich um. Augusta schloss sich ihrem Mann an und ging aus dem Zimmer.

~

Müde ließ sich Johanna auf ihr Bett sinken. Die vergangene Nacht hatte ihr furchtbar zugesetzt, doch sie war erleichtert, dass Helena wieder zu sich gekommen war. Ihre wiedergefundenen Erinnerungen waren ein großer Erfolg.

Was ihre eigene Situation anging, war sie allerdings alles andere als zuversichtlich. Als sie mit Christian das Haus betrat, hatte sie erwartet, dass sie gleich über sie herfallen würden. Doch weder ihr Vater noch ihre Mutter waren aufgetaucht. Christian hatte sie in ihr Zimmer geleitet und war dann gegangen – auch er brauchte ein wenig Schlaf.

Nun starrte sie an die Decke, und obwohl sie todmüde war, wollte sich der Schlaf ebenso wenig einstellen wie ihre Eltern.

Während der Zeit im Kurhaus hatte sie überlegt, was sie tun sollte, falls ihre Eltern sie des Hauses verwiesen. Sie hatte die Krankenschwester beobachtet, die sich um Helena gekümmert hatte, und dabei war ihr durch den Sinn gegangen, dass dies vielleicht ein Beruf für sie wäre. Mit irgendwas musste sie ihren Lebensunterhalt ja finanzieren, wenn sie ihre Familie verließ.

Es klopfte. Johanna richtete sich auf, ihr Magen zog sich zusammen. Christian konnte es nicht sein, der war sicher in seinem Zimmer und schlief. Und die Dienstmädchen kamen zu dieser Tageszeit nicht hier hoch – es sei denn, ihre Eltern wollten sie sehen.

Es war so weit.

»Herein«, rief sie.

Im nächsten Augenblick traten ihre Eltern durch die Tür. Beide zogen gewichtige Mienen. Ihr Vater wirkte enttäuscht.

»Johanna, du kannst dir vielleicht denken, warum wir hier sind«, begann er. Auf seinem Gesicht hatte die ruhelose Nacht deutliche Spuren hinterlassen.

Johanna nickte beklommen und blickte zu ihrer Mutter. Es verwunderte sie ein wenig, dass nicht sie mit der Strafrede anfing. Augusta Baabe wirkte gedankenverloren. Als sei in der vergangenen Nacht etwas passiert, das die Hochzeit unwichtig gemacht hatte.

»Aus verschiedenen Gründen ist es nicht akzeptabel, dass du dein Verhältnis zu Peter Vandenboom aufrechterhältst.«

Johanna merkte ihm deutlich an, wie viel Mühe es ihn allein schon kostete, Peters Namen auszusprechen.

»Du wirst diese Liaison aufgeben. Noch heute wirst du Vandenboom schreiben und die Sache beenden.«

Johanna schüttelte ungläubig den Kopf. Das konnten sie doch nicht von ihr verlangen! Immerhin war sie beinahe volljährig!

»Außerdem wirst du auf dem Ball den Antrag eines

deiner Verehrer annehmen. Welchen du wählst, bleibt dir überlassen.«

Johanna blickte zu ihrer Mutter. Diese stand still hinter ihrem Mann und blickte zu Boden.

Endlich hast du es geschafft, dachte sie.

»Und was dann?«, fragte Johanna traurig. »Soll ich mich dann vor lauter Unglück ins Wasser stürzen, damit ihr einen neuen Grund habt, die Vandenbooms zu hassen, obwohl zwischen euch seit damals nichts mehr vorgefallen ist? Wollt ihr in alle Ewigkeit grollen, weil Großmutter sich in einen anderen Mann verliebt hat?«

Augustas Augen weiteten sich erschrocken, während die Miene ihres Vaters unverändert blieb. Es überraschte Johanna, dass er sich von ihren Worten nicht provozieren ließ.

»Meine Entscheidung steht fest. Ich werde dir nie die Erlaubnis geben, ihn zu heiraten. Und wenn dir das Wohl unserer Familie am Herzen liegt, wirst du dich übermorgen auf dem Ball für den Richtigen entscheiden.«

Johanna starrte ihren Vater an. Sicher, sie hatte nichts anderes erwartet. Dennoch trafen seine Worte sie wie Schläge.

Peter aufzugeben und Berthold zu heiraten kam für sie überhaupt nicht in Frage.

»Hast du dazu noch irgendwas zu sagen?«, fragte Ludwig, doch Johanna schüttelte den Kopf. Sie war einfach zu müde, um sich jetzt zu streiten. Und sie musste überlegen, was sie tun sollte.

42. KAPITEL

Dienstag, 23. Dezember 1902

Obwohl die Nacht Christian noch immer in den Knochen steckte, verließ er das Haus schon in aller Frühe, um Helena zu besuchen.

Heute würde die Schneiderin kommen und Johannas Kleid bringen, da legte seine Mutter sicher keinen Wert darauf, ihn zu sehen. Und sein Vater war mit anderen Dingen beschäftigt.

Niemand brachte mehr zur Sprache, dass er mit Helena ausgeritten war. Und auch Johannas Liebe zu Peter Vandenboom wurde nicht thematisiert.

Als er davon berichtete, dass Helena sich wieder an ihr Schiff und ihren Namen erinnerte, hatte sein Vater ganz normal reagiert. Seine Mutter dagegen hatte geschwiegen und nicht mehr wie üblich misstrauische Vermutungen angestellt. Wahrscheinlich war sie froh, dass sie nicht mehr in ihrem Haus weilte. Oder es hatte sie noch viel mehr getroffen, dass sich ihre Tochter in einen Feind der Familie verliebt hatte.

Im Kurhaus herrschte um diese Uhrzeit wenig Betrieb. Ein älterer Mann machte einen Spaziergang um das Haus herum, in den Fenstern glommen schwach die Lichter.

Er erklomm die Vortreppe und trat dann durch die Eingangstür. Seine Schritte hallten laut durch das Foyer.

Vor Helenas Zimmer hielt er an und klopfte.

»Herein!«, tönte es aus dem Raum.

Christian öffnete die Tür und sah Helena mit einem Frühstückstablett auf dem Schoß im Bett sitzen.

»Störe ich?«, fragte er vorsichtig.

»Christian! Komm doch herein. Dr. Winter hat gerade nach mir gesehen und mir bescheinigt, dass ich mich sehr gut mache.«

Sie strahlte Christian an. Dieser griff nach ihrer Hand und küsste sie sanft.

»Ich hatte große Angst um dich«, gestand er ihr. »Ich dachte schon, du würdest sterben.«

»Ehrlich gesagt, dachte ich das einen Moment lang ebenfalls«, entgegnete Helena. »Aber dann war da der Traum ... In dem Augenblick wusste ich, dass ich noch am Leben bin. Und wenig später wurde ich auch schon wach.«

»Hilda ist in Gewahrsam genommen worden«, sagte Christian. »Du solltest überlegen, ob du sie wegen Körperverletzung anzeigen willst.«

Helena zögerte. »Sie könnte behaupten, dass es ein Unfall war.«

»Eines der Mädchen hat beobachtet, wie sie dich gestoßen hat. Wenigstens kann sie jetzt nicht mehr hinter dir herschleichen.«

Helena nickte, doch sie spürte, dass diese Nachricht sie nicht froh machte. Viel lieber wäre es ihr gewesen, wenn all das nicht passiert wäre – auch wenn das hieße, dass sie den neuen Erinnerungsfetzen nicht bekommen hätte.

»Und was ist mit deiner Mutter? Hat sie sich wieder beruhigt?«

»Das tut meine Mutter immer.«

»Auch wegen Johanna?«

Christian lächelte schief. Das mit Johanna war eine ganz andere Geschichte.

»Auch deswegen wird sie sich wieder beruhigen. Im

Moment ist bei uns natürlich die Hölle los. Vater spricht nicht mit Mutter, Johanna nicht mit beiden, und ich werde momentan behandelt, als wäre ich gar nicht da. Unterdessen müssen wir für die Gäste so tun, als wäre alles in Ordnung, und natürlich steht morgen der Ball des Großherzogs an. Deshalb halten sich auch noch alle zurück.« Er drückte ihre Hand sanft. »In gewisser Weise kannst du froh sein, nicht mehr bei uns im Haus zu sein. Das große Donnerwetter kommt noch, glaube mir. Vielleicht sollte ich verreisen und dich mitnehmen.«

»Das wäre sehr schön«, entgegnete Helena, worauf Christian sie vorsichtig in die Arme zog.

»Du würdest also mitkommen?«

»Ja, das würde ich. Wir müssten uns nur noch überlegen, wohin wir reisen wollen.«

»Vielleicht nicht gerade über die Ostsee. Aber wie wäre es mit Venedig?«

»Venedig klingt wunderschön!«

»Dann warst du also noch nicht da?«

»Ich weiß es nicht«, entgegnete Helena. »Aber wenn, erkenne ich es spätestens in dem Augenblick wieder, wenn wir durch die Straßen gehen oder durch die Kanäle fahren.«

~

Klara Mertens erschien pünktlich und hatte noch zwei Mädchen im Schlepptau, die beim Anpassen des Kleides helfen sollten. In den großen runden Kisten, die sie auf einem Bollerwagen zogen, war Nähzeug und Johannas Kleid verstaut.

Augusta seufzte tief. Wie sollte sie jetzt ein Lächeln auf ihr Gesicht zaubern, nachdem innerhalb weniger Tage alles anders geworden war? Sie hatte sich auf die Anprobe gefreut, aber nun wollte sie nur, dass der Tag endlich vorbei war.

Das Gespräch mit Johanna war nicht so gelaufen, wie sie es sich gewünscht hätte. Ihre Tochter hatte sie nur trotzig angeschaut und nichts entgegnet. Auch Einsicht hatte sie nicht gezeigt.

Und auch Ludwig war noch immer nicht derselbe wie früher. Nach dem Gespräch mit ihrer Tochter hatten sich ihre Wege getrennt und erst zum Frühstück heute Morgen hatte sie ihn wiedergesehen. Sie hatten sich kurz über ein paar Dinge im Haushalt ausgetauscht, mehr nicht. Kein Wort über den Weihnachtsbaum, kein Wort über das, was sie ihm zum Ball rauslegen lassen sollte. Still hatte er seinen Kaffee getrunken und war dann verschwunden.

Und Christian und dieses Mädchen?

Ihr Sohn hatte beim Abendessen erwähnt, dass sich das Mädchen daran erinnerte, wie es hieß und auf welches Schiff es gegangen war. Ludwig hatte sich gleich ein paar Notizen gemacht und angekündigt, Martin Wagner Bescheid zu geben.

Augusta hatte schon wieder auf der Zunge gelegen, dass sich das Mädchen, das nun Helena hieß, alles nur ausgedacht hatte, doch sie hatte sich zurückgehalten. Nicht, weil sie ihre Meinung geändert hätte, sondern weil sie einsehen musste, wie viel Ärger es ihr eingebracht hatte, das Mädchen bespitzeln zu lassen.

Und Johanna … die hatte gewirkt, als sei sie gar nicht anwesend.

Und dabei war morgen schon der Heilige Abend …

Nur wenige Augenblicke nachdem es am Dienstboteneingang geläutet hatte, tauchte Elsa mit den drei Frauen im Privatsalon auf.

»Guten Morgen, liebe Frau Mertens, schön, dass Sie da sind!«

»Ich habe Ihnen versprochen, das Kleid zu liefern, und ich halte meine Versprechen.«

Mit ein paar Handbewegungen wies sie ihre Helferinnen an, das Kleid auszupacken.

»Elsa, würden Sie meiner Tochter bitte Bescheid geben, dass ich sie hier unten zur Anprobe erwarte?«

»Sehr wohl, Frau Baabe!«, entgegnete Elsa und verließ den Raum.

Augusta warf einen Blick auf die Robe. Wunderschön war sie geworden, wie sie es von der Schneiderin gewohnt war. Die hochwohlgeborenen Damen taten ihr unrecht, wenn sie eine andere empfahlen. Ein Hochzeitskleid von Frau Mertens würde sicher herrlich sein.

Doch seltsamerweise betrübte sie der Gedanke nur noch viel mehr. Ludwig hatte Johanna deutlich gemacht, dass sie nur zwei Männer zur Auswahl hatte – und darunter war nicht Peter Vandenboom. Aber mittlerweile wusste Augusta, dass sie keinen von beiden wollte. Auch wenn sie ihnen den Gefallen tat, würde sie eine unglückliche Braut in einem wunderschönen Kleid sein.

Vielleicht war es doch besser, wenn es erst gar nicht zu dieser Hochzeit kam. Wenn sie ihr Zeit ließen, ihre Entscheidung zu überdenken. Was machte es denn, ob sie im Frühling heiratete oder im Herbst?

Als die Tür ging, schreckte Augusta aus ihren Gedanken. Die Schneiderin und ihre Mädchen waren jetzt damit beschäftigt, ihr Nähzeug auf dem Tisch auszubreiten. Es passierte selten, dass Frau Mertens noch etwas nachträglich anpassen musste, aber sie wollte stets, dass alles perfekt wurde.

»Entschuldigen Sie, Frau Baabe, aber Ihre Tochter ist

nicht in ihrem Zimmer«, sagte Elsa und zog dann etwas aus ihrer Schürzentasche. »Ihr Bett war gemacht und darauf habe ich das hier gefunden.«

Ein heißer Schreck durchzog Augusta, als sie das Schreiben an sich nahm. Beim Öffnen zerfetzte sie den Umschlag beinahe, dann erblickte sie die Handschrift ihrer Tochter auf dem Briefpapier.

Liebe Mutter, lieber Vater,
da es mir nicht möglich ist, den Mann zu heiraten, den ich liebe, habe ich das Haus verlassen, um woanders ein neues Leben zu beginnen.
In Liebe,
Johanna

Augusta schlug die Hand vor den Mund und stieß ein schrilles Keuchen aus.

Wieder überflog sie die Worte, dann blickte sie Elsa an.

»Wann wurde das Zimmer meiner Tochter aufgeräumt?«

»Bisher noch nicht«, antwortete Elsa. »Sie muss selbst aufgebettet haben. Ist etwas passiert?«

»Sie ist verschwunden!«, sagte Augusta. »Sie muss irgendwann heute Morgen das Haus verlassen haben!« Einen Moment lang starrte sie noch auf das Papier, dann sah sie das Dienstmädchen an.

»Elsa, fragen Sie bei den anderen Mädchen nach und auch bei den Burschen, wann sie Johanna das letzte Mal gesehen haben.«

»Sehr wohl, Frau Baabe.« Elsa wirbelte herum und rannte aus dem Raum.

Wenig später folgte Augusta ihr. Dass die Schneiderin und ihre Assistentinnen sie verwundert ansahen, bemerkte sie nicht.

Während ihr der Puls in den Ohren hämmerte, lief Augusta ins Arbeitszimmer ihres Mannes. Sie klopfte und riss, ohne abzuwarten, die Tür auf.

Ludwig war nicht da. Hatte er etwa einen auswärtigen Termin? Panisch machte Augusta kehrt und rannte zurück ins Foyer.

Dort sah sie ihren Mann, der gerade in Reitkleidung der Tür zustrebte.

»Ludwig!«, rief sie und wedelte dabei mit dem Brief. »Johanna ist fort!«

Ihr Mann runzelte die Stirn. »Fort? Aber wohin?«

»Hier, lies!«

Augusta drückte Ludwig das Schreiben in die Hand. Er überflog es mit gerunzelter Stirn.

»Das kann es doch nicht geben! Wo ist Christian?«

Augusta zuckte mit den Schultern. In dem Augenblick kam Friedrich ins Foyer.

»Friedrich, wissen Sie, wo Christian ist?«

»Ihr Sohn ist vor einer Stunde zum Kurhaus aufgebrochen.«

»Danke.« Ludwig wandte sich der Tür zu.

»Wo willst du hin?«

»Zum Kurhaus. Möglicherweise weiß er, wohin Johanna gegangen sein könnte. Friedrich, machen Sie mir rasch zwei Pferde bereit!«

»Jawohl, Herr Baabe.« Friedrich stürmte nach draußen.

»Augusta, bleib hier und kümmere dich um alles. Ich werde sie schon finden.«

Mit diesen Worten wandte er sich der Tür zu.

Augusta blickte ihm nach, dann schaute sie wieder auf das Schreiben in ihrer Hand. Ihre Tochter war verschwunden, weil sie nicht den Mann bekommen konnte, den sie liebte.

Tränen verwischten die Schrift. Da ein paar Gäste die Treppe herunterkamen, zog es Augusta vor, in die Privaträume zu flüchten. Die Schneiderin hatte sie ganz vergessen.

~

Nur unterbrochen von Dr. Winters Visite, saßen Helena und Christian vor dem Fenster und beobachteten das Treiben auf dem Hof des Kurhauses. Ein paar Jungen karrten Kisten heran, die sie den Bediensteten übergaben.

»Das sind sicher Geschenke für die Patienten. Um diese Jahreszeit macht die Post eine Sonderschicht.«

»Es scheint gar nicht so, als hätte man so viele Patienten hier«, entgegnete Helena. »Das Haus wirkt so ruhig.«

»Stimmt, im Sommer ist mehr los. Aber auch im Winter kommen Patienten wegen des Klimas her. Die scharfe Luft soll gut für die Haut und die Lunge sein.« Christians Blick fiel auf die Zweige im Tonkrug. »Übrigens gehört ein Obstgarten zum Kurhaus. Dort hat Johanna ihren Zweig abgeschnitten.«

»Es war sehr lieb von deiner Schwester, mir meinen und ihren Zweig zu bringen. Sie selbst glaubt wohl nicht so recht an deren Magie. Nach dem, was geschehen ist, kann man ihr das auch nicht verübeln.«

»Und du? Glaubst du daran?«

»Ich weiß nicht. Soweit ich mich erinnern kann, habe ich an jedem vierten Dezember einen Zweig abgeschnitten und in die Vase gestellt. Möglicherweise fallen mir irgendwann die Wünsche wieder ein, die durch die heilige Barbara in Erfüllung gegangen sind.«

Draußen polterte es plötzlich, wenig später klopfte es.

»Herein!«, rief Helena.

Ihre Augen weiteten sich überrascht, als sie Ludwig Baabe in der Tür stehen sah.

»Entschuldigen Sie bitte, dass ich hier so reinplatze«, sagte er und richtete seinen Blick auf seinen Sohn. »Christian, könnte ich dich kurz sprechen?«

»Ja, natürlich.« Er wechselte einen Blick mit Helena, dann erhob er sich und ging mit seinem Vater nach draußen.

»Was ist passiert?«, fragte er. Selten hatte er seinen Vater so aufgeregt gesehen.

»Johanna ist davongelaufen. Deine Mutter wollte sie zur Anprobe des Ballkleids holen, aber … Sie hat einen Brief hinterlassen. Keine Ahnung, wann sie gegangen ist. Wahrscheinlich war sie schon fort, bevor du das Haus verlassen hast.«

In Christians Innerstem zog sich alles zusammen. War es in Johannas Zimmer still gewesen, als er über den Gang geschlichen war? Ja. Aber er hatte nicht das Gefühl gehabt, dass ihr Zimmer leer war.

»Wir müssen nach ihr suchen! Hat sie geschrieben, wohin sie gegangen ist?«

»Nein, sie schrieb nur, dass sie ein neues Leben anfangen will.«

»Vielleicht sollten wir Helena fragen.«

Christian stürmte wieder in das Krankenzimmer. Helena sah ihn überrascht an.

»Helena, hast du möglicherweise eine Ahnung, wo Johanna sein könnte?«

Helena schüttelte verwirrt den Kopf. »Nein, ich … Was ist denn geschehen?«

»Sie hat einen Brief hinterlassen und nur geschrieben, dass sie fortgeht«, antwortete Christian, und Ludwig Baabe fügte schnaubend hinzu: »Weil sie nicht den Mann heiraten dürfe, den sie liebt!«

»Dann ist sie vielleicht bei den Vandenbooms«, sagte Helena. »Jedenfalls war mal die Rede davon, dass Peter mit ihr fortgehen wollte.«

»Du lieber Himmel!«, rief Ludwig aus und zerrte seinen Sohn am Arm nach draußen. »Entschuldigen Sie uns.«

~

Helena starrte für einige Minuten auf die Tür. Was sie da gehört hatte, konnte sie nicht fassen. Johanna verschwunden! Das passte eigentlich nicht zu ihr! Was war passiert, dass sie diesen Schritt gewagt hatte – und das, ohne ihr Bescheid zu geben?

Sorge wallte in ihr auf. Dr. Winter hatte ihr verboten, das Zimmer zu verlassen, doch konnte sie einfach untätig herumsitzen?

Sie musste wissen, was los war! Und wenn sie Christian und seinem Vater zu den Vandenbooms folgte!

Während sie mit einem leichten Schwindelgefuhl kämpfte, ging sie zu dem Stuhl, über dem ihre Sachen hingen. Sie warf sich das Kleid über und bückte sich dann nach den Stiefeln, bezahlte dies allerdings mit einem heftigen Schwindelanfall, der sie auf die Knie sinken ließ.

Keuchend schloss Helena die Augen. Es dauerte eine Weile, bis sie sie wieder öffnen konnte – von ihrem Vorhaben brachte es sie aber nicht ab. Sie trug die Stiefel zum Bett, hockte sich auf die Kante und zog sie sich über die Füße.

Als sie fertig war, schlich sie zur Tür, öffnete sie und spähte auf den Gang. Von irgendwoher drangen Stimmen an ihr Ohr, doch sie waren zu weit weg, als dass die Leute sie hätten bemerken können.

Vorsichtig tastete sich Helena die Wand entlang und hoffte, dass der Gang sie zum Foyer führte. Wenn sie Dr. Winter begegnete, würde er sie sicher wieder in ihr Zimmer schicken.

Doch sie hatte Glück. Wenig später tauchte die Eingangshalle vor ihr auf.

Die Leute, die dort zusammenstanden und sich unterhielten, nahmen keine Notiz von dem Mädchen in dem leicht abgetragenen Mantel, das sich der Tür näherte und dann nach draußen schlüpfte.

Die kalte Luft vertrieb das wattige Gefühl in ihrem Kopf ein wenig, und auch der Schwindel besserte sich. Helena passierte einige Gästehäuser und erreichte schließlich das Anwesen der Vandenbooms.

Dort sah sie Christians Apfelschimmel vor der Tür. Das Pferd daneben gehörte wahrscheinlich seinem Vater.

Kurz überlegte sie, ob sie hineingehen sollte, dann gab sie sich einen Ruck und erklomm die Treppe. Zunächst wollte sie klingeln, doch dann entschied sie sich dagegen und öffnete die Tür einfach so.

Laute Stimmen tönten ihr entgegen. Eine gehörte unverkennbar Ludwig Baabe, und die andere war wohl die von Peter Vandenbooms Vater.

»So beruhigen Sie sich doch, wir kommen so nicht weiter!«, sagte er, doch Ludwig Baabe wurde nicht leiser.

Helena wusste zunächst nicht, was sie tun sollte. Als im Foyer ein paar Leute auftauchten, flüchtete sie sich hinter eine Zimmerpalme, die in einem riesigen Topf stand. Die Gäste des Hauses drehten die Köpfe zu ihm, als Ludwig Baabe etwas schrie, dann wandten sie sich wieder ihren eigenen Angelegenheiten zu.

Helena erkannte, dass es dumm gewesen war herzukommen. Offenbar war Johanna nicht hier, denn sonst hätte Herr Baabe wohl nicht so gezetert. Oder weigerte sich seine Tochter, mit ihm zu gehen?

Als die Gäste das Haus verließen, trat Helena wieder hinter der Palme hervor. Schweiß stand auf ihrer Stirn. Der Doktor würde sicher sehr wütend sein, wenn er bemerkte, dass sie das Kurhaus verlassen hatte. Es war wohl besser, wenn sie zurückkehrte.

»Helena?«, fragte da eine dunkle Stimme, als sie sich der Tür zuwenden wollte.

Sie wirbelte herum. Den Mann, der sich ihr aus dem Gang heraus genähert hatte, hatte sie übersehen. Sein Bart war ebenso wie sein Haar ergraut, seine Stirn zierten viele tiefe Falten. Er stützte sich mit einer Hand gegen die tapezierte Wand und schien nicht zu glauben, was er da sah.

»Meinen Sie mich?«, fragte Helena, und gleichzeitig regte sich etwas in ihr. Wie hypnotisiert ging sie auf den Mann zu, der einen dunklen Anzug trug und zusätzlich noch eine dunkle Trauerbinde um den Arm.

Er nickte, sagte aber nichts. Stattdessen kam er auf sie zu, streckte eine Hand nach ihr aus, wagte aber nicht, sie zu berühren.

»Helena«, sagte er leise. »Träume ich das nur?«

»Was sollten Sie träumen?« Auf einmal bereute sie es, so dicht an ihn herangegangen zu sein. Irgendetwas stimmte nicht mit ihm, denn plötzlich traten Tränen in seine Augen.

»Erkennst du mich denn nicht?«, fragte der Mann, und seine Stimme wurde vom Keifen und Schimpfen weiter vorn verschluckt.

Helena sah ihn an, studierte seine Züge, die ein wenig abgemagert schienen, und dann seine Augen.

Die Augen.

Irgendwo hatte sie diese schon einmal gesehen. Wenn sie sich nur erinnern könnte, wo …

Dann traf es sie wie ein Schlag. Und als ihr klar wurde, wer vor ihr stand, verlor sie die Besinnung.

43. KAPITEL

»Es ist eine Katastrophe!«, rief Ludwig erbost, als er aus der Tür stürmte. Peter Vandenboom war bereits in dem Augenblick verschwunden, als er hörte, dass Johanna gesucht wurde.

Gebracht hatte es ihnen gar nichts, hier aufzutauchen. Nur Vorwürfe und Beschimpfungen.

»Hätte Augusta diese unmögliche Person nicht angewiesen zu spionieren, wäre nie etwas herausgekommen!«, wetterte Ludwig weiter. »Und unsere Tochter wäre nicht verschwunden.«

»Glaubst du das wirklich?«, fragte Christian, der versuchte, mit seinem Vater Schritt zu halten. »In Peter Vandenboom war sie schon seit einiger Zeit verliebt. Und ich weiß nicht, was auf dem Ball geschehen wäre.«

Ludwig packte seinen Sohn beim Arm. »Was sagst du da? Du wusstest es also?«

»Ja, ich wusste es«, antwortete Christian. »Und ich habe auch gesehen, dass es Johanna ernst ist.«

»Und dir ist es nicht eingefallen, uns etwas zu sagen?«

Auf einmal bereute es Christian, den Mund aufgemacht zu haben.

»Sie ist meine Schwester. Hätte ich sie verraten sollen?«

»Einen schönen Nachfolger habe ich!«

»Papa, der Streit ist doch ohnehin unsinnig!«, entgegnete Christian. »Nichts und niemand kann Großmutter wieder lebendig machen. Und möglicherweise hat sie sich gar nicht wegen Vandenboom ins Wasser gestürzt. Vielleicht war sie auch verzweifelt wegen des Kindes, das sie verloren hat.«

Ludwig wurde zornig. »Ach, jetzt du auch noch! Hast du das deiner Schwester erzählt? Woher hast du das?«

»Von unserem Pastor. Ich habe mit ihm gesprochen, als wir mit Brockmann unterwegs waren.« Christian atmete tief durch. Möglicherweise wäre es auch für ihn besser, wenn er sich in den kommenden Stunden aus dem Staub machte.

»Wie kommst du dazu, dich danach zu erkundigen?«

»Sie war meine Großmutter. Ich wollte es wissen. Ich wollte es verstehen. Also habe ich nachgeforscht, weil ich wissen wollte, was unsere Familien entzweit. Nach dem Besuch beim Pastor wusste ich es. Du hast nie davon gesprochen, dass du eine kleine Schwester hattest.«

Ludwig Baabe rang nach Luft. Entgegnen konnte er nichts.

»Aber jetzt sollten wir uns beeilen, damit wir Johanna finden«, sagte Christian, während er sich von dem Griff seines Vaters losmachte. »Sie könnte sonst wo sein, also komm, bevor dieser unsinnige Streit noch ganz neue Nahrung erhält.«

Seine Worte zeigten Wirkung. Sein Vater setzte sich wieder in Bewegung. Diesmal noch schneller, so dass Christian laufen musste, um mit ihm Schritt zu halten.

Sie gingen zurück zu den Pferden und schwangen sich in die Sättel.

»Los, reiten wir erst einmal in Richtung Westen«, wies

ihn sein Vater an. »Möglicherweise ist sie gleich auf die Landstraße gegangen, hier im Ort hätten die Leute sie gesehen.«

»In Ordnung, versuchen wir es da«, entgegnete Christian.

Er glaubte nicht, dass sie sich wegen Peter etwas antun würde – doch wer konnte schon wissen, was in seiner Schwester gerade vorging? Zudem war sie verzweifelt, weil morgen der Tag war, an dem sie von Berthold von Kahlden einen Heiratsantrag bekommen sollte. Einen Antrag, dem sie nur entgehen konnte, wenn da jemand war, der es wagte, sie vor von Kahlden um ihre Hand zu bitten.

~

Trotzig schritt Johanna auf der Landstraße voran, die fast verschwunden war unter einer grau glänzenden Schneedecke. Der Griff ihrer Teppichstofftasche schnitt in ihre Hand, aber die war von der Kälte ohnehin fast schon taub.

Der Entschluss, fortzulaufen, war ihr spontan gekommen. Zunächst hatte sie sich vorgenommen, zu Peter zu gehen, doch dann war ihr klargeworden, dass das nicht möglich war. Ebenso wie ihre Eltern darauf bestanden, dass sie Berthold von Kahlden heiratete, so würden seine Eltern darauf bestehen, dass er ihre Auserwählte ehelichte. Es war sinnlos. Vielleicht war es besser, wenn sie verschwand und ein neues Leben anfing. Wie auch für Helena ein neues Leben begonnen hatte – nur mit dem Unterschied, dass sie wusste, wer sie war. Aber vielleicht konnte sie es ja bewusst vergessen …

Hufgetrappel hinter ihr schreckte sie aus ihren Gedanken. Sie blickte sich um, für den Fall, dass sie dem Reiter

Platz machen musste. Doch dann sah sie, dass der Reiter verlangsamte – und direkt auf sie zuhielt.

Einen weiteren Moment später erkannte sie das Gesicht hinter dem dicken Schal. Peter. Peter Vandenboom.

»Johanna, was zum Teufel hast du dir dabei gedacht!« Er sprang aus dem Sattel und rannte auf sie zu.

Er klang erleichtert. Und war wütend. Seine Stimme zitterte.

Wenig später schlossen sich seine Arme um sie und ihr Gesicht versank im weichen Pelz seines Kragens.

»Mein Liebes«, sagte er, dann sah er sie an und küsste sie.

Johanna kam sich vor, als würde der Boden unter ihren Füßen schwanken. Sie hielt sich an seinen Armen fest, und erst jetzt merkte sie, wie durchgefroren sie war – und wie gut ihr Peters Wärme und seine Küsse taten. »Warum bist du weggelaufen? Warum bist du nicht zu mir gekommen?«

»Weißt du, was passiert ist?«

Peter nickte. »Ja, dein Vater und dein Bruder waren bei uns. Ein Dienstmädchen hat ihnen wohl von uns erzählt. Sie waren ganz aufgebracht, dass du fortgelaufen bist.«

»Wirklich?« Johanna verzog das Gesicht. »Nun, hat mein Vater auch erwähnt, dass er wollte, dass ich dich aufgebe? Dass ich Berthold heirate?«

»Nein, das hat er nicht. Oder besser gesagt, ich war nicht lange genug dort, um es herauszufinden. Mein Vater und dein Vater haben sich angeschrien, das konnte ich noch hören, aber wahrscheinlich ging es wieder um die alte Sache.«

Peter sah ihr für einige Momente in die Augen, dann sagte er: »Ich hatte solch eine Angst um dich. Ich dachte, du würdest dir etwas antun.«

»Ich bin nicht meine Großmutter«, entgegnete Johanna rau, doch es tat ihr leid, als sie den Ausdruck auf Peters Gesicht sah. Er wusste es. Irgendwie musste er herausbekommen haben, was damals geschehen war.

»Du hättest zu mir kommen und mir alles erzählen müssen.«

»Für einen Moment dachte ich auch daran, das zu tun. Aber dann fiel mir wieder ein, welches Gesicht deine Eltern gemacht hätten, wenn ich aufgetaucht wäre. Oder wäre es für sie in Ordnung gewesen?«

Peter schüttelte den Kopf. »Nein, sicher nicht. Es tut mir leid, was damals geschehen ist. Dass deine Großmutter sich wegen meines Großvaters umgebracht hat.«

»So einfach ist es nicht«, entgegnete Johanna. »Meine Großmutter hat offenbar ein Kind von deinem Großvater bekommen, das kurz nach der Geburt starb. Sie verfiel daraufhin in Depressionen und brachte sich um, weil sie keinen Ausweg mehr sah, nachdem ihr Mann sie mit ihm ertappt und zur Rede gestellt hatte. Es war nicht deswegen, weil dein Großvater meine Großmutter sitzengelassen hätte.«

»Und was ist mit dir? Siehst du noch einen Ausweg?«

»Bis vor einigen Minuten habe ich nur einen gesehen: weg von meiner Familie.« Johanna wurde rot.

»Und wo wolltest du hin?« Er strich sanft über ihre Wange.

»Irgendwohin. In die Dörfer. In eine andere Stadt. Ich hätte als Dienstmädchen arbeiten können. Oder als Krankenschwester.«

Peter lächelte breit. »Als Krankenschwester könnte ich mir dich nicht so recht vorstellen. Aber vielleicht unterschätze ich dich. Wir kennen uns ja erst ein paar Monate. Ich würde allerdings sehr gern herausfinden, wozu du alles fähig bist.«

Johanna schmiegte sich an seine Brust. Am liebsten wäre sie hiergeblieben, weit weg von ihrem Elternhaus. Doch sie wusste, dass sie zurückmusste. Es sei denn, Peter entschied sich, auf der Stelle mit ihr durchzubrennen. Immerhin war es ja sein Vorschlag gewesen.

Warum nicht?, dachte sie. Was hält mich hier noch? Solange ich in Heiligendamm bleibe, werde ich nicht mit Peter zusammen sein können. Und das alles wegen dieser dummen Familiengeschichte ...

»Nun ja, wenn es schon mal heraus ist, dann könnten wir doch ...«, begann sie, dann stockte sie, als sie Hufgetrappel hörte.

Zwei weitere Reiter kamen heran.

»Nehmen Sie die Finger von meiner Tochter!«, schnauzte eine Stimme. Sie erkannte ihren Vater und Christian.

Peter ließ sie dennoch nicht los.

»Haben Sie nicht gehört?«, sagte ihr Vater wütend und sprang von seinem Pferd.

»Herr Baabe, ich versichere Ihnen, dass ich Ihrer Tochter kein Leid zufügen will. Ich möchte Sie um ihre Hand bitten!«

»Sie sind total verrückt geworden!«, entgegnete Ludwig. »Sie werden sie loslassen, und sie wird mit uns nach Hause kommen!«

Ludwig griff nach ihrem Arm und riss sie von Peter fort.

»Nein!«, rief sie. »Ich werde bei Peter bleiben!«

»Du kommst mit«, entgegnete Ludwig ungerührt, dann wandte er sich Peter zu. »Und mit Ihnen, junger Mann, spreche ich noch!«

»Ja, geh mit deinem Vater«, sagte Peter nun auch. Er schien erkannt zu haben, dass es nichts brachte, diesen Kampf auf der Straße auszutragen.

Doch Johanna wollte nicht hören. »Ich will bei dir sein, nichts weiter.«

»Ich will auch, dass du bei mir bist«, sagte Peter. »Wir sehen uns bald wieder, ich verspreche es dir!«

Johanna begann zu weinen.

»Johanna, komm zur Vernunft«, redete Christian nun auf sie ein. »Lass uns nach Hause reiten. Und du, Peter, solltest ebenfalls nach Hause zurückkehren. Auch du hast deinen Eltern einiges zu erklären.«

Peter sah ihn an, dann blickte er zu Johanna, die immer noch gegen ihren Vater kämpfte.

»In Ordnung. Ich reite nach Hause. Aber es bleibt bei meinen Absichten!«, sagte er. »Ich bin nicht wie mein Großvater, und Johanna ist nicht verheiratet. Es ist nicht wie damals, Herr Baabe, und weder Ihre Tochter noch ich sollten dafür bestraft werden, dass wir uns ineinander verliebt haben.«

Bei den letzten Worten zuckte Ludwig Baabe zusammen, als hätte man ihn mit Eiswasser übergossen. Er sagte nichts, warf Peter jedoch einen zornigen Blick zu. Christian hob die weinende Johanna auf sein Pferd, während sein Vater ihre Tasche mitnahm.

Peter ließ die Baabes ein Stück weit vorreiten, dann folgte er ihnen.

~

Die ganze Zeit über harrte Augusta vor dem Fenster des Salons aus und dachte über den Streit mit den Vandenbooms nach.

War es überhaupt ein Streit, der sie etwas anging? Oder nur eine alte Geschichte, von der Ludwig nicht lassen konnte? Sicher, es war seine Mutter gewesen, die bereit gewesen war, mit einem anderen wegzulaufen. Und die ihr Leben für diesen Mann aufgegeben hatte. Dass Ludwig keine Mutter gehabt hatte, war sicher schwer für ihn gewesen.

Doch eigentlich ging die Sache nur drei Menschen etwas an: Heinrich Baabe, seine Frau und Karl Vandenboom. Bis auf den alten Karl war von ihnen niemand mehr am Leben – und ihre Kinder trugen einen Streit aus, deren Sinn sie nicht verstanden.

Nein, schlimmer noch: Jetzt war ihre Tochter verschwunden. Und die Angst, dass sich die Geschichte wiederholte, tobte in ihren Eingeweiden.

Was konnte sie tun?

Während sie hier saß und wartete, dass ihr Mann mit einer Nachricht kam, fragte sie sich, wie dieser Peter Vandenboom wohl war. Ihre Tochter war eigentlich ein freundliches Wesen, und dass dem jungen Mann etwas gelungen war, woran Albert Vormstein und Berthold von Kahlden scheiterten, musste man ihm zugutehalten.

Aber da war auch Ludwigs Starrsinn. Selbst wenn sie sich erweichen ließ, konnte sie ihn dazu bringen?

Augusta blickte zu den grauen Wolken auf, die über dem Gästehaus hinwegzogen. War das alles die Strafe für ihr Misstrauen gegenüber dem Mädchen und auch ihrem Mann? Wie konnte sie das wiedergutmachen?

Auf keinen Fall durfte sie wieder so misstrauisch sein. Sie durfte niemanden verdächtigen, den sie nicht kannte – und niemanden, der ihr am Herzen lag. Was ihr eigener Vater getan hatte, war eine Sache, doch ihr Ehemann war nicht wie er.

Würde sie den Schaden, den sie angerichtet hatte, beheben können?

Hufgetrappel riss sie aus ihren Gedanken. Sie konnte es von ihrem Platz aus nicht sehen, doch sie spürte, dass ihr Mann zurück war. Rasch erhob sie sich und verließ den Salon. Ihr Herz raste und ihre Hände zitterten. Hatten sie Johanna gefunden?

In der Eingangshalle befanden sich ein paar Gäste. Die Herren versteckten sich hinter den Zeitungen, während zwei Damen sich lebhaft unterhielten. Dienstmädchen waren nicht zu sehen.

Als ihr klarwurde, dass sie nicht den Haupteingang nehmen würden, eilte Augusta zur Hintertür. Sie hatte gerade die Küche passiert, in der Emma die Mädchen anwies, die Kartoffeln nicht so dick zu schälen, als sich die Hintertür öffnete. Zuerst sah sie nur Ludwig, der ziemlich verärgert wirkte.

»Habt ihr sie gefunden?«, fragte Augusta, worauf Ludwig sie finster ansah. Doch im nächsten Augenblick tauchte ihre Tochter hinter ihm auf.

»Johanna!«, rief Augusta aus. »Mein Kind, ich bin so froh, dich zu sehen!«

Sie fiel ihr um den Hals und schluchzte los. »Ich dachte, es wäre dir etwas passiert. Oh Gott!«

Johanna stand im ersten Moment ein wenig steif da, doch dann ließ sie ihre Tasche fallen und schloss die Arme um ihre weinende Mutter.

44. KAPITEL

In Johannas Brust brannte es. Aber es war nicht nur die Angst, es war auch Freude. Ihre Mutter hatte sich Sorgen gemacht! Peter war gekommen! Er hatte sie gesucht. Und er hatte ihrem Vater erklärt, dass er sie zur Frau wollte.

Was würde nun passieren? Natürlich würde ihr Vater sie für ihr Weglaufen abstrafen. Aber konnte er das denn noch? Musste er dann nicht befürchten, dass sie wieder ging – diesmal vielleicht mit Peter und für immer?

Seufzend stellte sie ihre Tasche auf das Bett.

Die Wiedersehensfreude ihrer Mutter hallte noch immer in ihr nach. Nach Wochen, in denen Augusta das persönliche Wohl ihrer Tochter egal war und es sich nur darum drehte, welchen Mann sie heiraten sollte, war sie wieder die Frau gewesen, die sich wirklich um ihr Kind sorgte. Oder hatte Johanna es vielleicht falsch verstanden? War auch das Interesse ihrer Mutter an einer Heirat mit einem gut situierten Mann ein Ausdruck ihrer Sorge gewesen?

Nachdenklich schaute sie auf die Tasche.

Dann wandte sie sich um. Sie musste mit Helena reden! Sie musste ihr erzählen, was geschehen war. Da weder ihr Vater noch ihre Mutter einen Hausarrest ausgesprochen hatten, konnte sie gehen, wohin sie wollte.

Auf dem Gang begegnete sie Elsa. Sie war gerade auf dem Weg in Christians Zimmer.

»Oh, Fräulein Johanna, Sie sind wieder da!«, sagte sie freudig. »Wir haben uns schon Sorgen gemacht.«

»Das ist sehr freundlich von Ihnen, Elsa«, entgegnete Johanna. »Ich hatte Lust auf einen etwas längeren Spaziergang.«

»Nun, dennoch ist es gut, dass Sie wieder da sind. Sie sollten sich Ihr Kleid anschauen, das die Schneiderin gebracht hat. Es ist wunderschön.«

»Das glaube ich. Ich sehe es mir nachher an. Erst einmal möchte ich zu Helena.«

Als sie den fragenden Ausdruck in Elsas Augen sah, fiel ihr wieder ein, dass die Dienstmädchen noch gar nicht wussten, dass Helena eine weitere Erinnerung hatte.

»Barbara hat sich wieder an ihren richtigen Namen erinnert. Wenigstens das hat ihr der Sturz gebracht. Allerdings wird sie wohl eine Weile im Kurhaus bleiben.«

Elsa nickte. »Dann bin ich erleichtert. Auch um sie haben wir uns große Sorgen gemacht, nachdem sie aus dem Haus geschafft wurde.«

»Darüber freut sie sich bestimmt. Ich werde sie von Ihnen grüßen, ja?«

Johanna sah deutlich, dass Elsa gern mehr erfahren hätte. Aber das sollte Helena den Mädchen selbst erzählen, wenn sie wieder ins Haus zurückkehrte.

Unten angekommen, sah sie, dass Christian gerade durch die Tür trat. Er wirkte geschafft, lächelte aber, als er seine Schwester bemerkte.

»Oh, du bist ja noch hier! Das hätte ich nicht erwartet.«

Johanna lächelte verlegen. »Es tut mir leid, dass ich euch solche Unannehmlichkeiten bereitet habe.«

»Nun, normalerweise bist du sonst immer zu mir gegangen und hast mit mir gesprochen, wenn du nicht weiterwusstest.« Christian blickte zu einer Gruppe von Frauen, die sie genau ins Auge nahmen. Ob die Gäste etwas mitbekommen hatten? Wenn ja, hatten sie auf dem Ball etwas zu erzählen.

»Du siehst aus, als wolltest du irgendwohin. Ein neuer Fluchtversuch?« Jetzt grinste Christian wieder.

»Nein, ich wollte zu Helena. Ihr erzählen, was passiert ist.«

»Hast du etwas dagegen, wenn ich dich begleite?«

»Um sicherzustellen, dass ich nicht wieder türme?«

»Nein, ich will nur die Gelegenheit nutzen, die Geschichte so zu hören, wie sie sich Mädchen untereinander erzählen.«

Johanna lächelte. »Gut, dann komm mit.«

Als sie das Kurhaus betraten, wurde gerade die hohe Tanne aufgerichtet, die das Foyer zur Weihnachtszeit zieren sollte. Krankenschwestern und Bedienstete warteten schon darauf, den Baum zu schmücken.

Auch bei den Baabes wäre der Weihnachtsbaum heute aufgestellt worden. Wenn ich nicht verschwunden wäre, setzte Johanna in Gedanken hinzu.

Sie gingen an den Schaulustigen vorbei und erreichten wenig später das Krankenzimmer.

Als sie klopften, erhielten sie keine Antwort.

»Helena?«, fragte Johanna, doch alles blieb still.

Vorsichtig öffnete sie die Tür. Das Bett war leer!

»Vielleicht macht sie gerade einen kleinen Spaziergang«, sagte Christian, aber er wirkte, als würde er selbst nicht daran glauben.

»Der Arzt hatte ihr verboten, das Zimmer zu verlassen.«

Johanna überlegte kurz, dann fiel es ihr ein. Und sofort überkam sie das schlechte Gewissen.

»Sie wusste, dass ich verschwunden war?«

»Ja, sie hat es gehört.«

Johanna wirbelte herum und rannte den Gang entlang.

»Warte!«, rief Christian, während er versuchte, aufzuholen.

»Sie könnte überall sein«, entgegnete Johanna panisch. »Vielleicht ist sie ohnmächtig geworden!«

Suchend glitt ihr Blick durch den Flur.

»Ich glaube nicht, dass sie noch hier im Haus ist«, sagte Christian. »Möglicherweise ist sie zu den Vandenbooms gegangen.«

»Was?«

»Vater kam her und hat mir berichtet, dass du fort seist. Vermutlich glaubte er, du wärst hier, aber dann sah er, dass nur ich hier war …«

»Komm auf den Punkt!«, fuhr Johanna ihn an. Ihre Hände krallten sich in seine Jacke.

»Wir fragten sie, wo du wohl sein könntest. Und da sagte sie, vielleicht bei Peter. Vater und ich sind daraufhin gleich los …«

»O mein Gott, sie wird mich doch nicht suchen!« Auf einmal wurde Johanna kreidebleich. »Wir müssen sie finden, sie könnte hilflos irgendwo liegen!«

Diese Worte durchzuckten ihren Bruder wie ein Peitschenhieb.

»Bleib du hier«, sagte er und machte Johanna von sich los. »Ich werde loslaufen.«

»Ich komme mit!«

»Nein, warte du hier, für den Fall, dass sie wieder auftaucht.«

Johanna wollte ihm hinterherrufen, doch da war er schon verschwunden. Sie blickte durch den Gang, aus dem sie gekommen war. Sie wollte sich nicht damit zufriedengeben, zu warten, also begann sie, das Kurhaus abzusuchen.

45. KAPITEL

So schnell er konnte, rannte Christian zum Gästehaus der Vandenbooms.

Als es endlich vor ihm auftauchte, war er völlig außer Atem. Er brauchte einen Moment, bis er sich wieder erholt hatte, dann läutete er.

Es war Arno Vandenboom persönlich, der ihm die Tür öffnete. Offenbar war er gerade auf dem Weg zu einer Besorgung, jedenfalls trug er Mantel und Hut. Als er Christian erkannte, verfinsterte sich seine Miene.

»Guten Tag, Herr Vandenboom«, sagte Christian.

»Aha, der junge Baabe!«, sagte Arno Vandenboom. »Kommen Sie mit neuen Vorwürfen gegen meine Familie?«

»Herr Vandenboom, das Verhalten meines Vaters tut mir leid«, entgegnete Christian. »Wie Sie von Ihrem Sohn sicher schon gehört haben, ist Johanna wieder zu Hause.«

»Das habe ich gehört. Und auch, dass er Ihrer Schwester einen Heiratsantrag gemacht hat. Offenbar legt es meine Familie darauf an, mich zu diesem Weihnachtsfest in den Wahnsinn zu treiben.«

Christian war sicher, dass sein Vater Ähnliches behaupten würde.

»Was gibt es denn?«, fragte Peter aus dem Hintergrund und trat neben seinen Vater. »Ist etwas mit Johanna?«

Christian schüttelte den Kopf. »Nein, es geht um eine junge Frau, die bei uns gearbeitet hat.« Wäre es hilfreich, Helenas Geschichte zu erzählen? Doch damit würden die beiden nichts anfangen können. »Wir vermuten, dass sie in Ihr Haus gekommen ist. Hast du sie gesehen?«

»Du meinst das Dienstmädchen, das den Brief gebracht hat?«

»Ja«, platzte es aus Christian heraus, ohne, dass er wusste, worum es ging.

»Hier ist niemand außer unseren Gästen und unserer Familie«, sagte Arno Vandenboom. »Und jetzt gehen Sie besser wieder, ehe Ihr Vater mir noch vorwirft, Sie ebenfalls auf unsere Seite zu ziehen.«

Christian nickte und trat einen Schritt zurück, dann sagte er: »Herr Vandenboom, Sie mögen über meinen Vater denken, wie Sie wollen, doch er hat sich nur um seine

Tochter gesorgt. Und der Streit zwischen Ihrer Familie und unserer ist im Grunde genommen unsinnig. Ich habe das jedenfalls erkannt. Guten Tag!«

Mit diesen Worten wandte er sich um und ging zu seinem Pferd.

»Warte!«, rief Peter Vandenboom ihm hinterher. »Ich komme mit dir! Zusammen finden wir sie vielleicht schneller.«

Ehe sein Vater etwas dazu sagen konnte, stürmte er ins Haus zurück. Wenig später erschien er mit seinem Pferd im Hoftor.

Christian wollte zunächst ablehnen, doch dann hielt er sich zurück. Das war das erste Mal, dass ein Baabe und ein Vandenboom etwas gemeinsam machten. Vielleicht war es an der Zeit, dass die Stadt das sah – und dass auch ihre Familien davon erfuhren.

»Ich muss noch mein Pferd holen«, sagte er, als Peter neben ihn ritt.

Dieser reichte ihm daraufhin die Hand, um ihm auf die Kruppe des Pferdes zu helfen. »Wir reiten zusammen hin, dann sind wir schneller. Schlimmer als jetzt kann es mit unseren Vätern doch nicht mehr werden, wie?«

Am Baabe-Gästehaus angekommen, stieg Christian ab und lief über den Hof, um sein eigenes Pferd zu holen. Er verzichtete darauf, Bruno zu satteln, und legte ihm lediglich das Halfter um. Dann schwang er sich auf den Rücken des Hengstes.

»Ich würde vorschlagen, dass wir uns aufteilen«, sagte Peter. »Hast du vielleicht ein Bild von dem Mädchen?«

»Aber sicher!«

Christian ließ Bruno kurz in Peters Obhut, dann rannte er ins Haus. Dort erntete er verwunderte Blicke der Dienstmädchen, doch er kümmerte sich nicht darum. Mit langen Schritten erklomm er die Treppe und lief in das Zimmer seiner Schwester. Sie hatte ihm vor einigen Tagen die Fotoplatte gezeigt, auf der sie und Helena abgebildet waren. Er fand sie auf einem Stapel Briefe in der Schreibtischschublade und nahm sie an sich.

Draußen zeigte er Peter das Bild.

»Ja, das ist das Mädchen, das mir den Brief gegeben hat«, sagte er nach kurzer Betrachtung. »In Ordnung, es dürfte mir nicht schwerfallen, es zu erkennen.«

»Helena hat eine Gehirnerschütterung erlitten. Möglicherweise ist sie irgendwo zusammengebrochen und in einem Haus aufgenommen worden.«

»Ich werde mich umhören. Am besten, du suchst die Westseite ab und ich die Ostseite – praktisch unsere Reiche, nicht wahr?«

»In Ordnung, machen wir es so.«

Peter Vandenboom zwinkerte ihm zu, dann schob er die Fotoplatte in die Jacke und ritt los.

Auch Christian schwang sich auf sein Pferd.

Sorge brannte in ihm – und auch ein wenig Zorn auf seine Mutter. Möglicherweise hatte sie es gut gemeint, doch was herausgekommen war, war verheerend.

Dass Peter ihm beim Suchen half, war allerdings ein gutes Zeichen. Vielleicht sollten sie wirklich den Zwist ihrer Eltern überwinden und sich nicht länger davon einnehmen lassen.

Nachdem sie Heiligendamm vollständig abgesucht hatten, ritt Christian nach Bad Doberan. Vielleicht hatte sie ja jemand mitgenommen, nachdem er sie am Wegrand aufgelesen hatte.

Hier und da fragte er in einem Gasthaus nach oder bei Leuten, die ihm auf der Straße begegneten. Doch niemand hatte ein Mädchen gesehen, das auf seine Beschreibung passte.

Mittlerweile wurde es dunkel, und die Lichter in den Häusern und auf den Straßen reichten nicht aus, um in alle Winkel schauen zu können.

Als er, vollkommen durchgefroren, schließlich schon kurz davor war aufzugeben, fiel ihm ein, dass er an einer Stelle noch nicht gesucht hatte. Vielleicht war sie dort?

Bevor er sein Pferd wenden konnte, hörte er Hufgetrappel hinter sich. Peter Vandenboom kam auf ihn zugeritten.

»Hast du sie?«, fragte er, während er sein Pferd zügelte.

»Nein, leider nicht. Und wie sieht es bei dir aus?«

Peter schüttelte den Kopf. »Nichts. Sie scheint vom Erdboden verschluckt zu sein. Vielleicht solltest du doch noch mal im Kurhaus schauen.«

»Da ist Johanna. Ich will noch an eine andere Stelle reiten.«

»Vielleicht hast du ja Glück.« Peter machte eine kurze Pause, dann fügte er hinzu: »Ich hoffe, deine Schwester hat nicht allzu großen Ärger.«

»Sie wird es überstehen«, entgegnete Christian mit einem schiefen Lächeln. »Aber du solltest jetzt besser keinen Rückzieher machen. Auf dem Ball wird sie von Berthold von Kahlden einen Antrag erhalten und vielleicht auch von Albert Vormstein. Du solltest dein Anliegen unbedingt noch mal vorbringen, wenn du sie wirklich willst.«

»Ich will sie. Und ich liebe sie. Mehr als alles auf der Welt. Offenbar haben die Männer unserer Familie eine Schwäche für die Frauen eurer Familie, was will man da machen?«

»Enttäusche sie nicht«, entgegnete Christian warnend,

dann reichte er ihm die Hand. »Danke, dass du mir geholfen hast.«

»Keine Ursache. Ich werde meine Augen weiterhin offen halten und notfalls noch einmal nach ihr suchen. Aber ich bin sicher, dass sich alles klären wird. Und ich habe nicht vor, deine Schwester zu enttäuschen!«

Damit verabschiedete er sich und verschwand in der Dunkelheit.

Als Christian die Fischerhütte erreichte, war es schon finstere Nacht. Er hoffte nur, dass Johanna wieder zu Hause war und ihren Eltern erklärte, warum er unterwegs war – nicht, dass sie auch seinetwegen noch einen Suchtrupp losschickten.

»Helena!«, rief er, und der Wind trug seine Stimme weit über das Meer und den Strand entlang. Er lief zu der Hütte, schaute durch die Tür, doch er hörte nichts weiter als ein bösartiges Fauchen. Kurz blitzten die Augen der Katze auf, dann verschwand sie in der Finsternis. Wahrscheinlich hatte er sie bei ihrer Nachtmahlzeit gestört.

Ein Schauer überlief ihn plötzlich, als er die schwarzen Wogen sah, auf denen die Spiegelung des Mondes hüpfte.

Dort draußen war sie in die See gestürzt, sie war dem Tod entkommen und bei ihnen gelandet. Sie hatte alles ins Rollen gebracht. Ohne sie wäre seine Mutter nicht so aufgewühlt gewesen, dass sie die Vandenbooms erwähnte. Ohne die Erwähnung hätte er nicht versucht, mehr über deren Geschichte herauszufinden. Ohne Helena hätte er wahrscheinlich nie mehr erfahren, wie es war, wenn man sich verliebte. Und wie es war, wenn man im Haus von jemandem verraten wurde, der heimlich in einen verliebt war.

Und jetzt war Helena fort.

Er ließ die Hütte hinter sich und ritt wieder in Richtung Heiligendamm. Seine Hände fühlten sich mittlerweile ebenso taub an wie sein Gesicht.

Er suchte noch für eine Weile den Strand ab, bevor er, spät in der Nacht, niedergeschlagen nach Hause zurückkehrte.

Müde schleppte er sich ins Haus. An der Stelle, an der Helena nach dem Sturz gelegen hatte, blieb er stehen. Wieder überlief ihn ein Schauer. Wenn sie nun anders gefallen wäre …

Mit einem Kopfschütteln vertrieb Christian diesen furchtbaren Gedanken. Nein, es ist nichts passiert, sagte er sich mit dem letzten bisschen Wachheit, die er noch besaß. Und morgen werden wir weitersuchen.

~

Ludwig Baabe saß hinter seinem Schreibtisch, doch diesmal galt seine Aufmerksamkeit nicht den Büchern oder irgendwelchen Rechnungen. Auch um den Betrieb im Gästehaus machte er sich keine Gedanken. Mit einem Glas Cognac in der Hand schaute er in die Dunkelheit, und in seinen Gedanken wanderte er zurück zu der Zeit, in der er ein Kind war. Er hatte kaum noch Erinnerungen an seine Mutter. Wenn es nicht das Bild in einer seiner Schubladen gäbe, würde er sich nicht mehr an sie erinnern.

Woran er sich allerdings erinnerte, war der Hass, mit dem sein Vater auf den Tod seiner Frau reagiert hatte. Ludwig hatte sie, solange er Kind war, nicht erwähnen dürfen. Und später, als sein Vater im Sterben lag, hatte er erkannt, dass sein Vater es immer noch nicht vergessen hatte.

Ludwig wusste nicht mehr genau, wann der Hass seines Vaters zu seinem eigenen Hass geworden war. Es sei eine

Frage der Familienehre, hatte er sich eingeredet. Wahrscheinlich, um seinem Vater zu gefallen. Wahrscheinlich auch, um einen Verantwortlichen dafür zu finden, dass sein Vater immer so kühl zu ihm gewesen war.

Aber war der Streit mit den Vandenbooms wirklich noch immer ihr Streit?

Er gestand es sich nur ungern ein, aber Johanna und Peter gaben ein hübsches Paar ab. Und was die Finanzen anging, waren die Vandenbooms vielleicht nicht so vermögend und einflussreich wie die von Kahldens, aber dennoch reichte das Geld aus, um Johanna ein angenehmes Leben zu ermöglichen.

Ludwig wusste, dass sich sein Vater im Grabe umdrehen würde, wenn er seine Gedanken kennen würde. Aber letztlich konnte er ihn nicht mehr rügen. Und seine Kinder kannten ihren Großvater gar nicht.

Ein Klopfen riss ihn aus seinen Gedanken.

»Ja?«, sagte er müde und stellte das Glas ab. Irgendwie war ihm die Lust auf Alkohol vergangen.

In den schwachen Lichtschein seiner Schreibtischlampe trat Augusta. Sie trug einen Morgenmantel über ihrem Kleid und die Haare im Nacken locker zusammengebunden. In solch einem Aufzug war sie noch nie in seinen Arbeitsräumen erschienen.

»Johanna erzählte mir, dass das Mädchen verschwunden ist«, begann sie ein wenig verlegen.

Ludwig zog die Augenbrauen hoch. »Nun, dann hast du erreicht, was du wolltest, nicht wahr?«

Als er den verletzten Ausdruck auf ihrem Gesicht sah, tat ihm sein schneidender Ton leid.

»Entschuldige, das war nicht fair von mir. Wohin ist sie gegangen?«

Augusta presste die Lippen zusammen und schaute ihn einen Moment lang an, dann antwortete sie: »Niemand weiß es. Johanna hat mit Dr. Winter gesprochen. Christian hat mit Peter Vandenboom nach ihr gesucht. Nichts. Niemand hat sie gesehen. Und im Wald haben sie sie auch nicht gefunden.«

»Das arme Ding. Haben sie die Polizei benachrichtigt? Vielleicht hat jemand sie aufgenommen.«

»Das weiß ich nicht.« Augusta umfasste ihre Schultern. Ludwig sah ihr an, dass sie ein wenig zitterte. »Christian kam eben zurück. Ich habe versucht, mit ihm zu sprechen, doch er ist müde und hatte keine Lust, zu reden.«

»Das kann man ihm nicht verübeln, nach allem, was in den vergangenen Tagen geschehen ist.« Ludwig seufzte tief. Der Ärger über seine Frau und Hilda stieg wieder in ihm auf. Wem hätte es etwas geschadet, wenn sie die Schiffbrüchige noch eine Weile hier beherbergt hätten? Alles hätte friedlicher ablaufen können, wenn Augusta nicht diesen Groll gegen das Mädchen gehegt hätte.

Augusta spürte das. Und sie wusste auch, dass Worte allein nicht reichen würden. Dennoch sagte sie: »Es tut mir leid, Ludwig. Ich hätte euch nicht bespitzeln lassen dürfen.«

»Das hast du schon einmal gesagt.«

»Und du hast mir offensichtlich nicht geglaubt.«

Für einen Moment schwiegen sie beide, dann sagte Ludwig: »Ich habe über die Sache nachgedacht. Über dich, mich, meinen Vater, die Vandenbooms.«

»Und?«, fragte Augusta.

»Es ist sinnlos, über Dinge zu streiten, die uns nicht direkt betreffen, nicht wahr?«, antwortete Ludwig. Alles in ihm sehnte sich danach, seine Frau an sich zu ziehen und zu wärmen. Die letzten beiden Tage waren ihm sehr schwergefallen, denn eigentlich war er gewillt, ihr zu verzeihen. Aber würde sie es beim nächsten Mal unterlassen, ihm zu misstrauen?

»Du meinst, wir sollten sie mit Peter Vandenboom ziehen lassen?«, fragte Augusta und schien für einen Moment wieder die Alte zu sein.

»Nun ja, es gibt Dinge, die kann man nicht verhindern.« Ludwig zuckte ein wenig müde mit den Schultern. »Meine Mutter liebte den alten Vandenboom, doch ihr Mann bestand darauf, dass sie seine Ehefrau blieb. Hätte er sie gehen lassen, wäre sie noch am Leben.«

»Aber dann hättest du sie trotzdem verloren. Oder meinst du, dein Vater hätte es sich gefallen lassen, wenn seine Frau den Stammhalter mitnimmt? Und dann der Zorn deines Vaters. Er wäre lebenslang geblieben, denn gehasst hätte er sie trotzdem, weil sie ihn betrogen und verlassen hätte.«

»Ja, das stimmt. Aber wenn ich mir Johanna anschaue ... Es ist, als hätte das Schicksal genau das gewollt, dass sie sich in diesen Kerl verliebt. Und als ich die beiden zusammen gesehen habe ... Natürlich habe ich gewettert, und natürlich habe ich auch im Ohr, was mein Vater dazu gesagt hätte, doch ... Es fühlte sich nicht falsch an, weißt du? Johanna ist nicht verlobt, und dass diese beiden Burschen ihr den Hof machen, heißt noch gar nichts. Wir wissen alle, warum sie sich für Johanna interessieren. Sie ist eben ein guter Fang. Von Kahlden spekuliert auf unser Gästehaus und auch den Vormsteins käme die Hochzeit zupass. So seltsam es klingt, aber Peter Vandenboom weiß, dass er aufgrund der Feindschaft nichts zu erhoffen hat. Er weiß auch, was seine Familie von uns hält. Dennoch hat er sich in Johanna verliebt und sie sich in ihn.«

Er machte eine kurze Pause, dann beugte er sich vor und griff nach Augustas Hand. »In den vergangenen Stunden habe ich mich gefragt, was wir getan hätten. Wenn du eine Vandenboom gewesen wärst und ich der, der ich bin. Mit meinem Vater und seinem nie nachlassenden Hass im Nacken.«

»Ich bin aber keine Vandenboom.«

»Nein, aber wenn du es gewesen wärst … Ich hätte mich trotzdem in dich verliebt. Manche Dinge sollen eben sein, ob sie uns gefallen oder nicht.«

Augusta nickte, dann fragte sie: »Also findest du es in Ordnung, wenn sie Peters Antrag annimmt? Was werden die von Kahldens sagen?«

»Die werden für Berthold eine andere finden. Und bei dem jungen Vormstein habe ich ohnehin das Gefühl, dass er noch nicht heiraten will. Außerdem hätte Berthold so oder so den Kürzeren ziehen können. Ich glaube nicht, dass wir mit der Familie Ärger bekommen, nur weil sich unsere Tochter nicht für ihn entscheidet.«

»Und was, wenn der alte Vandenboom Peter davon abhält, Johanna weiter den Hof zu machen?«

»Nun, wenn er ein richtiger Kerl ist, wird er seinen Antrag spätestens auf dem Ball wiederholen. Es war ohnehin schon sehr mutig, mich zu fragen, als ich wütend vor ihm stand.« Er führte Augustas Hand an seine Lippen und küsste sie. »Wir leben eigentlich nicht mehr in einer Zeit, in der die Eltern vorgeben sollten, wen ihre Kinder zu lieben haben. Johanna ist erwachsen. Und die Zeiten ändern sich. Wir sollten sie entscheiden lassen und uns nicht darum kümmern, was die Leute sagen. Gerede gibt es immer.«

Er erhob sich, und ohne ihre Hand loszulassen, schaute er seiner Frau in die Augen.

Ein unsicheres Lächeln huschte über Augustas Gesicht. »Du hast recht.«

Ludwig lächelte zurück, dann zog er sie in seine Arme und küsste sie.

46. KAPITEL

Heiligabend 1902

Am Morgen des Balls gab es immer noch keine Spur von Helena. »Wir sollten die Suche der Polizei überlassen«, sagte Ludwig Baabe zu seinem Sohn, als er ihm auf dem Gang begegnete. Inzwischen hatten Friedrich und die anderen Burschen den Weihnachtsbaum aufgestellt, und die Dienstmädchen waren dabei, ihn nach den Anweisungen der Hausherrin zu schmücken. »Ich bin sicher, dass die Beamten sie eher finden werden, als wenn wir ziellos herumlaufen.«

Christian nickte und ging mit hängenden Schultern nach oben in Johannas Zimmer, die gerade gedankenverloren ihr Kleid anschaute.

»Und, gibt es Neuigkeiten?«, fragte sie.

Christian schüttelte den Kopf. »Nein, leider nicht. Wie ich sehe, hast du die Barbarazweige mitgenommen.«

Christian deutete auf den Tonkrug vor Johannas Fenster. Die Zweige standen in voller Blüte. Doch von der Erfüllung der Wünsche, die mit ihnen verbunden waren, schienen sie meilenweit entfernt zu sein.

»Jemand muss sich doch darum kümmern …« Johanna seufzte schwer. »Ich wünschte, ich wüsste, wo sie ist.«

»Das geht mir ähnlich.« Christian trat zu ihr, und sie ergriff seine Hand. »Ich habe keine Ahnung, wie ich den Ball überstehen soll, ohne zu wissen, was mit ihr geschehen ist …«

Schritte hinter ihnen ließen Christian innehalten.

»Entschuldigen Sie bitte«, sagte Elsa und zog etwas aus ihrer Schürzentasche. »Das hier ist soeben abgegeben worden.«

Sie reichte Johanna einen kleinen Briefumschlag, der mit ihrem Namen versehen war.

»Danke schön«, sagte Johanna und riss ihn sogleich auf. Ihre Finger zitterten.

»Was ist los?«, fragte Christian nervös.

Johanna schlug die Hand vor den Mund.

»Was ist geschehen?« Christians Magen krampfte sich zusammen. War es eine Nachricht, dass Helena gefunden worden war? Für einen Moment zogen tausend furchterregende Gedanken durch seinen Kopf, dann sagte Johanna: »Helena geht es gut. Sie schreibt, dass sie in Sicherheit ist. Und dass sie uns heute Abend alles erklären wird.«

»Gott sei Dank!«, rief Christian aus. »Wo ist sie? Ich muss zu ihr!«

»Sie hat nicht geschrieben, wo sie sich aufhält. Aber wie es aussieht, kommt sie zum Ball.«

Christian begann unruhig auf und ab zu laufen. »Warum schreibt sie nicht, wo sie ist? Steht da wenigstens, was geschehen ist?«

»Nein, ich fürchte, wir werden uns noch ein Weilchen gedulden müssen.«

Christian blieb stehen, stemmte die Hände in die Hüften und warf den Kopf in den Nacken. »Warum tut sie das? Warum sagt sie nicht, wo sie ist? Sie weiß doch, dass ich mir Sorgen um sie mache!«

»Weiß sie das wirklich?«, neckte Johanna ihn, dann drückte sie den Brief gegen ihre Brust. »Sie lebt, und es scheint nichts Schlimmes passiert zu sein. Das ist doch schon mal ein Grund zur Freude, nicht?«

Christian atmete tief durch. Es war ein Grund zur Freude. Dennoch war er beunruhigt. Warum war sie nicht ins Kurhaus zurückgekehrt? Warum gab sie ihnen erst heute Nachricht, nachdem sie bereits gestern verschwunden war?

»Ich glaube, ich habe jetzt Lust, mir die Tanne anzuschauen«, sagte Johanna vergnügt, während sie den Brief in ihrem Schreibtisch verschwinden ließ. »Du nicht?«

Christian nickte und schloss sich ihr an. Sein Herz raste, und er wünschte sich inständig, dass die Stunden schneller vergehen würden.

~

Helena betrachtete sich im Spiegel. Die Person, die sie anschaute, schien aus einem anderen Leben zu stammen. Noch immer konnte sie nicht glauben, was passiert war. Zu schade, dass sie Johanna und Christian nicht gleich davon hatte erzählen können. Aber das würde sie heute Abend nachholen.

Als sich die Tür des Zimmers öffnete, wandte sie sich um. Der Mann, dem sie im Foyer des Vandenboomschen Gästehauses begegnet war, lächelte sie an. Dieses Lächeln ihres Vaters hatte sie ebenfalls vergessen gehabt, aber nun entdeckte sie es wieder.

»Geht es dir gut, mein Kind? Oder möchtest du den Ball lieber ausfallen lassen?«

»Nein, auf keinen Fall!«, entgegnete sie. »Ich möchte Johanna und Christian treffen. Ich habe ihnen viel zu erzählen.«

»Hast du ihnen geschrieben?«

»Ja, aber nur, dass es mir gut geht. Alles andere sollen sie aus meinem Mund erfahren.«

Ihr Vater nickte, legte die Hände auf ihre Arme und betrachtete sie stolz im Spiegel.

»Du bist deiner Mutter wirklich ähnlich geworden. Ich hätte dich nicht fortgehen lassen sollen. Überhaupt … ich … ich dachte, es würde leichter für mich sein, wenn ich …« Er brach ab und neigte den Kopf. »Ich hätte nie eine andere heiraten können. Auch dieses Fräulein nicht. Aber ich fühlte mich einsam, und du warst noch so jung, ich dachte, dass du eine Frau an deiner Seite brauchst, eine, die hilft, dich aufzuziehen. Ich fühlte mich überfordert und …«

Helena wandte sich um und legte ihre Hand auf seinen Mund. »Es ist alles gut, Papa. Ich bin hier. Durch das, was passiert ist, bin ich ein neuer Mensch geworden. Sicher werden auch die anderen Erinnerungen zu mir zurückkehren, aber das, was ich in den vergangenen Tagen erlebt habe, möchte ich ebenfalls nicht mehr missen.«

»Gut. Dann sollten wir uns auf den Weg machen, nicht wahr? Ich kann es kaum erwarten, allen zu zeigen, dass meine Tochter wieder zurückgekehrt ist.«

Er gab ihr einen Kuss auf die Schläfe und verließ das Zimmer wieder.

Helena betrachtete ihr feines Kleid, das sie auf die Schnelle der Garderobe einer anderen Dame entliehen hatten. Dann wandte sie sich um und folgte ihrem Vater.

47. KAPITEL

Auf der Burg Hohenzollern drängten sich die Kutschen und Droschken. Einige der Herrschaften fuhren in modernen Automobilen vor und erregten damit das Aufsehen der bereits Anwesenden.

»So einen Wagen müsste ich mir auch zulegen«, sagte Ludwig Baabe begeistert.

»Und wer soll ihn fahren?«, fragte Augusta skeptisch, lächelte ihren Mann allerdings an.

»Ich könnte lernen, ihn zu fahren«, meldete sich Christian zu Wort. »Da würden deine Freunde Augen machen! Und wir könnten die Gäste bequemer und schneller vom Bahnhof abholen.«

»Darüber sollten wir im neuen Jahr sprechen«, entgegnete Augusta, dann fiel ihr Blick auf Johanna, die nervös ihre Hände knetete.

»Ist dir nicht gut, mein Kind?«

»Doch, es ist alles in Ordnung, Mama«, entgegnete sie, knetete ihre Hände allerdings weiter und suchte fieberhaft die Eingangshalle ab. Christian versuchte, ihrem Blick zu folgen, doch weder konnte er Peter sehen noch Helena.

»Vielleicht solltest du diesen albernen Zweig lieber doch wegtun, er ruiniert dir noch das Kleid.«

»Keine Sorge, ich habe ihn gut festgesteckt«, entgegnete Johanna. »Und nichts, was du sagst, Mama, kann mich dazu bringen, ihn abzunehmen.«

»Wenn du meinst. Ich weiß dennoch nicht, was das bedeuten soll.«

»Schicksal«, sagte Johanna. »Heute Nacht wird das Schicksal entscheiden.«

Augusta schüttelte den Kopf, ließ es aber gut sein.

Schließlich begaben sie sich in den großen Saal der Burg. Eine hohe Tanne glitzerte im Mittelpunkt des Raumes, die Tische an den Rändern der Tanzfläche waren mit goldenen Bändern und Gestecken aus weißen Seidenblumen und Tannenzweigen geschmückt. Eine Kapelle spielte leise auf einem Podest, doch das Summen der Stimmen verschluckte die Musik beinahe.

Nach und nach füllte sich der Raum.

Die von Kahldens gingen an den Baabes vorbei und grüßten mit verheißungsvollem Blick. Auch die Vormsteins kreuzten ihren Weg. Christian bemerkte, dass Johanna den Kopf einzog. Egal, ob Peter Vandenboom den Mut hatte, um ihre Hand anzuhalten oder nicht, sie würde weder Bertholds noch Alberts Antrag annehmen. An das Donnerwetter, das dann folgte, wollte er besser noch nicht denken.

Ihr Tisch war mit einem prachtvollen Gebinde aus Tannenzweigen und Christrosen geschmückt, und die Familie nahm Platz.

Nun hielt auch Christian Ausschau – doch nirgends war Helena zu sehen. Hatte sie etwa begonnen, hier zu arbeiten? Nein, das glaubte er nicht. Dr. Winter hatte ihr verboten sich anzustrengen.

Plötzlich ging ein Raunen durch den Raum.

Christian fragte sich, welchen Grund es dafür geben mochte, dann sah er, dass seine Eltern plötzlich erstarrten.

»Guck mal!«, sagte Johanna und zog ihm am Arm.

Ein paar elegant gekleidete Leute betraten den Raum. Unter ihnen war ein hochgewachsener, grauhaariger Mann, der eine Schärpe über der Brust seines schwarzen Fracks trug.

Die junge Frau, die sich bei ihm untergehakt hatte, war eindeutig Helena.

»Das gibt's doch nicht!«, murmelte Ludwig Baabe.

»Das ist Helena!«, sagte Johanna laut und wollte schon zu ihr laufen, doch Christian hielt sie zurück.

Er brachte vor lauter Staunen kein Wort heraus.

Die Ähnlichkeit zwischen Helena und dem Mann, der offenbar ihr Vater war, sprang einem förmlich ins Auge. Sie hatte seine Augen und auch die Nase, wenngleich in einer kleineren Ausgabe. Ihr Vater trug einen Bart. Sein Gesicht wirkte müde und fahl, aber in seinen Augen leuchtete eine ungeheure Erleichterung – und Stolz.

Das war also der Grund für Helenas Verschwinden: Sie hatte ihren Vater gefunden!

Christian kam es vor, als würde sich sein Herz in diesem Augenblick weiten wie ein Heißluftballon, der kurz vor dem Abheben stand. Gleichzeitig fühlte er sich zur Salzsäule erstarrt.

Das Gemurmel ging weiter. Aller Augen lagen auf Helena, die in ihrem dunkelroten Seidenkleid wie eine Prinzessin aussah.

»Du meine Güte!«, murmelte Ludwig Baabe, der Helena jetzt auch erkannt hatte. »Ich wusste es! Ich wusste, dass das keine Landstreicherin ist.«

Christian blickte sich um. Die Gesichtsfarbe seiner Mutter wechselte zwischen Schneeweiß und Purpurrot hin und her. Sie griff nach der Hand ihres Mannes und schwankte ein wenig. Ludwig blickte zu ihr. Schadenfreude huschte über sein Gesicht.

»Ist dir nicht gut, Liebes?«, fragte er, worauf Augusta den Kopf schüttelte.

»Nein, es geht schon, ich bin nur … überrascht.«

»Das glaube ich«, entgegnete Ludwig. »Vielleicht

siehst du nächstes Mal nicht nur das Schlechte in einem Menschen.«

Christian hatte nur Augen für Helena. Wie schön sie war. Und wie wunderbar, dass sie ihren Vater gefunden hatte! Wann mochte es passiert sein? Als sie auf der Suche nach Johanna waren?

Als sie Christian erblickte, flüsterte Helena ihrem Vater etwas zu. Daraufhin wandte er sich sogleich ihrem Tisch zu.

»O mein Gott!«, entfuhr es Augusta, während sich ihr Mann von seinem Platz erhob. Auch Christian stand auf.

»Guten Abend, meine Herrschaften«, sagte der Mann. »Ich bin Graf Maximilian von Hettstedt, und Sie müssen der junge Mann sein, der meine Tochter aus dem Wasser gerettet hat.«

Damit reichte er Christian die Hand.

Neben ihm sog Augusta scharf den Atem ein.

Vermutlich erschreckte sie die Erkenntnis, eine Grafentochter als Dienstmädchen eingestellt zu haben. Doch darüber dachte Christian nicht weiter nach, als er dem Grafen die Hand gab.

»Christian Baabe«, stellte er sich vor und setzte hinzu: »Aus dem Wasser gerettet trifft es allerdings nicht so ganz. Ich habe Ihre Tochter am Strand entdeckt. Und es freut mich wirklich sehr, dass Sie sie wiedergefunden haben.«

»Ja, aber das wäre mir ohne Sie nicht vergönnt gewesen. Als ich Bescheid erhielt, dass meine Tochter nach einem schweren Unwetter vermisst wurde, brach für mich eine Welt zusammen. Die Ingwarsdotter kam am fünften Dezember in Rostock an, doch niemand konnte mir sagen, was geschehen war. Es hieß nur, dass meine Tochter vermisst werde und dass all ihre Sachen noch an Bord seien. Wir gehen mittlerweile davon aus, dass sie schlafgewandelt ist und bei starkem Wellengang über Bord geschleudert wurde. Es ist früher bereits zu derartigen Vorfällen gekommen, als Kind ist sie auch schon einmal eine Treppe hinuntergestürzt. Unser Arzt vermutet, dass große Anspannung solche Episoden auslöst.«

Er blickte liebevoll zu seiner Tochter. »Leider kann Helena sich noch nicht daran erinnern, was passiert ist. Sie sagte, dass ein Segeltuch um ihre Beine gewickelt war, vielleicht hat sie unbewusst versucht, sich daran festzuhalten, als sie fiel. Aber damals wie heute hatte sie einen Schutzengel. Sie hat zu ihrer Familie zurückgefunden. Das ist mehr, als ich in den vergangenen Wochen zu hoffen wagte.«

Helena lächelte Christian zu.

»Und Sie müssen die Eltern und die Schwester des wackeren jungen Mannes sein«, wandte sich der Graf den Baabes zu. »Ich danke Ihnen, dass Sie meine Tochter so gut aufgenommen haben.«

Johanna entfuhr ein Prusten, doch sie fasste sich schnell wieder.

Als Christian zu Helena blickte, wusste er, dass sie ihrem Vater nichts davon erzählt hatte, dass seine Mutter sie als Dienstmädchen angestellt und ihr das Leben so schwergemacht hatte.

»Es war uns eine große Ehre«, brachte seine Mutter kleinlaut hervor. Ihr Gesicht glühte nun, als hätte sie Fieber.

»Ja, und ich hoffe, Sie verzeihen uns, dass wir Ihre Tochter ...« Ludwig Baabe stockte, als er sah, dass Helena leicht den Kopf schüttelte. »... nicht schon früher zu Ihnen zurückgebracht haben.«

»Das konnten Sie nicht, und deshalb gibt es nichts, was ich Ihnen verzeihen könnte. Meine Tochter sagte mir, dass die Erinnerungen erst Schritt für Schritt zu ihr zurückgekehrt sind, und einige hat sie bis heute nicht gefunden. Aber was den Teil angeht, der uns beide betrifft, werde ich ihr helfen können.«

Er blickte liebevoll zu seiner Tochter, dann verabschiedete er sich und ging mit ihr an seinen Tisch in der Nähe des Herzogs.

Christian stand da, als habe ihn der Schlag gerührt. Helena war eine junge Gräfin. Und er hatte sie vom Strand aufgelesen. Nie im Leben hätte er mit so etwas gerechnet!

Wenig später wurde der Ball durch den Großherzog von Mecklenburg-Strelitz eröffnet. Er hielt eine kurze Rede, in der er auf die Traditionen verwies, die sein Herrscherhaus mit Heiligendamm verbanden, und wünschte allen ein frohes Weihnachtsfest. Dann eröffnete er mit seiner Gemahlin den Tanz.

Ludwig Baabe hätte ebenfalls gern mit seiner Frau getanzt, doch er hatte damit zu tun, sie zu beruhigen.

»Das ist doch kein Weltuntergang, Augusta. Wie du gesehen hast, ist uns der Graf nicht böse.«

»Aber dass ich sie bei mir arbeiten ließ … Wenn er es erfährt, dann …«

»Was soll denn geschehen, Mutter?«, fragte Christian. »Ich glaube nicht, dass Helena dir aus der Sache einen Strick drehen wird. Sie hätte es ihrem Vater gleich erzählen können, aber das hat sie nicht getan. Du solltest von den Menschen nicht immer nur das Schlimmste erwarten.«

Diese Worte beruhigten Augusta allerdings nicht, sie brachten sie dazu, in Tränen auszubrechen. Während sein Vater weiter auf sie einredete, wandte sich Christian an Johanna.

»Wie wäre es, wenn wir wenigstens ein bisschen tanzen gingen?«

»Du solltest lieber Helena auffordern.«

»Das würde ich gern, aber ob ihr Vater mir das erlaubt?«

»Seit wann bist du so unsicher?«, fragte Johanna. »Du bist in seinen Augen ihr Lebensretter, und Helena würde mit Freuden …«

Johanna stockte und wurde blass. Als Christian sich umwandte, sah er Berthold von Kahlden an den Tisch kommen.

»Guten Abend, ich hoffe, Ihnen gefällt der Ball.«

In seinem Frack und mit dem pomadisierten Haar wirkte er sehr elegant und obendrein unglaublich selbstsicher.

»Der Ball ist ganz prächtig«, entgegnete Ludwig. »Ich nehme an, Ihr Onkel und Ihre Tante sind ebenfalls hier?«

»Ein Ereignis wie dieses würden sie sich nie entgehen lassen«, entgegnete Berthold, dann fiel sein Blick auf Johanna.

Diese hatte plötzlich das Gefühl zu schrumpfen. Hilfesuchend blickte sie zu Christian. Sie hatte nicht vergessen, was ihre Eltern von ihr verlangt hatten. Und seit ihr Vater sie zurückgeholt hatte, war es auch nicht mehr zur Sprache gekommen, welchen Antrag sie annehmen sollte.

Christian zuckte leicht mit den Schultern. Er hätte ihr gern geholfen, aber er wusste, dass sie diesen Kampf allein ausfechten musste.

»Sie können sich sicher denken, warum ich hier bin«, sagte Berthold und warf zuerst einen vielsagenden Blick zu Augusta, dann zu Johanna.

Christian meinte, Bedauern in den Augen seiner Mutter aufflammen zu sehen. Sie sah zu Johanna, und es schien, als wüsste sie bereits, was jetzt kommen würde.

»Johanna, willst du meine Frau werden?«, fragte Berthold und zog eine kleine Samtschachtel aus der Tasche.

Johanna starrte ihn an. Ihr Gesicht war kreidebleich.

»Berthold, ich …«

»Da habe ich ein Wörtchen mitzureden, glaube ich!«

Hinter Berthold tauchte plötzlich Peter Vandenboom auf. Er trug einen schicken Frack mit blauer Bauchbinde. An seinem Revers steckte ein kleines Stück Kirschblütenzweig, dessen Blüten wie Schneeflocken auf dem Untergrund leuchteten.

Johanna wurde auf einmal hochrot. Unwillkürlich griff sie nach ihrem eigenen Zweig und strich über die Blüten.

Berthold blickte sich fragend um.

»Was suchen Sie denn hier?«, fragte er.

»Nun, ich nehme an, dasselbe wie Sie«, entgegnete Peter und wandte sich dann an Ludwig. »Herr Baabe, ich weiß, dass es zwischen unseren Familien Differenzen gibt, dennoch möchte ich Sie um die Hand Ihrer Tochter bitten. Der alte Streit zwischen meinem Großvater und Ihrem Vater mag vielleicht seine Berechtigung gehabt haben, und ich kann auch nicht für meinen Großvater sprechen und die Sache erklären. Doch ich liebe Ihre Tochter und versichere Ihnen, dass ich stets gut für sie sorgen werde.«

Ludwig presste die Lippen zusammen. Offenbar glaubte er dem jungen Mann nicht.

»Aber ich kann für mich sprechen«, sagte ein alter Mann, der nun ebenfalls an den Tisch getreten war. Er stützte sich auf einen Stock und wirkte, als könnte er sich nur mit Mühe auf den Beinen halten.

Christian versuchte sich zu erinnern, wann er Karl Vandenboom das letzte Mal gesehen hatte, doch es wollte ihm nicht einfallen. Sie hatten die Familie stets gemieden, und wenn sie sie zufällig zu Gesicht bekamen, war der alte Mann nie dabei gewesen. Warum hatte er sich jetzt zum Ball bemüht?

»Ich weiß um den Groll zwischen unseren Familien«, begann er. »Und ich weiß auch sehr wohl, dass ich der Auslöser all dessen war. Oder besser gesagt, wir.«

Sein faltiges Gesicht nahm einen wehmütigen Ausdruck an.

»Ich habe deiner Mutter niemals schaden wollen, Ludwig. Dass ich mich in sie verliebt habe, ist Fügung gewesen. Schicksal. Sie liebte deinen Vater nicht, ihre Eltern hatten sie dazu gedrängt, ihn zu heiraten. Aber mich liebte sie, das weiß ich. Und wenn ich eine Schuld auf mich geladen habe, dann die, dass ich nicht zur Stelle war, um sie von ihrem Plan abzuhalten. All die Jahre habe ich mir Vorwürfe gemacht, dass ich sie nicht retten konnte.«

Er machte eine kleine Pause, fuhr sich mit zittrigen Händen über die Augen und wischte eine Träne fort.

»Weißt du, Ludwig, kurz vor ihrem Tod kam sie noch einmal zu mir, um sich von mir loszusagen. Sie war in höchstem Maße verwirrt, doch in einer Aussage war sie vollkommen klar: Sie wollte mich verlassen, wegen dir. Du warst ihr Ein und Alles, und dich wollte sie auf keinen Fall verlieren, nachdem sie schon ihre Tochter verloren hatte. Ich habe keine Ahnung, was dein Vater ihr angetan hat. Doch wenn sie eine wahre Liebe hatte, dann warst das du, ihr kleiner Sohn.«

Er seufzte schwer, dann fasste er sich wieder.

»All die Jahre habe ich vor ihrem Grab gestanden und durfte nicht offiziell trauern, weil dein Vater seine Frau zu einer Verfemten gemacht hat! Ich bitte dich nun, um unserer Kinder und Enkel willen: Lass ab von diesem Groll gegen uns. Mein Enkel liebt deine Tochter, sonst hätte er es nicht auf sich genommen, gegen unsere Anweisung zu verstoßen. Und umgekehrt ist es wohl ebenso.«

Sein Blick fiel auf Johanna, die sofort aufsprang.

»So ist es! Ich liebe Peter. Und wenn ich einen Heiratsantrag akzeptiere, dann nur seinen.«

Ludwig atmete tief durch, dann erhob er sich und trat wehmütig lächelnd zu dem alten Mann.

»Sie haben recht. Es ist nicht an mir, den Kampf meines Vaters auszufechten. All die Jahre war ich davon überzeugt, dass Ihre Familie schuld war. Doch erst meine Kinder haben mir gezeigt, dass die Ursachen vielschichtiger sind.« Er reichte ihm die Hand. »Danke, dass Sie mir das von meiner Mutter erzählt haben. Und bitte nehmen Sie meine Entschuldigung an.«

»Nein, nimm meine an, Ludwig. Und sei gewiss, dass deine Mutter sich darüber freuen würde.«

Der alte Mann wechselte die Hand, mit der er sich auf den Stock stützte und hielt Ludwig seine Rechte hin.

Einen Moment lang schien es stiller zu werden im Saal, doch es hatte lediglich die Kapelle aufgehört zu spielen.

»So, und da das geklärt ist, überlasse ich meinem Enkel wieder das Feld.«

Der alte Vandenboom klopfte Peter auf die Schulter, und dieser blickte daraufhin Ludwig Baabe an.

»Wenn Sie erlauben, würde ich gern mein Anliegen wiederholen. Ich …«

»Schon gut, schon gut«, brummte Ludwig, winkte ab und sah zu seiner Frau, die sichtlich erschüttert war von dem, was sie soeben miterlebt hatte. »Sie sollten nicht mich fragen, sondern die Frau, die es etwas angeht.«

Peter starrte ihn überrascht an, dann sank er vor Johanna aufs Knie und reichte ihr das Kästchen, in dem ein feiner goldener Ring schimmerte.

»Möchtest du meine Frau werden, Johanna?«

»Ja!«, platzte es aus ihr heraus, dann beugte sie sich zu ihm und küsste ihn.

Als sie wieder aufsah, war Berthold von Kahlden verschwunden.

48. KAPITEL

Später, als der Ball seinem Höhepunkt zusteuerte, bemerkte Christian, dass sich Helena vom Tisch erhob. Den ganzen Abend schon hatte er auf eine Gelegenheit wie diese gewartet, jetzt war es endlich so weit.

Er stand ebenfalls auf und strebte auf sie zu.

»Ich hoffe, du gehst jetzt noch nicht«, sagte er, als er sie erreicht hatte.

»Nein, ich wollte nur ein wenig an die frische Luft.«

»Darf ich dich begleiten?«

»Sehr gern«, entgegnete sie und hakte sich bei ihm ein.

An die frische Luft konnte man bei den Temperaturen nicht wirklich, aber im Foyer der Burg war es etwas ruhiger und kühler als im Saal.

Sie suchten sich eine kleine Bank neben einem der Fenster, von denen aus man tagsüber einen guten Blick aufs Meer hatte.

»Ich habe meinen Vater im Haus der Vandenbooms getroffen, am Tag, als du nach Johanna gesucht hast«, erklärte Helena. »Ich bin euch heimlich gefolgt und habe auch gehört, wie ihr mit Herrn Vandenboom gestritten habt.«

»Was für ein glorreicher Moment, nicht wahr?« Christian lächelte schief.

»Dein Vater war ziemlich laut, das hat einige Gäste angelockt.«

»O Gott, es wird noch schlimmer!«

»Aber dann … Als mir klar wurde, dass Johanna nicht bei den Vandenbooms war, wollte ich zurück zum Kurhaus. Doch dann ist hinter mir ein Mann aufgetaucht.«

»Dein Vater?«

Helena nickte. »Ich wusste es allerdings zunächst noch nicht. Er sprach mich an und dann wurde alles dunkel. Als ich wach wurde, lag ich in einem Zimmer und ein Mann beugte sich über mich. Es war der Leibarzt des Herzogs, der zufällig im selben Gästehaus wohnte wie mein Vater. Ich erzählte ihm von der Gehirnerschütterung, die Dr. Winter diagnostiziert hatte, und er riet mir, mich ein wenig auszuruhen.«

»Deshalb konnten wir dich nicht finden!«, gab Christian zurück. »Ich habe zusammen mit Peter Vandenboom den ganzen Ort umgekrempelt.«

Helena streichelte sanft Christians Wange. »Es tut mir leid, dass ich euch solchen Kummer bereitet habe.«

Christian schloss kurz die Augen. Am liebsten hätte er diesen Augenblick für immer bewahrt. Als sie die Hand wieder zurückzog, sah er sie an.

»Das muss es nicht. Und genau genommen … haben wir dir sehr viel zu verdanken.«

»Mir?«

»Nun ja, ohne dich wäre alles anders gekommen. Hast du gesehen, dass Peter Vandenboom bei uns am Tisch war? Und sein Großvater?«

»Ja, das habe ich. Und ich habe auch gesehen, dass Peter Johanna einen Antrag gemacht hat.«

»Mein Vater hat ausgesehen, als müsste er Steine schlucken!« Christian lachte. »Nach der Ansprache des Alten glaubte ich, er würde die Fassung verlieren. Doch dann hat er sich erhoben und entschuldigt und Vandenboom die Hand gereicht. Ich habe keine Ahnung, wie lange er schon darüber nachgedacht hatte, aber offenbar war ihm der Entschluss, sich mit den Vandenbooms wieder zu vertragen, nicht erst heute gekommen.«

»Ganz sicher wird er sich aber nicht meinetwegen umentschieden haben«, entgegnete Helena.

»Wer weiß. Vielleicht hat er gesehen, dass es wichtigere Dinge gibt als einen Streit, in den er gar nicht wirklich involviert war. Und dessen wahre Hintergründe er nicht kannte. Ich bezweifle, dass ihm je in den Sinn gekommen ist, dass sich seine Mutter wegen ihres Ehemannes und des verlorenen Kindes ins Wasser gestürzt haben könnte. Immer war Vandenboom der Schuldige. Aber er hatte sich nicht von meiner Großmutter trennen wollen. Er hat sie nicht im Stich gelassen.«

Christian verstummte, dann nahm er Helenas Hände und küsste sie. »Was soll nun werden?«, fragte er dann. »Du wirst doch sicher mit deinem Vater mitgehen, nicht?«

Helena nickte. »Ja, das muss ich wohl. Aber das muss noch lange nicht heißen, dass wir uns nicht wiedersehen werden.«

»Wirklich?«

»Jetzt, da ich beginne zu begreifen, wer ich bin, muss ich mir auch Gedanken darüber machen, was ich mit meinem Leben anfangen will. Ich bin noch weit davon entfernt, mich an alles zu erinnern, aber eines weiß ich: dass ich dich in meinem Leben nicht missen möchte.«

»Und ich möchte dich auch nicht missen.«

Christian zog sie an sich und küsste sie. Und dabei war es ihm egal, wer sie sehen konnte und was man davon hielt. Er hielt sie noch einen Moment lang in den Armen, dann fragte er: »Was meinst du, wird dein Vater es mir erlauben, dir den Hof zu machen? Schließlich bin ich kein Adeliger.«

»Versuch es doch einfach!«, entgegnete Helena. »Dann werden wir es sehen.«

»Und wenn er nicht will?«

»Wir sollten es darauf ankommen lassen«, gab sie zurück. »Ich bin zwar sein einziges Kind, aber möglicherweise liegt ihm mein Glück doch mehr am Herzen, als ich früher immer dachte. Möglicherweise hat er mittlerweile eingesehen, dass es ein Fehler war, mich auf Abstand zu halten, nur weil ich meiner Mutter ähnlich sehe und er deshalb den Schmerz ihres Verlustes nicht loswerden konnte. Und weil ich ihn bei einem Kuss mit meiner Lehrerin erwischt habe.«

»Dein Vater hat deine Lehrerin geküsst?«

»Ja, die beiden hatten eine Affäre. Nach dem Tod meiner Mutter. Er wollte nicht noch einmal heiraten, aber er brauchte offenbar die Nähe einer Frau. Ich war ihm als Kind sehr böse deswegen, und noch böser war ich, weil er mich dann in das Internat gesteckt hat. Doch jetzt erkenne ich, dass er einfach nur Liebe brauchte. Und dass ich zum Teil auch schuld an seinem distanzierten Verhalten war ...«

Helena verstummte, als sie Christians fragenden Blick bemerkte.

»Was ist?«, fragte sie.

»Ich finde es schön, wenn du aus deinem Leben erzählst. Und dass du mittlerweile schon so viele Erinnerungen hast.«

Helena lachte verlegen. »Ja, eines scheint sich zum anderen zu fügen seit dem Sturz. Was ist denn eigentlich mit Hilda geschehen?«

»Sie wurde kurz in Gewahrsam genommen, doch mittlerweile ist sie wieder frei und bei ihrer Familie. Alles Weitere hängt jetzt davon ab, ob du sie anzeigst.«

Helena nickte, und das Lächeln verschwand von ihrem Gesicht. »Ich möchte nicht, dass sie bestraft wird.«

»Was sagst du da?« Christian schüttelte den Kopf. »Sie hätte dich beinahe umgebracht!«

»Aber ich lebe noch! Und sie war nur eifersüchtig. Ich möchte nicht, dass ihr Leben auf immer zerstört ist.« Helena griff nach seiner Hand. »Kannst du das verstehen?«

»Nein, nicht so richtig«, entgegnete er noch ein wenig ärgerlich, dann lächelte er. »Du bist einfach zu gut für diese Welt.«

»Wer weiß, vielleicht auch nicht. An das, was ich so alles angestellt habe, erinnere ich mich noch nicht.« Helena lachte, und ihre Augen strahlten wie zwei Sterne.

Christian hätte sie gern noch einmal geküsst, doch da vernahm er hektische Schritte.

Im selben Moment hörte er seine Schwester rufen: »Helena!«

Johanna musste mitbekommen haben, dass sie den Saal verlassen hatten, denn sie kam auf sie zu gelaufen.

Wenig später schloss sie Helena in die Arme.

»Ich bin so froh, dass dir nichts passiert ist!«

»Das bin ich auch«, entgegnete sie. »Wie es aussieht, haben uns die Barbarazweige doch Glück gebracht.«

»Oh Gott, die hätte ich beinahe vergessen. Aber hier!« Sie streckte ihr die Hand entgegen, an der Peters Ring steckte. »Ich bin jetzt offiziell verlobt. Mit dem Mann, den ich liebe!«

»Dazu gratuliere ich dir ganz herzlich!«

Christian erhob sich. »Ich glaube, ich lasse euch beide jetzt allein. Nachher werde ich es wagen, dich zu einem Tanz aufzufordern. Ist das in Ordnung?«

Helena strahlte. »Das ist es. Und wehe, du wagst es nicht!«

»Keine Sorge! Dein Vater wird mir schon nicht den Kopf abreißen.«

~

Obwohl sich die Müdigkeit in ihre Glieder schlich, fühlte sich Johanna so lebendig wie schon lange nicht mehr. Was für eine Nacht war das! Vor ihrem geistigen Auge sah sie den Moment, in dem Peter vor ihr auf die Knie gegangen war. Sie konnte noch immer nicht glauben, dass sie jetzt wirklich mit ihm verlobt war!

Und auch Helenas Rückkehr erfüllte sie mit großem Glück. Als Christian mit ihr getanzt hatte, hatte sich Johanna wie im siebten Himmel gefühlt. Der Zweig an ihrem Kleid musste wirklich magische Kräfte besitzen.

»Johanna, steig doch bitte ein, es ist kalt!«, sagte ihre Mutter, die schon in der Kutsche saß. Die meisten Gäste hatten sich bereits verabschiedet und waren in ihre Herbergen zurückgekehrt. Dass sie noch hier waren, war der Tatsache geschuldet, dass sich Ludwig noch mit den Vandenbooms unterhielt. Offenbar hatten sie sich viel zu erzählen, denn er ließ seine Frau und seine Tochter bereits seit einer Viertelstunde warten.

Auch Christian war noch nicht da. Wahrscheinlich nutzte er die Gelegenheit, Helena noch einmal zu sehen. Oder mit ihrem Vater zu sprechen.

Johanna stieg in die Kutsche und schloss die Tür. Wesentlich wärmer wurde es dadurch auch nicht.

Ihre Mutter schaute einen Moment lang auf den Schlosshof, dann wandte sie sich ihr zu.

»Und, mein Kind, bist du glücklich?«

Diese Frage hatte Johanna nicht von ihrer Mutter erwartet. Überrascht schaute sie sie an.

»Ja ... das bin ich«, antwortete sie zögerlich. Eigentlich hätte sie es frei in die Welt hinausschreien können, aber die Frage ihrer Mutter machte sie misstrauisch.

Natürlich hatte sie sie an diesem Abend sehr enttäuscht. Alles, worauf Augusta seit Monaten hingearbeitet hatte, war dahin. Und jetzt bekam sie einen Schwiegersohn, den sie ihr vor ein paar Tagen noch verboten hatte.

»Es tut mir leid, wie ich mich in der letzten Zeit verhalten habe«, sagte Augusta Baabe. »Ich dachte wirklich, dass du dich in Berthold verlieben könntest. Wenn ich ehrlich bin, habe ich Albert nicht wirklich auf der Rechnung gehabt, ich wusste, dass der Wille, dich zu heiraten, von seinen Eltern stammte. Aber Berthold ... Ich war davon überzeugt, dass er der Richtige für dich wäre.«

»Doch da hatte Peter mein Herz schon erobert«, entgegnete Johanna und setzte verlegen hinzu: »Ich hätte es dir so gern erzahlt. Aber da war die Feindschaft zwischen euch und den Vandenbooms. Ich wusste, dass du entsetzt gewesen wärst. Aber gleichzeitig konnte ich nicht anders. Ich konnte Peter nicht aufgeben. Und ich konnte Berthold nicht lieben.«

»Nun, dann sollten wir froh sein, dass alles so gekommen ist. Ich will nur, dass du glücklich bist. Und wenn du dieses Glück mit Peter findest, soll es mir recht sein.«

Damit umarmte Augusta ihre Tochter und Johanna erwiderte diese Umarmung mit Tränen in den Augen.

Nur einen Augenblick später tauchte Christian auf. Seine Wangen waren gerötet, und seine Fliege hatte er gelockert. Eine Haarsträhne hing ihm verwegen ins Gesicht, und auf seinen Lippen lag ein breites Lächeln.

»Na, was macht deine junge Gräfin?«, fragte Johanna

und sah, dass ihre Mutter unwillkürlich zusammenzuckte. Offenbar saß es ihr immer noch in den Knochen, dass sie so schlecht mit Helena umgegangen war.

»Sie hat mit ihrem Vater gerade die Burg verlassen. Es ist erstaunlich, dass sie in ihrem Zustand so lange ausgehalten hat.«

»Du vergisst, dass sie über Bord eines Schiffes gegangen war und im kalten Wasser überlebt hat. Unsere Helena ist sehr widerstandsfähig. Und wahrscheinlich wollte sie auch deinetwegen bleiben.«

Christian lächelte. Offenbar war es genau das.

»Du hättest mal sehen sollen, wie die jungen Männer sie umkreist haben. Auch dein Berthold übrigens.«

»Der hat sich aber schnell von seiner Niederlage erholt«, entgegnete Johanna spöttisch.

»Scheint so, und da er ebenfalls adelig ist, rechnet er sich wohl Chancen aus. Aber ich werde dafür sorgen, dass ihm das vergeht.«

»Nun, das Letzte, was wir gebrauchen können, ist eine neue Familienfehde – zumal mit den Leuten, denen beinahe der ganze Heilige Damm gehört.«

Christian lachte, dann stieg er in die Kutsche und setzte sich neben Johanna.

»Keine Sorge, es gibt noch viele wohlhabende oder adelige Fräulein in Mecklenburg. Er wird sicher fündig.«

»Sie wird mir niemals verzeihen«, seufzte Augusta schwermütig. »Wenn ich doch nur gewusst hätte …« Während des Abends hätte sie durchaus Gelegenheit gehabt, sich bei Helena zu entschuldigen, aber das hatte sie sich nicht getraut.

»Du solltest mit ihr reden, Mama. Ich bin sicher, dass sie sich darüber freuen würde. Und wenn sie Hilda verzeihen kann, warum dann auch nicht dir?«

Christian drückte seiner Mutter die Hand und lächelte. Dann schien ihm etwas einzufallen, und er wandte sich an seine Schwester.

»Ach ja, sie möchte gern ihren Barbarazweig haben. Vielleicht kannst du ihn ihr morgen bringen? Und vielleicht möchte Mama dich begleiten?«

Er warf einen Blick auf seine Mutter, die wirkte, als hätte er von ihr verlangt, einen Frosch zu küssen. Doch dann nickte sie.

EPILOG

Seit Tagen spazierte Johanna regelmäßig an den Obstbäumen im Kurgarten vorbei. Auch an diesem milden Frühlingstag blieb sie einen Moment stehen, um die Bäume zu betrachten.

Vor etwa einer Woche hatte sie gesehen, dass sich die ersten Blüten zeigten, und nun wartete sie darauf, dass sich die Kirschbäume in Schneebälle verwandelten.

Sie musste Helena unbedingt davon erzählen!

Seit sie auf den Landsitz ihres Vaters zurückgekehrt war, hatten sie sich ständig geschrieben. Und sie wusste, dass auch Christian eine rege Korrespondenz mit ihr führte. Helenas Vater hatte ihn zu sich eingeladen, und wie es aussah, hatte er nichts dagegen, dass ein Bürgerlicher seiner Tochter den Hof machte.

Allerdings hatte er sich ausgebeten, dass Helena erst heiraten sollte, wenn sie zwanzig war. So würden sie noch ein Weilchen warten müssen. Aber das schien ihrer Verliebtheit keinen Abbruch zu tun.

»Ist es nicht ein bisschen früh im Jahr, um einen Zweig zu schneiden?«

Johanna wirbelte herum und erblickte Helena, die unweit von ihr auf der Promenade stand.

»Du bist schon hier?«, fragte Johanna überrascht. »Ich dachte, du kommst erst am Wochenende!«

»Ich konnte meinen Vater überreden, mich schon etwas früher wegzulassen. Und jetzt bin ich hier. Glücklicherweise hatte deine Mutter ein Zimmer für mich.«

Die beiden Freundinnen fielen sich in die Arme. Seit dem Weihnachtsfest hatten sie sich nicht mehr gesehen. Helena hatte sich regelrecht verwandelt und war aufgeblüht, Gleiches galt für Johanna.

»Ich freue mich so sehr, dass du hier bist«, sagte Johanna, während sie Helena noch einmal fest an sich drückte. »Ich hätte nie gedacht, dass der Tag kommen würde.«

»Aber du wusstest doch, dass ich dich besuchen würde!«, gab Helena lachend zurück.

»Das meinte ich nicht. Ich meine die Hochzeit!«

»Nun, Weihnachten ist schon ein bisschen her«, entgegnete Helena. »Du solltest eigentlich Zeit gehabt haben, dich an den Gedanken zu gewöhnen.«

»Das habe ich. Aber es kommt mir immer noch so phantastisch vor.«

»Nun ja, das ist eben der Zauber der Barbarazweige.«

Helena betrachtete noch einen Moment lang versonnen die Kirschbäume, dann hakte sie sich bei Johanna unter und schaute hinaus auf das Meer, das ihr beinahe das Leben genommen, ihr dann aber die Liebe geschenkt hatte.

Liebe Leserinnen und Leser,

vielen Dank, dass Sie sich für meinen Roman entschieden haben. Ich hoffe, Sie hatten beim Lesen ebenso viel Freude wie ich beim Schreiben.

Schon früh kam ich mit einem ganz besonderen Weihnachtsbrauch in Berührung: Auf dem Land schneiden viele Leute am 4. Dezember einen Barbarazweig und stellen ihn ins Wasser. Blüht er am Heiligen Abend, geht ein Wunsch in Erfüllung, und Glück begleitet die Bewohner des Hauses ins neue Jahr.

Dieser Brauch ist schon sehr alt. Der Überlieferung zufolge soll die heilige Barbara, die im 3. Jahrhundert in einer antiken Stadt namens Nikomedia (heute İzmit in der Türkei) lebte, wegen ihres Bekenntnisses zum christlichen Glauben in den Kerker geworfen werden.

Sie floh, wurde aber verraten. Auf dem Weg in den Kerker blieb ein Kirschzweig an ihrem Gewand hängen. Sie nahm ihn mit und stellte ihn in einem Tonkrug mit Wasser in ihre Zelle.

Wochen später, am Tag ihres Todesurteils, blühte dieser Zweig als Zeichen göttlichen Einwirkens und der Unschuld der heiligen Barbara.

Das Ende dieser Frau war grausam, aber vergessen wurde sie nicht. Jahrhunderte nach ihrem Tod wurde sie zur Schutzpatronin verschiedener Berufszweige, etwa der Schmiede, Bergleute, Steinmetze, Maurer, Artilleristen und vieler anderer. Diese Bedeutung ist nur noch wenig bekannt – aber die Barbarazweige rücken mittlerweile wieder in die öffentliche Aufmerksamkeit, wie der Werbespot eines Süßwarenherstellers beweist.

Versuchen Sie es doch einfach mal und schneiden Sie am 4. Dezember einen Zweig vom Kirsch- oder Apfelbaum oder einer Forsythie. Und stellen Sie ihn mit einem Herzenswunsch ins Wasser. Vielleicht geht dieser dann in Erfüllung.

Ihre
Corina Bomann